Jakobshorn

Silvia Götschi, geboren 1958 in Stans, lebte und arbeitete mehrere Jahre in Davos. Seit der Jugend widmet sie sich dem literarischen Schaffen und der Psychologie. Sie ist leidenschaftliche Krimiautorin mit Hang zu den dunklen Abgründen der Seele. Sie hat sich vor allem in der Zentralschweiz einen Namen mit der Kramer-Krimi-Reihe gemacht. Seit 1998 ist sie freischaffende Schriftstellerin und Mitarbeiterin in einer Werbeagentur. Sie hat drei Söhne und zwei Töchter und lebt heute mit ihrem Mann in der Nähe von Luzern.
www.silvia-goetschi.com

SILVIA GÖTSCHI

Jakobshorn

KRIMINALROMAN

emons:

© Emons Verlag GmbH
Cäcilienstraße 48, 50667 Köln
info@emons-verlag.de
Alle Rechte vorbehalten
Umschlagmotiv: photocase.com/marsj
Umschlaggestaltung: Nina Schäfer, nach einem Konzept
von Leonardo Magrelli und Nina Schäfer
Umsetzung: Tobias Doetsch
Gestaltung Innenteil: César Satz & Grafik GmbH, Köln
Druck und Bindung: sourc-e GmbH, Köln
Printed in Europe 2025
Erstausgabe 2014
ISBN 978-3-95451-260-7
Aktualisierte Neuauflage

Unser Newsletter informiert Sie
regelmässig über Neues von emons:
Kostenlos bestellen unter
www.emons-verlag.de

Nichts kann einen Menschen so zermürben wie das Gefühl,
dass in ihm eine Wahrheit lodert, die von anderen verleugnet wird.

Philip Roth, The great American Novel, 1973

Die Nachtschatten lagen über der Landschaft. Es war dunkel und unheimlich.

Während ihr Wagen über die Prättigauer Strasse fuhr, leuchteten die Scheinwerfer die Spur vor ihr aus. Ab und zu flammten Markierungen auf, schwarz-weisse Pflöcke am Wiesenrand, kurz das Ortsschild in einem Bouquet von Stechpalmen, welches den Besucher willkommen hiess.

Über dem Tinzenhorn in der Ferne hingen die verwischten Konturen eines abnehmenden Mondes. Sein blasses Licht reflektierte auf der glatten Fläche des Davosersees, welche tief unten auf der linken Seite zur Strasse lag.

Diese Ansicht war ihr vertraut. Das bizarre Bild, das sich dem Besucher bietet, kaum hat er den Wolfgangpass hinter sich gelassen. Jetzt sah es aus wie eine Nachtaufnahme, auf welcher sie nichts als flüchtige Umrisse von einem Hügel erkannte, der hinter dem Seebecken anstieg und in einen Wald überging. Weiter oben das Flüelamassiv mit seinen schroffen Flanken im Verborgenen der Finsternis. Früher habe das ganze Tal um Davos unter einem See gelegen, wusste sie aus Erzählungen. In vorsintflutlicher Zeit habe es im Parsenngebiet einen Bergsturz gegeben, der die fliessenden Gewässer gestaut hatte. Dadurch, dass das Wasser auf der entgegengesetzten Seite des Tales einen tieferen Abfluss fand, als der Schutt- und Geröllpass hoch war, habe sich das gestaute Wasser durch die Felsen gefressen und so eine Schlucht gebildet. Der kleine See am Rande von Davos sei der Rest des Sees, der einmal die ganze Landschaft umfasst hatte.

Aus dem Radio erklang Mendelssohns Ouvertüre zum «Sommernachtstraum», als sie die Galerie passierte. Kontrabass und Geige schmetterten ein Crescendo, dass es sie fröstelte. Die Tunnelwand flimmerte rhythmisch an ihr vorbei, bis sie abrupt von der Schwärze der Nacht abgelöst wurde.

Später konnte sie es sich nicht erklären, weshalb sie vor der

Ortseinfahrt links auf den Parkplatz abgezweigt war. Eine intuitive Idee, eine kurze Rast einzuschalten, bevor sie weiter ins Dorf hineinfuhr.

Am Rand zum See, der in der Dunkelheit nur zu erahnen war, wandelten schemengleich fluoreszierende Lichtgestalten. Eine hinter der anderen schwebten sie dem Wasser zu.

Sie hielt an und löschte die Scheinwerfer. Fasziniert betrachtete sie das seltsame Spektakel.

Sie blieb im Auto sitzen und blickte gebannt durch die beschlagene Scheibe. Als sich ihre Augen an die Nacht gewöhnt hatten, sah sie von den ersten Häuserzeilen des Dorfes her Leute in langen weissen Gewändern in Richtung See wandern. In ihren Armen trugen sie etwas Starres, Rundes, was sie aus der Distanz nicht erkannte. Vorne, wo das Ufer lag, beugten sie sich nieder. Es sah aus, als schütteten sie etwas in den See.

Sie suchte nach ihrem Mobiltelefon. Es musste auf der Fahrt hierher vom Beifahrersitz auf den Boden gerutscht sein. Mendelssohn begab sich in den letzten Seufzer. Der unförmige Mond blickte durch die Scheiben. Der «Sommernachtstraum» klang aus.

Plötzlich nahm sie eine Bewegung unmittelbar neben ihrem Wagen wahr.

Ein Blitz traf ihre Augen.

Was war das?

Erschrocken realisierte sie das grelle Licht, das noch lange auf ihrer Iris nachwirkte und sie für ein paar Sekunden erblinden liess.

Es sind die Nerven, versuchte sie, ihre Trugbilder zu begründen. Sie hätte sich vor der Fahrt zuerst ein wenig schlafen legen sollen. Doch auch wenn sie es noch gewollt hätte, wäre es ihr nicht gelungen. Nichts hatte sie mehr zurückhalten können, nach Davos zu reisen, nachdem sie erfahren hatte, was geschehen war.

Ein Blick aufs Mobiltelefon. Die digitalen Ziffern kündeten vier Uhr siebenundzwanzig an. Zu spät, um jemanden anzurufen. Zu früh, um irgendwo frühstücken zu können. Trotzdem wollte sie den Rest der Nacht nicht auf dem unbequemen Autositz verbringen.

Die Gestalten am Davosersee waren verschwunden. Der Mond entschwand seitlich des Tinzenhorns. Eine frische Brise trieb aus einem nachtschwarzen Wolkenrachen durch das Tal. Sie startete den Motor ihres kleinen Fiats, fuhr auf die Strasse und schlug den Weg Richtung Davos Platz ein.

EINS

Man munkelte, mein Vater sei beim Skifahren tot umgefallen. Aber so genau wusste es niemand. Die Polizei hatte den Leichnam am Mittwochmorgen oberhalb der Ischalp aus dem Schnee geborgen. Da waren die Skier weg, die Schuhe ausgezogen und ebenso verschwunden gewesen. Die Spuren zeugten von mehreren Personen, welche die Piste oberhalb der Waldgrenze betreten hatten. Ob sie vor oder nach dem Sturz da gewesen waren, konnte niemand mit Bestimmtheit nachweisen. Nur eines war sicher: Unbekannte hatten sich Vaters Bretter angeeignet. Ohne Respekt gegenüber dem Toten. Ob es der Fremde getan hatte, der später die Polizei anrief, stand genauso in den Sternen wie die Antwort auf die Frage, weshalb Vater früh am Morgen unterwegs auf dem Berg gewesen war. Sein Anwalt, Dr. Polcan, behauptete nämlich, dass er sich mit ihm um neun im Hinterzimmer des «Café de la Poste» verabredet hatte. Man habe eine Neufassung des Testamentes besprechen wollen.

Das passte nicht zusammen.

Ich bemühte mich, meine Tränen zurückzuhalten. Beerdigungen vermittelten mir immer eine nicht zu beschreibende Beklemmung, und ich hätte nicht sagen können, ob mich der Tod meines Vaters betroffener machte, als wenn ein mir Unbekannter gestorben wäre. Friedhöfe strahlten für mich eine Aura aus, die mich gleichzeitig faszinierte und abstiess. Erst vor einem Jahr hatte ich einen guten Freund verloren, der jetzt hier lag – Tobias. An ihn musste ich denken. Nicht an Vater. Zu viel war geschehen. Zu viel Schmerz. Sollte mit dem heutigen Tag alles vorüber sein?

Ich war zu spät aufgestanden, obwohl ich mir vorgenommen hatte, es eine halbe Stunde früher zu tun. Ich hatte geduscht, mein verschlafenes und verweintes Aussehen mit Kosmetik kaschiert. Ich hatte den Kaschmiranzug schon am Vorabend zurechtgelegt. Nicht allzu aufgetakelt daherkommen wollte ich und trotzdem nicht den Eindruck erwecken, dass ich am Boden zerstört war. Eines Endes wegen, das nicht sauber geendet hatte. Weil ich vermutete, dass jemand zuvorgekommen war.

Vater gab es nicht mehr. Seine Uhr war abgelaufen.

Latent blieben gemischte Gefühle. Widerwille. Das Nichtwahrhaben-Wollen.

Oder sogar Erleichterung?

Ich sah auf die Menschen, die sich im Halbkreis neben- und hintereinander versammelt hatten. Der Pfarrer am Fusse des ausgehobenen Grabes sprach mit monotoner Stimme ein Gebet. Er schien im Beherrschen von traurigen Momenten geübt zu sein. Seine traditionelle Kutte hatte er gegen einen dunklen Zweiteiler eingetauscht. Einzig der steife weisse Kragen erinnerte an das Gewand, das er üblicherweise in der Kirche trug. Noch vor zwei Tagen hatte ich mich mit ihm über die Formalitäten der Beerdigung unterhalten. Er hatte mir den genauen Ablauf geschildert, sogar die Stelle gezeigt, die er aus der Bibel lesen würde. Die Erinnerung daran war wie ausradiert.

Die Verwandten und wenigen Freunde des Toten standen mit gesenkten Häuptern wie erschlaffte Marionetten.

Ein Montagmorgen Anfang April.

In zehn Tagen hätte mein Vater den fünfundsiebzigsten Geburtstag feiern können. Mit den Vorbereitungen dazu war ich fast durch, obwohl ich infolge meines Studiums nicht wirklich Zeit dazu fand. Meine Brüder hatten alles auf mich abgewälzt und gemeint, dass ich schon immer ein Organisationstalent gewesen sei. Eine Feier ganz nach Vaters Gusto hätte es gegeben. Nachtessen in einem Tessiner Grotto. Mit fünfzig Geladenen. Vaters Wunsch hatte sich dann aber als schwieriges Unterfangen erwiesen. So viele Freunde besass er nicht mehr, und wenn, dann hatte er sie nur benutzt. Für ihn galt ein Freund etwa so viel wie eine Aktie. Er war austausch-, kaufbar und vom Kurs abhängig.

Die Hälfte der eingeladenen Geburtstagsgäste war dem Begräbnis ferngeblieben, obwohl ich mich bemüht hatte, die Todesanzeige an alle diese Leute zu versenden. Einige hatte ich sogar angerufen, die sich jedoch mit fadenscheinigen Begründungen entschuldigten.

Ich wollte jetzt nicht darüber nachdenken.

Trotzdem zogen meine Gedanken durch Zeit und Raum. Zurück ins Totenhaus, wo man vor fünf Tagen die sterblichen Überreste meines Vaters hingebracht und aufgebahrt hatte. Ich war sehr erschrocken gewesen über seinen erschlafften Körper. Dieses wächserne Gesicht, die tiefen Furchen. Nichts war von seiner Bräune zurückgeblieben als ein paar behaarte Flecken, die man vom Alter kennt, vom unvorsichtigen Umgang mit der Sonne. Er hätte an Hautkrebs sterben können oder an Leberzirrhose, aber nicht so.

Spürt man, wenn die Seele geht? Eine Frage, die unbeantwortet blieb. Für mich.

Manchmal hatte es mich gedünkt, als hätte Vater zeit seines Lebens keine besessen.

Einer der letzten Patriarchen war tot.

Bartholomäus Cadisch, Sohn des Bauern Gion-Gieri Cadisch, ein vom Bündner Oberland Zugewanderter, der sich im Landwassertal niedergelassen hatte und dessen wirkliche Herkunft nur die Dorfältesten kannten. Vielleicht diejenigen noch, die in den Archiven der Regionalzeitung nach längst Vergessenem stöberten. Da lag er nun. War Hülle geworden, nicht einmal mehr verletzlich. Sein Körper zu dem verkommen, was er zeitlebens angebetet hatte: kalte Materie.

Ich wandte mich zur linken Seite, wo mein ältester Bruder keine zwei Meter neben mir stand. Andrin: Er schien nicht bei der Sache zu sein. Der Mann an seiner Seite war unwesentlich kleiner: Pablo Camenisch. Ich hatte ihn erst zweimal gesehen. Er war Andrins Freund, sein Geliebter, sein Lebenspartner. Vater hatte ihn nicht geduldet. Schwule hätten in seiner Familie nichts zu suchen, hatte er seinen Standpunkt verteidigt. Dass sein eigener Sohn homosexuell war, hatte er verdrängt, ihm sogar gedroht, ihn zu enterben, wenn er seine sexuelle Neigung nicht ändern würde. Die Beziehung zwischen Vater und Andrin hatte sehr gelitten. Und Andrin hatte die Konfrontation zwischen Vater und Pablo fortan vermieden. Deshalb verwunderte es mich, dass Pablo heute anwesend war.

Luzi stand schräg vor Andrin und dem Grab am nächsten.

Seine reglose Gestalt erinnerte an eine Figur aus dem Panoptikum der Madame Tussaud. Auf den Armen trug er seine dreijährige Tochter Fiona – meine Nichte –, welche infolge eines einbandagierten Fusses nicht allein stehen wollte. Die Kleine schmiegte ihren Blondschopf schlafend an den Hals ihres Vaters.

Luzi hatte vor Kurzem mit seiner jungen Familie sein Eigenheim bezogen. Dass er sich mit der Finanzierung verschätzt hatte, war nicht lange geheim geblieben. Er hatte Vater um Unterstützung gebeten, war jedoch zuerst abgeblitzt. Erst nach langen Erklärungen und unschönen Dialogen hatte sich Vater bereit erklärt, einen Kredit zu gewähren und gleichzeitig die Bürgschaft für einen Kredit bei der Bank zu übernehmen. Ich ahnte, dass dies Luzis sicherer Todesstoss bedeutete.

Sibylle, Luzis schwangere Frau, befand sich etwas abseits. Sie erwartete in den nächsten Tagen ihr zweites und drittes Kind. Ihre gefalteten Hände lagen über ihrem prallen Leib, sie hatte ihr Gesicht gesenkt, als führte sie Zwiesprache mit ihren Ungeborenen.

Gleich hinter den beiden Brüdern, im Schatten einer Tanne, stand Bernadette Cadisch, geborene Wagner und die Mutter von Luzi. Nicht klar, weshalb sie zu der Beerdigung gekommen war, wo sie doch zeitlebens an Vater nichts Positives gefunden hatte. Ob sie dachte, von dem grossen Kuchen, der bald verteilt würde, auch noch ein Stück zu erhaschen? Sie wirkte wie eine verwelkte Diva in ihrem schwarzen Nerzmantel, ein aus der Mode gekommenes Requisit aus den sechziger Jahren. Sie stützte sich linksseitig auf einen Stock, dessen elfenbeinfarbenen Knauf sie so umfasste, dass man ihre rot lackierten Fingernägel zwangsläufig ansehen musste. Kurz musste ich an die scharfen Krallen eines Greifvogels denken.

Mein Vater hatte etliche Beziehungen gehabt. Aus der ersten Ehe mit Monique, geborene Vögtli, war Andrin hervorgegangen – ein Unfall im Bett, was ich von Mam wusste. Als Monique einen amerikanischen Pornoregisseur kennengelernt hatte, habe sie Mann und Sohn verlassen und sei in die Staaten ausgewandert. Dies sei ein harter Schlag für Vater gewesen. Daraufhin hatte er Bernadette geheiratet, um für seinen Erstgeborenen eine Ersatzmutter zu haben. Doch auch diese Beziehung habe nicht sehr lange gehalten.

Die Ehe mit Franca Sturm war kinderlos geblieben. Sie hatte genug mit Andrin zu tun gehabt. Nach der Scheidung hatte sie ihre Erfüllung in einem Kloster gefunden, wo sie bald darauf an einer unheilbaren Krankheit starb.

Vaters neueste Errungenschaft hatte er vor acht Jahren kennengelernt und sie Hals über Kopf geheiratet. Aus Wut, Rache und Torschlusspanik, was offensichtlich war. Er hatte es bis heute nicht verkraftet, dass meine Mam ihn verlassen hatte.

Letícia Epaminondas de Souza Cadisch. Der Name bot genug Stoff für Gespräche am Stammtisch. Ich hatte anfänglich grosse Mühe bekundet, mich mit der gebürtigen Brasilianerin anzufreunden, weil sich mein Vater mit ihr zum Gespött der Gemeinde machte. Vater hatte jedoch behauptet, das sei der pure Neid, weil ihn eine Dreissigjährige angelacht habe. Natürlich war es umgekehrt gewesen, denn Vaters Hang zu jungen Frauen war nichts Neues. Gleichaltrigen war er nicht gewachsen gewesen, obwohl ich den Grund zu kennen glaubte: Er hatte herrschen und beherrschen wollen. Junge und unerfahrene Frauen hatten ihm sein Ego genauso aufpoliert wie alle die Leute, die von seinem Portemonnaie abhängig waren. Die Umstände, wie er Letícia kennengelernt hatte, trieb mir beim blossen Darandenken Röte ins Gesicht. Sie war zuerst Luzis Freundin gewesen, die er im Davoser Nachtclub kennengelernt hatte.

Die Sonne stach vom Aprilhimmel. Ihre Strahlen durchbrachen die kahlen Lärchen, welche den Waldfriedhof beim Wildboden säumten. Hie und da ein gelbes Aufblitzen einer verfärbten Nadel, die trotzig dem Tannentod wehrte. Das Landwasser dampfte im nimmermüden Lauf. Über den Wipfeln glitzerte die schneebedeckte Kuppe des Jakobshorns, darüber der Kondensstreifen eines Linienjets, der sich in der Ferne verlor, auf der anderen Seite des Horizontes und für die Trauernden unsichtbar. Ich blickte auf den Sarg, der in einer Flut von Blumenarrangements aufgebahrt war. Die Zurschaustellung des Sarkophags hatte zwar bei einigen zu reden gegeben, andere hatten sich belustigt darüber geäussert, dass dies ganz im Sinne des Bartholomäus sei. Er habe sich seit früher Jugend stets in eine wichtige Position gerückt. Und wir Kinder hatten nur seinem Naturell entsprochen.

Unklar blieb, woher alle diese Kränze kamen.

Zerstreut nestelte ich an meiner Kaschmirjacke, öffnete mit zitternden Fingern die Knöpfe und schälte mich heraus. Wieder dieses undefinierbare Gefühl.

«… aus der Erde sind wir geboren, zur Erde kehren wir zurück …»

Ich lauschte, ohne die Worte des Pfarrers zu begreifen. Er hatte seine Bibel aufgeschlagen. «… Dazwischen stand ein reich erfülltes Leben … er hat gesät und geerntet …»

«Vor allem geerntet», hörte ich jemanden sagen, worauf ein unverständliches Getuschel begann. Der Pfarrer zitierte ein Gleichnis aus dem Neuen Testament, dem niemand richtig zuzuhören schien. Von Zeit zu Zeit äugte er über den oberen Brillenrand und hängte seine eigene Interpretation an. Im Anschluss huldigte er Worte des Dankes und lobte den Verstorbenen, was kaum jemand zu verstehen schien. Kopfschütteln und Achselzucken. Verlegenes Räuspern. Doch der Tod begradigt so manche Schwäche, und dem Toten Übles nachreden wäre nicht im Sinne der Hinterbliebenen gewesen, zumal Vaters Ableben für viele der hier Anwesenden eine Verbesserung der Lebensqualität in Aussicht stellte. Mich eingeschlossen.

Der Hügel hinter dem Friedhof war braun gesprenkelt. In den letzten milden Tagen hatte sich der Schnee in die höheren Lagen zurückgezogen. An seine Stelle waren glitzernde Bäche getreten, verwaschene Gräser, die sich zaghaft aufzurichten versuchten, und aufgeworfene Erdklumpen wie Maulwurfshügel im sonnendurchfluteten Tag. Auf den Gräbern drangen Krokusse durch den sulzigen Restschnee. Als Hymne der Unsterblichkeit oder des Wiedergeborenwerdens. Vielleicht als Trost für die Endgültigkeit.

Der Pfarrer segnete den Sarg. Ich bezweifelte, ob diese Worte etwas bezweckten, zumal mein Vater, seit ich mich erinnerte, jegliche christlichen Glaubensgrundsätze mit Füssen getreten hatte.

In der Ferne der dumpfe Schlag der Mittagsglocke, welcher in leisen Tönen über die Landschaft hallte.

«Warum hat man Vater nicht einfach kremiert?» Ich war neben meinen Bruder Valerio geschlichen, der mit hängendem Kopf zuhinterst stand. Er hatte die Hände verschränkt. Mit dem linken Fuss zeichnete er einen Halbkreis auf den feuchten Asphalt. Zweifelsfrei war er mit seinen Gedanken weit weg. Er liess schweigend die Zeit verstreichen und bemühte sich um ein ernstes Gesicht, das südländisch anmutete. Trotz seines energischen Profils, der leicht gebogenen Nase und den grossen dunklen Augen hatte er etwas unschuldig Naives, sogar Zartes an sich. Im Alter von siebenundzwanzig Jahren schien er den Ernst des Lebens noch nicht begriffen zu haben. Er fühlte sich stets auf der Sonnenseite. Das Leben war ein Karussell, und er schwebte von einem Höhepunkt zum anderen. Allem, was ihm Probleme bescherte, wich er aus. Er galt als Exot in der Familie. Auch äusserlich besass er wenig Ähnlichkeit mit dem Rest der Geschwister.

«Du bist mir eine Antwort schuldig», drängte ich leise, aber bestimmt.

«Die kann ich dir nicht geben», entgegnete Valerio. «Ich habe die Beerdigung nicht vorbereitet. Aber wenn du meine Meinung hören willst, Vater hätte eine Einäscherung nicht gewollt. Auch wenn er es nie zugab, er ist sehr altmodisch gewesen.»

Kurzes Zögern auf beiden Seiten. Ich überlegte mir, wie viele von den Angehörigen echte Trauer empfanden. Ich traute es weder meinen beiden Halbbrüdern zu, die mit ihren Partnern aus dem Engadin angereist waren, noch Vaters fünfter Frau Letícia, die unmittelbar neben dem Sarg harrte und ihre Krokodilstränen abtupfte, noch Vaters Schwester Benita, die sogar ihre Ferien in Nepal abgebrochen hatte, um hierherzureisen. Erstaunlich gefasst stand sie da, immer noch aufrecht mit ihren zweiundsiebzig Jahren. Ihre Haare waren mittlerweile schlohweiss geworden und rahmten ein gebräuntes faltiges Gesicht ein. Je älter sie geworden war, umso mehr hatte sie die Züge meines Vaters angenommen.

«Er hat seinen Körper mit viel Sport in Form gehalten», meinte Valerio leise und drückte seine Schultern nach hinten, um seine eigene Sportlichkeit zu demonstrieren. Sein gestählter Oberkörper sprengte den schwarzen Blazer, den er schon bei der Maturafeier vor sieben Jahren getragen hatte.

«Deshalb ist es merkwürdig, dass er beim Skifahren einfach zusammenbricht … Trotzdem ein schönes Ende. Sterben im Schnee …» Meine Stimme begann zu zittern. Ich zog meinen Bruder am Arm, während der Pfarrer ein Lied anstimmte. «Ich habe die Dinge immer aus einer respektvollen Distanz betrachtet.» Ich musste das jetzt loswerden. «Ehrlich gesagt habe ich Mam besser verstanden als du, wo du doch von Vater ziemlich indoktriniert warst.»

«Deinen juristischen Fachjargon könntest du dir zumindest auf dem Friedhof verkneifen», empörte sich Valerio leise, während man ein mir unbekanntes Lied sang. Er griff mit der rechten Hand ans Kinn. Die wuchernden Bartstoppeln bezeugten den raschen Aufbruch vor vierundzwanzig Stunden, wo ihn am Strand von Yucatán die Nachricht von dem Tod unseres Vaters ereilt hatte. Nur auf Umwegen und mit viel Mühe hatte ich seinen Aufenthalt herausgefunden. Aber da war Vater schon seit drei Tagen tot, und das Begräbnis stand fest.

Während vier Träger den dunkelbraunen Sarg an starken Seilen in die Tiefe senkten, schwenkte der Fahnenträger das Familienwappen. Drei Musikanten aus dem ortsansässigen Verein hoben ihre Blasinstrumente. Der zweite Teil aus «Free As A Bird» von Louis Armstrong schwang über die Köpfe der Anwesenden. Es mutete etwas sonderbar an. Ich erinnerte mich an Vaters Ohrwurm, ein einziges Musikstück, das er je gemocht und zu den unmöglichsten Begebenheiten abgespielt hatte, und das jahrelang. Er war ein unmusikalischer Mensch gewesen.

Valerio wandte sich um und verfolgte mit zusammengekniffenen Augen die Trauerzeremonie, in die Bewegung gekommen war.

«Sieh sie dir an!», spottete er, dass nur ich es hörte. «Der Landammann hat es nicht für nötig gefunden, mit seiner Frau zu kommen. Häusermann fehlt auch, und die paar Dörfler sind aus purer Neugier erschienen.»

«Hast du etwas anderes erwartet?»

Eine Weile versank ich in meinen Gedanken. Ich versuchte auf mein Inneres zu hören. Den Verlustschmerz hatte ich bis jetzt nicht richtig wahrgenommen. Kein heftiges Gefühl der Trauer. Trotz der Tränen.

«Ich glaube, mit dem Tod des Vaters ist etwas nicht mit rechten Dingen zugegangen. Nach seinem letzten Untersuch beim Hausarzt Dr. Maissen berichtete er mir, dass alles in Ordnung sei. Mit seiner Körperkonstitution hätte er ohne Weiteres noch fünfzehn Jahre leben können.»

Valerio sah nachdenklich auf mich nieder. «Du hast ihm in der letzten Zeit sehr nahegestanden. Du warst sein einziges Mädchen. Bist du sehr traurig?»

«Nicht deswegen. Ich hatte noch gar keine Zeit, darüber nachzudenken. Bestürzung und Wut dürften die treffenderen Worte sein. Ich bin wütend, weil ich mich mit ihm nicht versöhnt, weil ich viele Dinge nicht geklärt habe.»

«Ihr hattet Streit?»

Ich wusste nicht, ob ich mich meinem Bruder anvertrauen sollte. In den entscheidenden Momenten war er stets auf Reisen gewesen, war jeglichen Konfrontationen ausgewichen, um nicht mit Vater diskutieren zu müssen. Er war der geborene Ja-Sager und Rosinenpicker. Vielleicht lag darin des Rätsels Lösung. Wer sich gegen Vater auflehnte, musste früher oder später mit einem Zank rechnen. Valerio zog sich in heiklen Situationen immer zurück. Er bestaunte die Welt durch die rosarote Brille.

«Es gab selten Tage, an denen dies nicht der Fall war», sagte ich. «Ich warf ihm vor, dass er sein halbes Vermögen in Letícia investiert, wo sie doch nichts tut, ausser Geld mit vollen Händen auszugeben. Dauernd trägt sie neue Klamotten. Ihr Schrank muss mit Schuhen und Handtaschen vollgestopft sein. Du kannst dir etwa denken, was er darauf erwiderte.»

«Dass wir alle hinter seinem Erbe her seien.» Valerio verzog seinen Mund. «Dabei hatte sie, wie unsere Mam auch, stets vor ihm auf die Knie gehen müssen, um ihren angemessenen Unterhalt zu bekommen. Es hätte mich gewundert, wenn er mit Letícia anders umgegangen wäre.»

«Ich werde in den nächsten Tagen ein paar Dinge sondieren»,

lenkte ich ab, «ein wenig Ordnung schaffen, was in Anbetracht von Vaters Chaos kein leichtes Unterfangen sein wird. Er legte alles zur Seite, was ihm in die Hände kam. In seinem Büro befinden sich Hunderte von Dokumenten, Quittungen, Zeitungsberichten, Ausschnitten von Illustrierten, was wir uns näher ansehen müssen. Vielleicht finden wir etwas, das uns einen Weg weist.»

«Du hast vor, einfach in seinen Sachen zu wühlen? Und wohin führt das?»

«Ich glaube, das ist vonnöten», sagte ich. «Vielleicht hätten wir die Kriminalpolizei einschalten sollen. Ich schliesse nichts aus.»

«Was heisst das?»

«Vielleicht hat man ihn umgebracht.»

Valerio fasste meinen Arm und zog mich an sich. «Hat dich dein Studium nun ganz degeneriert? Oder kann ich davon ausgehen, dass deine überbordende Phantasie mit dir verrücktspielt?»

«Ich weiss nicht, es ist so ein Gefühl. Übrigens, du tust mir weh.»

Er liess mich los. «Ihr Frauen mit euren Gefühlen!» Er verzog den Mund zu einer Grimasse und rückte seinen Körper wieder gerade. «Er ist altershalber gestorben, so einfach ist das.»

«Ja, so haben auch die Ärzte gedacht. Seine körperliche Verfassung und der Bericht von Dr. Maissen über Vaters Gesundheit sprechen aber eine andere Sprache.»

Der Fahnenträger liess nach der letzten verklungenen Musiknote das Banner auf den Sarg hinunterfahren. Letícia beugte sich, um eine Handvoll Erde aufzunehmen, was Andrin, der in ihre Nähe vorgedrungen war, mit leisem Ausruf missbilligte.

«Wenn hier jemand Erde auf den Sarg wirft, dann bin wohl ich das, der Erstgeborene!»

«Mach dich doch nicht lächerlich», tadelte ich und hielt Andrin von einem unüberlegten Intermezzo zurück. «Von einem Mann in deinem Alter kann man wohl etwas anderes erwarten als eine solche Blamage.»

Andrin zog beleidigt den Kopf ein.

«Immerhin war sie seine rechtmässig angetraute Ehefrau», flüsterte ich.

«Von diesem Recht wird sie ausufernd Gebrauch machen, du wirst schon sehen», konterte er.

«Stell dich nicht so an», sagte ich später zu ihm. «Vater hat es nicht verdient, dass wir uns an seiner Beerdigung wie in der ‹Dreigroschenoper› aufführen. Bitte ein wenig Respekt.»

Andrin warf den Kopf in den Nacken. Seine Augen wurden schmal. Ich bemerkte, wie Pablo ihn am Ärmel zog.

«Vielleicht kannst du für einmal deine zynischen Bemerkungen unterdrücken», tadelte Luzi. Die aufgewachte Fiona hatte er in der Zwischenzeit auf den Boden gestellt. «Dich hört man über alle Gräber hinweg.»

«Die sind doch alle schwerhörig hier», versicherte Andrin.

«Wir fahren jetzt zum Alpenblüemli!» Sibylle unterbrach die drei Geschwister. Schlichterin wie immer. Meine Brüder hätten sich verprügeln können; Sibylle fand immer einen Ausweg. Neben ihr humpelte Fiona in bemitleidenswerter Manier. Vom Saum ihres grauen Samtkleidchens blitzten weisse Spitzen. Sie sah aus wie ein menschgewordenes Porzellanpüppchen aus einer antiken Sammlung, was die blonden Spirallocken noch verstärkten.

«Du und Allegra könnt mit uns fahren. Wir haben noch genug Platz.»

Sie wandte sich zuerst an mich, dann an Valerio, welcher auf ihren Bauch, den es aus den Nähten zu sprengen schien, dann auf den weissen Van deutete. «Nun ja, wenn ich euren Familienwagen ansehe, so habt ihr noch einiges vor. Acht Plätze, sagtest du …?»

Ich blickte schweigend zu Sibylle und wartete vergebens auf eine Reaktion.

Meine Schwägerin. Eigentlich meine Halbschwägerin. Sie war mir schon immer ein wenig bieder vorgekommen, was ihre aschblonden kurzen Haare und die grauen Augen unterstrichen. Trotz ihrer Auszeichnung als diplomierte Narkoseschwester und dem Wissen um ihre Kompetenz blieb sie für mich die graue Vorstadtmaus, die meinem Halbbruder vor acht Jahren den Kopf verdreht hatte. Kurz nachdem mein Vater ihm Letícia ausgespannt hatte. Dass sie als Ersatz hatte hinhalten müssen, war ihr egal gewesen, zumal sie aus einer einfachen Familie stammte und die Ehe mit Luzi als ein Sprungbrett in eine angesehene Gesellschaft ansah. Damals hatte sie nicht geahnt, was ihr alles noch blühte.

«Ich werde mit Valerio fahren», sagte ich und hängte mich bei meinem Bruder ein. «Er hat seinen Wagen auch dabei.»

Niemand kondolierte.

Während die Totengräber Erde auf den Sarg schaufelten, trieb es die Trauergäste in alle Himmelsrichtungen auseinander. Ein groteskes Bild bot sich uns, den Hinterbliebenen. Die Musiker verstauten ihre Instrumente in den Futteralen, und der Fahnenträger legte das Familienbanner auf einen der Kränze, als wäre er mit dem Text auf der zugedeckten Schleife nicht einverstanden. Die Lilien machten schlapp, und die violette Masche «mit dem letzten Gruss» sog sich mit Schmelzwasser voll.

«Hat Luzi nicht zum Leichenschmaus geladen?» Ich blickte nach hinten. «Vielleicht hätten wir warten sollen.»

Valerio zückte den Autoschlüssel. «Ich habe keine Lust, ins Alpenblüemli zu gehen», schmollte er.

«Und trotzdem müssen wir dorthin.» Wir standen jetzt vor seinem blauen Kombi. «Ist Letícia schon gegangen?»

«Ja, zu Fuss, nehme ich an.» Valerio öffnete die Wagentür. «Sie hat schon über sechzig Fahrstunden, aber noch immer keine Prüfung.»

«Sie tut mir leid», sagte ich.

«Sie wird wieder in ihre Heimat zurückkehren», meinte Valerio. «Zu ihrem Liebhaber, den sie nun mit Reichtum überschütten kann. Clevere Frau ...»

«Dass du auch immer solche Gedanken hegen musst», entrüstete ich mich.

«Nun ja, einen Brief von Guilherme hat sie ja mal offen liegen lassen ... also halb offen.»

«Und du hast ihn gelesen? Scheusal!» Ich wusste nicht, ob ich mich hätte darüber aufregen sollen.

«Als Archäologe hat man nun mal die Angewohnheit, nach Ungewöhnlichem zu graben.»

«Und?» Ich setzte mich auf den Beifahrersitz. Die Hitze im Wageninneren raubte mir den Atem. Ich kurbelte die Scheibe hinunter. «Was schreibt er?»

«Du bist ja neugierig!» Valerio mochte es, mich zu provozieren. «An die Sätze mag ich mich nicht mehr erinnern. Aber er muss der Mann sein, der Letícias geheime Sehnsüchte stillt.»

«Hm … Deshalb reist sie dreimal im Jahr für einen Monat in ihre Heimat.» Ich stöhnte ob der infernalischen Hitze. Vergeblich versuchte ich, die Frischluftzufuhr zu regulieren.

«Durch und durch berechnend, diese Frau.» Valerio startete den Motor.

Ich glaubte wohl eher an ein berechtigtes Motiv in ihrem jungen Alter. «Sei ehrlich», forderte ich meinen Bruder auf, «meinst du, der hat noch mit ihr …?»

Valerio grinste. «So, wie er mir erzählt hat … Charlie Chaplin hat auch noch mit knapp achtzig Jahren Kinder gezeugt.»

Er fuhr an, und ich zerschnitt mit einem Taschentuch die heisse Luft. Ich wandte mein Gesicht Valerio zu. Unfähig, seiner Aussage Glauben zu schenken, dachte ich, dass Hunde, die bellen, nicht beissen.

«Ist was?»

«Nichts. Ich habe nur gerade an Vater gedacht und daran, was aus Mam geworden wäre, wenn sie ihn nicht kennengelernt hätte.»

«Dann gäbe es uns nicht.» Valerio deutete mit dem Zeigefinger zuerst auf mich, dann auf sich. «Allein dieser Gedanke ist verwerflich.»

Wir fuhren jetzt auf die Hauptstrasse, die ins Dorf führte. Grün-weiss-gefleckte Landschaft. In der Ferne die Kirchturmspitze, welche sich in einen makellosen Himmel schraubte. Einer Legende zufolge sei die spiralförmige Windung der Turmspitze durch den Wind entstanden.

Davos. Mein Geburts- und Heimatort.

Trotzdem kam ich mir hier wie eine Fremde vor. Es dünkte mich, als wäre hier alles stehen geblieben. Ein verstaubtes Spielzeugdorf in den Bergen mit ein paar wenigen modernen Bauten. Noch säumten die gleichen Häuser die Strasse wie damals, bevor ich mit meiner Mam in die Zentralschweiz gezogen war. Noch immer die gleichen grauen Flachdachbauten, die windschiefen Holzhäuser in der Nähe des Spitals. Der vergebliche Versuch, durch teilweise Renovationen das Gesamtbild zu verbessern. Unüberlegte Flicke, überflüssige Gestaltungen. Die schmutzigen Trottoirs, die von Staub verunreinigten Fensterscheiben. Noch immer die Einbahnstrasse und das Verkehrsschild, welches die Fahrt in die falsche Richtung anzeigte.

Ein Film war stehen geblieben.

Vor dem Bahnhof die Kutschen und Pferde, die auf die Touristen warteten. Die Schiefertafel vor dem gelben Hotel und der Buddhastatue beim Eingang. Und dann, gegenüber der Bushaltestelle, das Denkmal grössenwahnsinnigen Gebarens. Ein grauer Betonklotz inmitten beschaulicher Umgebung. Ein Hotel der Superlative, wie es Davos noch nie zuvor gesehen hatte.

Vaters Denkmal.

Bei der Einfahrt zur Tiefgarage ein Obelisk, auf dem sein Name eingraviert war.

«Du hättest den Weg über die Oberstrasse nehmen können», sagte ich.

«Warum? Willst du nicht sehen, was uns bald gehören wird?»

Valerio verlangsamte das Tempo.

«Ich werde freiwillig darauf verzichten», entgegnete ich.

«Einem geschenkten Gaul schaut man nicht ins Maul.» Valerio provozierte schon wieder. «Zudem wird es sicher ein Testament geben.»

«Natürlich gibt es eines. Das hatte Vater schon früh geregelt. Er wollte sich letzte Woche mit dem Anwalt und dann mit dem Notar treffen. Dr. Polcan hat gesagt, Vater habe eine Änderung anbringen wollen.»

«Wohl eher eine Anpassung.» Valerio stiess Luft aus. Offensichtlich regte ihn mein Gerede auf.

«Vielleicht hat er seiner Enkelin etwas vermachen wollen», fuhr ich fort.

«Fiona?»

«Warum nicht? Vielleicht Letícia?»

«Dann kannst du sicher sein, dass sich die Erbteilung in die Länge ziehen wird.»

«Du bist ja richtig erpicht darauf. Warum eigentlich?»

«Nein, bin ich nicht. Hüte dich davor, mir etwas Erfundenes zu unterstellen.» Valerio boxte mich in die Seite, während er seinen Mund zu einem schrägen Lachen verformte. «Wir denken schon wie er – ans Geld.»

«Ich nicht. Und solange ich in der Ausbildung stecke, wird der Rubel auch so rollen. Es gibt ja diese Klausel. Von dieser hast auch du profitiert, obwohl Vater nicht mehr verpflichtet gewesen wäre, die Zweitausbildung zu finanzieren.»

«Das war meine Erstausbildung», wehrte sich Valerio.

«Andere müssen sich ihr Studium selbst verdienen, indem sie in den Semesterferien einen Job annehmen. Du warst immer auf Reisen.»

«*Learning by doing.*»

«So kann man es auch sagen.»

Wir fuhren jetzt den Fluss entlang. Wieder das Gefühl von Fremdheit. Würde ich jemals wieder in diesem Dorf wohnen wollen?

ZWEI

Das Restaurant Alpenblüemli liegt an der Hauptstrasse, die nach Davos Dorf führt, eingepfercht zwischen einem Betonbau aus den frühen neunziger Jahren links und einem schäbigen Geschäftshaus mit Flachdach rechts, zurückversetzt hinter einer knorrigen Föhre. Der kleine Garten war mit hellen Platten ausgelegt. Die Fassadenfarbe, etwas zwischen Grün und Oliv, bröckelte ab. Vor dem Eingang standen zwei Tonkübel mit Buchsbäumen. In den Vitrinen verstaubten Weinflaschen und matte Gläser neben künstlichen Blumen, die das einstmals satte Grün infolge starker Sonneneinstrahlung verloren hatten. Die Tür war nur angelehnt.

Ladina Frei, die Wirtin, lüftete die von Küchengeruch geschwängerte Luft. Eine Kaffeemaschine nahm die Hälfte des Tresens ein, davor thronte eine moderne Kasse. Im gesamten Raum gab es zu jeder Seite vier Tische mit geblumten rosaroten Tischtüchern und Stühle, bei denen man nicht wusste, ob sie absichtlich einen antiken Eindruck erwecken sollten oder ob das Geld für neue fehlte.

Der immer gleiche Eindruck, wenn ich in Vaters Stammlokal trat, in dem wir oftmals auch unsere Familienfeiern abgehalten hatten. Luzis Hochzeit zum Beispiel, sämtliche runden Geburtstage, Weihnachten und Ostern.

An den beiden gegenüberliegenden Wänden räkelten sich obskure Figuren in vergoldeten Rahmen, ein Varlin hing neben Chagall, ein Carigiet neben Amiet. Alles Reproduktionen, nahm ich an.

Ich unterliess es, mich zu setzen. Hinter mir quetschte sich der Rest der Familie in die Wirtsstube.

«Es sind schon Gäste da, die, wie sie sagten, zur Trauergesellschaft gehören», sagte Ladina und demonstrierte Geschäftigkeit. «Sie sind im Saal nebenan, wo ich für sechzig Leute aufgetischt habe. Aber ich bezweifle, dass die alle Platz finden.»

Luzi war der Erste, der sich über die Gäste erkundigte. «Wie lange sind sie schon hier?»

«Seit etwa einer halben Stunde», sagte Ladina. «Es hat mich schon ein wenig verwundert.»

Ich fragte mich, wo die alle herkamen, weil der Friedhof fast leer gewesen war. Ich wich Luzi aus, der jetzt in Riesenschritten zur Tür am Ende des Korridors ging.

Ladina warf mir einen verzweifelten Blick zu. «Habe ich etwas falsch gemacht?»

Ich winkte ab. «Du weisst, wie das ist, wenn es Essen und Trinken umsonst gibt», beschwichtigte ich und schenkte ihr ein Lächeln.

Seit ich mich erinnern konnte, arbeitete Ladina Frei im Alpenblüemli. Sie gehörte zum Inventar wie die verblassten Stühle und Holztische, der Tresen mit der Kaffeemaschine, die aufgereihten Gläser, die Bilder und Spiegel an den Wänden, die Jugendstillampen an der Decke, der wurmstichige Holzboden. Ladina war die gute Seele an diesem Ort. Von morgens bis abends zugegen. Die Gäste kamen ausschliesslich ihretwegen. Vielleicht noch der Conterser Böcke oder der Pizokels wegen.

Ladina hatte sich in den letzten Jahren kaum verändert. Sie war zwar dünner geworden, aber noch immer färbte sie ihre Haare schwarz. Ihre Haut schien aus Samt, das tiefe Grau ihrer Augen erstrahlte, und wenn sie lachte, tanzten feine Fältchen um ihren Mund. Sie hatte erst noch geheiratet, obwohl sie vor nicht allzu langer Zeit behauptet hatte, Singlefrau bleiben zu wollen. In ihrem Alter gehöre sie zu den Auslaufmodellen ihrer Art. Mit sechzig sei es an der Zeit, mit sich selbst ins Reine zu kommen. Da brauche sie keinen Mann, mit dem sie die Sorgen teilen müsse, die sie zuvor nicht hatte. Tatsächlich hatte sie sich dann aber in einen um zehn Jahre jüngeren Skilehrer verliebt, und zwei Wochen später waren sie vors Standesamt getreten.

Ich sah Luzi mir zuwinken und ahnte nichts Gutes.

«Ich gehe nur kurz mal nach nebenan», sagte ich, weil mir nicht geheuer war.

Andrin, der erstaunlicherweise Fiona getragen hatte, liess sie jetzt auf einen der Sitze fallen und bat Pablo, Sibylle und Bernadette, ebenfalls zu warten. Er half Benita auf einen Stuhl und bestellte für sie ein Glas Wasser.

So sieht also meine Familie aus, dachte ich einen Augenblick lang, bevor ich den Raum verliess.

Im Saal war es eng.

Tische und Stühle waren so ineinandergepfercht, dass man kaum zwischen den Gängen hindurchkam. Dass ich dennoch einen Blick auf die Anwesenden werfen konnte, lag daran, dass alle schon sassen.

Ich erkannte den Landammann wieder, diesmal mit seiner Frau und den drei Kindern. Der Golfclub war mit dem Präsidenten und dessen dritter Frau sowie dem Aktuar und dessen Gefolge vertreten. Ich erinnerte mich plötzlich, dass sich Vater erst noch darüber beschwert hatte, dass er mit diesen Herren nie ein Geschäft habe abschliessen können. Dabei verfügten sie alle über ein Vermögen, dass einem die Haare zu Berge standen. Den Kauf einer Wohnung oder eines Hauses hätten diese mit der Portokasse finanzieren können. Kindschis Frau und Töchter sassen da und einige Davoser, die ich nicht näher kannte.

Der Polizist Josias Müller thronte bei der Tür. «Ich bin Ihr ehemaliger Nachbar», liess er schuldbewusst verlauten, nachdem ich ihn ein wenig zu lange angesehen hatte. Er stotterte eine Beileidsbezeugung.

Es herrschte allgemeines Gelächter. Ich brachte den Verdacht nicht los, dass die Anwesenden nicht hier waren, um zu trauern, sondern um Vaters Verlust zu feiern oder auf unsere Kosten ihre Mägen zu füllen. Einige erhoben sich und kamen auf mich zu, taten alles, um Vaters Namen nicht in den Mund zu nehmen, während andere von nichts anderem sprachen. Mit einigen wechselte ich ein paar Worte, bevor sie sich entschuldigten, sichtlich erleichtert, die Trost spendenden Sätze als Pflichtübung unter den Tisch zu kehren.

Luzi, der zu jeder Begebenheit etwas zu sagen hatte, war sprachlos. Kopfschüttelnd wandte er sich an mich, zog mich am Arm und fand, dass es wenig Sinn habe, einen Aufstand zu machen.

«Lassen wir denen die Freude», sagte er. «Ich werde es aber dem Landammann in Rechnung stellen, wenn der meint, aus der Totenfeier für unseren Vater Kapital zu schlagen.»

Wusste ich es doch, dass er sich nicht einfach damit zufriedengab. «Es ist Ladinas Restaurant.»

«Aber die Rechnung bezahlen letztendlich wir», sagte Luzi. «Wie können Menschen bloss so pietätlos sein?»

Ich hätte ihm gern gesagt, dass sich gewisse Dinge im Leben widerspiegeln, auch das Leben unseres Vaters. Doch das hätte zur Folge gehabt, mich mit meinem Bruder auf eine endlose Diskussion einzulassen, bei der er als Sieger hervorgegangen wäre. Egal, welche plausiblen Begründungen ich angebracht hätte. Er gehörte zu den Menschen, die aus einer kleinen Begebenheit eine riesengrosse Polemik machten.

Ladina tischte Suppe auf.

Einen dampfenden Sud aus eingekochten Tomaten mit Basilikum. Während sich meine Familie mit Heisshunger über die Teller lehnte, verging mir der Appetit. Von nebenan drang lautes Stimmengewirr. Hier wurde geschwiegen.

Als nach einer Weile die Tür aufging und Vaters Anwalt dazukam, schauten alle kurz auf, um sich danach weiterhin schweigend der Suppe zu widmen. Einzig Luzi und Dr. Polcan tauschten Blicke, wonach Letzterer ohne ein Wort zu sagen in Richtung Korridor schritt. Hatte man ihn etwa schon angerufen?

Luzi klopfte mit dem Suppenlöffel an den Tellerrand. Valerio sog tief Luft durch die Nase ein, und Andrin verdrehte konsterniert die Augen, als wüssten sie, was kommen würde. Während Benita den letzten Rest Suppe schlürfte, kletterte Fiona hinter ihrem Rücken auf die andere Seite zu ihrer Grossmutter. Vergessen schien ihr gestauchter Fuss. Bernadette nahm sie mit offenen Armen in Empfang und setzte sie neben sich. Ich konnte mir ein Lächeln nicht verkneifen. Bernadette hatte sich nach Fionas Geburt zu einem liebevollen Nani gewandelt, egal ob ihr die Enkelin jetzt mit ihren Tomatenfingern die Bluse verkleckerte. Auf ihren schwarz gefärbten Haaren thronte ein Hütchen mit netzstrumpfähnlichem Vorhang, welcher ein künstlich aufgehelltes Gesicht nur teilweise bedeckte. Ihre Lippen schimmerten knallrot. Es erinnerte ein wenig an Schneewittchen, wären da nicht die tiefen Falten um den Mund gewesen, in denen das Lippenrot wie in einem verästelten Fluss verlief. Trotz der Maskerade gelang es ihr nicht, ihre bald siebzig Jahre und die Spuren eines tragischen Lebens zu verstecken.

Wenn Luzi stand, überragte er den oberen Rand des Varlin. Er hatte seinen schwarzen Veston ausgezogen und ihn über die Stuhllehne geworfen. Seine linke Hand verschwand in der Hosentasche, während er mit der rechten ein paar Schreibblätter hielt, auf denen er seine Gedanken aufgeschrieben hatte. Wie Vater. Ich wunderte mich, wie ein Mann, der in den besten Universitäten der Welt studiert hatte und nun als Werbebeauftragter in einem Pharmabetrieb arbeitete, nicht fähig war, eine Rede ohne schriftliche Hilfe zu halten.

«Seinen Vater zu verlieren», begann er, «fühlt sich genauso an, als würde einem das Dach über dem Kopf weggerissen.»

«Dann stehst du jetzt im Regen», kommentierte Valerio.

«Anstatt mit ihm den fünfundsiebzigsten Geburtstag zu feiern», fuhr Luzi fort, «auf den sich unser Vater so sehr gefreut hat, haben wir ihn nun zu Grabe tragen müssen. Ist es Schicksal? Eine Vorsehung?»

«Hab gar nicht gewusst, dass der esoterische Züge besitzt», flüsterte mir Valerio zu. Ich kniff ihm in die Seite und gebot ihm, sich stillzuhalten.

«Ich habe dich gewarnt.» Valerio gab nicht auf. «Muss der denn immer eine Rede halten?»

«Hättest *du* sie denn halten wollen?», fragte ich zurück.

«Es wäre auch mal ohne gegangen.» Valerio schmollte, und Luzi, der sich in seinen Bemühungen gestört fühlte, klopfe erneut gegen den Tellerrand.

Gerade als er mit weiteren geistreichen Worten aufwarten wollte, ging die Tür auf, und Letícia kam herein. Ich musste sie nicht lange anschauen, um zu bemerken, dass sie geweint hatte.

«Wo kommt denn die her?», fragte Andrin, welcher der Tür am nächsten sass.

Es war vorher niemandem aufgefallen, dass Letícia fehlte.

Sie holte schluchzend ein Taschentuch aus ihrer Handtasche,

als müsste sie demonstrieren, wie ernsthaft ihre Trauer war. «Von Haus», sagte sie.

Trotz des gut achtjährigen Aufenthaltes in der Schweiz sprach Letícia ein schlechtes Deutsch. Vater hatte sie anfänglich in den Deutschunterricht schicken wollen, sah dann aber davon ab, weil ihn das Geld reute.

«Ich bin mir sicher, die hat mit Guilherme telefoniert», flüsterte Valerio an meiner Seite.

«Das hätte sie schon vor drei Tagen tun können», bemerkte ich und verfolgte die aufkommende Unruhe im Raum.

Luzi setzte sich resigniert, eine mir völlig neue Erfahrung, während Letícia ihr schwarzes Jäckchen auszog und es Ladina überreichte. Den Vorschlag, sich zu setzen und Suppe zu essen, schlug sie aus, was Luzi giftig kommentierte. «Etwas anderes habe ich auch nicht erwartet. Die trinkt doch nur Tee.» Er wandte sich Ladina zu und bestellte einen Eisenkrautaufguss. Er hob sein Weinglas. «Auf die fröhliche Witwe!»

«Luzi, jetzt mal halblang.» Sibylle, die ihrem Mann gegenübersass, beugte sich über den Tisch. «Wir trauern hier um unseren lieben Vater.»

Ich hätte ihr am liebsten gesagt, sie solle ihre geschwollenen Worte für später aufsparen. Vor allem sie, die sich in letzter Zeit sehr rargemacht hatte. Ihre Schwangerschaft, fand ich, war kein Grund, sich um die anfallenden Arbeiten in Vaters Ferienhaus in der Toskana zu drücken, nachdem sie dort die meiste Ferienzeit verbracht hatte. Erst recht nicht nach der Geldspritze zum Bau ihres Hauses.

Ich bemerkte, dass Luzi schon zu viel über den Durst gekippt hatte. Die Karaffe neben seinem Besteck war leer, und ausser ihm hatte niemand von dem Rotwein getrunken.

«Nun ja, wir werden ja sehen», fuhr er fort. «Vielleicht hat ja die schöne Brasilianerin unseren Ätti auf dem Gewissen …» Er war der Einzige unter uns Geschwistern, der Vater jeweils mit Ätti angesprochen hatte.

«Luzi!» Andrin zog seinen Bruder am Arm.

Dieser boxte sich frei. «Wir wissen ja, zu was die Zuckerhutmafia fähig ist …»

Niemand verhinderte es, als Luzi über den Besuch von Letícias Familie aus Rio de Janeiro erzählte. «Ich bin für ein paar Tage bei Ätti gewesen und habe Letícias Brüder und Schwestern kennengelernt. Eine Grossfamilie aus den Favelas. Ihr könnt euch etwa vorstellen, wie sie sich in der Wohnung aufgeführt haben. Das war wie ein Schlaraffenland für die. Ich weiss, dass Letícia eine Erbschleicherin ist.»

Es herrschte peinliche Ruhe.

Wie froh war ich, dass Letícia nicht alles verstand. Ich holte einen leeren Stuhl und schob ihn ihr zu. Auch wenn ihre Anwesenheit unter uns Geschwistern nicht unbedingt erwünscht war, so viel zur Schau getragene Abneigung hatte sie nicht verdient, zuallerletzt von Luzi. Er hatte es noch nicht überwunden, dass sein Vater ihm seine Freundin ausgespannt hatte, obwohl er – wie er behauptete – glücklich verheiratet war. Aus Letícia war ich nie schlau geworden. Ich konnte mir auch nicht vorstellen, was sie an einem alten Mann wie Vater gefunden hatte. Ob es an ihrer Mentalität lag oder ob sie tatsächlich ein Herz für Senioren hatte – das entzog sich meinem Wissen. Wenn sie sich jetzt neben mich setzte und ich in ihr Vollmondgesicht sah, welches von tief liegenden dunklen Augen beherrscht wurde, hätte sie einem leidtun können. Sie hatte sich von meinem Vater genauso einschüchtern lassen wie alle, die um den Tisch herum sassen. Letztendlich hatte es an ihr gelegen, als Vater sie zum Traualtar führte. Sie hätte Nein sagen können.

Hatte sie am Ende auf den heutigen Tag gewartet?

Ladina räumte die Teller ab. Auf ihre Frage, ob sie den Hauptgang schon auftragen solle, bejahte nur ich.

Valerio wandte sich an Luzi. «Wolltest du nicht noch etwas sagen?»

«Ich bin fertig.» Luzi ass von dem Brot, das in einem Körbchen auf dem Tisch stand. Er hatte sich beruhigt. «Wir werden ja sehen, was nach der Testamentseröffnung geschieht», sagte er mit vollem Mund. «So schnell werdet ihr nicht ans Geld gelangen, meine Lieben. Ich ahne, dass da noch sehr viel Ungemütliches auf uns zukommen wird.» Dann musterte er eindringlich Pablo, der sich ungewöhnlich nahe an Andrin geschmiegt hatte. «Jetzt siehst du selbst, auf welche Familie du dich einlässt.»

«Ich werde die Familie ja nicht heiraten», gab sich Pablo schlagfertig. Trotzdem huschte über sein fein geschnittenes Gesicht eine zarte Röte. Er strich sich mit der Hand durch die kurzen Haare, während seine Augen blinzelten.

«Aha, aber Andrin möchtest du gern heiraten.» Luzis Lachen hatte etwas Diabolisches an sich. «Das wäre ein Novum. Ausser Andrin hat es noch kein Cadisch je geschafft, das Ufer zu wechseln. Ich bin froh, habt ihr …», Luzi liess den Blick zwischen Andrin und Pablo hin- und hergleiten, «… das unserem Vater nicht mitgeteilt? Er hätte sich in Grund und Boden geschämt. Jetzt betrifft es ihn nicht mehr.»

«Allegra vermutet Mord», sagte Valerio wie aus dem Kanonenrohr.

Ich hätte ihn dafür ohrfeigen können.

«Ja, so sehe ich es auch», sagte Luzi. «Ich auch, Kleines.»

Ich hasste es, wenn er mich so nannte. Ich warf die Serviette auf den Tisch und erhob mich. «Habt ihr eigentlich keinen Respekt? Kaum ist unser Vater unter dem Boden, führt ihr euch wie die letzten Husaren auf.»

«Kommt Zeit, kommt Rat», beschwichtigte Sibylle.

Sie nervte mich. Sie hatte ja keine Ahnung.

«Die kann gut reden», meinte daraufhin Pablo. «Die haben ihr Erbe schon vorgezogen und hausen seither in ihrer Luxusvilla.» Mit dieser Aussage machte er sich gleich verdächtig. Was ging es ihn überhaupt an?

«So viel Luxus gibt es da nicht», intervenierte Luzi mit hochrotem Kopf. «Und, was glaubst du eigentlich, wer du bist? Warum tauchst du ausgerechnet heute auf, nachdem du dich in letzter Zeit nie gezeigt hast? Vater mochte dich nicht. Schon vergessen? Aber dein plötzliches Interesse an der Familie kommt mir sehr ominös vor.»

«Wir lieben uns», sagte Andrin mit grosser Überwindung. «Pablo ist hier, weil er mich in meiner tiefen Trauer tröstet.»

«Freu dich nicht zu früh», konterte Luzi. «Andrin wird dich bald wie eine heisse Kartoffel fallen lassen. Ich kenne ihn. Spätestens dann, wenn er selbst genug Geld besitzt. Merkst du nicht, dass er dich wie eine Weihnachtsgans ausnimmt?» Es sollte lustig klingen, doch Pablos Gesicht verfinsterte sich zusehends. Ich vermochte nicht herauszufinden, welche Gedanken hinter seiner Stirn entstanden. Doch ich vermutete, dass es schwere waren.

Erst beim Hauptgang, einem provenzalischen Lamm-Gigot und gebratenen Kartoffeln mit Bohnen, kehrte Ruhe ein.

Benita begann, von ihrer Reise nach Nepal zu berichten. Sie sei eine Zeit lang in Kathmandu gewesen und habe den Hinduismus studiert. Ich staunte über ihre Agilität, die sie in ihrem fortgeschrittenen Alter an den Tag legte. Zweimal im Jahr unternahm sie eine zweimonatige Reise zum Himalaja. Ich vermutete, dass sie dort eine Beziehung pflegte, von der niemand erfahren durfte. Sie hatte ihren Teller mit der Ausrede zurückgegeben, dass sie kein Fleisch mehr esse, seit sie bei den Hindus gewesen war, worauf eine rege Diskussion über Sinn und Unsinn der vegetarischen Ernährung entbrannte.

Am Nachmittag zog ich mich zurück. Valerio verschwand in seine eigene Wohnung, um, wie er sagte, die Zeitverschiebung auszukurieren. Meine anderen Verwandten trafen sich noch bei Benita. Auch Letícia ging mit, was ich nicht von ihr erwartet hatte. Aber es war mir recht so.

Ich verabschiedete mich mit der Begründung, dass ich eines von drei Essays für mein Studium noch beenden müsse. Niemand interessierte sich dafür.

DREI

Endlich allein.

Ich drehte den Schlüssel zum Büro und wunderte mich, dass Luzi nicht schon lange ein Siegel angebracht hatte, aus Angst, etwas Wichtiges würde verschwinden, ohne vorher durch seine Hände gegangen und von seinen Augen begutachtet worden zu sein. Im Büro schloss ich die Tür wieder ab. Wollte mich im Vornherein vor unliebsamem Besuch schützen. Ich hätte es nicht ertragen, wenn man mich auf meinen neugierigen Streifzügen durch Vaters Heiligtümer erwischt hätte.

Das, was ich tat, war nicht richtig, zumal ich selbst davon ausging, dass Vater nicht infolge eines normalen Todes gestorben war. Zudem war dies jetzt Letícias rechtmässiges alleiniges Zuhause, wo ich nichts mehr zu suchen hatte.

Es war mir, als spürte ich noch immer Vaters Anwesenheit in diesem Raum. Jeder Winkel schien mit seinem Geruch ausgefüllt zu sein. Ich sah ihn an seinem Pult vorne beim Fenster sitzen, vor sich den Computer, dessen Tastatur er mehr als einmal zu Schrott geschlagen hatte. Aus Gründen, die für mich nie nachvollziehbar gewesen waren. Vielleicht aufgrund seines übertrieben cholerischen Temperaments. Vater hatte es nie zugegeben, dass er von den technischen Dingen wenig verstand und selbst ein Computerkurs, den er mit sechzig noch besuchte, keine Verbesserung im Umgang mit dem Gerät gebracht hatte.

Ich zog eine Schublade heraus und sah hinter einer alphabethisch geordneten Aktenablage eine Schachtel mit von Hand geschriebenen Rechnungen und die Kopien von Quittungen, die – ich musste davon ausgehen – nie auf einer Steuererklärung aufgeführt gewesen waren.

In einer anderen Schublade fand ich Ordner mit Bankauszügen, Ordner mit Rechnungen, deren Einzahlungsdaten von Hand hingeschrieben waren. Ich griff nach einer dieser Rechnungen und vergewisserte mich, ob sich Vaters Zahlungsmoral in letzter Zeit gebessert hatte. Wenn ich das Ausstelldatum mit demjenigen der Zahlung verglich, musste ich feststellen, dass er immer knapp nach der Frist bezahlt hatte. Typisch für ihn waren die Abzüge von Rabatten und mindestens zwei Prozenten Skonto, ob die nun gerechtfertigt waren oder nicht.

Bei den Reichen lerne man sparen, hatte er oft gesagt.

Ich zog die nächste Schublade heraus. Wieder Register voller Akten und Ordner mit Gerichtsentscheiden, die zum Teil Jahre zurücklagen. Ich fand eine umfangreiche Dokumentation über seine erste Ehe mit Monique, Bilder, auf denen mein Vater und sie, gemeinsam mit ihrem Sohn Andrin, zu sehen waren – eine Seltenheit. Dann nur noch Bilder von Monique, eines sogar eine Aktaufnahme. Darunter standen Ort und Datum, als sie Vater verlassen hatte, und sein Kommentar, wie widerlich dies sei, dass sie sich auf das Niveau eines Pornokönigs heruntergelassen habe. Dann je zwei Mappen mit den Scheidungsdokumenten in Bezug auf die gescheiterten Ehen mit Bernadette und Franca. Ich überflog sie und stellte nichts fest, das mein Interesse auf sich hätte ziehen können. Weiter hinten der Ordner über Mam. Auch hier hatte er ihre Fichen angelegt. Jeder ihrer Briefe war säuberlich archiviert. Ein Zeitungsbericht über sie war eingeheftet, ein etwas verschwommenes Bild, das sie auf dem Rücken eines Pferdes zeigte. Auch hier Fotografien aus der Vergangenheit. Ich musste lange auf die Bilder schauen. Mam hatte die Schönheit ihrer Jugend bis heute beibehalten. Dann folgte in zwei weiteren Ordnern der ganze Papierkram über die Scheidung und, was mich am meisten verwunderte, zwei von Hand geschriebene Quittungen eines Gustl Haider für Gefälligkeiten in Zürich. Auf beiden Zetteln war derselbe Betrag in einem fünfstelligen Bereich angegeben. Zwischen den beiden Barbezahlungen lagen lediglich vier Tage.

Haider. Ich hatte mal einen Jungen mit einem solchen Nachnamen gekannt. Er war ein Österreicher gewesen.

Was hatte Vater mit einem Österreicher zu tun gehabt? Vorsorglich nahm ich die beiden Quittungen an mich. Ich blätterte weiter und erkannte den Briefwechsel zwischen den Anwälten meiner Eltern. Textkopien, die meine Mam schon Jahre vorher vernichtet hatte. Damals hatte der in Pension getretene Anwalt

Ambrosi Padrutt meinen Vater vertreten. Ich erinnerte mich an Mams Worte, dass sie es nie verstanden habe, wie ein Mann, der sich als Freund der Familie bezeichnete, sich plötzlich gegen sie richtete. Ich schlug die Ordner zu und verräumte sie an ihren angestammten Platz.

Die vierte Schublade liess sich nicht öffnen. Ich zog und rüttelte erfolglos am Griff. Sie war abgeschlossen. Was war so geheimnisvoll, dass Vater es noch zusätzlich eingesperrt hatte? Irgendwo musste der Schlüssel zu finden sein. Vielleicht im Geldschrank?

Vaters Tresor befand sich im Schlafzimmer. Ich war mir nicht sicher, ob ich den Schlüssel dazu gleich auf Anhieb finden würde. Ich suchte im Büro weiter. Ich versuchte, Vaters Gedankengänge nachzuvollziehen. Er musste den Schlüssel irgendwo hingelegt haben, damit er davon ausgehen konnte, ihn wiederzufinden. Manchmal war er sehr vergesslich gewesen. Ich wollte schon aufgeben, als ich noch einmal die Schachtel mit den handge-schriebenen Rechnungen hervorholte. Und tatsächlich fand ich den Schlüssel hinter dem letzten Karton.

Mein Herz schlug bis zum Hals.

Was steckte in der Schublade? Was war es, das Vater davon abgehalten hatte, es zu präsentieren? Er konnte davon ausge-gangen sein, dass selbst die Ordner mit den delikaten Akten einmal in Augenschein genommen würden, wenn er nicht mehr lebte. Oder hatte er nie so weit geschaut? Mit zitternden Fingern steckte ich den Schlüssel ins Schloss und drehte ihn um.

Die Schublade liess sich jetzt leicht herausziehen.

Im ersten Schuhkarton fand ich eine Anzahl von Trickfil-men, die meine Aufmerksamkeit nicht gleich in Anspruch nahm. Daneben eine kleinere Schachtel mit Super-8-Filmen, auf welchen ich Aufnahmen von Vaters erster und zweiter Familie vermutete. Vielleicht würde ich einmal Zeit finden, mir diese anzusehen. Ich musste lächeln, wenn ich mir Andrin als kleinen Jungen vorstellte oder Luzi, als er noch in Windeln herumtapste. Ich griff wieder nach einem der Trickfilme und betrachtete die Rückseite der Schachtel, in dem er eingepackt war. Die Produktion fand im Jahr 1964 statt und beinhaltete pornografische Darstellungen. Ich musste ein paarmal leer schlucken. War es möglich, dass Vater absonderliche Neigungen gehabt hatte? Ertappt legte ich den Film in die Schachtel zurück. Unter verschiedenem Papierkram, den ich nicht zuordnen konnte, endlich etwas, das ein wenig Licht ins Dunkel brachte.

Der Umschlag sah aus wie jeder herkömmliche Briefumschlag – nichts Auffälliges. Er war an Vater adressiert. Vater hatte das Datum des 28. März vermerkt, eine Eigenart von ihm, die sich mir jetzt als grosser Nutzen erwies. Ich öffnete die Lasche und zog den Inhalt heraus. Ein einziges Schreibblatt kam zum Vorschein, fein säuberlich gefalzt. Ich faltete den Brief auseinander und las.

Lieber Bartholomäus,
es ist schon eine Weile her seit Deinem letzten Besuch. Ich habe Dir damals versprochen, mich weiterhin mit Dir zu beschäftigen. Nun muss ich gestehen, dass mich Dein Schicksal nicht mehr loslässt. Ich bin hier auf etwas gestossen, welches wir näher ausleuchten müssten. Ich erachte es als dringend notwendig, Dich in den nächsten Tagen zu treffen. Bitte rufe mich umgehend zurück.
Mit lieben Grüssen
Deine Marisa

Darunter stand ihre Telefonnummer und die Zeit, in der sie am besten zu erreichen war.

Seine Marisa! Wer war Marisa?

Vater hatte sie nie erwähnt, wo er sonst immer viel Aufhebens um seine Frauenbekanntschaften gemacht hatte. Ich notierte mir die Telefonnummer und nahm mir vor, sie anzurufen. Es bestand die Möglichkeit, dass sie von Vaters Ableben nichts wusste. Aber vor allem interessierte mich, ob sich Vater mit ihr getroffen hatte und weshalb. Ein Blick auf meine Uhr: bald fünf Uhr. Ich griff nach meinem iPhone und wählte die Nummer.

Nach viermaligem Klingeln meldete sie sich. «Marisa de Boni.»

Ihre Stimme klang angenehm, eine Spur zu langsam. Sie artikulierte jeden Buchstaben so klar, als müsste sie ihn einbalsamieren oder auf Watte betten. Kein Zweifel, ich hatte es hier mit einer überaus sensiblen und intelligenten Dame zu tun.

Ich nannte meinen Namen.

Sie sagte: «Allegra, ich weiss von Ihnen. Ihr Vater hat Sie mir beschrieben.»

«Woher kennen Sie meinen Vater?», fragte ich.

«Das ist eine lange Geschichte. Wir haben uns vor Jahren in Zürich getroffen. Er besuchte mich dann regelmässig in meinem Atelier.»

«In Ihrem Atelier? Sind Sie Schneiderin oder Malerin?»

Sie lachte. «Das kann ich Ihnen nicht konkret sagen. Aber schneidern, malen oder gar töpfern tue ich nicht. Ich habe mit Menschen zu tun und helfe ihnen aus persönlichen Nöten.»

Eine Therapeutin? Eine Psychologin?

Es fiel mir schwer, Vater mit ihr in Verbindung zu bringen. Vater hatte sich immer sehr geringschätzig über Therapien und dergleichen geäussert. Vielleicht irrte ich mich und Marisa war Ärztin – eine Spezialistin – und Vater war wider besseres Wissen krank gewesen.

Nachdem ich sie über Vaters Tod aufgeklärt hatte, schien es eine Weile, als hätte sie den Telefonhörer aus der Hand gelegt. Ihr Atem ging schneller, einen Augenblick lang. Wieder gefasst, fragte sie mich nach den näheren Umständen, und während ich ihr davon berichtete, unterbrach sie mich immer wieder mit einem tiefen Seufzen und mit den Worten: «Damit habe ich zuletzt gerechnet, das ist ja furchtbar.»

Ich wurde nicht klug aus ihr. «Wäre es möglich, uns bald zu sehen?», fragte ich und dachte «da mir die Zeit davonrennt», aber das sagte ich nicht laut.

Sie gab mir ihre Adresse bekannt. «Wir könnten uns morgen treffen. Ich werde alle übrigen Termine verschieben. Ich könnte aber auch nach Davos kommen. Sagen Sie mir, was Ihnen am besten passt und wo wir uns verabreden können.»

«Das wäre sehr grosszügig von Ihnen, wenn ich Sie hier vor Ort treffen könnte.»

Mir fiel kein anderer Gasthof ein als der neben dem Bahnhof.

Immer näher schob sich der Gedanke, dass mein Vater nicht eines natürlichen Todes gestorben war. Was sich auf dem Friedhof nur ganz vage in meinen Kopf vorgetastet hatte, manifestierte sich je länger, desto mehr. Wer hatte Vaters Skier und Schuhe gestohlen? War es möglich, dass er dieser beiden Sachen wegen umgebracht worden war? Lebten wir jetzt auch in Davos in einer Zeit, wo die Wertschätzung gegenüber einem Menschenleben so tief gesunken war, dass man aufgrund materieller Dinge tötete? Warum hatte man Vaters Tod einfach akzeptiert? Jeder andere Tote wäre unter diesen Gegebenheiten untersucht worden. Schlussendlich befasste ich mich während meines Studiums mit solchen Fällen. Ich hätte mich durchsetzen und meine Äusserungen, die ich auch gegenüber meinen beiden Halbbrüdern kundgetan hatte, verteidigen sollen. Mein Verdacht, dass es ihnen letztendlich nur ums Erben ging, verstärkte sich. Nicht einmal Luzi hatte Näheres erfahren wollen. Seine Meinung beim Leichenmahl hatte lediglich dazu gedient, Letícia zu brüskieren. Er litt noch immer unter verletztem Stolz und hatte es ihr heimzahlen wollen.

Und Valerio? Würde er mir helfen, die Wahrheit herauszufinden? Oder würde er sich wieder um alles drücken, was mit Unannehmlichkeiten verbunden war?

Ich war mir sicher, dass man etwas verschwieg, was zu brisant war, um es aufzudecken. Vater hatte sich in den letzten Jahren viele Feinde geschaffen. Seine kaltschnäuzige, arrogante Art war mit zunehmendem Alter noch schlimmer geworden. Auch gegenüber uns Kindern war er oft sehr unzimperlich aufgetreten. Er hatte nie eine andere Meinung als seine eigene geduldet. Niemals hatte er etwas gelten lassen, das von seiner Überzeugung abwich. Er hatte sich für unfehlbar gehalten und dies auch so kommuniziert.

Ich griff erneut nach dem Telefon und wählte Valerios Nummer. Er meldete sich nicht.

Ich verräumte die Schachtel mit den Filmen, legte die Dokumente und den Brief zurück, schob die Schublade zu und schloss ab. Den Schlüssel nahm ich an mich. Ich würde ein andermal da weitermachen, wo ich aufgehört hatte.

Ich verliess das Büro und ging durch den Korridor an vier Türen vorbei, von denen eine offen stand. Ich blickte ins Zimmer, das ich bewohnt hatte, als meine Eltern noch zusammen waren. Ich erinnerte mich an Mams liebevolle Gestaltung und erschrak ob der Unpersönlichkeit, welche im Raum herrschte. Auf dem Boden lag ein neuer Teppich in bonbonfarbenem Muster – pink, knallgelb und hellgrün –, was nicht zur restlichen Einrichtung passte. Ausser einem Bett mit geblumtem Überwurf und einem Schülerpult, welches Vater im Nachhinein gekauft hatte, gab es nichts. Selbst die Vorhänge fehlten. Typisch Vater wieder einmal, dachte ich, er hatte noch nie einen guten Geschmack gehabt. Harmonie und Ruhe waren für ihn stets Fremdwörter gewesen.

Auch im Wohnzimmer hatte er nach Mams Auszug einige Änderungen vorgenommen, als hätte er damit demonstrieren müssen, dass er ohne sie sehr gut zurechtkam. Leider war ihm das nicht gelungen. Nicht einmal Letícia hatte es geschafft, eine behagliche Atmosphäre herzustellen. Möbel und Boden waren in fadem Beige gehalten, die Wände bis auf den letzten Platz mit Bildern überfüllt. Ich musste an ein Museum denken. Ich entdeckte die Statue, welche Vater meiner Mam zum dreissigsten Geburtstag geschenkt hatte. Bei der Scheidung hatte er nichts mehr davon wissen wollen und es vehement abgestritten. Ich musste mich zusammenreissen, sie nicht vom Sockel zu holen und sie Mam zu bringen. Ihre Worte lagen noch in meinen Ohren, dass Vater nie etwas geschenkt habe, von dem er nicht selbst profitieren konnte. Er habe die Dinge immer nur leihweise gegeben.

Wenn ich auch wollte, ich brachte es nicht fertig, dies nachzuvollziehen.

Ich versuchte noch einmal, Valerio zu erreichen. Niemand meldete sich. Ich überlegte mir, ob ich meinen Studienfreund Tomasz Kandinsky anrufen sollte, um ihm meinen Verdacht zu schildern. Wenn es einen Menschen gab, dem ich hundertprozentig vertrauen konnte, dann ihm.

Tomasz und ich.

Vielleicht hätte man diese Beziehung eine platonische nennen können. Eine Leidenschaft auf geistiger Ebene. Dank Tomasz hatte ich es mit meinem Studium überhaupt so weit gebracht. Wir ergänzten uns in jeder Hinsicht. Mit Tomasz verband mich mehr als Freundschaft. Tomasz war für mich der Inbegriff des Intellektuellen. Er hatte ein Allgemeinwissen, das man selten bei einem allein findet. Er interessierte sich für Musik, Kunst und Kultur, wusste viel über Geschichte und gab sich selbst bei banalen Themen nicht geschlagen. Man konnte sich mit ihm auch über Fussball unterhalten, weil er gegenüber allem und jedem eine grosse Wertschätzung zeigte.

Trotzdem war er ein kritischer Zeitgenosse. Hinter jeder Begebenheit vermutete er eine Ursache, der er auf den Grund gehen musste. Für Tomasz war das ganze Leben eine Vernetzung von Nichtzufällen, wie er sich auszudrücken pflegte, eine Maschinerie mit Zahnrädern, bei denen ohne das eine das andere nicht lief.

Seine Spitzfindigkeiten würden mir gewiss nützen. Ich war mir sicher, dass er mir auf der Suche nach der Wahrheit im Rahmen seiner Möglichkeiten helfen würde.

Ich stellte seine Nummer ein.

Tomasz war zu jeder Zeit erreichbar. Telefone, war er überzeugt, seien dazu da, um sie zu gebrauchen. Wer eines habe, soll es benützen. Er verpönte die Leute mit den Mobiltelefonen, die je nach Lust und Laune auf die Beantwortung eines Anrufes verzichteten, wenn sie den Anrufer anhand der Nummer erkannten. Das Nichtentgegennehmen eines angemeldeten Gespräches sei eine Unterlassungssünde. Man müsse für die anderen immer da sein. Es könne ja mal etwas Fatales geschehen, und man würde sich im Nachhinein ein schlechtes Gewissen machen. Wir lebten in einer Zeit, wo man sich nicht mehr auf dem Dorfplatz treffe, sondern per Elektronik. Im Gegenzug dazu missbilligte er diejenigen, die aus purer Langeweile heraus telefonierten und dachten, dass sie dauerpräsent sein müssten. Man solle damit aufhören, sich selbst für so wichtig zu halten. Und wenn sich das eine mit dem anderen einspielte, so würde mit der Zeit niemand mehr telefonieren.

Das war Tomasz. Widersprüchlich im einen, nicht greifbar im anderen. Vielleicht ergänzten wir uns deshalb so gut.

Nach dreimaligem Klingeln nahm er ab.

«Wenn du nicht allein mit deiner Trauer fertigwirst», sagte er zur Begrüssung, «werde ich selbstverständlich gleich zur Stelle sein», und nach einem tiefen Seufzer: «Ich ahnte, dass du mich heute noch anrufst.»

«Und wenn ich dich anrufe», erwiderte ich, «kannst du sicher sein, dass es etwas Wichtiges ist.»

«Deine Anrufe würde ich auch gern entgegennehmen, wenn es nichts Triftiges zu besprechen gäbe», lachte er.

«War das jetzt eine Liebeserklärung?»

«Ich mache dir doch andauernd Liebeserklärungen, aber du kalte Hundeschnauze überhörst sie immer.»

Wie ich sein Lachen mochte.

«Entschuldige», sagte er nach einer Pause. «Ich nehme an, dir ist im Moment nicht nach Spässen zumute. Wie verlief die Beerdigung?»

Tomasz kannte die Geschichte um meine Familie und das Verhältnis, das ich mit meinem Vater gehabt hatte.

Die Beerdigung.

Bruchstückhaft erzählte ich ihm davon. Aber noch mehr von den Dingen, die ich in Vaters Büro aufgestöbert hatte, von meinen Befürchtungen und zuletzt von dem seltsamen Gespräch mit Marisa de Boni. Ich endete damit, dass ich es sehr bedauerte, nach Vaters Tod nicht Sofortmassnahmen beantragt zu haben.

«Du dachtest an eine Autopsie?»

Mir lief es kalt über den Rücken. «In die Richtung.»

«Du weisst, wie schwierig das ist.»

«Es bräuchte nur einen kleinen Verdacht. Immerhin wirft Vaters Tod eine Menge Fragen auf.»

«Diese hätte man sich früher stellen müssen», belehrte Tomasz mich. Er hielt inne. Ich hörte ihn schwer atmen. «… Aber es gäbe eine Möglichkeit.»

«Das ist aber nicht dein Ernst. Und wie willst du das anstellen?» Ich sah ein, dass es eine heikle Mission würde. «Du denkst an eine Nacht-und-Nebel-Übung, richtig?»

Tomasz hatte mit Erfolg das Jurastudium mit dem Masters of Law abgeschlossen und büffelte nach einem Praktikum und der bestandenen schriftlichen nun für die mündliche Anwaltsprüfung, während ich noch studierte. Beide zum Thema Strafrecht und Kriminologie. Und jetzt sollten wir selbst eine kriminelle Handlung begehen?

«Wenn das auskommt», sagte ich, «dann können wir unsere berufliche Zukunft gleich an den Nagel hängen.»

«Du kannst noch immer klagen, das weisst du», meinte Tomasz. «Und das andere war bloss ein lautes Denken. Diese Möglichkeit wäre mit einem enormen Aufwand verbunden. Ich gehe davon aus, dass du nicht die Einzige bist, die hier etwas zu sagen hat. Ich frage mich, ob deine Geschwister damit einverstanden wären, aus dem Tod deines Vaters einen Fall zu machen. Dies setzt rechtliche Schritte voraus. Doch meiner Meinung nach sind die verlämmert worden.»

«Das sehe ich leider auch so. Nur war mir dies zum Zeitpunkt von Vaters Tod nicht bewusst.» Ich versuchte, vom Thema abzuschweifen. «Kommst du morgen nach Davos?», bettelte ich.

«Wenn ich könnte, würde ich mich beamen. Mal sehen, aber versprechen kann ich es dir nicht.»

Nachdem ich die Verbindung abgebrochen hatte, dachte ich trotzdem über die Eventualitäten nach.

Sollte ich klagen?

Aber gegen wen?

Gegen die Unbekannten, deren Spuren man im Schnee gefunden, gegen denjenigen, der die Polizei gerufen hatte? Je länger ich darüber nachdachte, umso rätselhafter erschien mir die ganze Angelegenheit. Wenn ich mich irrte und Vater war tatsächlich ohne fremdes Zutun gestorben, würde ich mich mit meinem Vorhaben nur lächerlich machen, und ich müsste es mir gefallen lassen, dass man mich mit Vaters Überheblichkeit in Verbindung brachte.

Trotzdem: Jemand aus unserer Familie oder aus dem näheren Bekanntenkreis hatte mit dem plötzlichen Tod meines Vaters zu tun.

Direkt oder indirekt.

VIER

Marisa de Boni kam mit dem Zug.

Ich erwartete sie auf dem Bahnhof, wo sie am nächsten Morgen mit ein paar wenigen andern Gästen eintraf. Während ich mir frierend auf dem Perron meine Füsse in den Bauch stand, winkte mir eine Frau zu. Sie trippelte auf mich zu und hätte sich fast auf mich gestürzt, wäre ich nicht einen Schritt zurückgewichen. Ihre Überschwänglichkeit überraschte mich, war sie doch das pure Gegenteil von dem, was ich am Telefon erlebt hatte.

«Sie sind sicher Allegra Cadisch. Ihr Vater hat mir Fotos gezeigt.»

Ich schluckte leer. Was alles hatte ihr Vater noch gezeigt? Es mutet intim an, wenn man jemandem Fotos vorlegt.

Wir schüttelten uns gegenseitig die Hände. Ich schlug vor, uns ins Restaurant zu setzen, in dem wir uns eigentlich verabredet hatten.

Marisa de Boni lief vor mir. Ich hatte genug Zeit, sie zu betrachten. Ihre Bekleidung wirkte sonderbar. Sie trug einen knöchellangen Rock mit Fransen und eine weisse Rüschenbluse unter einer offenen Pelzjacke, was zu ihrem Alter, ich schätzte sie um die siebzig, nicht passte. An ihren Stiefeln glänzten Messingknöpfe. Lange graue Haare umrahmten ein zerknittertes Gesicht. Sie hatte wohl ihr Leben lang nicht sonderlich acht auf die Sonne gegeben. Ich hatte das Gefühl, als trüge sie ihr Alter weniger mit Würde denn vielmehr mit Absicht zur Schau. Tomasz hätte sich dahin gehend geäussert, dass sie bestimmt eine Grüne sei. Ich dagegen konnte sie vorerst schwer einschätzen.

Wir fanden Platz an der Bar beim Chinesen. Marisa de Boni bestellte Grüntee. Ich verzichtete auf eine ironische Bemerkung, aber Tomasz ging mir nicht aus dem Kopf.

«Ein Wasser», sagte ich, als sich die Bedienung an mich wandte.

Wir schauten uns lange schweigend an. Ich konnte mir nicht

vorstellen, was Vater an dieser Frau gefunden hatte. War sie eine Verflossene?

«Ich will es auf den Punkt bringen», begann Marisa, als hätte sie meine Gedanken gelesen. «Jetzt, wo Ihr Vater nicht mehr unter uns weilt. Er kam gelegentlich zu mir, weil er einen Rat brauchte. Ich las ihm quasi aus der Hand …»

Aus der Hand fressen, dachte ich und drehte den Sinn. Zuweilen waren Vaters Lakaien ihm so ergeben gewesen, dass sie alles taten, was er von ihnen verlangte. Aber aus der Hand lesen? Ich streckte Marisa meine Hände hin. Wollte sicher sein, dass sie mir nicht etwas vormachte. Sah es ein wenig auch als Spiel. «Und, was sehen Sie da?»

Sofort griff sie nach meinen Handgelenken. Sie streckte meine Finger der linken Hand, blinzelte und lächelte. «Sie haben eine lange Lebenslinie. Und Sie sind voller Tatendrang. Willensstärke ist eine Ihrer Tugenden. Sie haben ein ausgeprägtes Gerechtigkeitsempfinden.»

«Das ist naheliegend, sonst würde ich nicht Rechtswissenschaft studieren», sagte ich und dachte, damit die Voraussetzung für ihre Argumente gleich vorwegzunehmen. Obwohl ich mit solchem Hokuspokus Mühe bekundete, packte mich die Neugier. Und ein undefinierbares Gefühl gegenüber dieser Frau, die ich heute zum ersten Mal sah, kroch aus meinem Unterbewusstsein. Nichts liess sich im Moment erklären. Auch ihr durchdringender Blick nicht, der sich mit meinem Blick traf, um dann wieder auf meine Hände zu schweifen.

«Was sehen Sie noch?»

«Da sind tief greifende Gefühle, die nicht an die Oberfläche wollen. Ich ahne eine Blockade.» Wieder diese dunklen Augen, in denen die Pupillen ob der Schwärze der Iriden kaum zu erkennen waren. Ihre Stimme ebenso mysteriös. «Kann es sein, dass Sie eine Liebe nicht zulassen?»

Sofort riss ich meine Hände zurück. Jetzt ging sie zu weit. Ich wollte es nicht hören. Eine Liebe nicht zulassen. Papperlapapp. Trotzdem war ich sprachlos. Tomasz. Sein Gesicht tauchte vor mir auf. Ich meinte, ihn sprechen zu hören. Seine Liebesschwüre. Sein stetiger Versuch, mir bei jeder Gelegenheit nahe zu sein. Dabei hatten wir uns nur einmal geküsst. Ich hatte mich gewehrt, obwohl es sehr schön gewesen war. Konnte es sein …? Schnell fasste ich mich wieder. Mir nur nichts anmerken lassen. Oder stellte ich für Marisa bereits ein offenes Buch dar?

«Diese Dinge, die Sie da zu sehen glauben, beruhen auf einer Trefferquote von fünfzig Prozent!» Ich schluckte den Kloss in meinem Hals hinunter.

Marisa lächelte. «Ich habe eine Gabe, die mir Mutter vererbt hat.»

«Ach ja? Sie haben mich vielleicht durchschaut … Praktizieren Sie das Cold Reading?» Ich konnte es nicht lassen. «Glauben Sie, mich nach der Art, wie ich mich kleide, spreche und bewege, zu kennen?» Vielleicht hatte ich mit der Ahnung, dass Marisa Psychologie oder dergleichen betrieb, nicht danebengelegen. «Sie meinen, dass mich die Täuschung durch persönliche Validierung für Sie öffnet? Aber ich neige nicht dazu, vage und allgemeingültige Aussagen über meine Person als zutreffende Beschreibung zu akzeptieren.»

«Oh, Sie kennen sich damit aus?» Marisa tat überrascht. «Aber Sie können es auch einfacher ausdrücken. Du meine Güte, diese Floskeln.» Sie lächelte. «Ich kenne Sie und Ihre Ziele ja nicht.»

«Ich würde eine schlechte Juristin werden», bluffte ich, «wenn ich über diese Art der … sage ich mal … Magie nicht Bescheid wüsste. Vielleicht habe ich es mir einfach angeeignet, um mit Menschen wie Ihnen umgehen zu können.» Ich räusperte mich, kam mir überlegen, aber auch peinlich vor. «Oder betreiben Sie etwas Ähnliches wie Mentaltraining oder Visualisierung?»

«Alles Ausdrücke, die man vor vierzig Jahren noch nicht gekannt hat», unterbrach mich Marisa ruhig.

«So … lange war Vater … schon bei Ihnen?» Ich verhaspelte mich. Ich glaubte es nicht. «Und weshalb? Das ist wohl ein Scherz. Vater hätte sich niemals zu solch einer Scharlatanerie hinreissen lassen.»

«Oh, Sie verkennen meinen Beruf.» Marisa liess sich nicht aus der Ruhe bringen.

Ich nahm an, dass ich nicht die Erste war, die ihre Fähigkeiten anzweifelte.

«Unter uns gesagt», fuhr sie fort, «finden auch viele Manager den Weg zu mir. Wo die rationale Gedankenebene nicht mehr hinreicht, biete ich mit meiner Berufung Hilfe an. Ihr Vater tat vieles in seinem Leben, zu dem ich ihm geraten hatte. Aber oftmals wollte er einfach nur wissen, wie es weitergeht.»

«Und seinen Tod haben Sie auch vorausgesehen? Haben Sie ihm deswegen geschrieben, um ihm dies mitzuteilen?» Die Bedienung reichte uns den Tee und das Wasser über die Theke.

Marisa setzte sich bolzengerade hin. Sie strich sich mit beiden Händen über den Ausschnitt. An ihrem Hals baumelte ein Medaillon. Ich erkannte darauf den Mayakalender.

«Nein, das habe ich nicht. Aber das sagte ich Ihnen schon. Es war etwas anderes, was mich beunruhigte. Die Frau von der Insel war zurückgekehrt ...»

«Wie bitte?» Musste ich an Marisas Zurechnungsfähigkeit zweifeln? Oder war es möglich, dass ich den Zugang in ihre mystische Welt nicht fand? Redeten wir auf einer ungleichen Ebene? Oder aneinander vorbei?

«Von welcher Frau sprechen Sie?», fragte ich.

«Vor vielen Jahren war sie schon einmal ein Thema gewesen. Da war sie noch sehr jung», antwortete Marisa.

«Reden wir jetzt von Vater oder von dieser Frau?»

«Natürlich im Zusammenhang mit Ihrem Vater», sagte sie. «Diese Frau muss ihm einmal sehr nahegestanden haben. Dann verschwand sie aus seinem Leben, nicht aber aus seiner Erinnerung.» Marisa nippte am Glas mit dem Grüntee. «Bis vor ein paar Tagen, als sie plötzlich wieder gegenwärtig wurde.»

Ich erwiderte nichts. Tausend Gedanken jagten durch meinen Kopf. Eine mir fremde Frau, die Vater gekannt hatte. Auf der Beerdigung war sie nicht gewesen. Das wäre mir sonst aufgefallen. War sie auf dem Jakobshorn gewesen? Hatte sie meinem Vater die Skier und die Schuhe ausgezogen? Aber warum von einer Insel?

«Sie denken über etwas nach, das Sie so nicht fassen können», fuhr Marisa fort. «Diese Frau mag in der realen Welt existieren. Aber nicht ihr Körper, vielmehr ihre Seele tauchte in den letzten Tagen wieder in die Aura Ihres Vaters ein.»

Mich fröstelte. «Sie gehen davon aus, dass diese Frau, oder die Seele derjenigen, meinen Vater auf dem Gewissen hat?» Es durfte nicht sein, dass ich den Bezug zur Realität verlor. Ich hatte gelernt, das, was nicht schwarz auf weiss geschrieben stand, mit Vorsicht zu geniessen.

«Hören Sie», Marisas Stimme bekam einen piepsenden Klang. «Solchen Unsinn glaubt man vielleicht im Zusammenhang mit dem Voodoozauber. Dass man dem Opfer durch das Malträtieren einer Puppe Schaden oder Leid zufügen kann. Aber von dem halte ich mich fern.» Ihr Lächeln missriet. «Nein, wohl glaube ich, dass diese Frau, von der ich spreche, im Leben Ihres Vaters eine einst wichtige Rolle wieder aufgenommen hatte.»

Man soll bei den Fakten bleiben, war oberstes Gebot an unserer Universität. Ich war verwirrt. Die Gabe, mein Gegenüber nach dessen äusserem Erscheinungsbild und den geführten Gesprächen zu beurteilen, scheiterte kläglich. Marisa war für mich nicht durchschaubar. Sie erweckte in mir ein beklemmendes Gefühl, das mir riet, mich möglichst schnell von ihr zu verabschieden, wollte ich mich nicht noch mehr von ihrem zwiespältigen Wesen einnehmen lassen.

Trotzdem blieb ich sitzen.

«Ich muss wissen, wer diese Frau ist. Können Sie mir keine näheren Angaben machen? Und was bedeutet die Insel?»

Marisa verzog ihren Mund und beugte sich über die Bartheke. Das Medaillon schlug auf dem Glasrand auf. «Es tut mir leid», seufzte sie, «aber da muss ich Sie wohl enttäuschen. In meiner Welt gibt es keine rationalen Begebenheiten. Ich kann bloss weitergeben, was mir mein Medium offenbart. Die Frau hat kein Gesicht. Nur ihre Existenz ist unbestritten. Das wollte ich Ihrem Vater sagen, dass er sich vor ihr in Acht nehmen soll. Suchen müssen Sie die Frau selbst.»

Es war, als zöge es mir die Kraft aus den Fingerspitzen. Ich zog heftig meine Arme zurück.

«Ich werde Ihre Aussage im Auge behalten», schloss ich unsere Unterhaltung, weil Unbehagen mich quälte. Marisa besass etwas Magisches, das mich abstiess und gleichzeitig gefangen hielt. Ihre schwarzen Augen zogen mich in ihren Bann. Ich spürte ein leises Zittern in meinem Körper. Konnte es sein, dass ich in der Gegenwart dieser Frau die Nerven verlor? Ich legte eine Zehnernote hin für den Tee und das Wasser.

«Sie können mir Ihre Reisespesen in Rechnung stellen», sagte ich mit belegter Stimme. «Bestimmt sind wir noch nicht fertig miteinander ...»

Marisa liess sich nicht einschüchtern. Vielleicht war sie sich solche Arroganz gewöhnt. Aber ich tat es vielmehr aus Abwehr denn aus niederen Beweggründen. Mit dieser Frau stimmte etwas nicht.

★★★

Ich ging zurück zum Hotel Casa Anna, wo ich logierte.

Das Drei-Sterne-Haus lag in der Nähe der Eishalle und war wie viele andere Hotels und Pensionen im Landwassertal ein ehemaliges Kurhaus, das in den letzten Jahren renoviert worden war. Ich wusste nicht, ob ich den Bus nehmen oder zu Fuss gehen sollte. Ich entschied mich für Ersteres. Das Gespräch mit Marisa de Boni hatte mich aufgewühlt.

Den Bus-Chauffeur kannte ich noch von früher. Er war älter geworden. Sein einstmals feistes Gesicht war eingefallen. Tiefe Furchen gelebten Lebens hatten sich von der Nase bis zum Mundwinkel eingekerbt. Ich grüsste. Er kannte mich nicht.

Das bleibt der Jugend vorbehalten, dachte ich, dass sie sich in der Entwicklung auch optisch verändert, wogegen das Alter nur den Charakter manifestiert. Der Bus-Chauffeur war wohl nie sehr glücklich gewesen. Trotzdem stand mir nicht zu, über ihn eine schlechte Meinung zu bilden. Ich nahm das Billett in Empfang, legte das abgezählte Geld hin. Dann setzte ich mich in die Nähe des hintersten Halteknopfs.

Der Bus fuhr über die endlos lange Strasse. Graue Betonbauten huschten an mir vorbei, Menschen mit Skiern, eine Frau mit Kinderwagen, eine Familie mit Hund. Ein immer gleiches Bild, das ein Dorf hergibt. Der banale Alltag war auch in Davos präsent. Warum hätte es hier besser sein sollen als anderswo?

Bei der Haltestelle Horlauben stieg ich aus.

Auf dem Trottoir lagen die letzten Schneereste in einem Matsch von Kieselsteinen, Sand und feuchten Papierschnipseln. Ich umging den Schmutz mit akrobatischem Geschick. Bis zum Hotel, das in einer Seitenstrasse lag, waren es wenige Schritte. Ich begegnete keiner Menschenseele. Vor dem Haus blieb ich stehen. Ich kannte es von früher. Es hatte sechs Geschosse und wirkte auf der Rückseite wenig einladend. Die Balkone lagen zur Südseite. Ich war mit Rebecca, der Tochter des Besitzers, zur Schule gegangen und war hier oft eingekehrt, weil sie im Garten Zwergziegen halten durfte. Ich erinnerte mich an den bestialischen Gestank, als dann zeitbegrenzt ein Ziegenbock dazugekommen war. Welch ein Entzücken, das nicht nur unter den Hotelgästen geherrscht hatte, als nach rund hundertfünfzig Tagen zwei junge Geisslein das Licht der Welt erblickten.

Seit meinem Wegzug pflegte ich keinen Kontakt mehr mit Rebecca. Sie absolvierte in Lausanne die Hotelfachschule und würde wahrscheinlich in die Fussstapfen ihres Vaters treten.

Am Empfang hielt sich niemand auf. Ich nahm den Zimmerschlüssel, der über dem Postfach hing, an mich. Im Büro hinter der Glaswand erkannte ich schemenhaft die Sekretärin. Sie hatte mich wohl nicht gehört. Durch ein Bogentor öffnete sich mir der Blick auf die Bar zur Linken und auf gedeckte Tische zur Rechten, hinter der Fensterfront auf den unteren Hang des Jakobshorns.

Den Weg zu meinem Zimmer musste ich über die Treppe gehen, weil der Lift defekt war. Ein undefinierbarer Geruch aus der Küche wehte bis hierhin. Ich bereute es, dass ich nicht eine luxuriösere Unterkunft gemietet hatte, jetzt, wo ich die Aussicht auf ein grosses Erbe hatte. Das Zimmer roch nicht frischer. Es gab ein Bett, eine Kommode, einen Tisch in Fensternähe, einen durchgesessenen Ohrensessel, einen Schrank. Ich setzte mich aufs Bett und griff nach dem Telefon. Mein iPhone hatte hier keinen Empfang. Ich wählte Valerios Nummer.

Ich musste sieben Mal klingeln lassen, bis Valerio sich meldete. Er klang verschlafen.

«Jetlag, ich weiss», sagte ich mit der Feinfühligkeit einer Schwester gegenüber dem Bruder. «Ich würde auch lieber schlafen. Aber es gibt Dinge, die mich aus der Ruhe bringen. Ich glaube, wir sollten Vaters Tod anprangern.»

Meine Ideen nervten ihn zuweilen. Trotzdem erzählte ich ihm von Marisa de Boni, und weil Valerio für solche obskuren Dinge oft empfänglicher war als irgendjemand, blieb sein Kommentar nicht aus. Er war einverstanden, sich mit mir in Vaters Büro umzusehen. Wie nicht anders zu erwarten, zweifelte er aber Letícias Einverständnis an.

Ich sagte: «Mit irgendeinem Vorwand werden wir dort hineingelangen. Zudem glaube ich nicht an Letícias allzu grosse Intelligenz, was unser Vorhaben betrifft.»

Wir verabredeten uns auf den späten Nachmittag. Ich legte den Hörer auf die Station zurück und setzte mich ans Fenster. Knapp sah ich den Kirchenturm zwischen grauen Mauern. Der Gipfel des Jakobshorns war nicht zu erkennen, weil Nebelschwaden ihn umhüllten. Die Temperaturen waren merklich gesunken. Vom Frühling, der sich vor ein paar Tagen zaghaft hervorgetastet hatte, war nicht viel mehr geblieben als Erinnerungen, die sich in Grautöne einbetteten.

★★★

Valerios Wohnung befand sich in einem von Vaters Häusern. In einem dieser Flachdachbauten, welche Chasper Häusermann entworfen hatte.

Vom Wohnzimmer aus sah man über ganz Davos. Wer hier oben lebte, hatte den Bezug zur Erde verloren. Der Blick durch die Fensterfront war ein Blick ins Leere oder in den Himmel. Das Wohnzimmer wirkte wie eine schwebende Station im All, wie ein Satellit über den Dächern.

Ich verachtete Valerios Vorliebe zu diesem privilegierten Wohnen. Es war zwar Vaters Idee gewesen, dass sein jüngster Sohn da logierte, wo er selbst gern gewesen wäre. Vater hatte es gemocht, über die Köpfe hinwegzusehen. Er selbst hatte seit Jahrzehnten am gleichen Ort gewohnt, was mich immer ein wenig befremdet hatte, weil alle seine Frauen, ob mit ihm verheiratet oder nicht, in ein stets gemachtes Nest zogen. Ich hatte Mam mal darauf angesprochen, aber sie meinte nur, dass sie die Fehler in ihrem Leben nicht zu einem Leitgedanken machen wolle. Was vorbei sei, sei vorbei. Vater seien Veränderungen in seinem persönlichen Umfeld ein Gräuel gewesen. Veränderungen sei er aus Bequemlichkeit ausgewichen.

Als ich nach kurzem Klingeln ins Appartement trat, sass Valerio mit mir abgewandtem Rücken zur Fensterseite und sah mir direkt in die Augen.

«Warum geniesst du denn die schöne Aussicht nicht?», neckte ich ihn und schlüpfte aus meinen Schuhen. Die Einrichtung war etwas vom Feinsten, was ich je gesehen hatte. Eine weisse Ledergarnitur auf dunklem Parkett. Ein Glastisch einer Designergilde und eine Stehleuchte mit einem überdimensionierten Schirm, der über dem Tisch wie ein Sternenhimmel aussah. Die Grünpflanzen in den silberfarbenen Übertöpfen erweckten den Eindruck, eine Weile nicht mehr begossen worden zu sein.

«Ich kenne diese schon auswendig», meinte Valerio und bat mich, selbst etwas aus dem Kühlschrank zu nehmen, falls ich durstig sei.

«Danke, aber ich bin dafür, dass wir bald aufbrechen. Hast du mit Letícia noch gesprochen?»

«Ja, sie hat nichts dagegen, dass wir uns umsehen», sagte er, «sie selbst sei froh, wenn wir ihr die Arbeit abnähmen.»

«Dann ist sie jetzt zu Hause?»

«Wo sollte sie sonst sein?»

Ich ging in die Küche. Auch hier hatte man mit den teuersten Materialien nicht gegeizt. Der schwarze Chromstahl vermittelte etwas Futuristisches. Ich öffnete den Kühlschrank, weil ich ahnte, dass ich noch eine Weile hierbleiben würde. Valerio war noch nicht einmal angezogen. Die Regale gähnten mir leer entgegen. Einzig eine Tüte Milch, eine Flasche Mineralwasser und eine Schüssel mit zusammengeschrumpften Salatblättern fristeten ein einsames Dasein. Typisch Mann wieder einmal, dachte ich und entsann mich, dass Valerio erst vor drei Tagen aus Mexiko zurückgekehrt war und noch keine Zeit für einen Grosseinkauf gefunden hatte.

Ich schloss lächelnd die Kühlschranktür.

«Was gibt's da zu lachen?» Valerio erhob sich. Seine Bräune war unverschämt, und ich fragte mich, ob er in Mexiko Ferien machte und nur so tat, als würde er arbeiten.

«Kein Selbstversorger», sagte ich knapp.

«Warum sollte ich? Dir kann ich es ja sagen. Mich hält hier nichts mehr. Sobald die Dinge beim Notar geregelt sind, werde ich Davos den Rücken zuwenden. Meine Zelte hier endgültig abbrechen.»

«Das wird aber auch höchste Zeit», sagte ich und befürchtete, dass Valerio noch mehr unter Druck hatte stehen müssen als ich. Seine regelmässigen Reisen ins Ausland, die er von Berufes wegen unternahm, waren nicht zuletzt auch eine Flucht vor Vater gewesen.

Würde es uns Kindern in Zukunft besser gehen?

Vater war unter dem Boden. Es hätte mir egal sein können, wie es zu seinem Tod gekommen war. Mit Vater schien manches Leid begraben worden zu sein. Aber mein Kopf gab es nicht zu, den Verursacher auf freiem Fuss zu wissen. Da war ich zu stark von meinem Studium geprägt, wie Tomasz gesagt hätte.

«Du hast doch einen Kopierer, oder irre ich mich?»

«Der steht im Schlafzimmer. Was willst du denn kopieren?»

Valerios Interesse hielt sich in Grenzen.

Ich kramte Haiders Quittungen aus der Tasche. «Kannst du diese in vierfacher Ausführung kopieren?»

Valerio sah mich mit aufgerissenen Augen an, doch dahinter steckte nichts anderes als Theatralik. «Gut, mach ich. Du kannst mir ein andermal erzählen, weshalb du gleich vier davon brauchst.»

★★★

Letícia räumte die Schränke im Schlafzimmer aus. Sie hatte ihre braunen Haare hochgesteckt und trug eine verwaschene Jeans und ein verblasstes Shirt, alles andere als das, was man von ihr gewohnt war.

Jedes Kleidungsstück von Vater landete auf dem Bett, fein sortiert nach Hemden, Hosen, Vestons und Pullovern.

«Die macht Tabula rasa», sagte ich zu meinem Bruder und wunderte mich trotz allem. Es sah ganz danach aus, als müsste Letícia den Ballast ihres Ehemannes mit dessen Tod abwerfen. Als wäre sie froh, die letzten Spuren zu beseitigen, was in mir unweigerlich die Frage aufwarf, ob sie mit Vater jemals so glücklich gewesen war, wie sie das stets behauptete.

«Ich haben sieben Tagen trauern», sagte Letícia. «Die Seele haben verabschieden sich. Es sein Zeit, verabschieden mich von materielle Dingen, wo mich an Bartholomäus erinnern. In meiner Heimat verbrennen man die persönlichen Dingen, wenn tot sein. Ich schicken Verein in Rio. Da mehr brauchen. Hier sein alles Luxus.»

Ich musste ihr recht geben. Und solange Letícia im Schlafzimmer beschäftigt war, konnten Valerio und ich ungestört in Vaters Akten forschen.

Ich schritt durchs Wohnzimmer, die Galerie entlang, wo die Bilder namhafter Künstler hingen. Keines davon sprach mich an. Ich fragte mich, wer diese verstaubten Gemälde in Zukunft veräussern würde. Welches Vermögen in ihnen steckte, würden wir erst wissen, wenn der Marktwert bekannt war, und ebenso, ob sich überhaupt jemand für diese Bilder interessierte. Ich sagte zu Valerio, dass uns noch eine Menge Arbeit hinsichtlich dieses Museums erwarten würde.

«Ich werde mit Sicherheit kein solches Bild aufhängen», sagte er.

Ich schloss das Büro auf.

«Hier riecht es nach Vater», meinte Valerio.

«Es ist das Papier, was du riechst. Vielleicht das Odeur von Geldscheinen, die er hier gezählt hat.»

Sofort begannen wir, Ordner, Schachteln und Schubladen systematisch zu durchsuchen. War es möglich, dass ich gestern etwas Wichtiges übersehen hatte? Hatte ich mich zu sehr auf Marisas Brief konzentriert? Existierten andere Belege, die auf einen kleinen Hinweis auf Vaters Tod schliessen liessen? Ich kippte den Inhalt der geheimnisvollen Schatulle auf den Boden. Valerio griff nach den Filmen, und es war mir, als schüttelte er schmunzelnd den Kopf.

Am Abend hatten wir sämtliche Schränke geleert und umgelagert. Wir hatten viel gefunden, aber nichts, das unseren Verdacht bestärkte. Um Mitternacht waren die Dinge wieder an ihrem Ort, wo sie hingehörten.

«Ich glaube, wir bilden uns das alles nur ein», sagte Valerio, und ich war ihm dankbar, dass er die Schuld für diese Aktion nicht mir allein zuschob.

«Aber warum verschloss Vater diese Sachen zusätzlich in einem sicheren Fach?», wollte ich wissen und erhob mich, weil mir die Knie vom langen Kauern schmerzten.

«Er hatte halt seine Macken», versicherte Valerio und schob die letzte noch offene Schublade zu. «Das Einzige, was mich wirklich interessiert hätte, ist das Testament, das sich beim Notar befindet. Aber ich erinnere mich, dass Vater ein Doppel davon immer in seinen Unterlagen aufbewahrt hat.»

«Vielleicht hat es Letícia an sich genommen», sagte ich.

«Was sollte sie deiner Meinung nach damit anfangen?», wollte Valerio wissen.

«Es könnte ja sein, dass sie mehr involviert ist, als sie zugeben will.»

«Ah, jetzt unterstützt du Luzis Verdächtigungen, nicht wahr?» Valerio seufzte. «Wie war das mit der Zuckerhutmafia?»

«Ungeheuerlich», erwiderte ich. «Ich weiss nicht, was ich davon halten soll. Meinst du, da steckt mehr dahinter? Sollten wir ihr auf die Finger schauen? Hat sie in diesem, wie heisst er schon wieder …?»

«Guilherme», raunte Valerio mir zu.

«… einen Komplizen? Luzi hat mit seiner Behauptung nicht ganz unrecht: Man kann unsere Heimat auch auf diese stille Weise unterwandern.»

«Du kennst ja seine rechtsradikale Denkweise», schimpfte Valerio.

«Ein Quäntchen Wahrheit bleibt immer übrig.» Ich lächelte ein wenig. «Nun, wir sollten uns auf das Wesentliche konzentrieren. Wir müssen diese Frau finden, von der Marisa de Boni gesprochen hat.»

«Denkst du an eine Geliebte?»

«Kaum. Es handle sich um eine, die schon einmal in seiner Gegenwart gelebt hatte.»

Valerio und ich blickten uns beide gleichzeitig an. Hatten wir die gleiche Idee?

Wir rissen die Schränke wieder auf und kippten die Schachteln mit den Fotos auf den Boden. Zum Glück hatte Vater das Datum der Aufnahmen auf der Rückseite notiert.

Bis in den frühen Morgen hinein sahen wir die Bilder durch und sortierten die uns unbekannten Gesichter von Frauen, die in Frage kamen.

Einmal blickte Letícia ins Büro und sagte uns, dass sie schlafen gehe.

Valerio war in der Zwischenzeit so müde geworden, dass er sich rücklings auf den Boden legte. Er beschwerte sich über den Staub, der unter den Schränken und Gestellen lag. «Letícia bückt sich wohl nie.» Er griff hinter den Papierkorb und streckte mir einen verstaubten Briefumschlag entgegen. «Da muss Vater wohl etwas hinuntergefallen sein.»

Ich nahm den Umschlag, schnippte mit den Fingern die Staubfäden weg, zog ein Papier daraus und faltete es auseinander. Es war eine Quittung mit Vaters handgeschriebenen Daten. Die Bestätigung, wann er die Rechnung bezahlt hatte. «Für Grabschmuck», stand darauf. Vier Kränze, vier Arrangements, sechs saisonale Blumensträusse für einen Betrag, der mein Herz zwar zum Rasen brachte, doch den wirklichen Schock versetzte mir der Text. Ausgestellt im November letzten Jahres. In eigenem Auftrag für den Fall eines Ablebens des Bartholomäus Cadisch. Ort: der Waldfriedhof von Davos. Lieferdatum: nach Erscheinen der Todesanzeige in der Davoser Zeitung, Grund: Erdbestattung.

FÜNF

«Vater hat seinen eigenen Grabschmuck gekauft. Wie makaber.» Valerio erholte sich kaum von dieser Tatsache.

Ich dagegen sah mich in meinem Verdacht bestärkt, dass Vaters Leben vom Anfang bis zum Ende Berechnung gewesen war. Sogar über den Tod hinaus. Nachdem er viele seiner Freunde verloren hatte, war diese Idee mit den Blumen und Kränzen in ihm gereift. Sein Ego hätte es niemals zugelassen, dass sein Grab einmal leer dastehen würde. Auch nach seinem Ableben wollte Bartholomäus Cadisch präsent sein.

«Das ist unter der Würde», kommentierte Valerio unseren Fund.

«Das zeigt mir, dass wir Vater nicht gut genug gekannt haben.»

«Da muss ich dir ehrlich zustimmen. Auch wenn ich gewollt hätte, kam ich seiner schizophrenen Art nicht nahe genug. Was muss in einem solchen Hirn vorgegangen sein?»

«Er war ein Materialist. Durch und durch berechnend. Langsam verstehe ich seine Exfrauen, die sich von seinem egozentrischen Leben distanzieren wollten. Da würde ich auch krank.»

«Vielleicht war er es am meisten.» Valerio griff sich an den Kopf. «Allein die Vorstellung flösst mir Angst ein, dass ich diesen Charakterzug von ihm womöglich geerbt habe.»

«Zum Glück haben wir ja ganz gesunde Gene von unserer Mam», tröstete ich und musste an Luzi denken, der charakterlich in Vaters Spuren ging. Es war nicht leicht, all das zu begreifen. Auch unsere Familienkonstellation war viel komplizierter, als sie gegen aussen schien. Ach, wie wünschte ich mir Tomasz in meine Nähe. Er hätte meine Zweifel beseitigt und wäre irgendwann mit einer plausiblen Lösung dahergekommen. Alles sei begründbar, hatte er einmal gesagt, auch das Unerklärliche.

«Also, was wissen wir?», fragte ich.

«Dass es eine Wahrsagerin gibt, die um die Existenz einer Frau weiss, die unserem Vater gefährlich gewesen sein könnte.»

«Die vielleicht sogar seinen Tod auf dem Gewissen hat.»

«Und dass Vater seinen eigenen Grabschmuck gekauft hat.»

«Und das im November, wo er kerngesund war.»

«Wir sollten diese Frau finden», schlug Valerio vor. «Die Fotos haben wir, aber keine Adressen.»

«Das ist wie die Suche nach der Stecknadel im Heuhaufen», entgegnete ich. «Vielleicht sollten wir uns doch um eine Exhumierung bemühen, um zu erfahren, ob Vater nicht doch umgebracht wurde.»

«Die Ärzte sind nicht von gestern», meinte Valerio. «Ein bisschen mehr Vertrauen in ihr Können wäre vonnöten.»

«Ja, das würde ich haben, wenn es nicht um einen Fünfundsiebzigjährigen ginge. Da lohnt es sich nicht mehr. Das kann man einfach abhaken. Bedenkenlos. Herzstillstand in diesem Alter ist vielleicht normal. So denken die doch. Ich muss Tomasz anrufen.»

«Wer ist Tomasz? Ein Herzensbrecher?»

Ich lächelte. «Ich weiss, dass ich mit deinen Errungenschaften nicht mithalten kann. Aber ich ziehe Qualität Quantität vor.»

Valerio grinste. Es wunderte mich, dass er diesmal ohne Freundin aufgekreuzt war. Üblicherweise hatte er eine Frau an seiner Seite, nie dieselbe wie Tage zuvor, aber immer ein verrücktes Huhn. Sie waren immer sehr hübsch mit schlankem Körper und ausnahmslos langen Haaren. Doch irgendwie immer auch zu ungebildet, um mehr als Trivialitäten in der Zwischenmenschlichkeit auszutauschen. Sie reduzierten sich auf das, was sie in ihrem Höschen boten, vielleicht noch darauf, dass Valerio sich mit ihrer Schönheit profilieren konnte. Er fürchtete sich jedoch vor einer Bindung. Die Richtige, hatte er einmal gesagt, sei noch gar nicht geboren.

«Irgendwie sind unsere Gene einseitig verteilt worden. Was ich zu viel, hast du zu wenig bekommen … Hast du schon mit ihm geschlafen?» Valerio hob seine Brauen und verdrehte vielsagend die Augen.

«Was du wieder wissen willst.»

«Hast du oder hast du nicht?»

«In meinen wildesten Träumen vielleicht.»

«Kalte Hundeschnauze! Wusste ich es doch.»

«Ja, das ist auch seine Meinung.»

«Oh, er ist mir sympathisch. Hoffentlich lässt du ihn nicht zu lange schmoren.» Valerio schüttelte den Kopf. «Komm, wir teilen uns die Arbeit. Ich fahre zu dieser Marisa de Boni. Ich werde sie ausquetschen wie eine Zitrone. Verlasse dich darauf. Und du knöpfst dir den Tomasz vor.»

«Was hat Tomasz mit unserem Fall zu tun?» Ich verschwieg Valerio unsere Abmachung. «Zudem ist er ein ganz feiner Kerl und hat nicht nur das Eine im Kopf wie alle übrigen Männer.»

«Ist er ein Ausserirdischer?» Valerio zögerte. «Oder ein Asexueller?»

Ich schwieg. Valerio entschuldigte sich.

Ein warmes Gefühl durchströmte mich. Tomasz. Ich konnte meine Gefühlswallungen nicht deuten. Etwas geschah, das sich nicht steuern liess. Noch nie zuvor hatte ich solche Sehnsucht nach ihm verspürt wie gerade eben. Ich musste ihn anrufen, musste ihn bitten, nach Davos zu kommen.

«Bist du noch bei Sinnen?» Valerio riss mich aus meinen Gedanken.

«Aber ja doch.»

Ich packte meine Sachen zusammen. Dabei blieb mein Blick am Computer hängen. «Kennst du Vaters Passwort?»

«Du willst aber nicht auch noch dort schnüffeln. Ich kenne kein Passwort. Aber lass gut sein. Vater hat den Computer eh nie benützt. Er diente ihm bloss dafür, bei seinen Besuchern Eindruck zu erheischen.» Valerio lachte verschmitzt.

«Wirst du das Büro aufräumen und wieder abschliessen? Im Moment hält mich hier nichts mehr auf.»

«Ich kann zwar deinen Gesinnungswandel nicht nachvollziehen, aber ja, ich räume hier auf. Ich entlasse dich.»

★★★

Ich ging zu Fuss zum Hotel, da um diese frühe Morgenstunde noch kein Bus fuhr.

Es war klirrend kalt, und ich verwünschte meine Idee, den Daunenmantel zu Hause in Luzern gelassen zu haben.

Beim Eingang angekommen, stellte ich fest, dass ich den Zimmerschlüssel am Empfang abgegeben hatte, bevor ich das Hotel verlassen hatte. Ich fror und konnte meine Tränen nicht mehr unterdrücken. Schluchzend und schniefend stand ich vor dem Haus, welches mich mit unheimlichen Augen anzublicken schien. Was tat ich überhaupt? Warum versetzte ich mich selbst in diese künstliche Hektik?

Sollte ich Vaters Tod nicht einfach akzeptieren?

Eine Geschichte war zu Ende. Das letzte Kapitel geschrieben. Das Buch geschlossen. Einerseits spürte ich, dass es falsch war, die Seiten wieder aufzuschlagen. Vergangenes sollte man ruhen, die Dinge so lassen, wie sie waren. Andererseits trieb mich mein Wissensdurst voran. Ich wollte zwischen den Zeilen lesen können, was ich bis jetzt verpasst hatte. Zeichen ergründen und deuten, die nicht sichtbar gewesen waren.

Hinter mir regte sich etwas.

Bevor ich mich umdrehen konnte, lagen zwei Arme an meinem Körper. Mir blieb der Atem weg.

«Erschrick nicht, ich bin es, Tomasz.»

Mein Herz machte Sprünge, während ich es bis zum Hals klopfen spürte. Ich drehte mich um. «Du bist hier? Mensch, Tomasz, du hast mich beinahe zu Tode erschreckt. Was fällt dir ein?»

«Ich hielt es nicht mehr aus ohne dich», gestand er. «Nach unserem Telefongespräch brachte ich das Gefühl nicht los, dass du mich brauchst.»

«Und wie nennst du diesen Umstand?», fragte ich.

«Telepathische Gedankenformation.» Er lachte. «Nicht zu verwechseln mit Gedankenübertragung. Das ist was anderes.»

«Telepathische Gedankenformation. Das muss ich mir merken. Existiert dieses Wort im Duden?»

Er küsste mich auf die Stirn, während er mit dem Zeigefinger daran tippte. «Da steckt des Geistes empfindsamste Stelle. Aber mein Platon beginnt sich zu transformieren.»

Ich hätte ihm gern gesagt, dass dies bei mir schon längst geschehen war.

«Dann steigen wir also eine Stufe tiefer.» Meine Stimme zitterte.

«Hast du Angst davor?»

«Ich weiss nicht. Unsere geistige Liebe hat irgendwie alles übertroffen.»

Tomasz drückte mich an sich. «Ich würde niemals unsere geistige Liebe für körperliche Liebe tauschen. Aber man könnte das eine tun und das andere nicht lassen.»

Ich spürte, wie ich rot wurde. «Ich habe meinen Schlüssel liegen lassen. Wie kommen wir hier hinein?»

«Ich habe gestern Abend eingecheckt. Als ob ich geahnt hätte, dass hier etwas nicht rundläuft.»

«Du bist unheimlich.»

«Aber unheimlich gut, findest du nicht auch?»

«Warum hast du mich nicht angerufen?»

«Habe ich doch, aber deine Mailbox hat mich abgewiesen.»

Noch erinnerte ich mich an unseren ersten Kuss. Tomasz' weiche Lippen auf meinen. Das zaghafte Öffnen und zarte Hervortasten. Eine Welt, die unterging. Eine neue, die daraus entstand in unserer, wie sagte Tomasz schon wieder, «intellektuellen Verschmelzung». Es war, als läge keine Zeit dazwischen, als hätte die Uhr angehalten.

Tomasz steckte den Schlüssel ins Schloss, drehte ihn um und öffnete die Tür. Wie zwei bei einem Streich ertappte Schulkinder schlichen wir die Treppe zu seinem Zimmer hoch. Immer wieder hielt Tomasz mich zurück, legte die Arme um meinen Körper und zog mich an sich. Seine Küsse waren warm und zärtlich. Trotzdem war mir nicht ganz geheuer. Ich war noch nicht bereit, mit ihm zu schlafen. Nein, ich wollte damit noch zuwarten. Ich fürchtete mich davor, dass etwas auseinanderbrechen könnte, was so schön begonnen hatte.

★★★

Ich erwachte in seinen Armen. In seinem Zimmer, das neben meinem lag.

Durch die schräg gestellten Rollläden flutete Sonnenlicht, das Blau eines klaren Himmels. Die vom Regen nassen Dächer glänzten.

«Na, gut geschlafen?»

Tomasz setzte sich halb auf, stützte seinen Kopf in die eine Hand und streichelte mit der anderen Hand über meine Stirn, die Nase, den Mund.

«Nicht lange genug. Wie spät ist es?»

«Halb zehn. Fühlst du dich gut?» Wieder sein Lächeln.

«Was für eine Frage. Ich glaube, ich hatte einen Rausch, als hätte ich zu viel Alkohol getrunken.»

«Einen Liebesrausch. Die Wirkung ist dieselbe. Letztendlich werden Endorphine freigesetzt, die uns diesen Zustand bescheren.»

«Du hast doch irgendwie deinen Beruf verfehlt.»

Er küsste mir die Worte weg. «Was gedenkst du jetzt zu tun?»

«Wir könnten zum Friedhof fahren. Uns da ein wenig umsehen», sagte ich und schälte mich aus der Bettdecke.

«Bauchgefühl?»

«Bauchgefühl.»

«Keine morbiden Gedanken?»

«Nein.»

Tomasz sah mir nach. Vielleicht hatte er damit gerechnet, unser Spiel, das wir in der Nacht begonnen hatten, fortzusetzen.

«Einen Engelskörper hast du.» Lag in seiner Stimme nicht so etwas wie Schwermut?

«Durchaus möglich, wenn ich daran denke, dass wir uns noch vor nicht allzu langer Zeit im Himmel aufgehalten haben.»

Ich ging unter die Dusche. Meine Haut fühlte sich gut an, seidig weich und warm.

Tomasz. Ich formulierte jeden Buchstaben. Nein, wir hatten nicht miteinander geschlafen. Aber es war erregend gewesen, seine Hände auf meinem blossen Körper zu spüren. Wenn ich gewusst hätte, dass es so schön ist ... Ich beeilte mich.

Danach zog ich mich an. Tomasz schlug vor, dass wir uns vor dem Mittag beim Friedhofstor treffen könnten. «Ich muss ein dringendes Telefonat erledigen. Ich weiss nicht, wie lange es dauern wird.»

«Mit wem?» Ich hielt inne. Das ging mich nichts an. War ich etwa eifersüchtig? Ein völlig neues Gefühl.

«Ein Freund will mir bei der Vorbereitung zur mündlichen Prüfung helfen. Er ist seit einem halben Jahr Anwalt und weiss in etwa, wie die Professoren vorgehen werden. Es ist wichtig für mich, dass ich ihn treffe.» Tomasz lag der Länge nach auf dem Bett.

«Du musst dich nicht rechtfertigen», sagte ich etwas gehemmt.

Obwohl ich gern mit ihm gefahren wäre, stimmte ich dem zu. Vielleicht tat es gut, allein beim Grab zu stehen und mir die vielen Fragen durch den Kopf gehen zu lassen.

★★★

Die Sonne hatte den Tag wach geküsst.

Als ich beim Waldfriedhof ankam, versteckte sie sich wieder hinter dichten Wolken. Nebelschleier fielen über die Bergflanken und verschleierten bald auch den Wald, einen Teil des Hügels gegenüber der Gräberreihe, bei der ich stand.

Vaters Grab war zugeschaufelt. Der Friedhofsgärtner hatte die Kränze und Blumengebinde schön arrangiert. Dahinter lag ein Stein in der Grösse eines gefüllten Jutesackes, der wie bei den anderen Gräbern am Kopfende zu stehen kommen sollte. Irgendwann würde jemand Vaters Namen eingravieren, sein Geburtsdatum und den Todestag. Dann wäre auch er einer von vielen, die hier ihre letzte Ruhestätte gefunden hatten.

Und tief im Erdinneren, dort, wo der Sarg ruhte, würden die Maden damit anfangen, sich einen Weg durch das Holz zu bahnen, sich an den Leichnam heranzumachen und mit dem biologischen Abbau zu beginnen. Vielleicht würde sich die Erde selbst bewegen, den Humus mit Hilfe von Wasser, Kälte und Eis vorantreiben. Und irgendwann in ferner Zeit würden Vaters sterbliche Überreste nicht mehr unter dem eingravierten Stein liegen, weil alles fliesst und sich vorwärtsbewegt und vergeht.

Was für abstruse Gedanken.

Ich hatte mich schon oft mit dem Tod befasst. Für meinen zukünftigen Beruf war das normal. Aber niemals war mir der Tod so nahegestanden. Noch nie zuvor hatte er eine solche Endgültigkeit gezeigt wie in diesem Moment, in dem ich versuchte, mir noch einmal Vaters Gesicht in Erinnerung zu rufen. Ich setzte mich auf den bereitgelegten Stein und starrte über die Pflanzen, Blätter und Bänder, die Vater, mit wenigen Ausnahmen, zu seinem Todestag bestellt hatte. Was mussten das für Menschen sein, die einen solchen Auftrag entgegennahmen und ihn ausführten?

Mir fröstelte und ich hoffte, dass Tomasz bald eintreffen würde. Gern hätte ich mit ihm weiter philosophiert.

Ein Geräusch schreckte mich auf. Ich sah über die Kränze hinweg auf den Pfad, an dessen unterem Ende ein Brunnen stand. Er war noch trocken, weil die Gefahr des Zufrierens in dieser Jahreszeit zu gross war. Nur schemenhaft konnte ich eine Gestalt erkennen, die langsam auf mich zukam. Es war, als schwebte sie aus dem Nebel, blieb dann plötzlich stehen.

Ich traute meinen Augen nicht.

Da stand Vater.

Ich spürte, wie sich meine Nackenhaare sträubten.

Vater!

Nein, er war es nicht.

Oder doch?

Mein Mund fühlte sich wie ein Fliessblatt an. Ich brachte keinen Laut heraus. Wie angewurzelt blieb ich sitzen.

Da stand er. Nur viel jünger. Und die Haare waren länger. Aber *seine* Augen schauten mich an, eisgrüne kalte Augen. Dieser verworfene Blick, bei dem man glaubte, dass jede Pupille in eine andere Richtung sah, unmerklich, aber wer Vater gekannt hatte, wusste von diesem Makel.

Ich zitterte wie Espenlaub. War ich schon so angeschlagen, dass ich Gespenster sah? War in mir durch Vaters Tod eine Paranoia erwacht?

Ich wünschte Tomasz bei mir. Er hätte mich vielleicht geschüttelt, und der Spuk wäre vorübergegangen. So aber war ich allein mit meinem Schicksal. Ich sah mich bereits in der Psychiatrischen Klinik, wo man meine Hirnströme mass und jeder sich fragte, wie es zu diesem Zusammenbruch hatte kommen können.

Allegra Cadisch war schizophren.

Die Person, in der ich Vater zu erkennen glaubte, näherte sich mir zögernd. Doch kein Geist? Ich löste mich aus meiner Erstarrung, denn die Stimme war mir fremd und gehörte einer Frau.

Offensichtlich hatte sie gemerkt, wie sehr sie mich erschreckt hatte. Sie entschuldigte sich, dass es nicht ihre Absicht gewesen sei.

Diese Ähnlichkeit. Es war nicht zu fassen.

«Ich bin Murielle Benoit», stellte sie sich vor. «Und Sie sind ...?»

«Allegra Cadisch.» Ich zweifelte, ob sie mit meinem Namen etwas anfangen konnte.

«Leider habe ich vom Tod meines ...» Sie hielt inne und erwartete wohl eine Reaktion meinerseits. Verlegen hüstelte sie. «Ich konnte nicht früher kommen. Ich war in Las Vegas, als ich davon erfuhr.»

«Wovon erfuhr?» Ich erhob mich. Misstrauisch musterte ich mein Gegenüber.

«Von Bartholomäus' Tod.»

«Sie kannten ihn?» Vielleicht war die Frage überflüssig. Ich musste davon ausgehen, dass die Frau mit meinem Vater verwandt war. War sie seine jüngste Schwester? Doch Vater hatte nie von ihr erzählt, geschweige denn sie erwähnt. Andererseits hatte er auch nie von Marisa gesprochen. Warum hatte er uns die beiden Frauen verschwiegen?

Sie war in Las Vegas gewesen. Las Vegas war keine Insel.

Murielle betrachtete das Grab, ohne auf meine Frage einzugehen. Ich störte sie nicht. Welchen Verwandtheitsgrad auch immer sie mit meinem Vater verband, ich würde es bald herausfinden. Täuschte ich mich, oder sprach Murielle ein Gebet? Sie hatte ihre Hände gefaltet. Ihre Augenlider waren gesenkt.

Ich kehrte zum Eingang zurück, wo ich mich auf eine Bank setzte. Ich warf den Kopf in den Nacken und sah zu den Lärchen, die letzte gelbe Nadeln trugen. In etwa einem Monat erst würden die frischen Triebe aufbrechen und den Bäumen das Gewand zurückgeben, das sie über den Winter verloren hatten.

Wer war die Frau?

Warum tauchte sie jetzt auf?

Ich blieb sitzen, während ich sie bei Vaters Grab wähnte. Es war kein Zufall, dass sie hier war. Wenn jemand einfach so auftaucht, will er etwas ganz Bestimmtes.

Ich erhob mich, schritt unter dem von Ästen und Gesteinsbrocken natürlich geformten Tor durch und wanderte am Jüdischen Friedhof vorbei. Schon von Weitem sah ich Tomasz. Er hatte seinen Wagen auf dem Parkplatz bei der Wegkreuzung abgestellt. Ich lief ihm entgegen.

«Was ist denn mit dir los? Bist du einem Geist begegnet?», witzelte er, als ich in seine Arme sank.

Einen Moment lang dachte ich, die Frage bejahen zu müssen. «Da steht eine Frau an Vaters Grab. Sie sieht aus wie Vater.»

«Seine Schwester?»

«Ich kenne nur *eine* Schwester. Sie heisst Benita. Die Frau, die ich meine, ist um einiges jünger, ich schätze, um die fünfzig.»

«Und wo ist sie jetzt?» Tomasz legte den Arm um meine Schultern. Eng umschlungen gingen wir den Weg zurück.

Wir erreichten das Friedhofstor. Murielle sass jetzt auf der Bank, die ich vorher verlassen hatte. Sie sah in die Lärchenkronen und hatte vielleicht dieselben Gedanken, wie ich sie gehabt hatte.

«Das ist mein Freund Tomasz Kandinsky», sagte ich.

«Sehr erfreut. Ich bin Murielle Benoit, und ...» Sie streckte die Hand aus und warf mir einen fragenden Blick zu, den ich nicht zu deuten vermochte. Sie schüttelte den Kopf. «Was für ein schreckliches Wort.»

Tomasz und ich blickten uns nur an.

«Was wollten Sie uns sagen?», half Tomasz nach.

«Ich bin die uneheliche Tochter von Bartholomäus Cadisch.»

Über uns säuselte der Wind durch die braunen Skelette der Baumkronen. Der weit entferne Ruf einer Krähe harmonierte mit dem Klang der Natur und nicht wie *uneheliche Tochter, uneheliche Töchter*, was ich zu hören glaubte.

Es dauerte eine Weile, bis Murielles Geständnis mein Gehirn erreichte.

Die Tatsache, dass ich nicht Vaters einziges Mädchen war, erfüllte mich mit Wut und Enttäuschung. Ich war böse auf ihn, weil er mir meine Halbschwester vorenthalten hatte. Sie war mir fremd und irgendwie doch vertraut. Sie war aus demselben Halbblut wie ich.

«Es gibt immer Gründe, um etwas zu verschweigen», sagte Tomasz, der meine Gedanken zu lesen schien. «Wir können das Rad der Zeit nicht zurückdrehen, wohl aber aus dem Bestehenden das Erträglichste machen.»

War Murielle hergekommen, weil sie sich ihren Teil der Erbschaft sichern wollte? Es hätte mich nicht gewundert. Schliesslich war sie auch eine Cadisch, auch wenn Vater, wie ich annehmen musste, nach ihrer Geburt nichts von ihr hatte wissen wollen. Die Gene lügen nicht. Und abstreiten konnte man es auch nicht. Unglaublich, wie Murielle Vater glich.

Später sassen wir im Gasthaus zum Landwasser, das in der Nähe des Waldfriedhofs lag und durch eine Brücke über den Fluss mit der Hauptstrasse verbunden war. Wir tranken Wein und bestellten eine Platte mit Trockenfleisch und Käse. Murielle erzählte uns ihre Geschichte. Sie hatte erst mit achtzehn erfahren, wer ihr Vater war.

«Als ich ihn kennenlernen wollte», sagte sie, «wurde ich abgewiesen. Ich stand vor der Tür an seinem neuen Domizil. Seine Frau Bernadette war zu Hause und dachte zuerst, ich sei eine Freundin von Vater. Die Ehe musste schon zu diesem Zeitpunkt arg auf wackeligen Beinen gestanden haben. Dabei hätte ich gern meine beiden Brüder kennengelernt. Andrin war damals acht Jahre, Luzi vier Jahre alt. Erst nach langen Erklärungen liess mich Bernadette in die Wohnung, und wir warteten gemeinsam auf meinen Vater. Er war leider nicht sehr erfreut, als er mich nach Feierabend antraf. Es gab grossen Ärger mit Bernadette, und er fragte sie vor meinen Augen, warum sie mich in die Wohnung gelassen habe. Ich sei nichts anderes als das Produkt eines Samenklaus. Du kannst dir denken, wie mir zumute war.» Murielle griff nach dem Weinglas und räusperte sich. «Unschön, ich weiss, ich war sehr geschockt. Sie sagte doch tatsächlich, sie habe wissen wollen, wie er reagieren würde, wenn er seine eigene Freundin in ihrer

Wohnung anträfe. Sie hatte gar nicht verstanden, was er zu ihr gesagt hatte.»

«Aber du gleichst Vater wie ein Ei dem anderen», stellte ich fest.

«Damals wohl nicht. Ich hatte lange Haare und kleidete mich wie ein Hippie.» Sie lächelte. «Das waren die siebziger Jahre, von denen du sicher auch schon gehört hast.»

«Nun ja, jede Dekade wird so ihre Marotten gehabt haben», sagte Tomasz, dem es nicht ganz wohl war unter uns Schwestern. Er griff nach Fleisch und Käse und spülte beides mit dem Wein hinunter.

«Und dann stellte dich Vater wieder vor die Tür?», fragte ich.

«Ja. Er sagte, er habe für seine Dummheit gebüsst, sein Vater habe für dieses Missgeschick sehr viel bezahlt. Ich solle machen, dass ich aus seinem Leben verschwinde. Bernadette warf mir sogar meine Tasche nach, die ich in der Garderobe hingelegt hatte. Sie musste irgendeine Frustration loswerden. Ich glaube nicht, dass dies mit mir zu tun hatte. Sie schien nicht sehr glücklich zu sein. Ich weiss bis heute nicht, warum Vater so reagierte. Ich meine, ich hatte ihm nie etwas zuleide getan, war einfach nur neugierig auf meine Wurzeln.»

«Das verstehe ich», sagte ich. «Ich hätte genauso gehandelt. Habt ihr euch nachher wieder getroffen?»

Murielle nippte am Glas. «Vaters vierte Frau lud mich zu seinem fünfzigsten Geburtstag ein. Ich denke, sie wollte uns versöhnen.»

Typisch Mam, dachte ich. Nur wunderte ich mich, warum sie nie etwas von unserer Halbschwester erzählt hatte. «Und, hat sie es geschafft?»

«Nicht wirklich. Aber das lag nicht an ihr. Morena war eine sehr liebenswürdige Frau.» Murielle hielt kurz inne. «Bist du ihre Tochter?»

«Ja, die bin ich.» Ich lächelte.

«Dann verstehe ich. Wenigstens haben alle Cadisch-Kinder gute Mütter.»

«Schade, dass wir uns nicht schon früher kennengelernt haben», bedauerte ich. Murielle versprach mir, dass sie mich gern wiedersehen wolle. «Es gibt sicher viel zu erzählen. Vielleicht kommst du ja mal nach Laret. Ich wohne vorübergehend bei Benita.»

Wir trennten uns voneinander, nachdem wir bezahlt hatten.

Was war der Grund, weshalb Murielle uns allen verschwiegen worden war?

★★★

«Vielleicht ist Murielle die Frau, die du suchst», rätselte Tomasz, als wir wieder allein waren. Wir wanderten über den Feldweg, der nach Davos führt. Tomasz hatte seinen Wagen vor dem Friedhof stehen lassen. Er würde ihn später abholen. Die Nebel zogen wie Rauchschwaden das Landwasser entlang. Es graupelte aus einem verhangenen Himmel.

«Du hättest sie fragen sollen, wie sie von Vaters Tod erfahren hat.»

«Warten wir ab, was uns Valerio von seinem Gespräch mit Marisa de Boni mitteilt», schlug ich vor. Ich wollte jetzt nicht mehr über Vater reden. Ich war müde und sehnte mich nach einem weichen Bett und zwei zärtlichen Händen. Nach Küssen und Streicheln und Liebkosen.

Valerio rief mich auf mein iPhone an. Er klang enttäuscht, weil er nichts Neues erfahren hatte. Die Reise nach Zürich habe sich nicht gelohnt. Im Gegenteil, er habe einen Strafzettel erhalten, weil er in einem Parkverbot geparkt hatte. Dann lästerte er über die Städter und endete damit, dass er bald auf eine einsame Insel auswandern werde.

«Mit dem Erbe kannst du dir vielleicht sogar eine kaufen», sagte ich und hätte mir am liebsten gleich die Zunge abgebissen. Tomasz sollte nicht denken, dass ich mir viel aus Geld machte. Er runzelte denn auch die Stirn.

Valerio überhörte es. «Marisa hat ein ganzes Haus für ihren esoterischen Ramsch. Und so, wie es aussah, kommen die Leute von überall her, um sich von ihr orakeln zu lassen. Sie arbeitet auch mit Glaskugeln. Leider hatte sie keine Zeit für mich. Ich hätte mir gern mal aus einer solchen Kugel in die Zukunft sehen lassen.» Ich hörte ihn wie einen Jungen kichern.

«Können wir uns ein andermal darüber unterhalten?» Ich verabschiedete mich und brach die Verbindung ab.

«Willst du jetzt eine Anklage machen oder nicht?», fragte Tomasz, als ich meinen Arm unter seinen schob.

«Vielleicht müsste ich mit der Polizei sprechen oder mit denen, die Vater im Schnee gefunden haben. Ich habe das Gefühl, als drehte ich mich im Kreis. Ich weiss nicht, wie ich weitermachen soll. Wer könnte mir denn noch Auskunft geben?»

Umberto Kindschi!

Vaters Finanzverwalter. Vaters Lakai.

Er hatte Vater lange gekannt. Lange bevor ich zur Welt gekommen war. Vater hatte ihm gegenüber nie viel Respekt gezeigt, aber auf Umberto hatte er gehört, zumindest, was die Verwaltung seines Geldes betraf. Ausserdem war Umberto ein Spekulant, ein Stratege, der Monopoly-Spieler, was Vater nur recht gewesen war. Täglich hatten sie zusammen die Börse beobachtet und mit Kaufen und Verkaufen namhafter Aktien einen schwindelerregenden Gewinn erzielt. In den letzten Jahren allerdings fielen Vaters Aktien ins Bodenlose, und ich vermutete, dass er viele Verluste hatte einstecken müssen.

Die Idee mit dem Kuscheln am Ende des Tages musste ich verwerfen. Der Besuch bei Umberto Kindschi war jetzt wichtiger.

«Bist du mir sehr böse», wagte ich daher den Versuch, Tomasz auf mein Vorhaben vorzubereiten, «wenn ich mich heute mit Kindschi treffe?»

«Wer soll das sein?»

«Er war Vaters Freund und ist es bis vor seinem Tod geblieben. Er arbeitet bei der Kantonalbank. Hat dort die Prokura gemacht.»

«Du musst dich zuerst bei ihm anmelden.»

«Warum? Dass er sich seine Ausreden zurechtzimmern kann? Nein, ich werde an den Schalter gehen und ihn herzitieren.»

«Hast du ihn in Verdacht, dass er etwas über den Tod deines Vaters weiss?» Tomasz hielt mich zurück, drehte mich und stellte sich vor mich hin. «Schau mich an.» In seinem Blick lag sehr viel Zärtlichkeit. «Wir müssen zuerst ein Konzept ausarbeiten, wie wir vorgehen wollen und einen kühlen Kopf bewahren, um das Richtige zu tun.»

«Das können wir gern, nachdem ich bei Kindschi gewesen bin.» Ich blieb stur. «Uns rennt sonst die Zeit davon.»

***

Die Bündner Kantonalbank befindet sich an der Hauptstrasse, welche Davos Dorf mit Davos Platz verbindet, etwas zurückversetzt neben einem grossen Parkplatz. Meine Armbanduhr zeigte halb fünf an, als ich die Tür aufstiess. Tomasz hatte ich kurzerhand in das Modegeschäft geschickt, welches gegenüberliegt, und ich war mir sicher, dass er dort einen warmen Pullover finden würde, denn er hatte sich über die Kälte beklagt.

Ausser Frau Stiffler, die ich von früher kannte, hielt sich niemand am Schalter auf. Sie blickte kurz zurück, als sie wohl ein Luftzug getroffen hatte. Es war mir, als hätte es ihr Strohhütchen gelupft, das sie auf ihrem weissen Haar trug. Sie erkannte mich nicht. Ich wartete, bis sie ihr Geschäft abgewickelt und ein Bündel Banknoten in ihrer Geldbörse eingesteckt hatte. Frau Stiffler nuschelte etwas vor sich hin, bevor sie sich von der Bankangestellten verabschiedete, warf mir einen prüfenden Blick zu und schlurfte zur Tür.

«Guten Tag Frau Stiffler», sagte ich freundlich.

Tatterig drehte sie sich nach mir um. Ihre vom grauen Star befallenen Augen sahen mich eindringlich an. «Morena?»

«Nein, nein, ich bin nicht Morena. Ich bin ihre Tochter, Allegra. Wahrscheinlich kennen Sie mich nicht mehr. Ich war knapp zwölf, als ich mit meiner Mutter von Davos wegzog.»

«Sie sehen aus wie Morena», beharrte Frau Stiffler. Ein Schatten überzog ihr Gesicht. «Wir haben es alle sehr bedauert, als Ihre Mutter wegging. Aber wir haben es auch verstanden. Barthli hat in den letzten Jahren sein wahres Gesicht auch nach aussen gezeigt. Vor zwei Monaten hat er das Haus, in dem ich und mein Sohn leben, unserem Vermieter abgekauft. Er wollte das Haus abreissen lassen und ein Hotel errichten, als ob wir nicht schon genug von solchen Hotels hätten in Davos. Der Kuchen wird nicht grösser, meine Liebe. Nur die Stücke werden mehr. Man sollte unser einst schönes Davos nicht mit solchen modernen Gebäuden verschandeln, nur weil einmal im Jahr während einer Woche das WEF stattfindet. Es kann nicht sein, dass wir nur für die Politiker und Mächtigen dieser Welt bauen.» Sie seufzte. «Früher war es hier lebenswerter. Die gute Luft ist auch weg. Wegen diesem Verkehr. Winter für Winter stinken und stauen sich die Autos in unserem Dorf. Die Abgase bleiben im Kaltluftsee liegen. Ihr Vater, Allegra, gehörte auch zu denen, die unsere schöne Landschaft zugrunde richten. Er wollte mich und meinen Sohn auf die Strasse stellen. Nun ist er tot. Es gibt noch Gerechtigkeit. …» Sie legte ihre knöcherigen Hände auf meinen Arm. «Sie sehen aus wie Morena.» Dann wandte sie sich um und verliess die Filiale.

Ich blieb nachdenklich stehen. War das soeben ein weiteres Indiz gewesen?

Und hatte sie *Barthli* gesagt? Ich erinnerte mich an eine Person, die meinen Vater so genannt hatte. Ein Überbleibsel aus der Kindheit. *Barthli.* Es gab welche, die hatten ihn Bartgeier genannt.

«Eigentlich haben wir schon geschlossen», tönte es hinter der Panzerglasscheibe, was mich aus meinen Gedanken riss. Ich näherte mich dem Schalter. Die junge Frau, vielleicht in meinem Alter, versuchte nett zu sein. Doch ich sah ihr an, dass sie den Feierabend herbeiwünschte. Sie fuhr sich mit ihren manikürten Händen durch die blonden Haare. Ihre Augen leuchteten wie die tiefblauen Seen in Norwegen. Keine Einheimische, ging es mir durch den Kopf. Ihr Dialekt klang nach Bodensee und der Ostschweiz.

«Ich will Sie auch nicht lange belästigen», erklärte ich. «Aber ich würde mich gern mit Herrn Kindschi unterhalten.»

«Sind Sie angemeldet?» Damit musste ich rechnen.

«Er weiss, dass ich komme», schummelte ich.

Die Blondine griff nach dem Telefon neben ihrer Ablage und wählte eine Nummer. «Wie ist Ihr Name?»

«Allegra Cadisch. Und sagen Sie ihm, es sei sehr wichtig.»

Er sass hinter seinem Pult, das von der Tür bis fast zum Fenster reichte, und sah mir mit hochgezogenen Augenbrauen entgegen. Er bemühte sich nicht, sich zu erheben, sondern wies mich auf den Stuhl vor ihm. Er hatte noch kein Wort gesprochen. Im Dorf und ausserhalb der Geschäftszeit mied man ihn. Es kursierten Gerüchte, dass er sich auf Vaters Geheiss einige illegale Sachen erlaubt hätte. Umberto Kindschi bewegte sich im Graubereich. Klug genug, sich nicht erwischen zu lassen. Seine Aktionen verliefen durchdacht; in seiner Position als Prokurist genoss er so etwas wie Neutralität. Mir war nie ganz klar gewesen, wie mein Vater an die Daten meiner Bank gekommen war. Aber ich ahnte es.

Ich setzte mich und räumte mir Zeit ein, die Dinge auf dem Pult zu betrachten. Viel gab es nicht zu sehen. Ein Rechner, der dazugehörende Bildschirm, eine Ablage mit Dossiers, ein paar Stifte und zwei Bilderrahmen. Im einen erkannte ich seine Frau Flavia und seine beiden Töchter, im andern seinen Hund, ein in die Jahre gekommener Golden Retriever.

«Ich gewähre ansonsten keine Privataudienzen», stellte Kindschi klar. Er hatte die Krawatte auf seinem weissen Hemd gelockert. «Bei dir mache ich eine Ausnahme. Wenn du aber glaubst, dass ich dir über das Vermögen deines verstorbenen Vaters Auskunft gebe, bist du an der falschen Adresse.»

Ich hatte nichts anderes von ihm erwartet. Er hatte ein Geld-denken. In seinen cerebralen Verästelungen klebten Banknoten. Er kam mit dem Oberkörper nach vorne und legte die Arme auf den Tisch. Mit einem Mal war der geschniegelte Bankier verschwunden und der Mensch hervorgeschält. Vaters Freund, vielleicht sein einziger.

«Nun, was führt dich zu mir?»

«Es geht um meinen Vater.»

Er lehnte sich wieder zurück und verschränkte seine Arme

hinter dem Kopf. Auf seinem gebräunten Gesicht hatten sich ein paar Falten eingegraben. Wenn er die Stirne runzelte, verschärften sie sich. «Luzi war gestern hier. Hat er dich geschickt? Glaubt er, du würdest mehr aus mir herauskriegen?»

«Luzi war hier?» Es störte mich, dass er mich duzte. Immerhin war ich vierundzwanzig und hatte ihn seit der vierten Primarschule nicht mehr gesehen. Und so gut kannte er mich nicht. «Mit seinem Besuch habe ich nichts zu tun.»

«Gut, dann wäre das ja auch geklärt.» Kindschis Gesicht wurde freundlicher. «Was also führt dich zu mir?»

«Hat Ihnen mein Vater vor seinem Tod irgendetwas anvertraut, das ich wissen müsste?» In meinen Fingerspitzen kribbelte es. «Ich meine etwas, das nicht mit seinen Bankgeschäften zu tun hatte? Sie waren doch gute Freunde ... Sie waren fast der einzige Freund, den er noch hatte ...»

«Er hat mir vieles anvertraut», gestand Kindschi. «Aber das dürfte dich nicht interessieren.»

Meinte ich es nur, oder kam da eine gewisse Arroganz durch?

«Er hatte oft ein grosses Bedürfnis, einfach zu reden.»

Das hatte er immer gehabt.

Über sich zu reden. Vom Gymnasium und dem anschliessenden kaufmännischen Lehrgang, vom Absolvieren verschiedener Sprachschulen und der Ausbildung zum Immobilienhändler. Von den Dingen, die er sich hatte leisten können, dank seiner Erfolge, dank seines vielen Geldes. Von früher hatte er erzählt. Von seiner Jugend und dem Drang, in ferne Länder reisen zu wollen. Von seinem Aufenthalt am Amazonas während zweier Jahre. Vom Angriff eines Alligators in den Everglades. Von seiner Arbeit als Gelegenheitskellner in einem Hotel in Hongkong, bla, bla. Von der viel zu frühen Rückkehr, weil seine Mutter gestorben war. Von seinem Vater, der ihn und seine Schwester tyrannisch aufgezogen hatte. Ich hatte oft den Verdacht gehegt, dass vom strengen Charakter seines Vaters etwas zurückgeblieben war.

Hatte er Probleme gehabt, über die er mit uns Kindern nicht hatte reden können? «Worüber haben Sie gesprochen?»

«Ja, worüber redet man, wenn nicht über Geschäftliches?»,
stellte sich Kindschi die Frage. «Wenn ich es mir jetzt überlege,
waren unsere Gespräche sehr oberflächlich. Er hat zum Beispiel
berichtet, wie unzufrieden er mit seinem Handicap beim Golfen
sei. Dass er seit geraumer Zeit daran feile, endlich ein Handicap
unter fünfundzwanzig zu erreichen.» Kindschi lächelte. «Ich habe
Handicap neun.» Pause. Er musterte mich erwartungsvoll. Ich
ging nicht darauf ein. «Er erzählte mir von seinen letzten Ferien
auf Mauritius und von seinem Vorhaben, an der Westküste ein
Anwesen zu kaufen und es in ein Ferienresort für betuchte
Schweizer umzubauen.» Kindschi stiess Luft aus. «Er hatte immer
solche verrückten Ideen. Ja, und nun wären wir wieder beim
Geschäftlichen.»

Seine Ausführungen befriedigten mich nicht.

«Ich will es Ihnen erklären», startete ich den Versuch. «Ich
kann es nicht glauben, dass mein Vater einfach so gestorben
ist. Er war ein gesunder Mann, hat viel Sport getrieben, nicht
geraucht ... zumindest keine Zigaretten.»

«Aber er hat getrunken.»

Das wusste ich. Vater hatte oft über den Durst getrunken und
war ausfällig geworden. Doch das wollte ich nicht aus Kindschis
Mund hören. «Er war gesund», wiederholte ich und spürte, wie
sich meine Kehle zuschnürte. Ich gab mir einen Ruck. «Hat er
sich mal über seine Ehe mit Letícia geäussert?»

«Dazu kann und will ich nichts sagen.» Kindschi erhob sich
jetzt. Mir fiel auf, wie gross er war. «Aber frage doch Letícia.
Sie wird dir vielleicht selbst erzählen, wie die Ehe war.»

«Ich glaube, dass ihn jemand umgebracht hat.»

Kindschi liess sich wieder auf den Sessel fallen. «Vergiss es!
Das sind nur Gerüchte, die im Dorf die Runde machen. Keine
Ahnung, wer den Davosern diesen Floh ins Ohr gesetzt hat.
Soviel mir bekannt ist, war die Polizei zugegen und hat eine
Gewalttat ausgeschlossen.»

«Ja, weil er ein bald fünfundsiebzigjähriger Mann war.»

«Das ist lächerlich, Allegra. Jeder stirbt einmal – in seinem
Alter sowieso. Ich verstehe ja, dass du jetzt etwas suchst, weil
du den Tod deines Vaters nicht akzeptieren kannst. Aber glaube

mir, du vergeudest nur deine Zeit.» Er zögerte. «Ich kann dich beruhigen. Mit Letícia pflegte er ein freundschaftliches Verhältnis. Die Frau tat ihm gut, nachdem er von vielen seiner Frauen enttäuscht worden war.»

Ich hätte ihm gern gesagt, dass mein Vater eigentlich die Frauen enttäuscht hatte. Doch ich schwieg. Vielleicht vergeudete ich tatsächlich meine Zeit, hier in diesem Büro mit dem langen Tisch und der Yuccapalme neben dem Fenster, dem Mirò-Bild an der grau getünchten Wand und Kindschi, aus dem ich nichts wirklich Brauchbares würde herausholen können. Tief atmend erhob ich mich. Ich schob den Stuhl unter den Tisch und hätte dabei fast Kindschis Füsse touchiert. Ich bemerkte seine schmutzigen Schuhe. «Noch eine letzte Frage: Kennen Sie Frau Stiffler von Wiesen? Sie war soeben am Schalter. Sie muss inzwischen über neunzig sein.»

«Sicher kenne ich sie. Sie ist ja auch eine der ältesten Kundinnen von uns. Sie wird im Sommer sechsundneunzig.»

Kindschi bemerkte mein Erstaunen.

«Die Menschen von Davos werden steinalt.» Er musterte mich kritisch. «Unsere Bergluft macht es aus.»

«Sehen Sie!» Ich sah ihn spöttisch an.

Kindschi ignorierte es. «Was ist mit ihr?»

«Sie sagte mir, dass mein Vater das Haus gekauft habe, in dem sie und ihr Sohn wohnen. Wollte er ihnen kündigen?»

«Dazu kann ich nichts sagen. Das wird spätestens beim Notar bekannt werden. Oder wenn du es eilig hast, wird dir Dr. Polcan vielleicht Auskunft geben können.»

«Na gut, das war's dann. Ich danke Ihnen.» Damit liess ich es vorläufig bewenden. «Sollte Ihnen jedoch etwas in den Sinn kommen, das für mich wichtig sein könnte, benachrichtigen Sie mich bitte.» Ich überreichte ihm meine Visitenkarte und wusste, dass er sich niemals melden würde.

★★★

Vor der Tür wartete Tomasz. An seinem linken Arm baumelte eine Plastiktüte mit der Aufschrift des Modegeschäfts.

«Aha, du hast wohl den passenden Pullover bekommen.»

«Ja, und das Hemd dazu. Und Socken und …», er rollte verheissungsvoll die Augen, «sexy Unterwäsche.» Er küsste mich auf den Mund. Er roch nach Alkohol.

«Und der Sekt war wohl inbegriffen», stellte ich leicht verärgert fest.

«Zwei Schlücke Champagner», gab Tomasz zu. «Ich konnte doch nicht Nein sagen, nachdem die Verkäuferin mir solche tollen Sachen verkauft hatte.»

«War sie wenigstens hübsch?» Ohne es zu wollen, machte sich ein Gefühl der Eifersucht in mir bemerkbar. Es schmarotzte in meine Körpermitte, wo es sich schmerzlich einnistete.

«Du kennst sie. Sie ist die Tochter des Geschäftsinhabers.»

«Sidonia? Gross, schlank und immer mit den ausgefallensten Klamotten? Kennst *du* sie?»

«Seit eben. Wir haben uns über dich unterhalten.»

«Wie kommst du dazu?» Ungläubig wich ich einen Schritt zurück. «Da lasse ich meinen Freund eine halbe Stunde allein, und er schäkert mit meiner Schulkollegin von früher.» Ich liess mir meine Betroffenheit nicht anmerken.

«Sie hat dich mit mir gesehen. Da hat sie sich halt ihre Sachen zusammengereimt. Sie hat auch gefragt, ob du mit deiner Mutter hier bist.»

Ich entspannte mich. «Mit meiner Mam? Die würden keine zehn Pferde hierherbringen.»

«Also, ich finde es schön in Davos. Trotz des diesigen Wetters. Früher war ich oft zum Skifahren hier. Vor allem auch wegen des Nachtlebens. Da ging die Post ab.» Tomasz schmunzelte. «Die Bolgenschanze war damals der Geheimtipp. Ich weiss nicht, wie es heute ist. Aber früher haben wir Partys gefeiert bis in die frühen Morgenstunden. Wollen wir uns am Abend amüsieren gehen?»

Er wollte mich offenbar in Laune halten.

«Ich glaube, die haben jetzt Betriebsferien. Also nichts mit Tanzen.» Ich zog meinen Freund von der Bankfiliale weg. «Ich möchte heute noch zur Polizei gehen.»

«Ach, schade. Aber dann werde ich endlich mein Auto holen.»

Ich sah ihm nach, als er mit schlenkernder Tüte in Richtung
Busstation aufbrach.

SECHS

Der Polizeiposten und der Kripostützpunkt befinden sich in einem neuen mehrgeschossigen Gebäude an der Talstrasse. Eine Pferdedroschke stand auf dem Parkplatz inmitten dampfender Rossäpfel. Ich näherte mich dem Eingang und wäre beinahe mit einem Polizisten in Uniform zusammengestossen.

«Hoppla!», war seine Entschuldigung. Dann musterte er mich von Kopf bis Fuss. «Allegra, was für eine Überraschung!»

Erst jetzt erkannte ich in ihm einen alten Schulkameraden, vor allem erinnerte ich mich an seinen Rücken, denn ich hatte in der dritten Primarschule direkt hinter ihm gesessen. «Dario Ambühl, schön, dich nach all den Jahren wiederzusehen. Hast du deinen Kindheitswunsch also in die Tat umgesetzt?»

«Wie du siehst. Polizist in der eigenen Heimat. Jetzt darf ich die Leute in die Schranken weisen, die früher aufgrund meiner Lausbubenstreiche mit mir geschimpft haben. Der Spiess hat sich gedreht.»

«Und? Macht es dir Spass?» Ich hatte ihn aus den Augen verloren, wie alle die Kinder, mit denen ich in Davos die Schulbank gedrückt hatte. Selbst während meiner regelmässigen Besuche im Landwassertal hatte ich kaum jemanden wiedergetroffen. Darum freute es mich umso mehr, Dario hier zu sehen.

Seine Zähne blitzten auf, als er lachte. «Das war jetzt ein Scherz.» Er fuhr sich mit der linken Hand verlegen über die Stirn. «Und was führt dich zu uns? Hat man dich beim Falschparken erwischt?»

«Mein Vater ist gestorben.»

«Ich habe davon gehört. Tut mir leid.» Er zog seine Mundwinkel nach unten. Ich erkannte in dieser Mimik etwas Vertrautes aus seiner Kindheit. «Kann ich etwas für dich tun?» Seine Verlegenheit verstärkte sich, während ich ihn eindringlich ansah. Keine Frage: Er hatte sich seit der Schulzeit zu einem ausnehmend gut aussehenden Mann entwickelt. Anscheinend wusste er es auch. Sein Aussehen verleugnete seine Herkunft nicht. Er war der waschechte Bündner, wie er im Bilderbuch steht, der gesunde Naturbursche mit dunklen widerspenstigen Haaren und dem feurigen Blick, in den selbst ich mich hätte verlieben können, hätte es Tomasz nicht gegeben. Er war gross gewachsen und muskulös. Unverschämt, hätte ich meinen Eindruck von ihm mit einem Wort beschreiben müssen.

«Ich will eigentlich zu Josias Müller. Soviel ich weiss, hat er das Protokoll geschrieben, als man meinen Vater gefunden hatte.»

Dario griff nach der Westentasche und holte sein Mobiltelefon hervor. Er wandte sich von mir ab. Ich hörte, wie er jemandem mitteilte, dass ihm etwas dazwischengekommen sei, und man in der nächsten Stunde nicht mit ihm rechnen könne. Dann drehte er sich wieder nach mir um. «Und was willst du von Müller?» Er stiess mich vor sich her, öffnete die Tür zum Posten und schob mich hinein.

«Mit ihm reden.»

Wir stiegen eine Treppe hoch. Hinter dem Eingang gab es einen langen Flur, auf dessen linker und rechter Seite je vier Türen abgingen. Dario klopfte bei der rechtsseitig ersten und öffnete, nachdem er keine Antwort erhalten hatte.

«Bitte setz dich.» Er verwies mich auf eine Bank in der Nähe des Fensters und betrachtete mich länger als gewollt. «Ich werde Leutnant Müller rufen. Er ist gewiss gerade in der Pinkelpause.»

Ich setzte mich. Hinter einem schmalen Tresen gab es Regale, in denen sich Berge von Akten türmten. Nebst nummerierten einfarbigen Ordnern reihten sich zudem Bücher an Bücher. Ich las Titel wie ZGB, OR, StGB/StPO. Links davon hing eine Landschaftskarte von Davos, welche die Fraktionsgemeinden Frauenkirch, Glaris, Monstein und Wiesen miteinschloss. Druckknopfnadelgrosse rote Stecker waren in unregelmässigen Abständen darauf verteilt. Bevor ich mir darauf einen Reim machen konnte, trat Josias Müller ins Büro, gefolgt von Dario.

Ich erhob mich. «Guten Tag Herr Müller. Wir haben uns ja erst kürzlich gesehen», sagte ich, auf den Besuch im Alpenblüemli anspielend. Es hätte mich gewundert, wenn er keine Ausrede parat gehabt hätte, warum er nicht zur Beerdigung meines Vaters, wohl aber zum Leichenschmaus erschienen war.

«Ich hatte Dienst. Und im Moment sind wir hier ziemlich unterbelegt.» Er schien mindestens dreissig Jahre älter als Dario, was sich auf seinem urchigen, von Sonne und Wind gegerbten Gesicht abzeichnete. Er trug einen schwarzen Schnurrbart, den er in der Eile unregelmässig zurechtgestutzt hatte. Hinter einer schwarzrandigen Brille mit gespiegelten Gläsern versteckten sich dunkle Augen. Seine Bekleidung wirkte salopp und etwas alternativ. Als gebürtiger Davoser war Müller, seit ich mich erinnern konnte, bei der Polizei. Nach absolvierter Lehre als Mechaniker und zweijähriger Berufstätigkeit hatte mir Valerio erzählt, sei er in die Polizeischule Zürich eingetreten, wo er für das Korps der Kantonspolizei Graubünden die Ausbildung zum Polizist absolviert hatte. Zwölf Jahre hatte er im uniformierten Polizeidienst beim Stützpunkt Davos gearbeitet. Während dieser Zeit hatte er einen vier Semester dauernden Führungslehrgang durchlaufen. Später wechselte er zur Kriminalpolizei, wo er mehrere Jahre im kriminaltechnischen Dienst und fortan im Fahndungs- und Ermittlungsdienst tätig war. Heute war er in erster Linie Leiter der Fahndung und Ermittlung, bei Bedarf multipräsent einsetzbar.

Müller platzierte sich hinter dem Pult, auf dem eine Unordnung an Dokumenten, Schreibstiften, Büchern und Ringheften herrschte. Eine Tasse mit dem Aufdruck «Spengler-Cup 2008» und ein halb leer getrunkenes Glas mit einer gelben undefinierbaren Flüssigkeit standen neben einer Schale mit Schokoherzen, darum herum zerknüllte rotfarbene Aluschnipsel. Die Tischplatte selbst sah man nicht. Dario blieb stehen.

«Und, was können wir für Sie tun?» Müller kritzelte etwas auf ein Blatt Papier, das vor ihm lag, nachdem er einen Schreibblock auf den Papierstoss neben den Computer verfrachtet hatte. Er schaute mal mich, mal das Papier an.

Ich verzichtete auf lange Erklärungen. «Ich will wissen, wie der Mann heisst, der meinen Vater gefunden hat.»

Ich sah Müller und Dario einander ansehen. Zwei zugekniffene Augenpaare. Ein nonverbaler Dialog zwischen zwei Polizisten und die unausgesprochene Frage, ob man mir Auskunft geben durfte.

«Und?» Ich bemerkte ihre Verunsicherung. «Ich möchte mich bei ihm bedanken. Hätte er meinen Vater nicht gefunden und es hätte diesen zugeschneit, wäre er wahrscheinlich erst nach der Schneeschmelze zum Vorschein gekommen.»

Müller kniff die Augen zusammen. «Gut. Aber das dürfte etwas schwierig sein. Im Moment steht er im Mittelpunkt unserer Ermittlungen.»

«Was für Ermittlungen?» Ich musste mich zusammenreissen, um nicht ausfällig zu werden. «Bedeutet es, dass man Vaters Tod doch noch untersuchen will?»

Ich sah Müller an, dass er mit sich selbst rang, dass er abwog, wo die Grenzen zwischen Polizeigeheimnis und nachbarschaftlicher Ethik verliefen. Dario kam mir zu Hilfe. «Joe, wir können es ihr sagen. Ich meine, wir haben ein Geständnis. Ich wüsste nicht, weshalb wir ihr gegenüber daraus ein Geheimnis machen sollten.»

Es war eine bedrückende Situation.

Müller hatte sich in der Zwischenzeit erhoben. Jetzt standen wir uns alle drei gegenüber. Das Schweigen vermittelte etwas Bedrohliches. Von draussen vernahm ich das Einfahren des Zuges aus Richtung Davos Frauenkirch. Der kurze, schrille Pfiff der Lok. Das Quietschen der Bremsen. Dann war es wieder ruhig.

Ich räusperte mich in diese Stille hinein. «Hat man meinen Vater doch ...?» Ich wollte das Wort nicht aussprechen.

«Nein!» Müller hatte sich überwunden. «Es gibt keine Beweise.»

«Aber meinen Verdacht.»

«Der nicht begründet ist. Sie greifen etwas aus der Luft. Aber ...»

«Was aber?» Ich wurde ungeduldig, bemerkte, wie Müller Dario kritisch taxierte.

Dario nahm seinem Vorgesetzten die Wörter aus dem Mund. «Wir haben den Übeltäter, der die Skier und die Schuhe geklaut hat.»

«Ach.» Ich liess mich auf die Bank zurückfallen. «Und warum weiss meine Familie nichts davon?»

«Er hat sich erst gestern selbst angezeigt. Er ist derjenige, der deinen Vater im Schnee gefunden hat.» Dario machte einen Schritt auf mich zu. «Glaube mir, er ist ein armes Schwein. Dachte wohl, dass er die Skier und Schuhe auf dem Flohmarkt verkaufen könne. Aber sein schlechtes Gewissen hat ihn geplagt. Er ist von allein zu uns gekommen.»

«Und ihr könnt ihm natürlich nicht böse sein.» Wenn mir jetzt etwas missfiel, war das diese unprofessionelle Bemerkung. Ich musste davon ausgehen, dass da zwischenmenschliche Gründe mitmischten. Eine nicht zu verbergende Empathie gegenüber dem Angeschuldigten.

«Nein, das können wir nicht. Seine Begründung klang plausibel. Er hat Frau und Kind und keine Arbeit.»

«Dann lasst mich mit ihm reden.»

«Warum?» Zwischen Darios Augen entstand eine steile Falte. «Willst du ihn für seinen Ungehorsam belohnen?» Offensichtlich versuchte er, die vorangegangene Fehlbemerkung zu korrigieren.

«Ich möchte mit dem Menschen sprechen, der meinen Vater am Unfallort gesehen hat. Ist das so schwer zu verstehen?» Ich täuschte Tränen vor, während ich mit meiner Hand über die Augen strich und ein schniefendes Geräusch von mir gab. Ich blinzelte zwischen meinen Fingern hindurch und sah, wie Müller und Dario einander zunickten.

«Also gut. Es ist der Heller Päuli.»

Ich liess meine Hand sinken und riss die Augen weit auf. «Der Alpen-Hippie?»

Die beiden Polizisten blieben stumm. Vielleicht wurden sie sich bewusst, was sie mir soeben verraten hatten.

Paul Heller. Als ich in Davos zur Schule gegangen war, hatte er von sich reden lassen, mehr noch seine damalige Freundin Herta, die man auch die dicke Berta nannte, weil sie breiter als hoch war. Sie waren ein ungleiches Paar gewesen. Er ein alternder Musiker mit Drogenproblemen; sie eine minderjährige Abtrünnige, die von zu Hause abgehauen war und ihr junges Leben nicht in den Griff bekommen hatte. Sie hatte sich durch die Primarschule gekämpft, war zweimal sitzen geblieben. In der Oberstufe hatte sie dann ganz versagt. Sie hatten damals in einem heruntergekommenen Chalet in der Nähe des Bahnhofs gelebt – zusammen mit zwanzig Leuten aus der Alternativszene. Mit siebzehn war Herta schwanger geworden und hatte bis zur Geburt nichts davon bemerkt. Kurz vor der Entbindung hatte Paul sie mit Verdacht auf einen entzündeten Blinddarm ins Davoser Spital gebracht. Eine Stunde später hatte sie ein Häufchen Mensch geboren – ihre Tochter Lukrezia. Paul hatte sich zur Vaterschaft bekannt. Vielleicht zu seinem grossen Glück. Lukrezia schien für ihn das Freibillett auf dem Weg aus den Drogen gewesen zu sein.

«Der Alpen-Hippie! Wie geht es seiner Tochter? Die müsste jetzt bald siebzehn sein.»

Müller beugte sich über den Tresen und schrieb etwas auf. Dann reichte er mir einen Zettel. «Hier ist seine Adresse. Damit Sie nicht auf dumme Ideen kommen und meinen, dass wir hier etwas vertuschen.» Ich sah, wie er ein paarmal leer schluckte. Sein Adamsapfel hüpfte auf und ab. «So, und jetzt sind wir quitt.»

«Danke», sagte ich. «Sie haben mir sehr geholfen.»

«Ich bringe dich nach draussen», bot Dario mir an.

Ich verabschiedete mich und steckte den Zettel mit Pauls Adresse ein.

«Du hast meinen Chef ziemlich unter Druck gesetzt», sagte Dario, als wir uns draussen neben der Kutsche wiederfanden. Die Rossäpfel waren am Erkalten. Sie rochen unangenehm. Die beiden Pferde scharrten mit ihren Hufen, während der Kutscher über ihre Nüstern strich. Er wartete wohl vergebens auf Gäste. Ich grüsste ihn. Er dagegen wandte sich ab, brummelte bloss etwas in seinen Vollbart.

«Unter uns gesagt, ich glaube auch nicht, dass Paul meinen Vater auf dem Gewissen hat. Aber er hat vielleicht etwas beobachtet. Wenn die Polizei es nicht für nötig hält, die Todesursache akribisch zu untersuchen, muss ich das wohl tun.»

«Die Todesursache wurde untersucht», widersprach mir Dario. «Es gibt keine Hinweise auf ein Gewaltverbrechen.»

«Ihr habt eben nicht gut genug untersucht.»

Dario stand mit seiner brachialen Männlichkeit vor mich hin.

«Allegra, du verrennst dich da in etwas. Gib auf! Ich flehe dich an. Und komm mit mir nach Feierabend ins La Carretta. Da werden wir uns einen hinter die Ohren kippen und danach ...» Weiter getraute er sich nicht. Ich spürte jedoch, wie meine Anwesenheit ihn erregte.

Warum wurde ich das Gefühl nicht los, dass mir gegenüber etwas verheimlicht wurde? Bereits nach dem Besuch bei Kindschi hatte ich diesen Eindruck gehabt. Jedermann versuchte, mich von meinem Vorhaben abzuhalten.

Lag es an meinem Vater? Wollte man ihn aus dem Gedächtnis streichen? War man froh, dass er endlich das Zeitliche gesegnet hatte?

Was immer er getan hatte, er war mein Vater gewesen. Er hatte mich als kleines Mädchen auf den Armen getragen. Er hatte mir sogar die Milchflasche gegeben, was ich auf Fotografien gesehen hatte. Er hatte mir das Skifahren beigebracht und mich Schach spielen gelehrt. So lange, bis ich ihn mehrmals hintereinander besiegt hatte. Da hatte er es aufgegeben, weil er niemals ein Verlierer sein wollte und ihn irgendwann einmal die Lust am Spielen mit uns Kindern verlassen hatte.

Er hatte mich auch angeschrien, geschlagen und in den Keller gesperrt. Doch dies hatte ich vielleicht verdient. Wenn man meinen Vater gereizt hatte, schlug er zu und war ausser sich. Manchmal hatte er das Quengeln seiner Kinder nicht vertragen. Manchmal hatte er unsere Präsenz nicht gewollt. Mam war dann mit uns spazieren gegangen oder hatte uns zu McDonald's eingeladen, der damals in einem Hotel in Davos Dorf eingemietet war.

Ich versuchte, meine Gedanken zu steuern. Das eine zog das andere nach. Mam und Vater: Sie hatten einfach nicht zueinandergepasst. Aber das war etwas anderes und kein Grund, meine Recherchen zu beenden.

Ich verabschiedete mich von Dario. Während ich mich vom Bahnhof entfernte, spürte ich noch lange seinen Blick auf meinem Rücken. Ich umklammerte den Zettel in meiner Jackentasche. Morgen würde ich Paul besuchen.

Ich hatte Glück und erreichte den Bus, der Richtung Davos

Dorf fuhr, gerade noch rechtzeitig. Es hätte mir etwas ausgemacht, in der Kälte zu warten und damit rechnen zu müssen, dass Dario sich mir näherte und es ihm in den Sinn gekommen wäre, mich in seinem Dienstwagen mitzunehmen. Womöglich mit Blaulicht! Was für eine Vorstellung.

★★★

Eine halbe Stunde später erreichte ich das Hotel Casa Anna. An der Rezeption standen die Leute Schlange. Ich vermutete, dass die vielen Gäste einchecken wollten. Die Casa Anna war eines der wenigen Hotels und eine der wenigen Pensionen, die noch bis Mitte Mai offen hatten. Bei den Angekommenen handelte es sich um eine Gruppe von betagten Ausflüglern. Eine Busreise ins Blaue, eine Werbereise zu einer Manufaktur oder zur Bäckerei, wo die Bündner Nusstorten hergestellt wurden – mit Zwischenhalt in Davos. Übernachtung und Frühstück inbegriffen. Ich schnappte mir den Zimmerschlüssel und musste mir von zwei Rentnern einige anzügliche Bemerkungen gefallen lassen, bevor sie mir den Weg freigaben. Ich ging über die Treppe ein Geschoss höher.

Vor Tomasz' Zimmertür blieb ich stehen. Mein Herz klopfte zum Zerspringen. Dennoch getraute ich mich nicht anzuklopfen. Ich sehnte mich nach einer Fortsetzung von letzter Nacht und danach, seine Hände auf meinem Körper zu spüren. Trotzdem war ich mir nicht sicher, ob ich die Ultima Ratio wirklich wollte. Ich legte mein Ohr an die Tür, stellte mir Tomasz vor, wie er quer über dem Bett lag. Sein sehniger Körper, der keine Wünsche offen liess. Seine für einen Mann auffallend helle Haut, das dunkle Kopfhaar, das sich mit einem leichten Flaum auf seiner Brust fortsetzte und in einem schmalen Streifen sein Geschlecht erreichte. Sein Grossvater stammte aus Polen, hatte er mir erzählt. Während des Zweiten Weltkrieges sei er mit Frau und Kindern in die Schweiz geflüchtet, hatte sich in der Nähe von Romanshorn niedergelassen, wo Tomasz' Vater dann eine Schweizerin geheiratet hatte. Tomasz war ihr einziges Kind. Erst viel später seien sie nach Luzern gezogen.

Keine Geräusche aus dem Zimmer. Vielleicht war er eingeschlafen. Oder er befand sich anderswo. Warum hatte er mich nicht angerufen? Also doch keine Telepathie.

Ich verharrte noch eine Weile, bis ich ein Stockwerk über mir die Rentnergruppe in ihre Zimmer gehen hörte. Wenn Tomasz geschlafen hatte, so wäre er spätestens jetzt wach geworden. Über mir ertönte Getrampel und Geplapper. Doch ich wartete vergebens auf meinen Freund. Auch nach meinem Klopfen blieb die Tür verschlossen.

Ich ging in mein Zimmer. Ein Blick zum Fenster liess mich hoffen, dass der Frühling zurückkehren würde. Über dem Jakobshorn lichtete sich die Wolkendecke. Ich setzte mich an den kleinen Tisch, auf dem eine Mappe mit verschiedenen Prospekten lag, Schreibpapier und ein Schreibstift mit dem Logo des Hotels. Ich notierte, was ich für meine weiteren Ermittlungen gebrauchen würde.

Ich benötigte eine Pinnwand, Stecknadeln und Kärtchen. Und da ich vorhatte, anderntags auf das Jakobshorn zu fahren, musste ich irgendwo einen Skianzug, Skischuhe und Skier auftreiben. Ich blickte auf meine Uhr. Es war jetzt sechs Uhr. Ich erinnerte mich, dass ich heute ausser dem Frühstück noch nichts gegessen hatte.

Wenn ich einen klaren Kopf behalten wolle, müsse ich essen, hatte meine Mam mich oft beratschlagt. Ich nahm mir vor, dies nachzuholen.

Ich griff nach dem Telefon und Müllers Notiz, wählte Paul Hellers Nummer und wartete, während ich das Wolkenspiel am Himmel betrachtete. Ich wollte gerade auflegen, als er sich endlich meldete.

«Wir kaufen nichts, wir sind schon pleite.» Eine etwas andere Art einer Begrüssung. Ich musste auf den Stockzähnen lachen. Paul hatte einen intus. Auch eine Perspektive, wenn einem im Leben nichts geschenkt wird. Ich nannte meinen Namen, mit dem er nichts anzufangen wusste. Erst als ich auf meinen Vater zu sprechen kam, wurde Paul gesprächiger.

«Ja, ich habe ihn gefunden. Er war mausetot.» Er sprach langsam, als hätte er Mühe mit dem Artikulieren. Ich hörte, wie er unterdrückt rülpste.

«Hätten Sie Zeit, morgen früh mit mir auf das Jakobshorn zu fahren und mir den Platz zu zeigen, wo Sie meinen Vater gefunden haben?»

«Morgen früh?» Offensichtlich spielte für Paul der frühe Tag eine grössere Rolle als die Tatsache, mit mir auf den Berg zu fahren.

«Morgen um acht», sagte ich. «Ich werde die Kosten selbstverständlich übernehmen.»

«Sie haben Nerven.» Ich hörte ihn schwer schlucken. «Es ist gefährlich, dort hochzugehen. Wir haben Mitte April, das Wetter morgen soll gut sein. Es sind Temperaturen von zwanzig Grad angesagt. Die Schneeschmelze schreitet voran ... und Sie wollen dort hinauf?» Er hustete lange und anhaltend. Ich musste den Hörer von meinem Ohr fernhalten. «Zudem ist Saisonschluss. Ich weiss nicht einmal, ob die Bahnen noch fahren.»

«Gestern fuhren sie noch.»

«Gestern war gestern, heute ist heute und morgen ist ein anderer Tag.»

«Bitte, es ist sehr wichtig für mich. Er war mein Vater. Ich muss wissen, wo er gelegen hat.»

Wieder hörte ich ein Rülpsen. «Gut, weil Sie es sind», sagte er betont langsam. «Um halb acht an der Talstation.»

Ich begab mich ins Badezimmer, als die Tür aufging und Tomasz sich ins Zimmer schob.

«Du hast nicht abgeschlossen», tadelte er mich und war in zwei Schritten bei mir. Er zog mich an sich und drückte mich so fest, dass es schmerzte. Er vergrub sein Gesicht in meinem Haar. «Ich hatte Sehnsucht nach dir. Wo warst du auch so lange?»

«Wo warst *du*?»

«Unten im Keller. Die Sekretärin fragte mich, ob ich ihr zur Hand gehen könne. Eine Getränkelieferung ist eingetroffen, die sie aufgrund eines Zeitmangels nicht hat einräumen können. Na ja, und kräftig ist sie beileibe nicht.»

«Aha, und ich klopfe mir hier die Hand wund.» Ich befreite mich aus Tomasz' Umklammerung. «Hör zu. Ich will morgen auf das Jakobshorn fahren. Es wäre schön, wenn du mich begleiten würdest.» Ich erzählte ihm von Paul.

Tomasz sah mich stirnrunzelnd an. «Morgen Vormittag sollte ich mich aber auf den Weg nach Luzern machen. Ich muss an die Uni. Habe mich dort mit Robert verabredet.»

«Und das sagst du mir jetzt?» Ich war enttäuscht.

«Ich weiss es auch erst seit einer Stunde.» Tomasz sah mich weiterhin nachdenklich an. «Allegra, bist du sicher, dass dein Entscheid richtig ist? Was erhoffst du dir von diesem Unterfangen?»

«Wenn du es nicht verstehst, wer sollte es dann verstehen? Zudem wird es für mich eine Übung sein.» Das war zwar eine Ausrede, doch Tomasz schien dem nichts entgegenzuhalten. «Jetzt muss ich mich um die Skier bemühen.»

«Im Keller hat es eine ganze Reihe von Schuhen und Brettern. Ich nehme an, dass diese an die Gäste ausgeliehen werden. In deiner Grösse ist bestimmt etwas dabei.»

Ich war nicht unglücklich darüber. Meine Skiausrüstung befand sich in Vaters Keller. Ich fand es nicht sehr erbaulich, dorthin zu fahren und diese abzuholen, zumal Letícia mit unbequemen Fragen aufwarten würde. «Jetzt muss ich mich nur noch um den Anzug kümmern. Für meine Grösse wird sich im Hotel kaum etwas Passendes finden, wenn überhaupt», gab ich zu bedenken.

«Jasmin wird in etwa deine Grösse tragen», meinte Tomasz.

«Jasmin? Aha, man kennt sich. Ich nehme an, sie ist die Sekretärin.» Meine Eifersucht, die wie ein schleimiges Monster von mir Besitz nahm, spürte Tomasz nicht. Ich hatte sie noch nicht persönlich kennengelernt. Bei meiner Ankunft hatte eine Portugiesin mir den Schlüssel ausgehändigt.

«Sie ist nett. Ist im Moment einfach auf sich selbst gestellt und ziemlich überfordert. Ihr Chef ist bereits in den Ferien. Sie schmeisst den Laden hier zusammen mit dem Küchenchef und dem Zimmermädchen.»

«Oh, dann habt ihr euch bereits näher kennengelernt.»

«Während ich auf dich wartete, war ich unten im Speisesaal. Da haben wir uns unterhalten.» Tomasz drückte mir einen Kuss auf den Mund. «Nicht böse sein.» Er blickte mich lächelnd an und schüttelte den Kopf. «Kein Grund zur Sorge. Sie kannte übrigens deinen Vater gut.»

«Wie kommst du dazu, dich mit einer Fremden über meinen Vater zu unterhalten?»

«Jetzt hör mal zu: Jasmin hat deinen Vater am Tag vor seinem Tod mit einer Frau zusammen gesehen.»

«Was?» Mir blieb der Atem kurz weg. «Das wird Letícia gewesen sein.»

«Es sei eine ältere Frau gewesen, so um die fünfzig.»

«Glaubst du, es war Murielle?»

«Na ja, es wird wahrscheinlich auch nicht relevant sein.» Tomasz begab sich zum Schreibtisch in Fensternähe und betrachtete meine Notizen. «In einer Kellernische habe ich ein Anschlagbrett entdeckt. Ich werde es dir besorgen, und um den Skianzug und die anderen Dinge brauchst du dich auch nicht zu kümmern. Lass dir ein Bad einlaufen, und zieh dir was Schönes an. In einer Stunde werde ich dich abholen.»

Mir war nicht geheuer. «Was hast du vor?»

«Ich werde dich in eines der schönsten Restaurants von Davos ausführen.»

SIEBEN

So sieht also die Talstation ausserhalb der Saison aus, ging es
mir durch den Kopf, als ich mit kompletter Skiausrüstung dort
eintraf. Paul Heller stand bereits im Warteraum, in dem sich
niemand sonst aufhielt. Er war älter geworden. Sein Gesicht
war tiefbraun. Von dem einst verwahrlosten Eindruck, den ich
in Erinnerung hatte, war nichts geblieben. Er hatte sich seine
langen Haare geschnitten, den Bart zurechtgestutzt und trug einen angemessen gepflegten Skianzug mit Pelzbesatz. Als ich ihm
jedoch die Hand schüttelte, roch ich den säuerlichen Rückstand
seines Alkoholkonsums.

«Die Bahn fährt in fünf Minuten», sagte er. «Aber nur bis zur
Mittelstation Ischalp. Dann müssen wir zu Fuss weiter.»

«Das ist aber nicht dein Ernst.» Ich duzte ihn.

«Reingefallen.» Er lachte, wobei eine Reihe unregelmässiger,
gelb verfärbter Zähne zum Vorschein kam. «Auf der Ischalp steht
ein Pistenfahrzeug für uns bereit. Aber noch mal: Der Ausflug ist
nicht ganz ungefährlich.» Er griff in seine Skijackentasche, holte
ein Päckchen und eine Zigarette heraus. Er steckte sich diese
zwischen die Lippen und zündete sie mit einem Feuerzeug an.
Ich hatte ihn in Verdacht, dass er sich wichtigmachen wollte.

Ich ignorierte seinen Einwand. «Wie kommst du zu einem
Pistenfahrzeug?»

«Ich arbeite ab und zu auf der Ischalp. Manchmal muss ich
beim Präparieren der Pisten helfen, manchmal setzt man mich
am Schlepplift ein.»

Deshalb diese unverschämte Bräune.

Wir betraten die Gondel. Wir blieben die einzigen Gäste.
Der Bahnbegleiter machte einen gelangweilten Eindruck. Paul
nannte ihn beim Namen und stellte uns einander vor.

«Allegra, das ist Ferdi. Ferdi, das ist Allegra.» Er blies Rauch
aus und mir ins Gesicht.

Ferdi musterte mich schweigend. Auch sein Gesicht war so
tief gebräunt, als wäre er ein Mulatte. Er trug eine dunkelblaue

Jacke – sein Arbeitsgewand, nahm ich an –, eine gespiegelte Sonnenbrille und eine gelb-blaue Mütze mit der Aufschrift «Davos-Jakobshorn».

Ich deutete durch das Fenster, das gegen den Hang lag. «Wie viele Leute transportierst du denn pro Saison?»

Augenscheinlich hatte ich seinen Nerv getroffen. Ferdi griff nach seiner Brille und klemmte sie in die Mütze. Ohne Brille sah er halb so gut und viel älter aus. Er wurde auf einmal redselig. Ich schrieb es dem Wissen zu, das sich auf seine Tätigkeit beschränkte. «Vierhunderttausend Touristen pro Saison, wenn man die beiden Sektionen zusammenzählt. So gerechnet fast eine halbe Million Leute, die die Hänge runterkurven und die Sonne geniessen, während man im Unterland im Nebel erstickt.» Dann sah er mich lange nachdenklich an. «Dich habe ich im Winter auch schon ein paarmal angetroffen. Ich kann mir Gesichter gut merken.»

Keine Kunst, dachte ich sarkastisch, wenn man täglich im Zehn-Minuten-Takt runter- und hochfährt. Mit etwas musste man seinen Geist ja wach halten. «Bis zu einer halben Million fehlen noch hunderttausend», provozierte ich.

«Nun, ich denke, dass wir diese Zahl bald erreichen werden. Immerhin gibt's in dieser Höhenlage genug Schnee im Winter.»

«Ansonsten kann man die Schneekanonen einsetzen», erklärte Paul.

«Erinnerst du dich an den Mittwoch vor einer Woche, Ferdi? Es müsste der erste oder zweite Morgenkurs gewesen sein.»

Der Gefragte betätigte den Funk und drückte einen Knopf, worauf er ein Signal empfing. Es gab einen Ruck, bevor sich die Gondel langsam von der Station wegbewegte. Nach ein paar Metern legte sie an Tempo zu, und wir schossen in eine schwindelerregende Höhe. Die wenigen Autos auf dem Parkplatz unter uns, die Häuser und Strassen rundherum schrumpften. Ich musste mir die Nase zuhalten, um den Druck auszugleichen. In meinen Ohren sirrte und surrte es. Paul stand breitbeinig in stoischer Ruhe und ohne sich an etwas festzuhalten in der Gondelmitte, als wollte er uns seine Stabilität beweisen.

«Klar erinnere ich mich.» Ferdi zog eine Schnute. «Es war

der erste ausserplanmässige Morgenkurs. Ich fuhr bereits um sieben Uhr los, weil ich eine Ladung Reinigungsmittel und Getränke hochbringen musste. Ich nahm ein paar ungeduldige Fahrgäste mit. Frühaufsteher. Zwei deutsche Touristen, eine Gruppe Asiaten – Chinesen oder Japaner oder dergleichen …» Er lachte. «Die sehen alle gleich aus. Während der ganzen Fahrt knipsten sie wie wild. Die betrachten die Welt eh nur aus der Perspektive der Kameralinse. Und wenn sie dann wieder zu Hause sind, sehen sie sich die Bilder an und staunen darüber, was sie live verpasst haben. Dann war da noch Bartholomäus Cadisch. Ich wunderte mich, weil ich ihn hier noch nie in die Bahn steigen sah. Üblicherweise benützt er den Schlepplift im Usserisch, was ich von Reto weiss, der dort den Schlepplift bedient.»

«Der hat doch bestimmt schon die Fahrt eingestellt», nahm ich an.

«Nein, letzte Woche war er noch in Betrieb. Auf jeden Fall wirkte Bartholomäus sehr abwesend. Er sei sonst ein geschwätziger Mann gewesen, wie man sagt. Aber an diesem Mittwoch schien er ziemlich bedrückt zu sein.»

«Hast du ihn denn gekannt?»

Ferdi schüttelte den Kopf und gackerte dabei wie ein Huhn: «Er war der Einzige, der mit einem pinkfarbenen Skianzug auf die Piste ging … zum Schreien. Aber der Alte hat es durchgezogen. Mutig von ihm, wo ihn doch alle auslachten.»

«Er war eben ein Original.»

«Hast du ihn gefragt, weshalb er auf das Jakobshorn wollte?»

«Warum willst du das eigentlich wissen?»

«Allegra ist Bartholomäus' Tochter», kam mir Paul zuvor.

«Ach so. Ich habe nicht gewusst, dass er eine so junge Tochter hat und eine hübsche dazu.» Ferdi fing wieder an zu gackern. «Aber das passt zu ihm. Wundert mich nicht.»

«Was wundert dich nicht? Hast du meinen Vater näher gekannt?», wiederholte ich.

«Nein, aber ich höre, was die Leute so über ihn erzählen.»

«Und machst dich wohl wichtig, wenn du es weitererzählst.» Ich wusste nicht, ob ich wütend sein sollte. Zudem fand ich es anmassend, wenn man über einen Verstorbenen solche Sprüche von sich gab.

«Oh, pardon. Ich wollte dir auf keinen Fall zu nahe treten.» Ferdi zog die Schultern ein.

«Hast du meinen Vater gefragt, weshalb er auf den Berg wollte?»

«Was hätte ich denn fragen sollen? Mit unseresgleichen gibt sich einer wie Bartholomäus nicht ab. Das wäre unter seiner Würde gewesen. Für Bonzen wie ihn sind wir Fussvolk, der Pöbel oder was weiss ich was.» Ferdi zögerte. «Beim Aussteigen allerdings hat er gesagt, dass er weiter bis zum Horn fährt und von da aus auf direktem Weg zur Ischalp. Ich nehme an, er wollte die letzte Möglichkeit ausschöpfen, im Frühlingssulz zu fahren.»

«Hast du ihn zur Bahn gehen sehen?»

«Sicher. Ich holte mir beim Restaurant einen Kaffee. Da sah ich ihn zur Station gehen.»

«Allein?»

«Zusammen mit den Deutschen, aber wohl unabhängig voneinander.» Ferdi wandte sich schniefend ab. Ich sah ihm an, dass er sich nicht länger mit mir über Vater unterhalten wollte.

Die Gondel fuhr über den ersten Mast. Ich spürte meine Eingeweide verdächtig nach oben rutschen. Die Tannen unter uns lagen dunkel und schwer in der Morgensonne, die sich über die Berggipfel geschoben hatte. Meine Wangen glühten ob der Wärme.

«Zwei Stunden noch, dann kannst du das Skifahren vergessen», gab Paul mir zu verstehen. «Wir müssen uns beeilen. Der Sulz verwandelt sich rasch in schweren Nassschnee. Das schweizerische Schnee- und Lawinenforschungsinstitut auf dem Weissfluhjoch hat heute früh gewarnt. Keine waghalsigen Abfahrten mehr.»

«Das Thermometer hat heute um sieben bereits zwölf Grad angezeigt», versicherte Ferdi. «Heute soll es richtig schön heiss werden. Der Klimawandel. Vielleicht wachsen in ein paar Jahren Palmen auf der Ischalp.» Gackern. «Um elf ist dann die letzte Talfahrt. Wenn ihr mit mir zurückwollt, müsst ihr pünktlich sein. Danach wird die Bahn für die alljährliche Revision eingestellt.»

«Keine Bange, das schaffen wir schon.» Ich zwinkerte Paul zu, der ein verdriessliches Gesicht machte.

«Was ist?»

«Mir ist es ehrlich gesagt nicht geheuer. Mit dem Pistenfahrzeug wird es kritisch werden. Vielleicht müssen wir den Hang zum Unfallort mit den Skiern bewältigen.»

«Klar doch. Ich habe meine Skier nicht als Zier mitgebracht.»

«Zier?» Ferdi grinste. «Vom Modell her ziemlich antik. Sag mal, wo hast du die denn ausgegraben?»

Ich dachte an Jasmin vom Hotel Casa Anna, die so freundlich gewesen war, mir die Skier nebst Skischuhen und Anzug kostenlos zu überlassen. Sie war hübsch und brünett – war aber nicht Tomasz' Typ, was mich beruhigt hatte.

Geradezu unspektakulär ruhig erreichte die Gondel die Mittelstation. Eine Weile blieb sie unbewegt in der Luft stehen. Talwärts eröffnete sich uns ein unvergesslicher Blick. Die Schiebetür ging auf.

«Viel Glück.» Ich sah, wie Ferdi Paul auf die Schulter klopfte. «Und dass du mir die Dame heil wieder herunterbringst.»

Ich buckelte meine Skier und trat ins Freie. Der Schnee war auch hier teilweise schon weggeschmolzen. Braune nasse Flecken und schmutzige Haufen, auf denen allerlei Unrat lag, präsentierten uns ein trostloses Bild. Vor dem Restaurant standen Stühle kreuz und quer, ein paar Tische noch, die von ein paar Männern ins Lager oder in den Keller gebracht würden. Die Skiständer lagen übereinander auf dem Boden, daneben aufgerollte Sonnenschirme. Eine Strickmütze, ein einzelner Handschuh, der irgendwann im Schnee liegen geblieben und jetzt zum Vorschein gekommen war.

Saisonende auch hier.

Ich näherte mich der Tür, die ins Restaurant führte. «Können wir einen Kaffee trinken, bevor wir fahren?»

Paul winkte ab. «Wir sollten das auf danach verschieben.» Er warf einen kritischen Blick auf seine Uhr. «Ich hole mal das Pistenfahrzeug. Es steht im Schober dort drüben. Willst du gleich mitkommen?»

Ich blieb stehen und wandte mein Gesicht der Sonne zu. In

dieser Jahreszeit schien sie besonders intensiv. Wenn ich mir alle die braunen Köpfe der Davoser in Erinnerung rief, musste in den letzten Wochen ziemlich gutes Wetter geherrscht haben. «Wer hat eigentlich die Bahn von der Ischalp auf das Jakobshorn begleitet?»

«Kommst du nun?» Paul eilte es.

Ich schritt hinter ihm her auf eine Baracke zu und konnte seinem Tempo kaum folgen. Ich wiederholte die Frage.

«Ich denke, der Otto war's.» Paul öffnete eine Holzpforte und schob sich in den dahinterliegenden Schuppen. Da stand das Ungetüm. Rot und glänzend mit eindrücklichen Kettenraupen.

«Ich bin noch nie in einem Pistenfahrzeug gefahren», gab ich zu und half Paul, die beiden Torflügel aufzustossen. «Meinst du, ich könnte Otto sprechen? Hast du seine Nummer?»

Paul wuchtete seine und meine Skier hoch und kletterte dann über die Kettenraupen zur Kabine. «Soviel ich weiss, ist der schon in den Ferien.» Er befestigte unsere Skier und Stöcke aussenseitig. Dann setzte er sich hinter das Steuer. «Ein neuer Ratrac», schwärmte er. «Ein Hightechwunder. Erst seit einer Saison in Betrieb. Er gehört zur Ischalp.» Dann wurde er wieder ungeduldig. «Komm, mach schon. Wir müssen los.» Er startete den Motor.

Ich hatte mich kaum gesetzt und angegurtet, als Paul auch schon lospreschte. «Schätzungsweise fünfundzwanzig Minuten Fahrt nach oben.» Er lächelte mich von der Seite her an, während er den engen Weg zur Kuppe nahm, die nach der Kurve das erste Hindernis darstellte. «Das ist kein Formel-1-Wagen. Es ist eine schwere Lady, und wenn man sie nicht korrekt fährt sehr unberechenbar. Einen Tag Ausbildung mit sieben Fahrstunden, dann bekam ich das Brevet. Andere schaffen es schon mit fünf. Aber ich wollte auf Nummer sicher gehen. Zudem zähle ich mich nicht mehr zu den Jüngsten.»

«Ich dachte, du bist arbeitslos?» Der Steilhang drückte mich zurück in den Sitz. Mein Kopf flog von einer zur anderen Seite, während Pauls Kopf sich synchron zu meinem bewegte.

«Bin ich auch.» Paul liess sich von meiner Feststellung nicht beirren. «Früher arbeitete ich als Musiker. Hatte jedes Wochenende einen Auftritt mit meiner Band. Tanzmusik und so. War eine tolle Zeit. Ja, dann kamen die DJs mit ihrer elektronischen Musik. Eine neue Generation wuchs heran, und schwupp, waren wir weg vom Fenster. Die letzten Auftritte hatten wir im Altersheim. Tanzmusik für Demenzkranke. Da wusste ich, dass ich zum alten Eisen gehöre. Ich werde bald sechzig.»

Ich deutete auf das Lenkrad, das anders als bei Personenwagen klobig war und über der Mittelnabe vier farbige Knöpfe hatte. «Wofür sind denn die?»

«Das ist die Bedienung für die Fräse. Sie glättet die Konturen der Piste. Das, was mit den Kettenraupen aufgerissen wird, wird mit der Fräse planiert.»

«Und der Knüppel dort? Eine Gangschaltung?»

«Nein, nein.» Paul lachte. «Das ist der Joystick mit der gesamten Pflugbedienung.»

«Und wo ist die Bremse?»

«Es gibt keine. Gebremst wird hydraulisch. Wenn ich den Fuss vom Gaspedal wegnehme, drosselt es die Geschwindigkeit automatisch.»

Bereits in der nächsten Kurve verlangsamte Paul das Gefährt, ehe er in einen weiteren Steilhang einbog. Eine Zeit lang fuhren wir über einen Waldweg. Später öffnete sich uns der Blick gegen das Jakobshorn, eine noch schneebedeckte Kuppe, auf der die Bergstation wie eine Festung über dem Fels thronte. Danach ging es einen Schräghang hinauf zu einem Masten, um den noch immer dicke Schutzmatten gebunden waren. In der Zwischenzeit strahlte die Sonne mit der Kraft des Frühlings an die Hänge. Der Schnee unter den Kettenraupen schien von Minute zu Minute sulziger zu werden. Zeitweise tauchten winzige Seen auf, in denen sich der blaue Himmel spiegelte.

Wir fuhren eine Weile schweigend weiter, weil Paul sich auf den Weg konzentrieren musste. Wieder lag eine Kurve vor uns. Ich hielt den Atem an, während ich Paul einen kritischen Blick zuwarf. Auf seiner Stirn hatten sich verdächtige Schweisstropfen gebildet. Ich fragte mich, ob die sieben Stunden gereicht hatten, um bei heiklen Situationen einen kühlen Kopf zu bewahren. Plötzlich war ich mir nicht mehr sicher, ob meine Idee so gut gewesen war. Spürte ich nicht bereits ein Rutschen? Ich klammerte mich fest, die linke Hand am Verschluss des Sicherheitsgurtes, die rechte am Türriegel – für den Fall, dass ich aus dem Fahrzeug würde springen müssen.

«Entspann dich», beruhigte mich Paul. «Wir haben es gleich geschafft. Noch eine Kurve, dann geht's wieder gerade hinauf.» Er nickte in Richtung gefällter Baumstämme, die oberhalb der Waldgrenze lagen, beinahe blickdicht verborgen hinter einem haushohen Findling und in der Nähe einer Hütte. «Dort oben müssen wir parken. Der Unfallort befindet sich auf der gegenüberliegenden Seite. Wir werden mit den Skiern dorthin gelangen. Der Schnee ist zu weich. Die ganze Unterlage ist instabil. Ich will kein Risiko eingehen.»

«Aber das ist ja abseits der markierten Piste», stellte ich fest.

«Wie du siehst, war dein Vater als Variantenfahrer unterwegs.»

«Er hatte immer Mühe mit Schranken. Er liess sich ungern eingrenzen. Na ja, das passte zu ihm.»

Weit und breit keine Menschenseele.

Vor uns das reflektierende Weiss und eine Sonne, die gnadenlos herunterbrannte. Die jungfräulich unberührten Hänge des Jakobshorns, wo ansonsten die Wintertouristen sich tummelten. Jetzt gähnten uns die Pisten leer entgegen. Noch standen die rot-weissen Markierungen und in regelmässigen Abständen die Schneekanonen, die in jedem Winter zum Einsatz kamen. Rechts von uns lagen das Bocktenhorn und der Hoch Ducan, links Weiss- und Schwarzhorn. Weiter hinten zu erahnen die Engadinerkette, die man nur vom Gipfel aus sah. Ich schaffte es nicht, mich zurückzulehnen und das tolle Wetter zu geniessen. Selbst der Mäusebussard über uns, der aufmerksam seine Kreise zog, vermochte nicht, mich abzulenken.

Endlich erreichten wir unser Ziel.

Eine kleine Steigung noch, eine lang gezogene Kehre, ein minimaler Ruck, dann erstarb der Motor. Paul wischte sich den Schweiss von der Stirn und sah mich schelmisch lächelnd an. Er kletterte vom Sitz und half mir auf die Beine. «Und nun die Bretter an die Füsse. Siehst du die Gruppe mit den Bergkiefern dort drüben?» Er streckte die Hand aus. «Dorthin müssen wir traversieren.»

«Nach dort drüben, sagst du?» Ich schätzte die Entfernung ein. «Bis zu den Bäumen sind es sechzig, siebzig Meter. Kann ich auch zu Fuss gehen? Ich habe keine Lust, diese kurze Strecke mit den Skiern zu fahren», sagte ich, nachdem ich festgestellt hatte, welche ausgedienten Latten Jasmin mir mitgegeben hatte.

«Davon rate ich dir dringend ab. Du würdest bist zur Hüfte im Schneematsch versinken.»

«Das war jetzt übertrieben.» Ich schmollte und montierte die Skier. Einen Moment lang schloss ich die Augen und gab mich ganz der frischen klaren Luft hin.

Paul stiess sich ab. «Pass auf, dass du nicht hinfällst», rief er mir zu. «Das könnte sonst Konsequenzen haben.»

Der Schnee war nass geworden. Es erforderte einen ziemlichen Stockeinsatz, ihn zu bewältigen. Meine Skier kamen nur langsam voran. Vielleicht waren sie mit dem falschen Wachs präpariert oder gar nicht behandelt worden. Ich verwünschte Jasmin. Ich verwünschte die Skier. Wäre am liebsten zurückgekehrt. Runter mit der Bahn, ins Dorf zum Hotel, wo Tomasz sich für die Fahrt nach Luzern bereit machte. Ich wäre gern in seine Arme gesunken.

Paul fuhr vor mir. Er gelangte zu den Tannen, als ich noch mitten auf der Piste mein Bemühen verfluchte.

Mein Atem flatterte, meine Lungen schmerzten, als ich den Platz erreichte, auf dem Paul stand. Ein verkrüppeltes Tännchen hatte sich vorwitzig im Schatten eines Felsbrockens eingenistet.

«Hier ist es», sagte Paul, während er mit einem Skistock einen weiten Bogen zeichnete. «Hier hat er gelegen. Ausgestreckt, als ob er schlafen würde. Zweitausendeinhundert Meter über der Meeresgrenze.»

Ich stellte meine Skier in den Schnee, nachdem ich die Skibindung geöffnet und von meinen Schuhen gelöst hatte. «Warum bist du dir so sicher, dass es zweitausendeinhundert Meter sind?»

«Weil es oberhalb dieser Höhenlage keine Bäume mehr gibt.»

Ich kniete nieder. Keine Spuren mehr. Keine Einbuchtung,

die darauf schliessen liess, dass hier ein Mensch gelegen hatte. Neuschnee und die darauf erfolgte Schneeschmelze hatten die Landschaft verändert, aus dem Schneegrab wieder einen harmlosen Platz gemacht.

Dann brach es wie ein Gewitter über mich her.

Das Zittern, das ich erst vage wahrgenommen hatte, entfaltete sich aus meinem Innern heraus, kroch die Brust hoch und nistete sich im Hals ein, wo ich vergebens versuchte, dagegen anzukämpfen. Tränen schossen in meine Augen, und aus dem Rachen brach unwillkürlich ein Schmerzensschrei – ein befreiendes Weinen.

Zum ersten Mal seit Vaters Tod.

Er hatte den Schnee geliebt. Im Winter war er fast täglich auf der Piste unterwegs gewesen, auch wenn es nur für eine Stunde war. Lieber verzichtete er auf ein Frühstück als auf eine jungfräuliche Fahrt.

Hatte er sich womöglich selbst etwas angetan? Man stirbt nicht einfach im Schnee, ausser man legt sich bewusst dahin und wartet, bis der Kältetod einen eingeholt hat. Tod durch Erfrieren soll der schönste Tod sein. Man spürt nichts, ausser seine Kräfte schwinden. Trinkt man vorher Alkohol, spürt man nicht einmal die Kälte. Und an diesem Mittwochmorgen war es bitterkalt gewesen.

War das der Grund, dass er den Grabschmuck bestellt hatte? Hatte er im November gewusst, dass er bald unter der Erde liegen würde? Aber was hätte ihn dazu treiben können, sich das Leben zu nehmen? Nein! Das durfte und konnte nicht sein. Ich glaubte, meinen Vater gekannt zu haben. Auf die Idee, Suizid zu machen, wäre er nie gekommen, auch wenn es ihm schlecht gegangen wäre. Er hatte sich vor dem Tod und der Endgültigkeit gefürchtet.

Paul riss mich aus meinen Gedanken. «Ich konnte leider nichts mehr für ihn tun, glaube mir. Und ich entschuldige mich für meine Tat. Es ist scheusslich, wenn man einen Toten beklaut. Ich wollte es nicht, ehrlich …» Er schien sich zu schämen, während ich am Boden kauern blieb.

«Hast du jemanden gesehen, der sich vom Unfallort entfernt hat, bevor du hier eingetroffen bist?»

«Nein, niemanden. Ich war oben auf dem Jakobshorn. Musste

noch etwas abgeben in der Küche. Dann fuhr ich ohne Zwischenstopp runter. Das heisst bis hierher. Von oben sah ich etwas im Schnee liegen. Ich dachte zuerst an einen Steinbock, der sich verirrt hatte, und wollte nachsehen. Manchmal gibt es Wilderer am Berg, die Steinböcke schiessen, die nachts bis hierher gelangen.» Er zog Rotz hoch.

«Einen pinkfarbenen Steinbock?» Ich musste mir das Lachen verkneifen.

«Ja, … nein, das heisst: Ich sah nicht so klar. Das Licht, die Sonne. Ich weiss es nicht mehr. Aber da lag Bartholomäus. Ich hatte einen ziemlichen Schock. Ich hatte noch nie zuvor einen Toten gesehen. Aber dann dachte ich an das Glück, das ich dabei hatte – mir die Skier und die Schuhe zu nehmen. Die würden niemandem mehr nützen …» Paul blickte zum Himmel, wurde nachdenklich. «Wir sollten zurückkehren.»

«Lass mich noch eine Minute allein», bat ich.

«Na gut, wie du willst. Ich gehe dann schon mal das Fahrzeug wenden.» Paul stieg den Hang hinauf. Ich sah ihm nach. «Ein besserer Weg zum Überqueren», rief er mir zu, als er schon eine Weile durch den Schnee gestapft war. Ich bemerkte, wie sehr er sich anstrengen musste, um nicht abzurutschen. Über dem Hang flimmerte es, und tausend winzige Regenbogen spannten sich schillernd von einem Kristall zum anderen.

Wieder tropfte eine Träne in den Schnee.

«Papa, wenn ich nur die Wahrheit kennen würde.» Meine Kehle war wie zugeschnürt. Gleichzeitig wusste ich, dass ich nicht aufgeben würde, bis ich sie wirklich kannte.

Plötzlich sah ich es.

Es lag neben dem Tännchen. Ein silberfarbenes Kettchen mit einem Medaillon in der Grösse eines Zwanzig-Rappen-Stückes. Ich hatte es zuletzt … Ja, wo hatte ich es gesehen? Ich griff danach. Kein Zweifel: Es war ein Amulett mit dem Familienwappen. Vater hatte es nie getragen. Weshalb lag es aber im Schnee? Mit zitternden Fingern steckte ich es ein. Jemand aus meiner Familie war hier gewesen und hatte es verloren.

Diese Feststellung liess mein Herz bis zum Hals schlagen.

Ein eigentümliches Geräusch schreckte mich aus meinen Gedanken. Dann ein Rumoren tief im Boden – es fühlte sich zumindest so an. Ich erhob mich und lauschte. Es war, als würde der Schnee unter mir zittern. Ich sah an den Hang und Paul wie eine Miniaturfigur darüberstaksen. Es schien, als käme er pro Schritt nur einen Fuss lang vom Fleck, während er mit den Stöcken nach Halt suchte.

Dann herrschte Ruhe.

Die Ruhe vor dem Sturm, die ich jetzt fast körperlich spürte. Dass etwas im Anzug war, womit ich nie gerechnet hatte, auf das ich keinen Einfluss haben würde. Ich versuchte mich zu konzentrieren, lauschte und sah um mich. Es war eine angespannte Situation. Die menschenleeren Pisten wirkten bedrohlich.

Dann dieses unheimliche Rollen unter mir.

Mein Blick hing jetzt an Paul, als ich zwei Meter oberhalb seiner Spur den Hang einreissen sah. Eine Schnittstelle im Schnee, ein Aufschlitzen, das sich über die gesamte Breite von der Hütte bis kurz vor die Kieferngruppe zog. Es war, als schlage eine unsichtbare Hand ein Laken um. Wie in Zeitlupe bewegte sich die Schneemasse in Richtung Tal. Da sah ich Paul nach hinten kippen. Seine Skier, die sich aufrichteten, um dem Niedergang zu trotzen. Ein markerschütternder Schrei.

Der ganze Hang war in Bewegung, begleitet von einem eigentümlichen Wind, der wie aus einem grossen Rachen in meine Richtung wehte. Ich hechtete weg von der Piste, versuchte verzweifelt, mich an eine Tanne zu klammern, während ich Paul ein paar Meter weiter drüben ins Verderben rutschen sah. Abwechslungsweise seine Arme, seine Beine vornüber, die Skier steil nach oben, der Kopf. Ich brachte keinen Ton heraus. Der Schrei blieb in meiner Kehle stecken. Die Lähmung erfasste meinen Körper. Der Schock kam und mit ihm meine Hilflosigkeit, mein Unvermögen, die Situation richtig einschätzen zu können. Ein Schneebrett ist nicht so gefährlich wie eine Staublawine, ging mir lediglich durch den Kopf. Wenn man Glück hat, bleibt man auf dessen Oberfläche und rutscht mit.

Dieses Schneebrett war anders. Es rutschte in Schüben, was ein Aufeinandertürmen der Schneeschicht bewirkte.

Wo war Paul? Wo, um Gottes willen, steckte Paul? Die Schneemasse gewann an Tempo. Während ich mich an der Tanne festhielt, zog es meine Beine talwärts. Unklar blieb, wie lange ich
es in dieser Stellung aushalten würde. Ich spürte meine Kräfte
schwinden. Meine Hände schmerzten, die Arme fühlten sich wie
Pudding an.

Reiss dich zusammen, schalt ich mich.

Erstes Gebot: Lage beurteilen.

Zweitens: Was kann ich in dieser Situation tun, ohne mich
selbst zu gefährden?

Drittens: Wo fordere ich Hilfe an?

Viertens: Wie kann ich möglichst schnell agieren?

Ich beobachtete den Hang. Der Schnee war plötzlich weg.
Das darunterliegende braune Gras sah wie gekämmt aus. Diese
Stelle stellte vorübergehend kein Problem mehr dar. Trotzdem
musste ich vorsichtig sein. Wo befand sich der Lawinenkegel?
Nach meiner Beurteilung hatte der leicht ansteigende Hügel
weiter unten die Masse gestoppt. Schätzbare Entfernung von
hier aus – hundert Meter. Zu viel für einen zügigen Abstieg.
Die Skier würde ich mir nicht anschnallen. Der obere Hang
galt weiterhin als unberechenbar. Ich öffnete die Jacke, griff
nach meinem iPhone. Fast kein Akku mehr. Ich wählte Tomasz'
Nummer. Liess es hundertmal klingeln. Keine Antwort.

In der Panik hatte ich die falschen Tasten gedrückt. Zweiter
Versuch.

Endlich meldete er sich, Gott sei Dank.

«Allegra?»

Ich räusperte den Kloss in meiner Kehle weg.

Tomasz jetzt eindringlicher: «Allegra?»

«Eine Lawine ist niedergegangen. Oberhalb der Ischalp. Paul
ist verschüttet.»

Ein kurzes Zögern, als glaubte er mir nicht. «Allegra, kannst
du mir die Koordinaten durchgeben?»

«Was soll ich? Ich kenne die Koordinaten nicht. Oberhalb
der Ischalp, dort, wo die Baumgrenze ist.» Tomasz hörte es wohl
nicht mehr. Die Verbindung war abgebrochen.

Keine Zeit zum Grübeln.

Ich machte mich mit beiden Skistöcken auf den Weg zu Paul oder zu dem, was von ihm übrig geblieben war. Eine schreckliche Vorstellung. Ich kroch den Hang am Pistenrand hinunter, darauf bedacht, in der Nähe von Bäumen oder Gesteinsbrocken zu bleiben, für den Fall, dass sich die Katastrophe wiederholen würde. Ich hätte auf Paul hören sollen. Er war winterresistent, während ich in den letzten Jahren eine Städterin geworden war. Ich hatte ihn ins Unglück hineinkatapultiert. Ich würde es mir nie und nimmer verzeihen können.

Eine gefühlte Ewigkeit weiter unten entdeckte ich den Kegel. Braunschwarzer Schnee türmte sich vor mir auf wie zerquetschte, übereinandergeworfene Schachteln.

Von Paul keine Spur.

Ein Blick auf das iPhone. Der Akku stand im roten Bereich. Ich musste Paul finden.

Nur von diesem einen Gedanken beseelt, kroch ich weiter. Meine Hände waren blau. Ich spürte sie kaum. Die Handschleifen der Stöcke hatte ich mir um das Handgelenk gelegt. Sie scheuerten meine Haut wund.

Weiter. Singen. Trällern. Etwas tun, das die Distanz zum Lawinenkegel verringerte, was meine Anstrengungen vergessen liess.

Ich sang. Ich zählte. Ich produzierte Bilder. Ich überlistete mich selbst.

«Paul! Päuli! Alpen-Hippie!»

Die Wörter zogen durch meinen Kopf, drohten ihn zu zersprengen.

Vor mir das aufgeworfene Schneegrab. Braun und schmutzig. Nass und schwer.

«Paul!»

Weiter. Nicht aufgeben. Ich griff nach den Stöcken, richtete mich auf. Sofort versank ich im Schnee. Die Skischuhe lasteten wie eine Tonne an meinen Füssen.

«Päuli!» Eine Verniedlichung seines Namens. Alle, die ihn kannten, nannten ihn so. Wo war er?

Ich öffnete die Schnallen an den Schuhen, zwängte erst den einen, dann den anderen Fuss aus der Schale. Sofort sogen sich die Socken mit Schmelzwasser voll. Die Füsse waren klamm. Ich kroch jetzt wieder. Vor mir die Stöcke, die den Untergrund abtasteten. Alles weich.

Alles hoffnungslos.

Ringsum diese Stille. Über mir in seiner blauen Unverschämtheit der Himmel, hinter den ich zu sehen glaubte, ins All, in den Tod. Ich fühlte mich unendlich verlassen und allein mit meinem Schicksal. Würde mein Leben hier enden? Würde ich genauso sterben wie Vater? War ich deshalb hierhergekommen?

Ich zwang mich zu denken, mich zu orientieren. Vor und neben mir türmte sich der Schnee. Ich kniff mir in die Wange. Keine Sentimentalitäten. Noch war ich da und spürte Leben. Und so schnell würde ich nicht aufgeben. Nein, nicht aufgeben.

Weitergehen. Weiterkriechen. Füsse, Knie, Hände. Füsse, Knie, Hände …

«Alpen-Hippie!» Früher hatte er seine Haare wachsen lassen, was mit der Zeit sehr ungepflegt aussah. Und blass war er gewesen, von Alkohol und Drogen gezeichnet. Ich erinnerte mich, dass Mam ihn oft im Chalet besucht hatte. Ihn und die armseligen Leute ohne Arbeit, ohne Geld. Mam war dort gewesen und hatte ihnen Kleider gebracht, manchmal einen selbst gebackenen Kuchen.

Da! Eine erste harte Stelle.

Ich stocherte wie besessen, stiess auf Widerstand. Ich liess die Stöcke fallen, buddelte jetzt mit blossen Händen. Grub in die Tiefe, bis die Hände bluteten. Ein Haarbüschel? Oder der Pelzbesatz seines Anzugs? «Lieber Gott, mach, dass er es ist.»

Ich baggerte weiter, packte zu, stiess auf seine Stirn, die Nase, den Mund. Der Kopf lag frei. Seine Augen waren geschlossen. Ich schob die Schneeklötze weg, befreite ihn aus dem Wintergrab. Sein Körper lag wie hineingebettet.

«Paul! Kannst du mich hören?» Ich brachte es nicht fertig, festzustellen, ob er noch atmete. Keine Dampfwolke – die Luft war zu warm. Der Griff an seine Halsschlagader blieb ein Griff ohne Gefühl.

Ich musste seine Brust befreien. «Paul! Wach auf! Paul!»

Wieder graben, wieder buddeln. Noch mehr Blut an meinen Händen.

Ich wusste nicht, wie viel Zeit vergangen war, seit ich Paul in der Lawine hatte verschwinden sehen. Ich riss seine Jacke auf, das darunterliegende Hemd, bis seine weisse Brust vor mir entblösst war. Ich hob sein Kinn an, drückte den Kopf nach hinten, damit seine Atemwege frei wurden. Ich öffnete den Mund und überwand mich, ihn auf seine Nase zu pressen, sie durch eine doppelte Atemspende mit Luft zu versorgen, nachdem meine geschundenen Hände seinen Brustkorb komprimiert hatten.

Eins – zwei – drei – vier – fünf – sechs – sieben – acht … bis dreissig, mit einer Frequenz von hundert pro Minute.

Erneute Intubation. Keine Zeit für Ekel. Ich machte weiter. Unermüdlich. Immer weiter.

Minutenlang. Sie kamen mir wie Stunden vor.

Aus der Ferne vernahm ich das rotierende Geknatter eines Helikopters, das sich schnell näherte. Ich sah den rot-weissen Einsatzflieger der Rega über die Tannenspitzen fliegen. Der Pilot hatte mich entdeckt. Der Helikopter kreiste über mir und suchte nach einer Landestelle, die es nicht gab. Ich massierte weiter, blickte nach oben, wo sich die Kabinentür öffnete. Eine Strickleiter fiel heraus. Die Luftbewegungen schmetterten sie haarscharf an meinem Gesicht vorbei. Ein Mann – es musste der Notfallarzt sein – kletterte in meine Richtung. Er trug eine zusammengeklappte Trage mit sich. Der zweite Mann hatte einen Rucksack auf dem Rücken. Ich registrierte dies, während ich wie eine Maschine funktionierte.

Ich intubierte. Pauls Nase schmeckte nach Alkohol.

Ich massierte. Eins – zwei – drei – vier – fünf – sechs – sieben – acht … bis dreissig.

Und wieder Mund-zu-Nase-Beatmung. Wie ich es einmal gelernt hatte. An diesem Dummy, der nach Latex roch.

Der Arzt liess sich in den Schnee fallen. Sofort versank er bis zu den Knien. Er sagte etwas, das ich nicht verstand, während er sich aus dem Schneedreck arbeitete. Der zweite Mann landete neben ihm. Der Luftdruck verzerrte sein Gesicht. Über uns entfernte sich der Helikopter. Er wirbelte noch einmal alles auf, was nicht fest im Boden verankert war. Ein Kunststoffbeutel flog mir um die Ohren.

«Christoph Heiniger», stellte sich der Arzt vor und stakste in meine Richtung.

«Günther Lehmann», sagte der andere. Namen, die ich gleich vergessen würde. Er legte seinen Rucksack neben mich, holte ein Beatmungs- und ein Blutdruckmessgerät daraus hervor und breitete es zusammen mit dem Kochsalzlösungsbeutel, einer Spritze und der Kanüle vor sich auf einer Plane aus.

Ich war froh, konnte ich Paul in ihre Hände geben.

«Ist er ansprechbar?», fragte Heiniger.

«Nein.» Ich versuchte, mich zu erheben. Die Beine sackten weg.

Lehmann stülpte die Maske des Beatmungsgeräts über Pauls Gesicht, während Heiniger dessen Arm freilegte und nach einer Vene suchte. Er stach zweimal daneben, bis er die Infusion gesetzt hatte. Gemeinsam bargen sie den Verunfallten aus dem Schnee.

«Eine Fraktur am linken Oberschenkel», sagte Heiniger und bat um die Schiene. «Wir müssen das Bein mit dem Luftkissen stabilisieren.»

Lehmann reichte ihm das Gewünschte. Dann schob er eine schmale Aluminiumstütze in den Schnee. Heiniger zog sie unter Pauls Bein und fixierte sie. Danach wickelten sie den Verunfallten in eine Folie, befestigten ihn auf der Trage und machten ihn bereit für den Abtransport. Jeder Griff erschien mir wie eingeübt.

Ich sass daneben. Alles lief wie in einem Film ab.

«Er ist sehr geschwächt. Aber er lebt. Dank Ihrer sofortigen Erste-Hilfe-Leistung.» Heiniger nickte mir zu. «Gute Arbeit. Nicht jeder beherrscht die Reanimation.»

Ich nickte nur.

«Er hatte grosses Glück, dass Sie ihn gefunden haben. Wie heisst er?»

«Es ist Paul Heller. Bitte tun Sie alles, damit er am Leben bleibt. Es ist meine Schuld, meine alleinige Schuld …» Der

Schrei kam wie aus dem tiefsten Schlund. Mein Zittern hatte ich kaum mehr im Griff. Meine Zähne schlugen gegeneinander, der ganze Körper vibrierte.

«Beruhigen Sie sich. Sie befinden sich jetzt ausser Gefahr.»

Doch diese glaubte ich noch nicht überstanden zu haben. Heiniger beorderte per Funk den Helikopter zurück. Als er kurz darauf über uns kreiste, gab es noch einmal einen kritischen Moment. Ich sah hinauf und entdeckte eine Seilwinde. Das Seil wurde heruntergelassen. Die Sanitäter befestigten daran die Trage mit dem Patienten.

Während man Paul in die Höhe zog, packte mich Christoph Heiniger ebenso in eine Folie ein und legte Gurten um meinen Körper. «So, hier ist der Höhepunkt des Abenteuers», versuchte er mich aufzumuntern. «Aus der Vogelperspektive haben Sie das Jakobshorn gewiss noch nie gesehen.»

Bereits beim Heraufziehen schwindelte mir, und als man mich in den Sitz hievte, kippte ich ins Dunkel.

Den ersten und letzten Helikopterflug verschlief ich in einer tiefen Ohnmacht.

ACHT

Ich erwachte, versuchte meine Lider zu heben. Meine Augen fühlten sich verklebt an.

«Frau Cadisch? Hören Sie mich?»

Jemand stellte mir diese Frage. Natürlich hörte ich die Stimme, war jedoch unfähig, sofort darauf zu antworten. Im Hintergrund ertönte geschäftiges Geraschel, das Bauschen von Stoff. Schlurfende Schritte über den Boden.

«Ich muss weitergraben.» Meine Stimme klang wie Blech. «Ich *muss* weitergraben …»

«Das ist jetzt vorbei», sagte jemand neben mir. «Sie befinden sich im Davoser Spital.»

Mir war übel. In meinem Mund sammelte sich Speichel an. Etwas zog mich in die Nacht zurück, aus der ich nur mühsam aufgewacht war. Schwere ungewöhnliche Träume hatten mich begleitet.

Ich schlug die Augen auf und sah direkt aus dem Fenster. Braun-weisse Hänge, das Dunkel des Tanns im Kontrast zum hellblauen Himmel, der sich wie ein Tuch über die Landschaft legte. Schatten an der Wand, gezeichnet vom Fensterrahmen und einer Sonne, die ich nicht sah, bloss spürte. Da schoss die Erinnerung wie ein Blitz in meine Gedanken. Im Zeitraster erschienen die Bilder, als würde ich ein Buch von hinten nach vorne blättern.

«Wie geht es ihm?» Ich räusperte mich, während ich Paul vor mir sah. Das Letzte von ihm, als man ihn in den Helikopter gezogen hatte, in dieser Folie, die das Sonnenlicht reflektierte. «Wie geht es Paul?»

«Er ist über den Berg.» Eine nicht mehr ganz taufrische Frau lächelte mich an. «Ich bin Maria und Ihre Pflegerin.» Sie hatte ihre dunklen Haare zu einem straffen Knoten zusammengebunden. In einem dichten Dreieck wuchsen sie erheblich in ihre Stirn. Eine Eigenart, die ich zuletzt bei Mephisto gesehen hatte, als wir Goethes «Faust» am Gymnasium aufführten.

«Paul ist gesund?» Ich griff nach dem Triangel über mir und zog mich hoch. «Ist er zu Hause?»

Ich lag in einem Einzelzimmer und wusste nicht, warum. Auf der Kommode neben dem Bett standen ein Thermoskrug und ein Glas mit Tee. Neben dem Schrank befand sich ein Waschbecken, auf dessen Rand sich Frottiertücher stapelten, und rechts des Eingangs war die Tür zur Toilette.

«So schnell geht das nicht», sagte Maria. «Er war in einem sehr kritischen Zustand, als man ihn hierherbrachte. Er liegt noch auf der Intensivstation. Ich habe gehört, dass Sie ihn reanimiert haben. Sie haben ihm das Leben gerettet. Er hat nur ein Bein gebrochen.»

«Ich habe ihn ins Verderben gestürzt.» Ich musste mich zusammenreissen, um nicht zu heulen. Mir ging es immer sehr nahe, wenn andere meinetwegen litten. Ich glaube, diesen Charakterzug habe ich von Mam.

Maria reichte mir ein Taschentuch. «Niemand hat damit rechnen können, dass an diesem Hang ein Schneebrett losgeht.»

«Aber er hat mich gewarnt. Er ist nur mir zuliebe dorthin …»

«Es ist vorbei, und alles wird gut.»

Ich sank ins Kissen zurück. Nichts ist vorbei, dachte ich. Es hat eben erst begonnen. Maria war wohl darauf geschult worden, in heiklen Situationen stets ein Sonntagsgesicht zu machen. Sie würde auch einem Todgeweihten ein Lächeln schenken, während sie ihm die Hand hielt und versprach, am anderen Tag wiederzukommen, obwohl sie wusste, dass es für den Patienten den nächsten Tag nicht mehr geben würde.

Das Gefühl, mit den Recherchen um Vaters Tod etwas Negatives in Gang gebracht zu haben, lähmte mein rationales Denken. Ob ich mit meiner Sturheit mehr Leid verursachen als Lösungen finden würde? Noch blieben mir ein paar Tage, bis ich mein Studium an der Universität in Luzern wieder aufnehmen musste. Eigentlich hatte ich schon früher zurückkehren wollen. Doch das Geheimnis um Vaters Tod liess mir keine Ruhe.

«Ich muss hier raus!»

Maria sah mich mit einem milden Schmunzeln an, sagte jedoch nichts. Befand ich mich überhaupt in der medizinischen Abteilung? Oder gehörte das Zimmer zur Psychiatrischen Klinik, die in Davos Clavadel lag? War das hier ein Vorort zur Hölle? Würde man mich nach einem kurzen Zwischenhalt hier weiterverfrachten? Hielt man mich deshalb hier fest?

«Was fehlt mir denn?» Ich schwang meine Füsse über die Bettkante. Ein wenig schwindelte mir. Doch dies führte ich darauf zurück, dass ich den gesamten Tag noch nichts gegessen hatte.

«Eine leichte Unterkühlung infolge des Schocks.» Maria half mir auf die Beine. «Sie werden vorsorglich bis morgen bei uns bleiben müssen. Der Arzt will Sie sehen.»

«Der Arzt! So schlimm kann es um mich gar nicht stehen.» Ich musterte Maria misstrauisch. Zwischen die Lawinenbilder schoben sich Bilder vom Begräbnis des Vaters. Ich erinnerte mich plötzlich, warum ich überhaupt auf der Skipiste unterwegs gewesen war. «Verraten Sie mir, ob Sie zugegen waren, als man den Leichnam meines Vaters hierherbrachte?»

Maria zögerte und sah mich mit zusammengekniffenen Augen an, als zweifelte sie an meiner Zurechnungsfähigkeit.

«Bartholomäus Cadisch», half ich ihr nach.

«Ja, ich hatte Dienst an diesem Vormittag und war unten in der Notaufnahme.»

«Warum Notaufnahme?»

«Weil der zuständige Arzt zu dem Zeitpunkt noch nicht wusste, ob man den Toten in die Rechtsmedizin nach Chur oder ins Leichenhaus schaffen sollte.»

«Ach.» In mir erwachte die Ermittlerin. «Wer hat denn eigentlich den Totenschein ausgestellt?»

«Soviel ich weiss, war es Dr. Klees.»

«Und er hat denn auch entschieden, dass man meinen Vater ins Totenhaus brachte? Oder war es Dr. Maissen?»

«Es war Dr. Klees.»

«Kann ich mit ihm reden?»

«Ich glaube, dass hinsichtlich des Todes Ihres Vaters schon alles gesagt ist.»

«Ich muss ihn sprechen.» Ich schritt zum Schrank, in dem ich meine Kleider vermutete. «Ich würde mich jetzt gern duschen und anziehen.»

«Reichen Sie mir Ihre Hände», forderte Maria mich auf. «Ich muss sie noch einsalben.»

Ich bemerkte erst jetzt die Schürfungen und blauen Flecke über den Knöcheln. Wenigstens war das Gefühl in die Fingerspitzen zurückgekehrt, und ich konnte sie wieder bewegen.

Jemand klopfte an die Tür.

Valerio trat ins Zimmer. Er sah etwas mitgenommen aus. Unter seinen Augen hatte er dunkle Ringe.

«Schwesterchen, was machst du denn für Sachen!» Ob es ein Vorwurf war? «Tomasz hat mich angerufen. Ich soll dir ausrichten, dass er sich nach seiner Verabredung bei dir melden wird. Er hat versucht, dich zu erreichen. Aber der Akku deines Handys muss leer sein.»

Ich wandte mich an Maria, die beim Fenster stand und unseren Dialog verfolgte, und fragte mich gleichzeitig, wie Tomasz an die Telefonnummer meines Bruders gekommen war. «Wo ist mein Handy?»

«Es befindet sich bei Ihren Sachen im Schrank», äusserte sich Maria.

Ich drehte mich nach Valerio um. «Warum besucht Tomasz mich nicht selbst?»

«Er war bereits auf dem Weg nach Luzern, als er von dir diesen kuriosen Anruf erhalten hatte. Daraufhin benachrichtigte er die Polizei und teilte ihr mit, dass du heute Morgen aufs Jakobshorn gefahren bist. Er hat sich grosse Sorgen gemacht. Du kannst von Glück reden, dass alle involvierten Personen richtig und schnell gehandelt haben – vor allem ich.» Dann erzählte er mir noch einmal ungefragt, dass er nach dem Anruf meines Freundes die richtigen Schlüsse gezogen und die Notfallequipe des Spitals verständigt habe. «Ich wusste ja, wo man den Leichnam unseres Vaters geborgen hatte. Da musste ich nur noch eins und eins zusammenzählen. Dem Piloten fiel dann der abrasierte Hang auf. Et voilà.»

«Danke, mein Bruderherz. Du hast noch was gut bei mir.»

Valerio nahm mich in die Arme. «Und, hast du wenigstens gefunden, was du gesucht hast?»

«Ich weiss, wo unser Vater gestorben ist. Das ist wichtig für mich.»

«Aber nicht, wenn du andere Personen in Gefahr bringst. Wie geht es dem Heller Päuli?»

«Den Umständen entsprechend», mischte sich nun Maria ins Gespräch. «Er ist ausser Lebensgefahr.»

Ich flehte Valerio an: «Ich muss hier möglichst schnell raus. Dieses Zimmer macht mich kribbelig.»

«Sie müssen die Arztvisite abwarten», intervenierte Maria.

«Nein.» Ich öffnete die Schranktür, griff nach meinen Kleidern und nahm sie heraus. «Sagen Sie mir, wo ich Dr. Klees finde. Ich werde mit ihm reden.»

«Das ist nicht so einfach.» Maria blieb ruhig, während Valerio versuchte, mich von meinem Vorhaben abzuhalten.

«Es ist für deine eigene Sicherheit», sagte er. «Erhole dich zuerst, bevor du wieder Bäume ausreisst.»

«Valerio!» Ich schaute meinen Bruder an. «Hältst du mich etwa für verrückt? Es ist kein Zufall, dass ich hier bin.»

«Was soll das denn?»

Ich griff in die Jackeninnentasche und stiess auf das Medaillon.

«Seit eben weiss ich es. Die Antworten auf meine vielen Fragen liegen vielleicht hier im Spital.»

«Allegra!» Valerio packte mich an den Schultern. «Hat dich Marisa nun ganz degeneriert? Glaubst du an diesen Schwachsinn? Ich habe mit Dr. Polcan gesprochen. Er ist kein Mensch, der einen Verdacht im Raum stehen lässt. Er sagte mir, dass er sich nach dem Tod sehr darum bemüht habe, rechtliche Schritte zu unternehmen. Doch zwei Ärzte hätten ihm unabhängig voneinander versichert, dass unser Vater eines natürlichen Todes gestorben ist. Das Herz habe aufgehört zu schlagen, von einer Sekunde auf die andere. Weder ein Erfrierungstod noch sonst etwas.»

«Noch sonst etwas», äffte ich ihn nach. «Vielleicht hat man ihn vergiftet. Aber um das herauszufinden, hätte man ihn in die Rechtsmedizin bringen müssen. Jetzt ist es zu spät. Trotzdem kann ich es nicht einfach akzeptieren. Etwas muss vorgefallen sein. Vor oder unmittelbar auf der Piste am Jakobshorn.»

Ich schwang die Kette vor den Augen meines Bruders aus der Tasche. «Kennst du die?»

Valerio schluckte. «Das ist …»

«… deine Kette, oder?»

«Wo hast du sie her?»

«Gefunden …»

«Ich … habe sie verloren. Aber das ist schon eine Weile her.»

«Jedes der Cadisch-Kinder besitzt eine solche Kette, nicht wahr? Nur dürfte diese hier zu klein sein, um sie sich um den Hals zu legen.»

Ich verzichtete auf eine Dusche. Vor den Augen meines Bruders und Maria legte ich das Krankenhemd ab und warf es dann auf das Bett.

Maria begab sich zur Tür. «Ich warte draussen», sagte sie, während Valerio auf meinen Körper starrte.

Langsam zog ich die Unterwäsche, den Pullover und den Skianzug an und vergewisserte mich danach, dass mein iPhone und das Portemonnaie sich noch in der Tasche befanden.

«So, und jetzt möchte ich zu Dr. Klees. Begleitest du mich?»

Valerio starrte mich ungeniert weiter an. «Weisst du eigentlich, dass du einen verdammt tollen Körper hast?»

«Sonst noch was?» Ich öffnete die Tür zum Korridor und musste lächeln. «Schmeichler.»

Ich schaute nach links. Ich schaute nach rechts. Der Boden schien gerade eben gebohnert worden zu sein. Er glänzte wie ein Kunsteisfeld. Weiter hinten sah ich Maria. Sie unterhielt sich mit einem älteren Mann in weissem Arztkittel. Ich schritt auf die beiden zu, mit Valerio in meinem Schlepptau. Irgendwo musste ich mir passende Schuhe borgen, wenn ich hier rausgehen wollte.

Maria und der Arzt schauten mich gleichzeitig an. Auf Marias Stirn hatten sich tiefe Falten eingegraben. Ich musste davon ausgehen, dass sie mich eher in die Kategorie der nicht ganz einfachen Patienten einordnete.

Ich sah in das überraschte Gesicht des Arztes. «Dr. Klees?»

«Ja, der bin ich. Wie fühlen Sie sich?»

Ein Deutscher! Ich musterte ihn, während sich sein Blick von mir weg zu Valerio bewegte. Er schaute meinen Bruder lange und nachdenklich an. Ich konnte meinen Kommentar nicht lassen. «Kennen Sie sich?»

Klees schluckte leer. Er wirkte ein wenig verdattert. Ich konnte mich auch täuschen. Vielleicht war er einfach überarbeitet.

Erst jetzt schenkte er mir ein missratenes Lächeln. «Frau Cadisch. Ich bin der Arzt, der Ihren Vater nach dem Tod untersucht hat. Maria hat mich soeben aufgeklärt, wer Sie sind.»

Da stand er nun, der Mann, der entschieden hatte, dass man Vaters sterbliche Überreste nicht in die Rechtsmedizin brachte.

«Wie kommt es, dass Vaters Leichnam direkt ins Totenhaus gebettet wurde?»

«Ich bin Pathologe», klärte mich Klees auf, was ich mit grossem Erstaunen zur Kenntnis nahm, jedoch nicht die Antwort auf meine Frage war. «Ich arbeitete vor rund dreissig Jahren hier in der Klinik. Ich verliess Davos jedoch, um mich in einem erweiterten Studium der Gerichtsmedizin zu widmen.»

«Warum sind Sie denn wieder zurückgekehrt?» Jetzt wurde ich doch neugierig, obwohl ich befürchtete, dass er um den heissen Brei herumredete.

«Ich besuchte im März einen Ärztekongress vor Ort. Nun vertrete ich einen Kollegen, der einen Unfall hatte.»

«Sie haben meinen Vater, ohne ihn zu öffnen, obduzieren können?»

«Allegra!» Valerio packte mich erneut, diesmal am rechten Arm. «Bitte, reiss dich zusammen», flüsterte er mir ins Ohr.

«Ihre Frage ist berechtigt.» Klees sah mich an. «Aber zwischen einer einfachen Obduktion und einer Sektion in der Rechtsmedizin besteht ein grosser Unterschied.»

«Ich würde gern mehr darüber erfahren», sagte ich und wechselte einen verschwörerischen Blick mit ihm. Er war mir sympathisch. Seine Augen strahlten Wärme aus, und wenn er lachte, verformten sie sich zu zwei Schlitzen, an deren äusseren Enden eine Vielzahl von Fältchen tanzte. In seinem dichten dunklen Haar schimmerten Silberfäden.

«Wenn Sie in mein Büro kommen, kann ich Ihren Wissensdurst stillen», sagte er.

«Das ist eine gute Idee.» Und an Valerio gewandt: «Ich befürchte, dass ich noch eine Weile hierbleibe.»

Er winkte ab, als könnte er mit einer einzigen Geste eine unangenehme Sache aus der Welt wedeln. «Ich muss mit meinem Chef noch ein wichtiges Gespräch führen», sagte er fast erleichtert. «In einer Woche muss ich zurück nach Mexiko, falls meine Truppe die Arbeit nicht abgebrochen hat.»

«Aber du kommst doch wieder und bringst mir Schuhe», bettelte ich.

«Ach ja, die Schuhe.» Valerio blieb einen Moment lang stehen. «Ich bringe dir welche von einer Kollegin.»

Ich sah ihm nach, wie er den Korridor entlang Richtung Ausgang schritt, und spürte gleichzeitig eine gewisse Verunsicherung in seinen Bewegungen.

★★★

«War das Ihr Freund?», fragte Klees, nachdem wir in sein Büro gegangen waren, das ein Stockwerk tiefer lag.

«Mein Bruder. Er ist Archäologe und buddelt im Moment eine Grabstätte oder etwas Ähnliches in Yucatán aus. Er hat mal mit dem Medizinstudium angefangen. Doch unser Vater hat ihn davon abgehalten, weiterzumachen. Er hätte ihn lieber in der Wirtschaft gesehen. Mein Bruder liess sich nie in ein Schema pressen. Archäologie war eine Trotzreaktion auf Vaters Pläne.»

«Aha, interessant. Sie sehen sich kaum ähnlich.»

«Valerio kommt eher nach meiner Grossmutter mütterlicherseits. Sie hat südamerikanische Wurzeln. Ihr Vater war Puerto Ricaner. Eigentlich ist Valerio selbst ein Exot. Genetisch nicht wirklich zuzuordnen.»

Klees lächelte in sich hinein. «Bitte, setzen Sie sich.»

Das Büro war so, wie ich mir Büros in einem Grosskonzern vorstellte. Ein grossflächiger Raum, ausgelegt mit einem nachtblauen Spannteppich, der die Geräusche verschluckt. Ein weisser Tisch, darum herum sechs weisse Stühle mit Lederbezug, ein Pult und dahinter ein protziger Bürostuhl, an der Wand ein Schrank und Regale, die bis zur Decke reichten. Neben dem

Fenster stand ein Ficus in einem viel zu grossen Topf. Er hatte die meisten seiner Blätter verloren.

Ich setzte mich an den Tisch.

Klees liess sich mir gegenüber nieder.

«Sie möchten wissen, ob ich Ihren Vater obduziert habe?» Er griff nach zwei Gläsern und einer gefüllten Karaffe in der Tischmitte. «Wasser?»

«Gern.» Ich zögerte. «Vor nicht allzu langer Zeit hat Dr. Maissen meinen Vater auf Herz und Nieren untersucht. Ausser seiner Leber waren alle Organe in Ordnung. Er machte viel Sport, lebte eigentlich gesund. Und nun stirbt er an Herzversagen, aus heiterem Himmel und ohne Grund. Das will mir nicht in den Kopf.»

«Hm …» Klees stellte ein gefülltes Glas vor mich hin. «Ich habe Ihren Vater untersucht. Kein Herzinfarkt. Selbst die Blutwerte liessen sich noch bestimmen.»

«Und Gifte? Haben Sie auch nach Giften geforscht? Nach einer langsamen Vergiftung durch Pestizide oder Rattengift?»

Klees blieb ernst, obwohl er mein Ansinnen, wie ich vermutete, als eher lächerlich betrachtete.

«Eine Intoxikation hätte man erstens im Blut nachweisen können, und zweitens hätte man eine hepatische Nekrose festgestellt. Beides war nicht der Fall.» Er räusperte sich, bevor er zum Wasserglas griff. Als er es wieder zurückstellte, fuhr er fort: «Eine vermehrte Ausschüttung von Adrenalin kann leider nach dem Tod nicht mehr festgestellt werden. Das hätte vielleicht eine Ursache sein können.»

«Was denn?»

«Dass er sich über etwas so sehr aufgeregt hatte, dass er …» Klees winkte ab. «Nein, vergessen Sie es.»

«Helfen Sie mir», sagte ich. «Ich bin im Moment etwas schwer von Begriff.»

«Nun, im Alter Ihres Vaters braucht es manchmal wenig …»

«… um zu sterben?»

«Ich habe getan, was getan werden musste.»

«Sie haben ihn also nicht aufgeschnitten?»

«Dazu hätte es eines richterlichen Beschlusses bedurft.» Er sah mich mit hochgezogenen Augenbrauen an. «Aber das muss ich Ihnen wohl nicht sagen. Ich habe in Ihren Unterlagen gelesen, was Sie studieren.»

«Was für Unterlagen?»

«Die üblichen Papiere, die nach einer Einlieferung ins Krankenhaus ausgefüllt werden müssen. Ich denke, das hat Ihr Bruder erledigt.»

Ich kam auf das vorhergehende Thema zurück. «Sie haben also nichts Unnatürliches gefunden, was den Tod meines Vaters zur Folge hatte? Zum Beispiel den Einstich einer Injektion? Etwas stimmt da nämlich nicht.»

«Keine Spritze, wenn Sie das meinen.» Er schniefte. «Vielleicht steigern Sie sich da in etwas hinein.»

Dann brachte ich absolut nichts mehr aus ihm heraus, was meinen Vater betraf. Wir tranken schweigend das Wasser. Klees schien über etwas nachzudenken. Er legte seine Stirn in Falten.

«Nun zu Ihnen.» Er musterte mich kritisch nach dem letzten Schluck. «Sie sollten etwas zur Ruhe kommen. Den Schock von heute Morgen haben Sie noch nicht ganz überwunden. Wenn er ausklingt, wird sich das Ausmass Ihres Erlebten auf verschiedene Weise bemerkbar machen. Sie sollten jetzt nicht allein sein.»

Nicht allein sein!

Tomasz befand sich in Luzern, Valerio hatte ein wichtiges Telefongespräch. Er hatte nicht den Anschein erweckt, sich um mich kümmern zu wollen. An wen hätte ich mich denn wenden sollen?

Nicht allein sein!

Vielleicht würde mir Benita über meine Einsamkeit hinweghelfen. Ich hatte so oder so vorgehabt, sie zu besuchen. Es war möglich, dass sie mich mit Informationen füttern würde, die mir Einblicke in Vaters Leben geben konnten, die mir bis anhin verwehrt geblieben waren. Als Geschwister waren sie sich stets sehr nahegestanden, obwohl ihre Charaktere diesen Schluss nicht zuliessen. Benita besass ein grosses Anwesen in Davos Laret, das sie von ihrem Mann geerbt hatte, nachdem er und ihr einziger gemeinsamer Sohn bei einem Autounfall ums Leben gekommen waren.

«Worüber denken Sie nach?» Klees riss mich aus meinen

Gedanken. «Ob Ihr Bruder Sie vergessen hat?» Er deutete auf meine Füsse. «Ich kann Ihnen sonst welche leihen. Wenn Sie in meine Wohnung kommen. Sie liegt gleich neben der Klinik. Meine Frau hat ungefähr die gleiche Grösse wie Sie.»

Ich blickte Klees fragend an. «Sie sind wieder nach Davos gezogen?»

«Nein, nicht wirklich. Das heisst, im Grunde war ich nie ganz weg. Wir benutzen die Wohnung als unser Feriendomizil. Jetzt bin ich froh, dass ich nicht in einem Hotelzimmer wohnen muss oder in den engen Personalräumen.» Sein Lächeln misslang. «Meine Frau hat mich verlassen …»

Ich vermutete, dass Klees nicht vorgehabt hatte, mir dies zu erzählen, denn er wurde auf einmal sehr wortkarg. Ich wollte auch nicht weiter bohren.

Ich erhob mich. «Danke, das ist sehr freundlich von Ihnen. Aber ich glaube, dass ich mir ein Taxi bestelle und ins Hotel fahre.» Ich hielt inne. «Richten Sie Paul Heller bitte aus, dass ich ihn morgen besuchen werde.»

«Allegra?» Klees nannte mich beim Vornamen, was mich irritierte. «Wie war Ihr Vater? Was hat er beruflich gemacht?»

Ich blieb stehen, biss mir auf die Unterlippe. Weshalb wollte er dies wissen?

«Nun ja, er war in erster Linie Immobilienhändler, aber nie abgeneigt, etwas Neues zu unternehmen. Vor zwanzig Jahren kaufte er sich sogar ein Restaurant, zum puren Zeitvertreib, was ihm schliesslich über den Kopf wuchs. Er wollte sich hinter den Herd stellen. Aber das missglückte vollständig. Deshalb hat er den Betrieb wieder verkauft. Er war fünfmal verheiratet, viermal geschieden. Er hat drei Söhne und …», ich zögerte, «… zwei Töchter. War's das?»

Ich kehrte dorthin zurück, wo der Eingang lag, und liess mir von der Empfangssekretärin ein Taxi rufen.

★★★

Später brachte der Taxifahrer Lukas mich in seinem Subaru bis vors Hotel. Seit ich mich erinnern konnte, fuhr Lukas Taxi. Er gehörte zum Inventar des Taxiunternehmens «Vitesse», das es seit je in Davos gab. Ich kannte ihn von früher. Sein vernarbtes Gesicht entmündigte eine gewisse Seriosität, die es meiner Meinung nach für diesen Beruf brauchte. Aber er war ein netter Kerl.

«So, da wären wir.» Lukas deutete auf den Taxameter. «Hat aufgeschlagen. Die Inflation, wissen Sie.»

Ich bezahlte mit einer Fünfzigernote. «Dreissig, der Rest ist für Sie. Wie läuft das Geschäft?»

«Tote Hose in der Zwischensaison. Aber das kompensiere ich jeweils während der Kongresse, vor allem während des WEFs. Dann ist es auch teurer. Na ja, die Schönen und Reichen wollen in einen geheizten Wagen steigen, und der muss dann immer auch picobello gereinigt sein. Das kostet zusätzlich. Bei mir ist das auf jeden Fall so.» Er lachte. «Ich habe schon Angelina Jolie chauffiert. Sie war 2006 in Davos.»

«Die Schauspielerin?»

«Exakt. Im Januar 2006 nahm sie am Open Forum teil.»

«Aha.» Ich fragte mich, ob die Dame bei Lukas' Anblick das Taxi nicht fluchtartig wieder verlassen hatte.

Er zeigte auf meine Füsse. «Soll ich Sie zum Eingang bringen?»

«Nein, passt schon. Sie würden sich nur schmutzig machen.»

Er kramte zwei Zehnernoten heraus und überreichte sie mir. «So, dann noch einen schönen Tag.»

Ich humpelte zum Eingang, streifte die Socken beim Windfang auf dem Teppichvorleger ab. Ich sah zur Rezeption. Sie war nicht besetzt. Aus der Küche vernahm ich das Klappern von Pfannen.

Ich nahm zwei Tritte auf einmal bis zum ersten Geschoss.

Als ich mein Zimmer betrat, waren meine Füsse klitschnass und schmutzig, sodass ich von der Türschwelle ins Badezimmer hechten musste, um nicht eine Spur dreckiger Flecken auf dem Teppich zu hinterlassen. Ich musste über mich selbst lachen. Die Nummer war zirkuswürdig. Ein Blick auf die Uhr: fünf Uhr, und ich hatte noch immer nichts gegessen.

Nach einem eingehenden Reinigungsritual kehrte ich ins Zimmer zurück, wo ich neben dem Fenster die Pinnwand erblickte, die Tomasz bei meiner Abwesenheit hingestellt haben musste. Kärtchen und Stifte waren auch da. Ich suchte in der Minibar nach einem Mineralwasser und begnügte mich mit den Erdnüssen, die in einem Seitenfach lagen.

Zuerst heftete ich die Fotos der Frauen an die linke obere Ecke der Pinnwand. Einige von ihnen kannte ich von früher. Vater hatte ab und zu sogenannte Jugendfreundinnen mit nach Hause gebracht, auch während der Ehe mit Mam. Nicht mal da hatte er Skrupel gezeigt. Ob er Mam mit ihnen betrogen hatte, entzog sich meinem Wissen. Als Kind achtet man nicht auf solche Dinge. Keine von ihnen hatte jedoch der Bestattung beigewohnt.

Insgesamt waren es neunzehn verschiedene Frauen. Bis auf vier konnte ich jedoch keiner einen Namen zuordnen.

Ich notierte die Namen der Familienmitglieder und von näheren Bekannten. Die Kärtchen heftete ich an die Pinnwand, je nach Verwandtheitsgrad und Wichtigkeit neben oder etwas weiter weg von Vaters Kärtchen. Noch standen nur ihre Namen da. Ich nahm mir vor, nach und nach Notizen anzubringen.

Andrin.

Ich war mir nicht sicher, ob ich ihm einen perfiden Mord hätte zutrauen können. Er war der undurchschaubarste unter den Cadisch-Geschwistern. Dass stille Wasser tief sind, traf bei ihm am ehesten zu. Er hatte die grössten Probleme mit Vater gehabt. Die Tatsache, dass seine Mutter ihn verlassen hatte, als er noch nicht mal zwei Jahre alt war, hatte bei ihm traumatische Formen angenommen. Er war stets der Aussenseiter gewesen, nie wirklich zu Hause und von niemandem richtig akzeptiert. Seine Homosexualität machte es ihm nicht leicht. In seinem ganzen Leben war Andrin nie auf den sogenannten grünen Zweig gekommen, was ihm Vater vorgehalten hatte. Aus einem verklemmten Hintern komme kein richtiger Furz, hatte er seinem Ältesten oft gesagt. Etliche vom Vater bezahlte Ausbildungen hatte Andrin knapp genügend beendet und war in seinen wechselnden Jobs als Bankangestellter stets Handlanger geblieben.

Seit elf Jahren arbeitete er bei der Bündner Kantonalbank

in St. Moritz, was aber einzig Vaters Beziehungen zu Umberto Kindschi zu verdanken war. Wenn er seinen Sohn nicht beschäftigen könne, hatte er gedroht, werde er ihm alle seine Bankgeschäfte entziehen.

Kaum hatte Andrin Pablo kennengelernt, waren sie zusammengezogen. Ab diesem Zeitpunkt war Andrin für Vater wie ein rotes Tuch gewesen. Er hatte ihm öffentlich damit gedroht, ihn niemals finanziell zu unterstützen und ihn auf den Pflichtteil zu setzen. Ob Vater es getan hatte, wusste ich nicht. Mit Vaters Tod war es vielleicht nicht so weit gekommen, oder es war sogar verhindert worden. Gut möglich, dass sogar Pablo seine Finger mit im Spiel hatte.

Wie war es mit Luzi?

Wenn es einen Lieblingssohn gab, dann war er es. Doch Vater hatte auch ihm nie etwas geschenkt. Den Kredit für den Hausbau hatte er sogar verzinst. Hatten sie Geldsorgen, jetzt, wo die Zwillinge unterwegs waren? Zudem hatte Luzi den Hang, über seine Verhältnisse zu leben. Er war ein Choleriker, manchmal blindwütig. Wenn er Vater auf dem Gewissen hatte, musste es im Affekt geschehen sein und nicht durch eine akribische Vorbereitung. Doch das hätte man bemerkt.

Von den Brüdern blieb noch Valerio.

Doch er kam schon deshalb nicht in Frage, weil er sich zur Todeszeit in Yucatán aufgehalten hatte. Warum aber hatte das Medaillon im Schnee gelegen? Oder war es das Medaillon von Andrin? Oder von Luzi?

Ich ergänzte die Liste mit Bernadette Cadisch, obwohl ich hier den allerletzten Verdacht sah. Irgendwie kam sie mir wie eine frustrierte alte Frau vor, die nach ihrer Scheidung keine neue Beziehung mehr eingegangen war. Doch ihr mutete ich keinen Mord zu. Wie hätte sie auch mit ihrer Gehbehinderung auf das Jakobshorn gelangen können? Aber – und da setzte ich das grosse Fragezeichen –: Hatte sie Vater vor seinem Tod getroffen und ihm irgendein Gift eingeflösst? Rattengift zum Beispiel oder Pestizide, die sie in ein Getränk geschmuggelt hatte? Frauen morden subtiler, hatte ich an der Uni gelernt. Ich löste das Kärtchen von der Pinnwand und heftete es an den unteren Rand. Nein, diesen Aufwand mutete ich ihr nicht zu. Zudem hätte sie, als sie jünger gewesen war, bestimmt bessere Gelegenheiten gehabt, Vater etwas anzutun.

Das Telefon klingelte. Ich griff nach dem Hörer. Jasmin verband mich mit Valerio.

«Dein Handy funktioniert nicht», war seine Begrüssung. «Wie geht es dir?», fragte er dann scheu und hatte wohl damit gerechnet, dass ich in Tränen ausbrach.

«Paul wird wieder gesund.»

«Ich meine, wie es *dir* geht.»

«Ich bin in Ordnung. Ich habe keine Zeit, darüber nachzudenken, und das ist gut so.»

«Das ist der Schock.»

Ich zögerte. «Wann bist du eigentlich nach Yucatán gereist?»

«Ende Februar. Warum fragst du?»

«Erinnerst du dich vor deiner Abreise an irgendeine verdächtige Aussage von unseren Brüdern, welche Aufschluss für Vaters Tod geben könnte?»

«Bist du noch nicht darüber hinweg?»

«Ich fange eben erst an damit.»

Valerio stöhnte. «Vielleicht verhedderst du dich in etwas. Du solltest deine Zeit für dein Studium nutzen. Lass die Dinge ruhen. Wir können nichts rückgängig machen. Denk an dich. Ich weiss, wovon ich spreche.» Er verabschiedete sich, nachdem er wieder einmal bewiesen hatte, wie leicht er sich sein Leben machte.

Jetzt hatte ich also meinen Bruder nicht mehr auf meiner Seite. Blieb nur noch Tomasz.

Ich griff nach einem weiteren Kärtchen, um meine Geschwister zu komplettieren.

Murielle Benoit.

Warum hatte ich sie erst nach Vaters Tod kennengelernt? Warum war sie erst in diesen Tagen aufgetaucht? Ich war mir nicht mehr sicher, dass sie kein Anrecht auf ein Erbe besass. Vielleicht bestand die Möglichkeit, es anzufechten. Sie hätte einen Grund gehabt, die jahrelange Ignoranz des Vaters ihr gegenüber zu rächen. Aber warum hatte sie so lange gewartet? Was tat sie beruflich? Was hatte sie mit meiner Tante Benita zu tun? Befand sie sich in einem finanziellen Notstand? Ich musste sie im Auge behalten. Vielleicht hatte auch sie ein Amulett besessen.

Letícia.

War ihr Vater mit der Zeit so auf den Geist gegangen, dass sein Tod der einzige Ausweg gewesen war, sich von ihm zu befreien, ohne auf den Luxus verzichten zu müssen? Sie würde Wohnrecht bis an ihr Lebensende geniessen. Ob sie das wollte? Falls sie einen Freund in Rio hatte, wie Valerio es behauptete, würde sie ihn vielleicht einreisen lassen. Traute ich Letícia diese Unverschämtheit zu? Eher kehrte sie nach Rio zurück. Allein mit ihren Kleidern, Taschen, Schuhen und dem sündhaft teuren Schmuck würde sie in ihrer Heimat eine Boutique eröffnen können. Vielleicht hatte sie ihr Erspartes zur Seite gelegt. In acht Jahren hatte sie, wenn sie klug gewesen war, ein hübsches Sümmchen sparen können. Andererseits erschien sie mir nicht so skrupellos. Skrupellosigkeit setzt eine gewisse Intelligenz voraus. Als die verteilt worden war, hatte Letícia zuhinterst in der Reihe gestanden. Trotzdem: Ein Restverdacht blieb. Schon manches Schäfchen hatte sich als Wolf und die geistige Beschränktheit als Alibi entlarvt.

Ich betrachtete die Pinnwand und versuchte, zwischen den involvierten Personen Verbindungslinien zu ziehen. Immer wieder stiess ich auf die Frage, wer die fremde Frau sein sollte.

Marisa de Boni?

Hatte sie mich hereingelegt? War sie am Ende die Frau, die meinen Vater auf dem Gewissen hatte? Valerio hatte mir erzählt, dass sie in ihrem Haus in Zürich einen kleinen Laden besass, in dem sie esoterischen Krimskrams verkaufte und in einem Hinterzimmer den Leuten aus der Hand las. Als Valerio sie besucht hatte, sei der Laden brechend voll gewesen, nicht nur von Alternativen. Auch schicke Leute seien dort ein und aus gegangen. Marisa? Was hätte sie von meinem Vater holen können? War sie mehr als seine Mentorin gewesen? Vielleicht eine verschmähte Liebe?

Ich befürchtete, dass die Pinnwand nicht ausreiche, um die

restlichen in Frage kommenden Verdächtigen zu fokussieren. Je mehr ich mich in die ganze Sache hineinmanövrierte, desto mehr Menschen kamen an die Oberfläche, die mit Vater zu tun gehabt hatten. So auch Umberto Kindschi.

War zwischen ihm und meinem Vater etwas vorgefallen, von dem ich nichts wusste? Hatte Umberto die Nerven verloren? Hatte es zwischen ihnen Differenzen gegeben, nachdem mein Vater festgestellt hatte, dass seine Aktienanlagen ins Bodenlose stürzten und er unter dem Strich nur noch Verluste einstecken musste? Aber – würde ein Bankier seinen Job deswegen aufs Spiel setzen? Und seine Ehe mit Flavia?

Blieb der Sohn von Frau Stiffler. War bei dem die Sicherung durchgebrannt?

Es gibt viele Gründe, jemanden umzubringen. Doch die meisten Täter stammen aus dem Umfeld des Opfers. Das bewies eine Studie, die wir gerade erst an der Uni behandelt hatten.

Bei Mord gehe es zudem um Beziehung oder Geld. Brodelte da etwas in den Tiefen, zu dem ich noch nicht vorgestossen war?

NEUN

Nach Davos Laret fuhr ich mit der Rhätischen Bahn. Es war ein Zug mit drei Wagen und einer Lok – eine rote Komposition, die gemütlich Richtung Klosters ruckelte, während ich bei jeder Kurve in den Dämmerzustand geschaukelt wurde. Tannen säumten das Trassee, an dessen Abhang vom Winter geknickte Sträucher darbten.

Laret liegt zwischen dem Wolfgangpass und Klosters. Ein kleiner Weiler, der in die sanften Ausläufer der Weissfluh eingebettet ist. Die Häuser stehen, umgeben von einem Tannenwaldgürtel, zerstreut in der Landschaft, als hätte jemand sie planlos hingeworfen. Der See an ihrem hinteren Ende wirkte heute wie aufgepinselt.

Vom Bahnhof aus musste ich fast zwanzig Minuten gehen. Der Weg führte mich über eine längere Strecke durch den Wald, dann den See entlang. Seine Bläue liess die Kälte erahnen. Ich erinnerte mich an die seltenen heissen Sommertage und wie wir als Kinder im Schwarzseeli gebadet hatten. Es galt als Mutprobe, und wer es am längsten aushielt, bekam einen Mocken Hirschbinden zum Kauen. Wir waren deshalb auch kaum krank gewesen.

Benitas Haus war ein typisches Engadinerhaus, das man ab und zu auch im Prättigau findet, mit wuchtigen Steinmauern, die an den Ecken mit Sgraffitos verziert sind, ebenso die tiefen Fensterfluchten, einem Erker und dem zu einem Bogen geschwungenen Eingang.

Die Treppe, die zur dunkel gebeizten Tür führte, zierten Tontöpfe. Daraus wuchsen wild durcheinander die ersten Sprosse heimischer Pflanzen – gelber Arnika, Enziane und Türkenbundlilien.

Ich klopfte, denn eine Klingel gab es nicht. Benita öffnete. Sie trug traditionsgemäss eine schwarze Kluft, ihre Augen waren gerötet. Sie trauerte offensichtlich um ihren älteren Bruder und schien jetzt ein bisschen zerstreut, denn sie erkannte mich nicht sofort.

«Ich kaufe nichts, und bekehren lasse ich mich erst recht nicht.»

«Benita, ich bin es, Allegra. Kann ich reinkommen?» Aus der Küche wehte mir ein angenehmer Geruch entgegen.

«Ach, Kindchen.» Sie streckte ihre Arme nach mir aus und zog mich an sich. «Erst heute Morgen habe ich die ersten Blumen gepflanzt, um ein wenig Farbe um mich zu haben.» Sie zeigte auf die Töpfe. «Über Nacht muss ich sie unterstellen und zudecken. Es ist einfach noch zu kalt in dieser Jahreszeit.»

«Schön hast du es hier.»

Benita zog mich in den Hausflur, von dem drei Türen weggingen. «Es ist alles nicht so einfach. Ich kann es noch immer nicht glauben. Es ist traurig. Bartholomäus mag ein Schlitzohr erster Güte gewesen sein. Aber er hatte auch eine gute Seite. Eine gute fröhliche Seite. Als Kind hat er mich stets zum Lachen gebracht. Er hätte noch ein schönes Leben haben können, nachdem er sich etwas gemässigt hat.» Sie liess von mir ab, als glaubte sie es selbst nicht, was sie soeben gesagt hatte. Sie schüttelte den Kopf, die Falten um ihren Mund schüttelten sich mit. «Ich freue mich, dass du da bist.»

Sie ging voraus in die Küche zum Bauernbüfett, das an der hinteren Wand stand, helles Arvenholz mit einem mit Rosetten bemalten Schrankaufsatz, welcher jetzt voll beladen war mit verschiedenen Teekrügen, Benitas Sammlerleidenschaft. Daneben stand ein passender Tisch mit einer Schieferplatte und sechs Stabellen mit handgeschnitzten Rückenlehnen.

Benita musste einen der Stühle etwas zur Seite schieben, damit sie die unterste Schublade des Kastens erreichte. Sie holte drei Teller daraus hervor.

«Wir hatten keine sehr entspannte Kindheit, dein Vater und ich.» Benita machte eine eindrückliche Pause, in der sie ihre weissen Haare aus dem Gesicht strich. Sie sah Vater wirklich sehr ähnlich. «Als Mutter meinen Vater im Engadin kennenlernte, hatte sie kaum damit gerechnet, ihr erst noch frisch bezogenes Häuschen wieder verlassen zu müssen und ins Landwassertal zu ziehen. Die Winter waren streng und das Umziehen mit Strapazen verbunden. Dein Neni hatte damals ein Stück Land mit Wald gekauft, dort, wo jetzt die Jakobshorn-Bahnen sind. Anfänglich wurden sie hier wie Fremde behandelt. Doch er war ein cleverer Bauer. Er hat sich hier eine Existenz aufgebaut und sich einen Namen gemacht. Er hatte sich sogar mit Ernst Ludwig Kirchner angefreundet. Stell dir vor, er hat mir erzählt, wie er den Künstler auf der Alp getroffen habe und gegen Wurst und Brot eine Zeichnung eingetauscht hatte. Es ist nicht bei diesem einen Bild geblieben.»

Deshalb diese Galerie in Vaters Wohnung. «Der Wert der Kirchner-Bilder hatte sich über die Jahre hinweg von einem Wurstbrot zu einem ansehnlichen Wert entwickelt», folgerte ich.

«Wer hätte das gedacht? Bei mir hängt auch noch eines mit der Zügenschlucht.» Benitas Gesicht streifte ein Lächeln, bevor ihre Augen eine erneute Ernsthaftigkeit heraufbeschworen. «Dann kam der Krieg. Mutters Eltern kamen 1944 beim Bombenangriff der Alliierten in Schaffhausen ums Leben. Diese Tragödie hat sie kaum verkraftet. Um zu vergessen, haben sie beinahe Tag und Nacht gearbeitet.» Benita sah aus dem Küchenfenster. Es schien, als verliere sich ihr Blick in der Vergangenheit. «Uns Kindern blieben nichts als Entbehrungen. Und nicht nur das: Wir mussten unsere Eltern tatkräftig unterstützen. Nach der Schule hiess es, entweder die Küchenschürze umbinden und Mutter beim Backen und Kompottauffüllen helfen oder Gummistiefel überstülpen und den Stall ausmisten. Bis zur Ausbildung.» Benita lächelte vor sich hin. «Dazu war deinem Neni alles recht. Er hatte das grosse Glück, dass auf seinem Grund und Boden Schlepplifte und dergleichen errichtet werden sollten. Er konnte einen Teil seines Grundstücks und den Wald teuer verkaufen. Aber von den Davosern wurde er erst als einer der ihrigen akzeptiert, nachdem er Heinrich Ambühls Sohn aus einem Murgang gerettet hatte.» Sie versank in Gedanken. «Als Mutter starb, ging es auch mit Vater bergab. Er wurde jähzornig und liess seine Trauer an uns aus. Na ja, dann gab es das Drama mit Murielle. Das passte deinem Neni nicht ins Konzept. Er hatte grosse Mühe, weil Murielles Mutter eine Ausländerin ist, eine Französin obendrein. Das durfte nicht sein.»

Ich war tief berührt, lenkte jedoch vom Thema ab.

«Ist Murielle bei dir?»

Benita sah mich verdattert an. «Ja, ja, sie schläft. Es geht ihr nicht sehr gut. Der Tod ihres Vaters ging ihr sehr nahe.»

«Wie denn das? Ich dachte –»

Benita schnitt mir das Wort ab. «Ich weiss, dass Morena nie etwas von ihr erzählt hat. Das war ganz in Bartholomäus' Sinn. Ich habe es nie begriffen. Sie stand ziemlich unter Druck, was die familiären Begebenheiten betraf. Sie war viel zu lieb, um sich in etwas einzumischen, was sie ihrer Meinung nach nichts anging. Ich denke eher, dass es ein Fehler von ihr war. Ich hatte immer Kontakt zu Murielle. Schliesslich bin ich auch *ihre* Tante. Ich war's, die sie über den Tod ihres Vaters informiert hat.»

Natürlich: *ihres Vaters*. Mein Herz zog sich zusammen. Ich war wirklich nicht die einzige Tochter, wurde mir nochmals bewusst. Es gab noch eine, die ältere Ansprüche anmeldete. Sollte ich Benita darauf ansprechen? Ich verzichtete. Sie sollte nicht glauben, dass ich eifersüchtig war.

Ich setzte mich endlich.

«Hast du Lust auf Tatsch mit Käse?», fragte Benita.

«Tatsch, meine Leibspeise?» Ich erinnerte mich, dass uns Benita früher oft die typisch südbündnerische Eierspeise aufgetischt hatte, zubereitet mit Mehl, Salz und Milch.

«Ich habe welche in der Pfanne. Du siehst ganz verhungert aus.»

«Sieht man mir das an?» Ich lächelte. Benita war immer schon darum besorgt gewesen, ich könnte mir zu wenig Zeit zum Essen einräumen.

Während sie mich bediente, liess sie weiterhin Erinnerungsfetzen in ihre Erzählungen einfliessen. «Bevor unsere Eltern auf dem Hof wohnten, hatten sie in der hintersten Siedlung des Dischmas gelebt. In einem fünfhundert auf vierhundertfünfzig Zoll grossen Haus. Es hatte einen Stock und war aus grauen klobigen Granitblöcken gefügt. Bartholomäus kam dort zur Welt. Es gab weder fliessendes Wasser noch eine richtige Heizung. Das Plumpsklo lag zwanzig Meter vom Haus entfernt und musste in harten Wintern zuerst von Schneewechten befreit werden.

Erst kurz vor Bartholomäus' Einschulung zogen wir nach Davos Platz um.»

«Magst du dich an diese Zeit im Dischmatal erinnern?»

«Nein, eigentlich nicht. Ich war ja noch sehr klein, als wir umzogen. Unser Geburtshaus wird heute als Maiensäss benützt. Es gehört längst nicht mehr unserer Familie. Schade, denn solche Mäiensässe sind eine Rarität geworden und sehr beliebt.»

Unser Gespräch musste Murielle aufgeweckt haben, denn sie stand plötzlich in der Küche. Sie sah alt aus. Sie gähnte und rieb sich die Augen. *«Bonjour, ma sœur.»*

«Lebt deine Mutter eigentlich noch?» Was redet man mit einer Schwester, die einem fremd ist?

Murielle streckte ihren Körper wie eine Katze und ihre Arme in die Höhe. «Warum fragst du?»

Ich bemerkte ihre Achselhaare. «Weil ich mich vielleicht für das Leben meiner Halbschwester interessieren könnte?»

«Wer?» Benita setzte sich zu mir. «Ach, Antoinette?»

«Sie lebt in der Camargue», erwiderte Murielle. «Schon seit über dreissig Jahren. Sie züchtet dort Pferde, und im Sommer nimmt sie Waisenkinder als Feriengäste auf.»

Obwohl sie es von mir erwartet hatte, erwiderte ich nichts darauf. Stattdessen fragte ich: «Hast du dich letzte Woche mit meinem Vater getroffen?» Ich sagte absichtlich nicht *unserem Vater.*

«Es wäre schön gewesen, wenn ich ihn noch gesehen hätte.» Murielle setzte eine Trauermiene auf. Doch ich bezweifelte tiefschürfende Gefühle, zumal Murielle kaum eine Beziehung zu Vater gehabt hatte. Warum tat sie auf einmal so, als ob …?

«Warum denn? Ich dachte, du hättest ihn nicht gekannt.»

«Wir haben uns einmal in Genf getroffen, rein zufällig. Ich arbeitete damals für kurze Zeit im Grand Hotel Kempinski. Als ich seinen Namen auf der Ankunftsliste las, wusste ich gleich, wer er war. Den Namen Bartholomäus Cadisch gibt's ja nur einmal. Doch er tat so, als würde er mich nicht kennen.»

«Und?»

«Hey Allegra, was soll das? Ich habe ihn nicht in Davos getroffen.»

«Aber man hat dich zusammen mit ihm gesehen.»

«Wer behauptet das?» Murielle setzte sich auf eine Stabelle. Sie zog ihre Knie an, stützte ihr Kinn darauf und funkelte mich mit Vaters Augen an.

Jasmin, wollte ich sagen, hielt mich jedoch zurück. Und während ich damit rang, meine Vermutungen nicht zu verlautbaren, rätselte ich, ob die fünfzigjährige Frau, die Jasmin mit Vater zusammen gesehen hatte, Murielle gewesen war. Oder hatte Jasmin sich im Alter verschätzt?

«Jetzt hört auf, euch zu streiten», sagte Benita belustigt. «Ihr seid ja wie die kleinen Kinder.» Sie wandte sich an mich. «Ich kann dich beruhigen, Allegra. Ich holte Murielle einen Tag nach der Beerdigung in Landquart ab. Sie kam direkt aus Las Vegas.»

Ich schwieg, während ich Murielle in einem Casino vor mir sah, in dem sie ihr gesamtes Geld verzockte.

«Ich leide noch immer unter der Zeitverschiebung», klönte Murielle. «Eigentlich müsste ich längst immun sein», fuhr sie ungefragt fort. «Ich arbeitete mehrere Jahre als Flugbegleiterin, bis ich aufgrund einer Allergie den Beruf an den Nagel hängen musste. Heute bemühe ich mich um Schadensbegrenzung und arbeite ab und zu in einem Reisebüro. Ich muss mir meine Reisen irgendwie finanzieren. Drei Viertel des Jahres bin ich unterwegs.»

«Das hat sie von Bartholomäus», lächelte Benita. «Auch ihn packte die Reiselust mehrmals im Jahr.»

Ja, und liess dabei Mam und uns zurück. Ich schwieg.

«Ich bin nicht verheiratet», erzählte Murielle. «Habe mal da, mal dort ein paar Liebschaften. Wenn man viel herumkommt wie ich, sind Beziehungen nur hinderlich.» Murielle lächelte. «Vielleicht werde ich zu meiner Mutter in die Camargue ziehen. Pferdezüchten wäre ja auch etwas für mich.» Ich fing ihren eindringlichen Blick ein. «Du sagst ja nichts?»

Was hätte ich dazu sagen sollen? Meine Halbschwester schien sehr mitteilungsbedürftig zu sein. Ob sie unter einem angeknacksten Selbstwertgefühl litt, liess sich nicht feststellen, oder inwieweit ich ihr glauben sollte. Unbestritten hatte sie zwei Gesichter. Heute war sie ganz anders als noch auf dem Friedhof, wo wir uns zum ersten Mal begegnet waren. Das Sanfte war von ihr gewichen. Jetzt zeigte sie ihre egoistische Seite, die cadische Seite.

Ich ass einen Teller voll Tatsch und trank heissen Tee dazu, den Benita frisch aufgegossen hatte. Es war mir nicht wohl bei den beiden Frauen, die so taten, als wären sie mehr als nur Tante und Nichte. Als dann Benita wieder mit Nepal anfing und Murielle von ihrer Reise in den Staaten berichtete, wurde es mir zu bunt.

Trotzdem kam ich noch einmal auf Murielles Mutter zu sprechen. Von allen Cadisch-Frauen hatte sie wohl am wenigsten profitiert. Vielleicht hatte sie in fortgeschrittenem Alter fest-stellen müssen, was sie versäumt hatte. Sie war nie mit meinem Vater verheiratet gewesen, hatte nur eine Abfindung bekommen, was ich von Murielle wusste, eine Pauschale für die Alimente, die sie gemäss Gesetz hätte einfordern können. Und als sie nun feststellen musste, wie gut situiert mein Vater gewesen war und wie seine legalen Kinder davon profitierten, mussten wohl schreckliche Gedanken in ihr gereift sein.

Waren meine Vermutungen richtig, oder basierten sie auf meiner ungezügelten Phantasie? Was hatte Marisa erzählt? Die Frau von der Insel sei zurückgekehrt? Murielle war in Las Vegas gewesen. Musste ich sie aus dem Kreis der Verdächtigen strei-chen?

Und Antoinette?

«Sag mal», wandte ich mich an meine Schwester, «woher stammt deine Mutter?»

«Ursprünglich aus Paris.»

«Ist sie auf der Île de la Cité aufgewachsen?»

Murielle schüttelte lächelnd den Kopf. «Warum willst du das so genau wissen? Nein, nein, in der Nähe von Versailles. Meine Mutter studierte an der Sorbonne und lebte danach mehrere Jahre in der Bretagne. Sie lernte unseren Vater auf einem Ausflug zum Mont Saint Michel kennen.»

Es war spät geworden.

Auf dem Weg zurück nach Davos Platz rief ich Tomasz an.

Er hatte mich gesucht und eine Nachricht auf dem Anrufbeantworter hinterlassen.

«Ich bin bereits wieder unterwegs nach Davos», teilte er mir
überschwänglich mit. Dann musste ich mir eine ganze Litanei
anhören in Bezug auf meinen gefährlichen Ausflug aufs Jakobshorn. «Stell dir vor, du wärst mit Paul gleichzeitig zurückgegan-
gen. Dann würdet ihr beide unter den Schneemassen liegen,
und niemand hätte etwas davon erfahren.»

«Ja», seufzte ich, «das war einfach nur ein glücklicher Zufall,
dass ich noch eine Weile am Unfallort gewesen bin.»

«Du Pragmatikerin», tadelte Tomasz mich. «Ich sehe dies eher
als eine göttliche Fügung.»

«Wo bist du jetzt?» Ich wollte nicht mehr länger darauf eingehen, was ich weshalb unterlassen hatte oder nicht.

«Habe soeben die Klus nach Landquart passiert und konzen-
triere mich nun darauf, dass ich die Geschwindigkeitslimite nicht
überschreite. Die Gerade bei Jenaz lädt geradezu zum Rasen
ein.» Er lachte, und ich stellte mir vor, wie er am Steuer seines
Roadsters sass – wenn es die Temperaturen erlaubten, sogar mit
geöffnetem Dach.

★★★

Zurück im Hotel, stellte ich mich eine Ewigkeit unter die Dusche. Es war, als müsste ich die Eindrücke der letzten Tage aus
den Poren spülen, als könnte ich mich mit dem stechenden, von
Kalkablagerungen durchzogenen Wasserstrahl von den Bildern
befreien, die mich geradezu penetrant heimsuchten. War dies das
Nachlassen des Schocks, vor dem mich Dr. Klees gewarnt hatte?

Ich trocknete mich ab, zog mich an und suchte nach einer
Beruhigungstablette, die ich für besondere Fälle in meiner Handtasche mit mir trug. Ich schluckte ein halbes Valium und fühlte
mich danach schläfrig und unaufgeregt. Trotzdem schaffte ich
es, die Notizen an der Pinnwand zu ergänzen.

Was war mit Benita?

Sie hatte Mann und Sohn verloren und hatte eigentlich
niemanden mehr. Vielleicht litt sie noch immer unter diesem

Verlust und hatte es ihrem Bruder nicht gegönnt, dass ihm im Leben alles zugefallen war – eine kinderreiche Familie und viel Geld. Doch Vermögen hatte sie selbst genug und machte sich nicht besonders viel daraus.

Ich blieb vor dem Kärtchen mit dem Namen Monique, geborene Vögtli stehen. Ich konnte mir nicht vorstellen, dass die Frau eines Pornokönigs auf eine solch billige Rache sinnt. Damals war es eine Blitzehe mit einer Blitzscheidung gewesen, wie mir Mam erzählt hatte. Für meinen Vater muss es eine grosse Tragödie gewesen sein, als sie ihn und ihren Sohn verliess. Warum und wofür hätte sie sich an Vater rächen sollen?

Ich schrieb den Namen «Antoinette» auf eine Karte und setzte diese in unmittelbare Nähe von «Bartholomäus». Vielleicht befand ich mich mit ihr der Insel näher, als ich gedacht hatte. Trotzdem zweifelte ich. Antoinette lebte in Südfrankreich. Warum sollte sie plötzlich hier auftauchen? Andererseits war auch Murielle … Nein! Ich strich die konfusen Gedanken aus meinem Kopf.

Mein iPhone surrte. Ich erkannte Valerios Nummer auf dem Display. Ich meldete mich. Doch ausser einem Rauschen vernahm ich nichts. Ich versuchte, Valerio auf dem hoteleigenen Anschluss zu erreichen.

«Sendeloch», zeterte er und verfluchte den Mobilfunkanbieter mit einer Tirade unflätiger Wörter. Er entschuldigte sich im Nachhinein für sein Versäumnis, mir ein Paar Schuhe vorbeigebracht zu haben. «Andrin und Luzi sind in Davos, falls es dich interessiert. Sie warten jetzt im Alpenblüemli und würden gern mit dir und mir zusammensitzen, um das weitere Vorgehen zu besprechen.»

«Welches weitere Vorgehen?» Ich musste gähnen. Das passte mir nicht. Ich hatte mir den Abend für Tomasz aufgespart, jetzt, da er unterwegs zu mir war. Obendrein war ich so müde, dass ich mich kaum aufrecht im Ohrensessel halten konnte. Ich blickte durch das Fenster an den Hang des Jakobshorns, der friedlich dalag. Von dem tragischen Unfall war nichts mehr geblieben als diese Stille am Ende eines Tages, wenn die Sonne hinter den

Bergen verschwindet und die Dämmerung ihr irisierendes Licht aussendet.

«Das ist die blaue Stunde», hatte Mam gesagt. «Das ist der Moment, in dem wir ganz klein werden, wo Tag und Nacht wie zwei Liebende ineinander verschmelzen und dem Diesseits ein wenig vom Jenseits schenken, das uns in unseren Träumen widerfährt.» Meine Mam. Vielleicht hätte ich mich mal bei ihr melden sollen.

«Ich habe ihnen versprochen, dabei zu sein», hörte ich Valerio sagen. «Es interessiert mich, was die beiden nun vorhaben. Ich traue ihnen nicht. Und ich glaube, wir müssen aufpassen, dass wir von denen nicht hintergangen werden. Und sage mir jetzt nicht, dass dich das Geld nicht interessiert. Mich würde es auch nicht interessieren, wenn Andrin und Luzi nicht so verdammt scharf darauf wären ...» Er stockte. «Allegra, es geht um unsere Zukunft.»

«Das sind plötzlich ganz neue Töne. Wann hattest du denn diesen Gesinnungswandel?»

«Ich will mich nur dagegen wehren, dass Andrin und Luzi alles bekommen und wir nichts.»

«Bald wirst du es erfahren. Ich nehme an, dass uns der Notar in den nächsten Tagen einladen wird. Ich rate dir, vorher nichts zu unternehmen. Es kommt, wie es kommen muss.» Ich gähnte erneut, sodass es mir die Tränen in die Augen trieb. «Hör zu, ich werde in zwanzig Minuten vor Ort sein. Aber länger als eine halbe Stunde werde ich nicht bleiben können. Ich habe heute Abend eine Verabredung.»

Über Geld zu reden behagte mir nicht. Doch Valerios Anruf machte den Anschein, alles drehe sich nur darum. Kaum war Vater von dieser Erde gegangen, nahm die Habgier meiner Geschwister eine neue Dimension an.

Während ich mich zum Gehen bereit machte, setzte ich mich mit dem Gedanken auseinander, dass ich mich am nächsten Tag mit Dr. Polcan treffen sollte. Als Familienanwalt wusste er vielleicht mehr als alle andern. Ich meldete mich telefonisch bei ihm an.

★★★

Langsam senkte sich die Nacht auf das Dorf. An der Promenade flammten die Strassenlaternen auf und warfen gebündeltes Licht auf den Asphalt. Scharf stachen die Konturen der Häuser gegen den wolkenlosen Abendhimmel, der sich von zartem Violett in dunkles Purpur verwandelte. Ich hatte mir vorgenommen, den Weg zum Alpenblüemli zu Fuss zu gehen, um meine Müdigkeit zu überlisten. Allmählich kehrte in mir Normalität zurück. Zurückzuführen war dies auf meine Begabung, Unangenehmes in die tiefsten Tiefen meiner Seele zu verbannen.

«Ändere, was du imstande bist zu ändern», hatte Mam oft gesagt. «Und akzeptiere das, was du nicht ändern kannst.»

Ich verdrängte es.

In den letzten Jahren hatte es in Davos einige bauliche Veränderungen gegeben, die vor allem entlang der Hauptstrasse anzutreffen waren. Geschäfte waren verschwunden, neue erschienen. Selbst Hotels, die ich nicht in Erinnerung hatte, säumten in architektonischem Purismus die Strassen. Im Dorfkern dominierten die Flachdachbauten, eine etwas modernere Form als diejenigen mit dem Davoser Dach, das so konstruiert war, dass der Schnee im Winter nicht hinunterrutschte. Nur am Rande des Dorfes fand man hübsche Chalets mit Schrägdächern und ein wenig vom Charme eines Bergdorfes. Ansonsten war Davos eine Stadt geworden – eine Stadt ohne Mauern, auf jeden Fall die höchstgelegene Stadt Europas.

Noch immer lagen letzte Reste von Kieselsteinen auf dem Trottoir, hartnäckige Eisschollen, die der Sonne getrotzt hatten. Ich erreichte auf einer Seitenstrasse die Parallelstrasse zur Promenade.

Im Garten vor dem Alpenblüemli waren jetzt Tische und Stühle hinausgestellt, die das Ferienambiente vermitteln sollten, das im April hier oben fehlte. Der Beginn der Zwischensaison bedeutete in Davos reinigen, aufräumen, renovieren. Die Touristen waren weg. Die einheimische Bevölkerung kroch aus den Löchern und konnte wieder durchatmen.

Ich öffnete die Tür. Sofort umfingen mich Wärme und Küchengerüche. Zwei Tische waren mit je einem Paar besetzt, am dritten sassen Andrin und Luzi vor einem Teller Rösti und blickten mich beide gleichzeitig an. Valerio kehrte mir den Rücken zu.

Ich grüsste in die Runde.

«Immer noch überzeugt, dass Ätti ermordet wurde?», provozierte Luzi, bevor ich mich gesetzt hatte.

Ladina kam aus der Küche direkt auf mich zu. Wir wechselten ein paar Worte. Ich bestellte Tee, was Luzi gleich kommentierte. «Du würdest auch besser etwas zwischen die Rippen nehmen, sonst fällst du noch ganz von der Stange.»

«Remo, der Koch, hat eine hervorragende Sennenrösti gemacht», schwärmte Andrin, dem anzusehen war, dass er Luzis Benehmen nicht tolerierte. Wenn ich sein Gesicht betrachtete, welches von grünen Augen beherrscht wurde, wusste ich nie, was sich dahinter verbarg. Denn in seine Seele liess sich Andrin nicht blicken. Trotz seines Alters von vierzig Jahren hatte er noch immer die weichen Züge eines Kindes, eine breite Nase, die so platt wirkte, als hätte ihm unlängst einer seine Schmetterhand gestreckt. Die vollen Lippen schimmerten rosa. Kein einziges Härchen schien auf seinem Gesicht zu spriessen. Ich rätselte, ob er sich überhaupt je hatte rasieren müssen. «Conterser Böcke und Gerstensuppe hat's auch noch.»

«Ich glaube nicht, dass dich meine Essgewohnheiten etwas angehen», konterte ich gegen Luzi, und an Andrin gewandt: «Ich war bei Benita Tatsch essen. Für Rösti, Gerstensuppe oder ausgebackene Eier fehlt mir der Appetit.»

«Ich bin mir jetzt ganz sicher, dass die Brasil Connection dahintersteckt.» Luzi, vier Jahre jünger als Andrin. Mit demselben Gesicht. Nur sein Kinn stiess energisch nach vorn, was zu der übrigen Gestalt nicht ganz passte. Er unterstrich diesen etwas merkwürdigen Zug durch einen Ziegenbockbart. «Sie agieren von Lissabon aus. Ich habe mich in der Zwischenzeit über Ättis Fehlgriff ein wenig schlaugemacht.»

«Von welchem Fehlgriff ist hier die Rede?», fragte Valerio.

«Von Letícia.»

«War sie nicht einmal deine Freundin?» Valerio genoss es, Luzi zu provozieren.

Luzi verzog seinen Mund zu einer Schnute. «Der Name

Epaminondas de Souza ist in Lissabon ein Begriff. Luís Epaminondas de Souza ist Letícias Bruder und ist durch Einbrüche und Verschieben von Gemälden berühmt geworden. Vor etwa fünf Jahren hat er sich von Rio nach Europa abgesetzt.»

«Was?», fragte Valerio. «Das ist Bullshit. Ich kenne Letícias Bruder. Er war mal hier. Ich denke, du hast ihn auch kennengelernt. Er hat mit Luís, den du meinst, nicht im Geringsten etwas zu tun. Zudem hat man den Kriminellen zwischenzeitlich geschnappt. Ich weiss nicht, auf welche Quellen du dich beziehst. Sie sind nicht zuverlässig.»

«Wir müssen verhindern, dass Letícia ihre Taschen füllt», lenkte Luzi pikiert von seinem Unvermögen ab.

«Sie ist nicht erbberechtigt», klärte Valerio uns auf.

«Wer hat das gesagt?»

«Vater.»

«Sie wird es clever anstellen. Oder hat jemand von euch eine Ahnung, wie viele Bilder und Statuen es gibt, die nicht in der Wohnung hangen oder stehen? In der Zwischenzeit wird Letícia sämtliches im Keller verräumt und für den Transport nach Lissabon vorbereitet haben.»

«Du hast es noch immer nicht begriffen», grinste Valerio. «Und du hast eine blühende Phantasie.»

«Wohl eher eine naive …», fand ich. Manchmal fiel es mir schwer, mir Luzi als intelligenten Werbeleiter vorzustellen. Oft stellte er sich absichtlich einfältiger dar, als er in Wirklichkeit war. Vielleicht ein Schutzmechanismus, um nicht mit Forderungen, mit denen man auf ihn hätte zukommen können, konfrontiert zu werden.

Valerio fuhr fort: «Kurz nach Vaters Tod hat Dr. Polcan zusammen mit dem Versiegelungsverantwortlichen das Inventar aufgenommen. Es gibt also keine Schlupflöcher für illegales Tun.»

Luzi schluckte leer. «Nun ja, wir werden sehen.»

«Macht es dich nervös?», fragte ich.

«Was denn?»

«Die Erbteilung. Eigentlich kann es dir ja egal sein. Du hast ja schon alles.»

«Nein, es ist mir nicht egal.» Luzi beugte sich über den Tisch, packte meinen linken Arm und flüsterte: «Ich warne dich, Kleines. Solltest du mir Steine in den Weg legen, wirst du mich kennenlernen.»

«Wenn du Steine auf deinem Weg befürchtest, setzt das voraus, dass du ihn bereits beschreitest. Hast du Vater auf dem Gewissen?», fragte ich ihn ebenso leise.

Luzi drückte zu.

«Du tust mir weh!» Ich wand mich aus seinem Griff. «Wo warst du denn am Morgen des 3. April?»

Er packte mich wieder. Ich riss mich erneut los. Die beiden Paare an den anderen Tischen hatten ihre Aufmerksamkeit auf uns gerichtet. Andrin schien es peinlich zu sein, denn er hielt den Finger vor den Mund und forderte uns auf, uns zu mässigen.

«Ich kann das überprüfen.» Ich verspürte Lust, meinem Halbbruder alles heimzuzahlen, was er meiner Mam angetan hatte. «Ich kenne dein cholerisches Temperament», fuhr ich fort, ungeachtet dessen, dass wir in den Mittelpunkt der vier Zuschauer gerückt waren. «Erinnerst du dich an damals, als meine Mam mit mir schwanger war? Erinnerst du dich daran, als du sie verprügelt hast? Sie hat mir alles erzählt, Luzi. Deine Fassade bröckelt. Vielleicht bist du auch auf Vater genauso losgegangen, wie du auf meine Mam losgegangen warst.» Ich erhob mich, ging um den Tisch herum und stellte mich frontal vor Luzi. «Du schlägst immer zu, wenn dir etwas nicht in den Kram passt, nicht wahr? Hat sich Vater gewehrt?»

Luzi schäumte vor Wut. «Was erzählst du denn für einen erfundenen Stunk! Als man Ättis Leichnam fand, hatte er keine Blessuren, nichts. Ätti ist früher ab und zu die Hand ausgerutscht. Du verwechselst da wohl etwas.» Er wollte sich erheben, doch Andrin hielt ihn zurück.

«Beruhigt euch», forderte er uns auf. «Das hat doch alles keinen Sinn.»

Ich liess seinen Einwand ausser Acht.

«Es ist ein ungutes Gefühl, wenn man zwei Kredite abstottern muss, den von der Bank und den von Vater. Gerade jetzt, wo euer doppelter Nachwuchs unterwegs ist. So eine Babyausstattung ist teuer, wenn man es gewohnt ist, ein gewisses Niveau zu pflegen … Wo nimmt man denn das Geld her, wenn die eigene Frau kein Geld verdient und alles an einem selbst hängen bleibt?»

«Das lasse ich mir nicht bieten.» Luzi lief rot an, während er verlegen mit der Gabel in der Rösti pulte. «Im Gegensatz zu dir habe ich meine Finanzen im Griff. Du selbst hängst seit jeher an Ättis Portemonnaie.»

«Da täuschst du dich. Einen Grossteil meiner Ausbildung bezahlt meine Mam.»

Ich musterte meinen Bruder.

Luzi Gion-Gieri Bartholomäus Cadisch, wie es heute noch in seinem Pass steht. Grossvater und Vater in seinem Vornamen verewigt. Selbst von seinen Visitenkärtchen stachen die Kürzel *G.B.* hervor, zwei Buchstaben, welche die Lücke für das «Dr.» füllten, das Vater lieber gesehen hätte.

Ich war gerade so richtig toll in Fahrt. Wusste der Teufel, ob dies die Nachwirkungen meines Schocks waren oder ob das Valium eine völlig falsche Wirkung entfaltete. «Hast du denn ein Alibi für die Tatzeit?» Ich wandte mich an Andrin. «Oder habt ihr es etwa gemeinsam durchgezogen? Wie ist es mit Pablo? Warum taucht er auf einmal an der Beerdigung auf?»

«Er hat mich getröstet.» Andrin lehnte sich beschämt zurück. «Ich gebe zu, dass es mir leichter fällt, mich mit Pablo sehen zu lassen, jetzt, wo Vater tot ist. Aber mit Vaters Tod haben weder ich noch Pablo etwas zu tun, wenn du das meinst.»

«Aber ihr macht euch alle verdächtig», fuhr ich meine Halbbrüder an.

Valerio fasste mich um die Schultern. Er zog mich weg. «Allegra, komm, setz dich!»

«Soll ich einen Arzt rufen?», hörte ich Ladina fragen, die sich in sicherer Distanz hinter dem Tresen aufhielt. Immerhin hatte sie nicht *Polizei* gesagt. Ich überlegte mir, welchen Eindruck ich ihr vermittelte, dass sie überhaupt einen solchen Vorschlag machte. Vielleicht ordnete sie es meinem Erlebten zu und hatte Mitleid mit mir.

«Nein, geht schon», besänftigte Valerio. «Sie wird sich wieder beruhigen. Ist doch so, oder?»

Ich setzte mich. Meine beiden Halbbrüder lehnten sich schweigend in die Polsterbank, während die beiden Pärchen an den Nebentischen ums Bezahlen baten. Ladina offerierte ihnen den Kaffee als Entschuldigung für die Unannehmlichkeiten. Kurz darauf verliessen die Gäste das Restaurant.

«Die ist reif für die Klapsmühle», meinte Luzi und freute sich offensichtlich, sich an mir zu rächen.

Valerio schwieg. Von ihm hatte ich auch nichts anderes erwartet. Wie immer in solchen Situationen, machte er es wie die drei heiligen Affen: Er sah nichts, hörte nichts, sprach nichts. Ob das an seiner Harmoniebedürftigkeit lag oder ob er den Weg des geringsten Widerstandes ging, wie das öfter der Fall war, fand ich nicht heraus.

«Wir sollten endlich vernünftig miteinander reden», schlug Andrin vor.

«Richtig.» Luzi setzte sich mit hohlem Kreuz hin. «Wir sollten Überraschungen möglichst vermeiden. Ätti hat in seiner Erbschaft fünf Häuser und Hotels, die vollumfänglich ihm gehörten. Das heisst, dass er jedem von uns sicher eines vermacht hat. Ehrlich gesagt habe ich kein Interesse an einem Haus. Und mir mit einem Hotel Arbeit aufbürden möchte ich auch nicht. Ich habe ein Haus in St. Moritz. Ich möchte lieber das Cash.» Er blickte Valerio an. «Du könntest doch in Zukunft die Häuser verwalten. Oder hast du im Sinn, bis an dein Lebensende in fremder Erde zu graben?»

«Valerio hat kein Geld», intervenierte Andrin. «Archäologen verdienen nicht viel.»

«Und was ist mit deiner Luxuswohnung?», feixte Luzi.

«Vater hat sie mir günstig vermietet», gestand Valerio. «Und Andrin hat recht. In meinem Beruf verdient man tatsächlich nicht viel.»

«Aber Ätti hat uns mal mindestens zwei Millionen versprochen. Valerio könnte ja davon …» Luzis Augen glänzten. «Und dann gibt es noch diese zwei Oldtimer – der Bentley mit Jahrgang 1956 und der Jaguar, Baujahr 1967.»

Ich klopfte so fest auf den Tisch, dass Luzis Röstigabel auf den Boden fiel. «Ihr seid ja so was von bescheuert. Habt ihr eigentlich nur Geld im Kopf? Warum tut ihr so, als würdet ihr Vaters Testament kennen? Nein, nein …» Ich winkte ab. «Ich weiss, dass er oft davon gesprochen hat. Aber das gehörte genauso zu allem anderen, was ihn in Bezug auf sein Vermögen beschäftigte. Geld war sein Lebenselixier. Seine Obsession. Durch seine Adern floss Geld. Dort, wo sich bei anderen das Herz befindet, befand sich seine Bank.»

«Immerhin hat er gewusst, wie man sein Vermögen vermehrt», meinte Luzi.

«Keine Kunst, wenn man dabei andauernd Leute über den Tisch zieht», folgerte Valerio. Es erstaunte mich, dies aus seinem Mund zu hören.

«Das waren Kavaliersdelikte», schmunzelte Andrin.

«Das waren Kollateralschäden», korrigierte ich. «Zufällig kenne ich die Leute, die Vater in den Ruin getrieben hat.»

«Dann müsstest du den Mörder vielleicht dort suchen.» Luzi setzte ein entwaffnetes Lächeln auf. Es verwunderte mich nicht: Er hatte mich noch nie ernst genommen. Er war der Klon unseres Vaters.

«Auf jeden Fall ist es mir ziemlich egal, wie unser Ätti zum Geld gekommen ist. Hauptsache, wir können endlich davon profitieren.»

Am Tisch wurde es ruhig. Alle starrten Luzi an. Bis ich das Schweigen brach. Ich kramte das Medaillon aus meiner Tasche und legte es unter dem staunenden Blick meiner Brüder auf den Tisch.

«Vermisst das jemand von euch?»

Luzi griff als Erster danach, drehte und wendete das Amulett so, als würde er die Antwort auf meine Frage auf dem Wappen oder auf dem Revers finden. «Ich hatte mal so etwas.»

«Ich auch», sagte Andrin und befühlte die Kette.

«Und du?» Luzi wandte sich an Valerio.

«Alle hatten so eine Kette. Meine habe ich verloren.»

Luzi glotzte mich an. «Wenn du uns verdächtigst, wie ist es denn mit dir?»

«Meine befindet sich im Schmuckkästchen. Diese hier habe ich dort gefunden, wo Vater lag.»

Ich sah meine Brüder der Reihe nach an. Doch auf ihren Mienen erkannte ich nichts als grosses Erstaunen. Entweder waren sie gute Lügner, oder sie waren tatsächlich unschuldig. Ich steckte das Medaillon wieder ein. «Ich werde herausfinden, warum Vater gestorben ist. Darauf könnt ihr Gift nehmen.»

Valerio schlug vor, mich jetzt gleich und bis vor die Tür des Hotels zu fahren.

Dass das Zusammentreffen mit meinen Brüdern in ein Fiasko ausartete, hatte ich mir so nicht ausgemalt.

Wieder schoben sich Marisas Bemerkungen in mein Bewusstsein. War alles nur Humbug?

Die Frau von der Insel war zurückgekehrt.

In Marisas Ausführungen ging es um eine Frau. Befand ich mich auf einer falschen Fährte? Musste ich Andrin und Luzi von der Liste streichen?

Sollte ich dagegen Luzis Frau beobachten? War es möglich, dass Sibylle mit Vaters Tod etwas zu tun hatte?

Ich hatte es bis heute unterlassen, sie näher unter die Lupe zu nehmen. Sibylle mutete ich es jedoch nicht zu. Mir war kein Fall bekannt, in dem eine Schwangere einen Mord begangen hatte.

Die konfusen Gedanken beherrschten mich. Ich musste meine Phantasie zügeln, die mir immer wieder in die Quere kam. Es konnte nicht sein, dass ich den gesunden Menschenverstand ausschaltete, nur weil ich erpicht darauf war, das Rätsel um Vaters Tod zu lösen. Mein Ehrgeiz drohte auszuarten. Doch fragte ich mich, wem ich eigentlich etwas zu beweisen hatte.

★★★

In meinem Zimmer angekommen, notierte ich meine Gedanken auf den Kärtchen und heftete sie auf die Pinnwand. Mittlerweile sah ich aufgrund der vielen Notizen die Namen nicht mehr. Ich arbeitete völlig konzeptlos, was meine Ermittlungen alles andere als vereinfachte. Ich befestigte das Medaillon mit einer Stecknadel neben Vaters Bild.

Das Amulett mit dem Familienwappen. Es war Vaters erstes

Geschenk gewesen, das er uns unmittelbar nach der Geburt um den Hals gelegt hatte, ungeachtet dessen, dass wir uns damit hätten strangulieren können. Die Tradition hatte sich bei Fionas Geburt fortgesetzt. Die Kleine trug es noch immer, obwohl ihr gewachsener Hals die Glieder zu sprengen schien.

Vielleicht musste ich die Verdächtigen einschränken. Sollte der Täter das Kettchen verloren haben, musste ich ausser den Cadisch-Kindern alle von der Pinnwand entfernen.

Jetzt standen sich die fremde Frau von der Insel und der Besitzer des Medaillons gegenüber. Ich fragte mich, weshalb Marisa in ihrem Geist dieses Medaillon nicht gesehen hatte, und zweifelte plötzlich an ihrer Hellsichtigkeit.

Ich liess mich rückwärts aufs Bett fallen. Mir schwindelte. Bildete ich mir alles nur ein?

Ich versuchte vergeblich, den Kloss in meinem Hals herunterzuschlucken. Es gelang mir nicht, auch nur eine Träne zu vergiessen. Dabei hätte ein befreites Weinen meine Seele gereinigt und meine innere Zerrissenheit weggeschwemmt. Wie damals am Jakobshorn.

Ein leises Klopfen an die Zimmertür riss mich aus meiner Lethargie.

In die einen Spaltbreit geöffnete Tür schob sich ein weisser Rosenstrauss. Dahinter tauchte Tomasz' Gesicht auf: männlich und ebenso sinnlich mit diesen tief liegenden dunklen Augen, die ich so sehr an ihm mochte. Sie auf mir zu spüren erregte mich.

«Entschuldige meine Verspätung.» Er legte den Strauss auf den Tisch. «Kurz nachdem ich mit dir telefoniert hatte, kam ich prompt in eine Kontrolle. Die Verkehrspolizei winkte mich vor Küblis aus dem Verkehr. Ich hatte die Geschwindigkeitsbegrenzung nicht beachtet. Die machen's einem wirklich nicht leicht.» Er deutete auf den Strauss. «Du solltest ihn in eine Vase stellen.»

Ich lachte. «Das gefundene Fressen. Ein gut aussehender junger Mann im Cabriolet ... da muss man einfach reagieren. Und übrigens: Danke für die Rosen. Ich mag weisse Rosen. Sie sind sehr schön.»

«Es machte ganz den Anschein. Die zwei jungen Polizisten fragten mich aus, als hätten sie einen Schwerverbrecher vor sich. – Weisse Rosen passen zu dir. Die jungfräuliche Reinheit.»

«Schnell fahren *ist* ein Schwerverbrechen ... Und was meinst du mit ‹jungfräulich›?»

Tomasz verschloss meinen Mund mit seinem.

Wie ich seinen Geruch mochte. Es war der Moment eines ungeheuren Fühlens. Ich wäre bereit dazu gewesen, mich ihm ganz zu geben. Unserem gegenseitigen Verlangen ein Ende zu setzen. Doch den Kitzel genoss ich umso mehr. Es fühlte sich an wie in der ersten Turnstunde am Gymnasium, als ich eine senkrechte Stange hatte emporklettern müssen. Ich hatte schon längst die Kraft verloren, mich hinaufzuziehen. Es war der kurze Moment zwischen dem Ziel vor Augen und dem Nicht-mehr-Können. Das warme Gefühl in meinem Becken, ein Pochen, das den süssen Schmerz nicht zu beseitigen vermochte.

«Ich hatte grosse Sehnsucht nach dir», sagte er zwischen den Küssen. Er packte mich und trug mich zum Fenster. Er setzte mich auf den Sims. «Und ich machte mir solche Sorgen um dich. Ist alles wieder in Ordnung?»

«Wenn du mich auf meine persönlichen Befindlichkeiten ansprichst, nein. Ich war heute den ganzen Tag etwas durch den Wind.»

«Ist ja auch kein Wunder. Wie ich sehe, kann ich dich keine Minute aus den Augen lassen. Ich muss mich in Zukunft mehr um dich kümmern.»

«Ich habe nichts dagegen.»

In den Abend, an dem wir uns mit einem Imbiss aus der Bäckerei verpflegten, schoben wir philosophische Augenblicke, wie wir das schon früher getan hatten. Wir diskutierten über die politische Situation im Nahen Osten, wir sympathisierten mit den jungen Rebellen, die einem mittelalterlichen Führungsstil ihrer Diktatoren zu entkommen versuchten, und hinterfragten uns gleichzeitig, ob eine gemässigte Diktatur in solchen Ländern nicht angebrachter wäre als eine Demokratie, für die diese Länder in ihrem Kern noch nicht bereit waren. Wir endeten damit, dass alles seine Zeit brauche und nicht von einem auf den andern Tag umgewälzt werden könne.

Irgendwann nach Mitternacht mussten wir eingeschlafen sein.

★★★

Erwachen am Morgen mit Tomasz an meiner Seite. Er schlief tief, mit einem zufriedenen Lächeln auf den Lippen.

Erinnerungen an den Abend zuvor. An die Nacht, wo wir trunken ineinander verschlungen am Fenster gestanden hatten. Hinter uns der schwarze Himmel, die Konturen der Berge im matten Licht des zunehmenden Mondes. Das Einander-Kosten und -Ertasten. Nicht mehr und nicht weniger.

Die Sehnsucht in mir hatte gebrannt wie ein Feuer. Und brannte noch immer.

Wie machte er das bloss? Mit diesem Lächeln? Wollte er mich hinhalten? Weil ich nicht bereit dazu war? Und er? Würde es ihn nicht selbst fast zerreissen?

Wir sollten es uns aufsparen, hatte er gesagt, bis das hier vorbei sei. Dann würden wir ein Fest der Liebe daraus machen.

Wann aber würde es vorbei sein?

Tomasz war das Beste, was mir je passiert war. Nicht dass ich wie eine Nonne gelebt hätte. Doch waren es früher kurze, nichts bedeutende Beziehungen gewesen, mehr aus Neugier denn Ernsthaftigkeit und oft auch ziemlich unromantisch.

Mit Tomasz dagegen konnte ich mir eine Zukunft vorstellen.

ZEHN

Dr. Polcans Anwaltskanzlei lag in einem der ehemaligen Sanatorien, die man in den letzten Jahren sanft renoviert hatte. Noch zeugten die tiefen Balkone von einer Zeit, wo die lungenkranken Unterländer nach Davos zur Kur gekommen waren. Hier oben in der trockenen, von Milben freien Luft war manches Leiden auskuriert worden. Zu Hunderten hatten sie in den Davoser Liegen nebeneinandergelegen, unter kratzenden Zelldecken, und sich gesund geschlafen.

Die Stufen unter meinen Füssen ächzten. Unebene Hölzer vergangener Jahrzehnte, in denen der Zahn der Zeit nagte. Sie würden noch ächzen, wenn ich nicht mehr war und andere Menschen über diese Treppe gingen. Die Tür zur Kanzlei war verschlossen. Ich musste zweimal klingeln, bis eine in die Jahre gekommene Sekretärin öffnete und mich einliess.

Sie stiess mich einen langen Korridor entlang zu einer weiteren Tür. «Bitte warten Sie hier. Ich melde Sie an.»

«Aber ich bin angemeldet.» Mich ärgerten Formalitäten, wenn sie nicht angebracht waren.

Der böse Blick der Sekretärin hemmte jeden weiteren Kommentar. Ich fragte mich, wie man mit so einem Drachen zusammenarbeiten konnte.

Ich kannte Polcan nicht gut genug. Vater hatte mir von ihm erzählt. Und ihm wohl auch von mir. Denn als ich in seinem Büro stand, erhob er sich von seinem schweren englischen Schreibtisch, kam auf mich zu und begrüsste mich, als wäre ich eine alte Bekannte.

Vorsicht war geboten. Ich verabscheute solche einnehmenden Menschen.

«Ich habe Sie schon früher erwartet.» Seine hellen Augen schienen mich zu röntgen.

«Wir haben uns aber um neun verabredet», korrigierte ich ihn.

«Unmittelbar nach dem Hinschied Ihres Vaters, habe ich

gehofft. Er hat mir erzählt, wie wissbegierig Sie sind. Eine gute Voraussetzung für eine angehende Anwältin.»

«Bis dahin ist es noch ein weiter Weg.» Ich zwang mich zu einem Lächeln. «Ich habe noch nicht einmal den Master.»

Polcan setzte sich wieder. Er überflog eine Aktennotiz, die ihm seine Sekretärin auf den Tisch gelegt hatte. «Ich werde zurückrufen», wandte er sich an sie, die mit einem abschätzigen Blick auf mich das Büro verliess. Ich sah ihr hinterher und entdeckte eine Laufmasche an ihrer rechten Wade.

«Es war nicht leicht, den in Pension getretenen Ambrosi Padrutt zu ersetzen», gestand Polcan. «Ihr Vater und sein früherer Anwalt waren wie Pech und Schwefel oder siamesische Zwillinge. Zumindest hatten sie diesen Eindruck vermittelt. Ich brauchte eine geraume Zeit, um mich in die zum Teil undurchschaubaren und komplizierten Geschäfte Ihres Vaters einzulesen und einzudenken.»

«Undurchsichtige Geschäfte?» Ich misstraute dem Mann, dessen hellblaue Augen verdächtig schimmerten. Sein rötlich blondes Haar zeugte nicht von einem gesunden Wuchs. Reinrassig oder irisch. Ein Schuss Mischblut hätte ihn vielleicht noch retten können.

Er geriet ins Stocken. «Habe ich undurchsichtig gesagt?»

«Nein, haben Sie nicht», antwortete ich und schaltete auf Konfrontation um. «Wie viele Immobilien müssen es sein, die von Vater gekauft und verkauft wurden? Wie viele unglückliche Menschen hat er zurückgelassen, als er ihnen ihr Heim hinterrücks wegnahm? Mein Vater hat sich nie darum gekümmert, welche Emotionen er lostrat. Nie darum, wie es anderen Leuten ging. Das interessierte ihn nicht. Für ihn zählte einzig die Rendite und wie er zu noch mehr Geld kommen würde. Ihm war es egal, was er anrichtete.» Ich hielt inne. «Aber deshalb bin ich nicht hier.»

«Das hätte mich auch gewundert.» Polcan schnalzte mit der Zunge, indem er sie über die Unterlippe schob und sie von einem Winkel zum andern bewegte. «Sie waren seine Tochter und profitieren nun von seinem Vermögen.»

«Nicht jeder Mensch denkt ans Geld. Und Geld ist nicht alles.»

«Aber es beruhigt.» Polcan verzog seinen Mund. «Warum sind Sie hier?»

«In der Nacht, bevor mein Vater starb, hätten Sie noch mit ihm gesprochen, sagt mein Bruder. Hat Vater Andeutungen gemacht, dass er jemanden auf dem Jakobshorn treffen wollte?»

«Nein, im Gegenteil, er hat mit keiner Silbe erwähnt, dass er überhaupt beabsichtigte, auf das Jakobshorn zu fahren.»

«Aber er hat Ihnen erzählt, dass er sein Testament anpassen wolle.»

«Das ist richtig. Deshalb haben wir uns im ‹De la Poste› verabredet.»

Meine Neugierde liess sich nicht zügeln. «Wussten Sie, zu wessen Gunsten er das Testament anpassen wollte?»

Polcan ging nicht darauf ein und lehnte sich zurück. «Er hat mich wegen einer Testamentsänderung schon oft angerufen. Aber es hat nicht so geeilt. Anders beim letzten Anruf in der Nacht auf seinen Todestag. Er war ziemlich aufgebracht und sagte, dass er froh sei, mit der Änderung gewartet zu haben. Es sei etwas dazwischengekommen, was die ganze Situation über den Haufen werfen würde.»

«Über den Haufen werfen würde?»

«Mit diesen Worten. Doch konkret wollte er sich nicht dazu äussern. Ich habe ihm Löcher in den Bauch gefragt, aber er wollte mit mir unter vier Augen darüber sprechen.»

Ich stiess Luft aus, während ich die Wand hinter Polcans Schreibtisch näher betrachtete. Ein einziges Bild hing daran. Eine rote mannsgrosse Fläche in hypermodernem Design. Mit schwarzen Strichen und reliefartigen Kreisen, was nicht zum Rest der Einrichtung passen wollte. Polcan folgte meinem Blick und drehte sich um. «Das ist ein echter Ebersold. Der Künstler lebt heute in der Nähe von Luzern. Wurde vor drei Jahren arg durch den Mediensumpf gezogen, aufgrund eines Mordverdachts an einem jungen Künstler.» Er wandte sich wieder mir zu.

«Ist Ihnen denn nie der Verdacht gekommen, dass man ihn umgebracht hat? Eine logische Folgerung der Geschehnisse.»

«Ich glaubte der Polizei und den Ärzten», unterband er meine Fragen, die er als unangenehm empfand.

«Hat mein Vater erwähnt, dass er sich Tage zuvor mit jemandem getroffen hat? Oder hat er mal über eine Marisa de Boni geredet?»

«De Boni? Ich kenne eine Baufirma mit gleichem Namen. Aber Marisa? Nein, sagt mir nichts.»

«Es ist sehr wichtig für mich, dass ich die Tage vor Vaters Tod rekonstruieren kann. Ich glaube nämlich nicht an einen natürlichen Tod.»

«Ihr Bruder wird Ihnen sicher erklärt haben, dass ich nichts unterlassen habe, was einer rechtlichen Relevanz bedarf.»

«Das glaube ich Ihnen sogar. Aber es gibt Fragen, die nicht geklärt sind. Zum Beispiel hat man meinen Vater einen Tag vor seinem Tod zusammen mit einer Frau gesehen. Sind Sie sicher, dass er sie nicht erwähnt hat? Oder ist es möglich, dass er bei Ihnen ein Schreiben deponiert hat?»

«Nein, nichts dergleichen. Aber vielleicht haben Sie etwas auf dem Herzen, das Sie mit mir besprechen möchten», wich er aus. «Es ist mir ein Bedürfnis, die rechtlichen Angelegenheiten Ihrer Familie weiterhin vertreten zu können.»

Polcan zitierte seine Sekretärin ins Zimmer und forderte sie auf, uns Kaffee zu bringen. Er entlarvte sich als sympathischerer Anwalt, als ich ihn in Erinnerung hatte. Während wir Kaffee tranken und über mein Studium an der Universität in Luzern fachsimpelten, kam ich immer wieder auf meinen Verdacht zu sprechen. Auch die Geschichte um Marisa de Boni war ein Thema. Es war abzusehen, dass Polcan mich angesichts meines Studiums verdächtigte, mir die Dinge einzubilden. Sein Anstand hielt ihn davon ab, mich aufgrund meiner Recherchen heftig zu kritisieren. Vielleicht hätte er mir sogar gern an den Kopf geworfen, wie unprofessionell ich vorging.

«Sie sind eine gewiefte junge Frau», schleimte er. «Aber Sie reimen sich da etwas zusammen, was so nicht existiert.»

Ich griff in meine Handtasche und entnahm ihr die Kopien der beiden Quittungen, die ich in Vaters Büro eingesteckt hatte. Ich reichte sie Polcan über den Tisch. «Haben Sie Kenntnis davon, weshalb mein Vater einem Gustl Haider eine solch hohe Summe bezahlt hat? Dem Namen nach müsste er ein Österreicher sein.»

Polcan blickte lange nachdenklich auf die beiden Blätter. «Das liegt über zehn Jahre zurück. Ich bin erst seit sieben Jahren der Anwalt Ihres Vaters.»

«Sie wissen also von nichts?»

«Das ist schon etwas sonderbar», wich er aus und kratzte sich am Haarboden. «Vielleicht sollten Sie damit zur Polizei gehen. Das wirft irgendwie ein ganz anderes Licht auf die Sache.»

«Glauben Sie, dass dieser Haider etwas mit dem Tod meines Vaters zu tun hat?» Ich nahm die Quittungen wieder an mich und verräumte sie.

Mein iPhone surrte. Ich entschuldigte die Störung und wandte mich von Polcan ab.

«Allegra, wo steckst du?»

«Mam, was für eine Überraschung.»

«Ich wollte nur hören, wie es dir geht.»

«Mam, ich kann jetzt nicht sprechen. Ich rufe dich zurück.» Ich drückte den Aus-Knopf.

«Ihre Mutter?» Polcan schnalzte wieder mit der Zunge, eine eigenartige Angewohnheit von ihm. «Wie geht es ihr?»

«Kennen Sie sie?»

«Nicht persönlich. Ihr Vater hat oft von ihr gesprochen.»

«Ach. Ich nehme an, nicht über Gutes.»

«Nein, das nicht.» Polcan räusperte sich. «Aber das ist normal bei gehörnten Ehemännern.»

Ich schwieg.

«Hat Ihre Mutter wieder geheiratet?»

«Nein, hat sie nicht. Sie hatte mal einen Freund, der eines Tages spurlos verschwand. Dies hat meine Mam in eine tiefe Sinnkrise gestürzt. Aber warum erzähle ich Ihnen das …» Ich erhob mich. «Um kurz auf meine Frage von vorhin zurückzukommen: Was denken Sie? Könnte dieser Haider dahinterstecken?»

«Hinter was?» Polcan setzte ein eigenartiges Lächeln auf. Da wusste ich, dass er nicht bereit war, mir zu helfen.

Wieder keine triftigen Anhaltspunkte. Langsam kam es mir selbst so vor, als suchte ich nach etwas Erfundenem. Ich hatte mich vergebens bemüht, den verlorenen Faden wieder aufzunehmen. Falls Polcan etwas wissen sollte, verstand er es, darüber zu schweigen.

★★★

Davos hat etwas um die dreizehntausend Einwohner. So war es doch eher ein Zufall, dass ich beim Verlassen der Kanzlei auf meine frühere Mitschülerin Sidonia Casutt stiess, die im Modegeschäft ihrer Eltern als Verkäuferin arbeitete.

«Hey Allegra, noch immer in Davos?» Sie trug einen weitschwingenden Rock über hellgrünen Leggings. In ihren braunen Haaren hatte sie ein hellblau-weiss getupftes Band befestigt. Sie sah aus, als wäre sie geradewegs von einer Strandparty hierhergekommen. Für die Tochter eines Textilverkäufers hatte sie einen sehr ausgefallenen Geschmack.

Ich konnte es nicht lassen, sie auf Tomasz' Einkäufe anzusprechen. «Deine Zusatzverkäufe neulich waren nicht schlecht. Soweit ich mich erinnere, wollte Tomasz nur einen Pullover kaufen.»

Sidonia quittierte dies mit einem Lächeln. «Du bist ein richtiger Glückspilz. Dein Freund ist megasüss. Würde mir auch gefallen. Warum bist du eigentlich noch hier? Ich dachte, du seiest mit deiner Mutter wieder abgereist.»

«Das muss ein Irrtum sein. Nein, ich war wegen der Beerdigung meines Vaters hier.»

Sidonia machte auf Trauermiene. «Das tut mir leid. Das ist ein megagrosser Verlust für Davos.»

«Wer sagt das?» Ich wurde misstrauisch.

«Na ja, er und seine Rio-Tussi haben megaviel eingekauft bei uns. Er war immer dabei, wenn sie bei uns die Ständer leer räumte. Allein durfte sie ja nicht. Doch ab und zu kam sie auch ohne ihn und probierte die Kleider in Ruhe an. Tags darauf kam er vorbei und bezahlte mit der platinfarbenen Kreditkarte. Mega, diese Kreditkarte. Nur die ganz Reichen haben eine solche. Die Teile, die ihm nicht gefielen, liess er zurück. Sie war dann immer megaenttäuscht.» Sidonia wirkte untröstlich. «Megaschade. Ehrlich.» Sie blickte mich mit ihren grauen Augen mitleidheischend an. «Sorry, es ist ja deine Stiefmutter.»

«Ist sie nicht», wehrte ich mich. «Meine Mam lebt ja noch. Aber Letícia ist schon okay. Ich mag sie.»

Sidonia hatte schon während der Schulzeit nicht zu den Hellsten gezählt. Doch jetzt dünkte es mich, als wäre sie in ihren vorpubertären Kinderschuhen stecken geblieben.

Mir schwante etwas. «Sag mal, hast du meine Mutter in den letzten Tagen in Davos gesehen?»

«Habe ich das gesagt?» Sidonia blickte an mir vorbei. «Nein! Oder vielleicht doch? Nein, ich glaube, dass ich nur dich mit deinem megasüssen Typen gesehen habe.» Sie zupfte mich am Ärmel. «Kommst du mal bei uns vorbei? Wir haben gerade Winterausverkauf. Wir verkaufen auch das Outfit, das ich trage. Cool, gell?» Sie drehte sich einmal um sich selbst. Dann war sie weg.

Gott, gütiger! Endlich war ich sie los.

Ich ging zurück zur Casa Anna. Über mir wölbte sich der blaue Himmel, wie ich ihn aus meinen Erinnerungen kannte. Manchmal hatte es wochenlang keine Niederschläge gegeben. Die Sonne hatte den ganzen Tag geschienen, während die Unterländer in Nebel und Graupel versanken. Über den Winter hatte ich jedes Wochenende auf den Skiern verbracht. Zusammen mit Valerio war ich die verschneiten Hänge runtergekurvt. Wir hatten Wettrennen gemacht, mit spektakulären Stürzen, und waren oftmals mit zerschundenen Gesichtern zu Hause angekommen, wo uns Mam heisse Milch vorsetzte und uns tadelte, während Vater durch Abwesenheit brillierte. Vater hatten wir meistens nur nach Feierabend angetroffen. Er hatte selten mit uns gegessen, war immer beschäftigt und unterwegs gewesen. Er hatte nicht nur in Davos, sondern im gesamten Prättigau Häuser gekauft, renoviert oder abgerissen und neue Bauten erstellt. Zweitwohnungen und Ferienhäuser waren damals hoch im Kurs gewesen. Mam hatte sie schlicht Schuhschachteln genannt, die Häusermann kreierte. Chasper hingegen zählte sich zu den neuzeitlichen Architekten, in dessen Fussstapfen seit Kurzem auch seine älteste Tochter ging.

Vor dem Hotel glänzte Tomasz' Roadster im Sonnenlicht. Eine Schar Schuljungen stand um den Wagen herum und diskutierte eifrig. Ich schnappte ein paar Wörter auf, die darauf schliessen liessen, dass diese Dreikäsehochs über Pferdestärken besser Bescheid wussten als über Mathematik.

Ich betrat das Hotel, ging in mein Zimmer und blieb vor der Pinnwand stehen. Ich dachte noch einmal über die Leute nach, die bei Vaters Begräbnis zugegen gewesen waren. Seine Feinde waren sicher nicht vor Ort gewesen. Ein paar Neugierige vielleicht. Aber mit Sicherheit keine potenziellen Täter.

Und die Kinder? Aber auch hier machte ich ein grosses Fragezeichen. Warum sollte man seinen Vater umbringen, der sich für seine erwachsenen Kinder einsetzte und ihnen alles aus dem Weg räumte, was hinderlich für sie war? Valerio zum Beispiel war nicht einmal fähig, seine Steuererklärung auszufüllen. Das hatte Vater für ihn getan. Und die beiden Halbbrüder hatten zu seiner Lebzeit nur Annehmlichkeiten genossen. Niemand von uns wusste zudem, wie hoch Vaters Vermögen wirklich war. Vielleicht würden wir spätestens beim Notar feststellen, dass es mit Ausnahme ein paar verstaubter Bilder nichts zu teilen gab. Ich hätte es mir gewünscht, um ihre Gesichter zu sehen, wenn sie leer ausgingen.

Auch bei den Frauen und wenigen Freunden vermutete ich keine kriminellen Energien. Ich war versucht, Bilder und Kärtchen von der Pinnwand zu entfernen. War meine Arbeit umsonst gewesen? Musste ich andernorts suchen? Ich war mir nicht sicher. Das Dafür und Dagegen hielten sich die Waage.

Was war mit Marisa de Boni? Die alte Dame mit dem Zigeunerrock und den langen grauen Haaren kam mir merkwürdig vor. Warum verbrachte eine intelligente Frau ihr Leben damit, den Menschen aus der Hand zu lesen? Versteckte sich dahinter nicht etwas Abgründigeres als diese Gaukelei, mit der sie offensichtlich auch noch reich wurde? Was hatte Vater mit ihr tatsächlich zu schaffen gehabt?

Das Telefon klingelte. Ich meldete mich. Es war Tomasz, der sich wieder einmal Sorgen machte, weil ich ihn nicht wie abgemacht angerufen hatte.

«Ich möchte, dass du mit mir nach Luzern fährst. In der Zwischensaison hat kaum noch etwas offen hier.»

«Du langweilst dich?»

«Ein wenig. Mir fehlt der geistige Input. Zudem muss ich mich auf die Prüfung vorbereiten. Langsam werde ich nervös.» Er räusperte sich. «Aber ich möchte dich nicht allein lassen.»

Ein Satz ergab den nächsten. Ich erinnerte mich, dass ich es versäumt hatte, Paul Heller im Spital zu besuchen. Ich kam mir schäbig vor. Ich verabschiedete mich von Tomasz und musste annehmen, dass ich einen enttäuschten Freund zurückliess.

Ich ging runter in die Gaststube und bestellte mir gegen meine Gewohnheit einen Teller Capuns. Während ich das in Mangold-blätter eingewickelte Trockenfleisch verzehrte, kam Jasmin an meinen Tisch und erkundigte sich nach meinem Befinden. Ich war froh, kam sie nicht auf die Skier und Schuhe zu sprechen, die sich noch immer oberhalb der Ischalp im Schnee befanden.

«Dein Freund ist nett», sagte sie und blieb vor meinem Tisch stehen. «Kennt ihr euch schon lange?»

Mir war nicht danach, ihr zu antworten. Was ging es sie an? «Drei Jahre und sieben Monate.»

«Er hat mir erzählt, dass er bald Anwalt sei und dann die Dissertation schreiben würde. Er hat sich schön was vorgenommen.»

«Ja, er ist sehr ehrgeizig, aber auch sehr intelligent.»

«Das sieht man ihm an. Seine hochstehende Stirn, seine wachen Augen.»

«Er ist auch ein sehr lieber Mensch.»

«Das kann ich mir gut vorstellen. Und so hilfsbereit.»

Als mein iPhone surrte, entsann ich mich, dass ich meine Mam noch nicht zurückgerufen hatte. Ich wandte mich ab. Der Anruf erübrigte sich. Mam war am Apparat.

«Wo hältst du dich denn auf?», fragte sie mit besorgter Stimme. Dann brach die Verbindung ab. Ich schob den halb leer gegessenen Teller von mir, erhob mich und ging unter Jasmins fragendem Blick nach draussen.

Wieder klingelte es.

«Könntest du dir vorstellen, dass ich dich hier bei mir brauche?» Ich hörte mir kommentarlos ein paar Vorwürfe an.

«Ich bin in Davos», sagte ich und entfernte mich weiter vom Hotel, weil die Verbindung noch immer durch knackende Geräusche gestört wurde. «Ich kann im Moment nicht weg hier. Ich muss erfahren, ob Vater eines natürlichen Todes gestorben ist oder ob Gewalt im Spiel war.»

Sie seufzte. «Du sollst nicht einen schlafenden Hund wecken.»

«Mam, was willst du damit andeuten?»

«So, wie ich es gesagt habe.» Dann eine lange Pause, in der Mam nach Worten rang. «Man hat Fredy gefunden.»

Mein Herzschlag setzte für den Bruchteil einer Sekunde aus. «Was hast du gesagt? Man hat … Was heisst das im Klartext?» Ich gelangte zur Hauptstrasse. Ein Bus fuhr an mir vorbei und torpedierte mich mit Strassenschmutz. Ich schaute ihm verärgert nach. *Casino*, las ich auf der Heckseite. «Die Interpol?» Mir kam nichts anderes in den Sinn.

«Ein Rentner, der mit seinem Hund unterwegs war, hat ihn im Sihlwald gefunden. Er war in der Erde verscharrt.» Mam weinte.

Ich spürte, wie meine Verdauungssäfte nach oben drängten, während ich immer weiterging.

«Er ist jetzt in der Rechtsmedizin, weil er …» Sie brach ab.

«Was, Mam, was?»

«Er lag dort schon seit zehn Jahren. Anhand einer Halskette und … unserem Freundschaftsring …», wieder Schluchzen, «… konnte er identifiziert werden.»

«Mam, das könnte auch ein Versehen sein», versuchte ich, sie zu beruhigen.

«Nein, ich habe beides gesehen. Es ist derselbe Ring, und es ist dieselbe Kette.»

«Das heisst, du hast damals eine Vermisstenanzeige aufgegeben?»

«Was hätte ich denn tun sollen?»

«Warum hast du mir nichts gesagt?»

Mam räusperte sich. «Ich wollte dich nicht damit belasten.»

«Wann hat man ihn gefunden?»

«Vor einem Monat.»

Meine Kehle war wie zugeschnürt. «Warum erfahre ich erst jetzt davon?»

«Ich konnte nicht darüber reden. Ich wurde von der Kripo in Zürich vorgeladen. Ich musste eine Zeugenaussage machen. Ich wurde regelrecht durch den Wolf gedreht. Da kam es mir wieder hoch.»

«Du hast Nerven. Mam, ich lebe unter dem gleichen Dach wie du. Da hätte ich doch zumindest ein Anrecht, zu erfahren, was da abläuft.»

«Er ist ermordet worden, Allegra. Man hat ihn kaltblütig umgebracht. Und ich dachte, er habe mich einfach so verlassen.»

Ich holte tief Luft. «Mam, hör zu. Ich werde so schnell wie möglich nach Luzern kommen. Mach jetzt nichts Unüberlegtes. Ich werde heute Nacht bei dir sein, versprochen.» Ich bemühte mich, meine Mam zu beruhigen, schlug ihr vor, eine Nachbarin aufzubieten, die nach ihr sehen würde. Doch dies schlug sie aus. Sie wollte allein sein, so wie sie es immer wollte, wenn Schmerzen sie überfluteten.

Zurück im Zimmer, liess ich mich entkräftet aufs Bett fallen. Was würde man mir als Nächstes gegenüberstellen? Gab es in meiner Familie plötzlich zwei ungeklärte Mordfälle?

Ich rief Tomasz von der Festnetzstation aus an.

«Ich fahre am Nachmittag zurück nach Luzern. Mam ist völlig aus dem Häuschen.»

Tomasz musste mich beruhigen, weil ich zuerst zusammenhanglos und völlig aufgelöst von Mams Anruf berichtete. Etwas lief gerade aus dem Ruder.

«Du musst dir abgewöhnen, immer alles persönlich zu nehmen», meinte er. «Es sind zwei grundlegend verschiedene Dinge. Aber ich werde heute mit dir nach Luzern fahren, was ich so oder so vorhatte. Wenn du willst, jetzt gleich. Ich werde bald bei dir sein.»

Ich sagte, dass ich noch einmal bei Leutnant Müller vorbeigehen wollte. «Es gibt ein paar Ungereimtheiten, die ich gern noch geklärt haben möchte, bevor wir abreisen.»

★★★

Vor dem Stützpunkt der Kriminalpolizei ging es an diesem frühen Nachmittag geschäftig zu und her. Drei beschriftete

Dienstwagen glänzten unter der Frühlingssonne, die ich heute als besonders grell empfand. Es machte den Anschein, als sei das gesamte Korps auf dem Platz am Diskutieren, bis ich den Grund sah. Zwei Männer in Handschellen wurden aus dem einen Wagen gezerrt. An ihrer Gestik erkannte ich, dass sie beide sturzbetrunken waren. Es gab ein paar Zaungäste, die neben dem gelben Hotel ganz beiläufig ihre Köpfe zusammensteckten und die Maulaffen feilhielten. «Katastrophentourismus» hätte Tomasz es genannt.

Ich erblickte Dario in dem Augenblick, als er auch mich erkannte. Schnurstracks kam er auf mich zu. Er schwitzte in seiner Uniform. Vom Rand seiner Mütze schimmerten feuchte Haarsträhnen. Er sah unverschämt gut aus.

«Allegra, schön, dich hier zu sehen. Wolltest du mich gerade zu einem Drink abholen? Ich muss dich enttäuschen. Ich habe erst um sechs Feierabend.» Er nickte Richtung der Verhafteten. «Und wie du siehst, gibt es noch Arbeit.»

«Ich muss noch einmal mit Leutnant Müller sprechen.»

«Der ist nicht da. Worum geht es denn?» Dario zog mich in den Schatten des Gebäudes. «Komm, ich bringe dich durch den Hintereingang.»

Der Griff nach meinem Arm kam mir fast zärtlich vor. Sein Gesicht streifte nur bedingt zufällig mein Ohr. Aber sicher war ich mir nicht.

Sein Büro war klein und überschaubar und hatte einen direkten Blick auf die Gleise, auf der zwei Züge der Rhätischen Bahn standen. Ich setzte mich auf einen mir angebotenen Stuhl. Ich fasste in meine Handtasche und holte die beiden Quittungen von Haider hervor.

«Die hier habe ich in Vaters Hinterlassenschaft gefunden.»

«Hinterlassenschaft?» Dario machte grosse Augen. Erst jetzt sah ich, wie dunkel sie waren, mit einem honiggelben Rand – eine Laune der Natur. «Da müsste doch schon alles versiegelt sein.»

«Aber nicht sein Krimskrams.» Ich lachte verlegen, während ich die Quittungen auf den Tisch legte. «Ich weiss nicht, was ich davon halten soll. Es scheint mir ein ziemlich hoher Betrag für eine Gefälligkeit zu sein. Und so, wie ich Vater kannte, hätte er niemals so viel Geld ausgegeben, ausser er hätte damit ein lukratives Geschäft an Land gezogen. Leider hat mir Vaters Anwalt nicht weiterhelfen können, und mit Ambrosi Padrutt habe ich noch nicht gesprochen. Er lebt seit seiner Pensionierung in Florida.»

Dario griff nach den Quittungen. «Mannomann! So viel verdiene ich nicht mal in einem Jahr.»

«Im Übertreiben warst du schon in der Schule ein Weltmeister.» Ich musste lächeln. «Spass beiseite: Wäre es möglich, abzuklären, wo sich dieser Haider zurzeit aufhält?»

«Und was erwartest du?»

«Ich will wissen, wofür mein Vater so viel hingeblättert hat.»

«Habt ihr nicht ein Ferienhaus in der Toskana?» Dario zwinkerte mir zu. «Dein Vater wird wohl etwas renoviert oder sonst wie baulich verändert haben. Vielleicht arbeiteten ein paar Leute schwarz für ihn. Dein Vater drückte den Preis durch Barbezahlung. Die Bauarbeiter hatten ihr Cash, ohne es versteuern zu müssen, und dein Vater wurde so sein eigenes Schwarzgeld los. Zwei Fliegen auf einen Streich. Clever, nicht?»

«Für einen Polizisten stellst du ganz schön dreiste Vermutungen auf.»

«Wir werden täglich mit solchen Scharmützeln konfrontiert.» Dario gab mir die Quittungen zurück. «Man muss nicht einmal über die Grenze blicken.» Er notierte sich den Namen. «Ich will sehen, was ich tun kann.» Sein Blick ruhte eine Spur zu lange auf mir. «Was bekomme ich als Gegenleistung?»

«Ich bin nicht käuflich.»

Die beiden Züge draussen bewegten sich in entgegengesetzter Richtung aus dem Bahnhof hinaus. Die rote Farbe leuchtete mit dem blauen Himmel und dem Tannengrün um die Wette.

Kurz ein Gefühl von Sehnsucht nach meinen Kindertagen.

ELF

Luzern schaukelte im Frühling.

Die Stadt brach auf wie die Blüten an den Bäumen und Sträuchern, welche in den letzten Tagen fast explosionsartig ihre Knospen entfaltet hatten. Über allem schwebte ein Geruch, der nach dem Winter das Schwere vertrieb und dem Neuen und Frischen den Vorrang gab. Wie ein Atmen, in das sich die zarten Gewürze aufkeimender Lebensfreude mischten.

Wir erreichten die Haldenstrasse, wo Mam in einem stilvollen Patrizierhaus wohnte. Ich lebte bei ihr zur Untermiete, hatte dort ein geräumiges Zimmer und ein eigenes Bad.

Die Spätnachmittagssonne zwirbelte durch das Blattfiligran der Kastanienbäume. Es roch nach gemähten Wiesen, was der Wind von irgendwoher trug. Auf den Trottoirs flanierten die ersten Sommerröcke und kurzen Hosen.

Wieder zu Hause.

Doch bereits im Treppenhaus befiel mich ein seltsames Gefühl. Unsere Wohnung lag im fünften Geschoss mit Aussicht direkt auf den Vierwaldstättersee.

Mam sass auf dem Balkon und hatte ihre noch immer sehnigen Arme auf dem Geländer abgestützt. Ihr Blick verlor sich in der Weite – dort, wo die weissen Kuppen der Alpen lagen.

Wir fielen einander schweigend um den Hals. Mam roch nach einer Lotion, die sie zum Massieren verwendete. Sie roch immer danach, als brächte sie den Geruch niemals aus ihren Händen, wo er sich festgesetzt hatte, wo er auch nach mehrmaligem Waschen nicht verschwand.

Mam erhob sich. Sie war einen halben Kopf kleiner als ich. In den letzten Jahren hatte sie an Gewicht zugenommen. Doch noch immer trug sie ihre dunklen Haare schulterlang. Ihr Teint war stets gebräunt, ihre schwarzen Augen lebhaft. Nur heute schienen sie wie tot. Ich sah ihr an, dass sie erst noch geweint hatte.

Tomasz stand verlegen auf der Türschwelle.

«Mam, ich muss dir jemanden vorstellen. Das ist Tomasz, von dem ich dir erzählt habe.»

Mam fuhr sich mit den Händen übers Gesicht. «Entschuldigen Sie. Ich war nicht auf Ihren Besuch vorbereitet.» Sie versuchte ein Lächeln. «Ich habe nur Gutes von Ihnen gehört. Schön, dass ich Sie endlich persönlich kennenlerne. Sie können mich Morena nennen.»

Es war ungewohnt, die Wohnung im Chaos vorzufinden. Mam hatte in den letzten Tagen kaum aufgeräumt. In der Küche stapelten sich gebrauchte Kaffeetassen, im Kühlschrank roch es nach Verdorbenem, und im Schlafzimmer war noch immer der Rollladen heruntergelassen, das Bettzeug zerwühlt.

Wir setzten uns ins Wohnzimmer, nachdem ich zwei zerknautschte Wolldecken entfernt hatte. Ich forderte Mam auf, der Reihe nach alles zu erzählen, was vorgefallen war.

«Erinnerst du dich an Fredy?» Mam bemühte sich um eine klare Stimme.

«Ja, ich war dreizehn, als du ihn nach Hause gebracht hast.» Ich war nicht damit einverstanden gewesen, einen wildfremden Mann in unserer Wohnung aufzunehmen, der fortan bei uns übernachtete. Ich hatte deshalb auch immer nach einem Makel gesucht, um einen Grund zu haben, ihn aus unserem Leben zu vertreiben. Anfangs hatte ich ihn nicht gemocht. Ich hatte es verabscheut, wie er am Morgen zum Frühstück kam, mit der immer gleichen Hose, als hätte es nur diese eine gegeben, mit seinen Shirts und den infantilen Logos auf der Brust. Im Gegensatz zu ihm hatte Vater stets gepflegt den Tag begonnen. Hatte oft auch eine Krawatte getragen. Fredy dagegen hatte nie wirklich Wert darauf gelegt. Und wenn er Mam geküsst hatte, hatte ich mich oft gefragt, ob die Nacht nicht ausreiche, mit ihr auf Tuchfühlung zu gehen. Ich hatte sein Aftershave gehasst, das seiner lausigen Bekleidung widersprach.

Doch Fredy war ein lieber Kerl gewesen, zwei Jahre jünger als Mam, selbstständiger Grafiker und vor allem gut aussehend. Ich hatte ihm das Missverhältnis zwischen Sich-gehen-Lassen und dieser unbekümmerten Lässigkeit verziehen.

«Im August sind es zehn Jahre, seit er unsere Wohnung verlassen hat und nicht mehr zurückgekehrt ist.»

«Du hast mir gesagt, dass er dich unseretwegen verlassen habe», erinnerte ich mich. «Weil du zu alt für ihn wärst und zwei Kinder hättest.»

«Man sucht nach Erklärungen, nach der eigenen Schuld.» Sie schnäuzte sich. «In Wirklichkeit war es anders. Ich rief in den Firmen an, für die er arbeitete. Doch dort war er auch nicht erschienen. Bereits am zweiten Tag meldete ich ihn als vermisst – gemeinsam mit seinen Eltern.»

«Kann ein Verbrechen nicht ausgeschlossen werden?», fragte Tomasz.

«Nein, alles deutet darauf hin, dass man Fredy ermordet hat.»

«Hätte es nicht auch ein Unfall sein können?»

Mam schaute ihn konsterniert an. «Du meinst, er hat sich danach selbst in die Erde vergraben?»

«Weiss man, wie er umgebracht wurde?», fragte ich, um davon abzulenken, dass die heikle Situation eskalierte. Wenn man Mam reizte, bestand die Möglichkeit, dass sie die Nerven verlor. Ihr verkniffenes Gesicht verriet mir, dass sie kurz davorstand.

«Das wird in der Rechtsmedizin untersucht», meinte Tomasz, worauf Mam es bestätigte. «Das könne eine Weile dauern, hat man mir gesagt.»

«Wie haben es seine Eltern aufgenommen?»

«Sein Vater ist in der Zwischenzeit gestorben, und seine Mutter lebt im Pflegeheim. Ich glaube, sie realisiert es nicht. Sie leidet an Demenz. Ist vielleicht auch besser so. Sein eigenes Kind zu verlieren ist das Schrecklichste, was einem widerfahren kann.» Mam wirkte untröstlich.

«Wurde Fredy vor seinem Verschwinden bedroht?», fragte Tomasz, was ich hingegen überflüssig fand.

«Wenn ich das wüsste.» Mam schnäuzte sich erneut. «Keine Ahnung. Von wem auch? Er tat seinen Job, war unauffällig, zuweilen etwas eigenwillig. Aber er hätte keiner Fliege etwas zuleide tun können.»

Ich ging davon aus, dass die Kriminalpolizei sich in Fredys Umfeld umgesehen und andere Zeugen befragt hatte – nicht nur meine Mam. Gern hätte ich mehr erfahren. Aber im Moment schien es mir am wichtigsten, einfach bei ihr zu sein. Mit gemischten Gefühlen. Noch war ich nicht fähig, ihr Inneres zu durchschauen. In diesem Moment erschien sie mir fremd.

Sie hatte es nie leicht gehabt. Nachdem sie meinen Vater in einer Nacht-und-Nebel-Aktion verlassen hatte, hielt sie sich mit verschiedenen Gelegenheitsjobs über Wasser. Die Scheidung hatte sie beinahe in den Ruin getrieben. Dafür hatte Vater gesorgt. Er hatte damit gerechnet, mich dadurch von meiner Mam zu trennen, was ihm bei Valerio gelungen war. Mam aber hatte gekämpft. Sie hatte eine Anstellung bei einem betagten Ehepaar gefunden, die sie tagsüber betreute, wenn ich in der Schule war. Während meiner Gymnasiumszeit am Alpenquai hatte sie sich in verschiedenen Kursen weitergebildet, was ihr ermöglichte, wieder in ihren Beruf einzusteigen. Seit sechs Jahren arbeitete sie wieder Vollzeit als Physiotherapeutin.

Der Abend zog sich in die Länge. Wir tranken Kaffee. Zwischendurch räumte ich die Küche auf und bezog die Betten neu.

Als die Nacht über die Stadt hereinbrach, sassen wir auf dem Balkon, jeder in seine eigenen Gedanken vertieft. Der Pilatus tauchte über dem Seebecken in ein mystisches Irrlicht, während ringsherum die künstliche Beleuchtung für eine unnatürliche Helle sorgte.

Tomasz kuschelte sich an mich. Er zeichnete mit seinem rechten Zeigefinger die Konturen meines Gesichts und Körpers nach. «Was hältst du davon?»

«Eine tragische Geschichte. Nach so vielen Jahren wird es schwierig sein, den Täter zu finden. Wenn das Opfer tatsächlich in einem Erdloch gelegen hat, werden auch sämtliche Fremd-DNS-Spuren verloren gegangen sein. Nach zehn Jahren bleibt nicht mehr viel übrig.»

Ich erzählte Tomasz vom Fund der Kette und des Rings. «Anhand dieser Schmuckstücke konnte Mam Fredy identifizieren. Ob es sich aber tatsächlich um Fredy handelt, werden wir erst nach dem pathologischen Befund wissen. Ich möchte jetzt kein Gerichtsmediziner sein.»

Tomasz zog mich näher an sich. Er küsste mich, was in mir einen Schauer auslöste, den ich bis zu den Zehenspitzen spürte.

«Wirst du die Vermutungen um den gewaltsamen Tod deines Vaters begraben?» Wieder ein Küssen und sanftes Saugen.

«Ich weiss, ich trete an Ort. Vielleicht hat mein Gefühl mich getäuscht. Einzig Marisa de Bonis Aussage hält mich davon ab, den Fall auf Eis zu legen.»

«Jetzt ist es schon dein Fall.» Tomasz zwickte mich in die Nase. «*Ich* möchte dein Fall sein.»

«Das bist du schon längst.»

Er stemmte mich auf, um mir den Pullover abzustreifen. «Oh, kein BH, wie üblich?»

«Habe ich den nötig?»

Ich spürte seinen warmen Mund, während ich in Gedanken Achterbahn fuhr. Tomasz war jetzt überall: seine Hände, seine Lippen, seine Zunge.

«Eigentlich erstaunlich, wie sehr du dich von einer Wahrsagerin beeinflussen lässt.» Er blickte an mir hoch. «Es gibt Gutachten von Ärzten, und ausgerechnet die wirre Geschichte einer komischen Alten beflügelt dich, am natürlichen Tod deines Vaters zu zweifeln.»

«Es ist nicht bloss Marisas Aussage», wehrte ich mich. «Vaters Gesundheitszustand vor seinem Tod gibt mir zu denken. Noch einmal: Man stirbt nicht einfach so … Das Medaillon beweist mir zusätzlich, dass jemand bei Vater gewesen war, der ihn gut kannte. Vielleicht hat er ihm sogar beim Sterben zugesehen.»

★★★

Als ich am Morgen erwachte, sass Tomasz zu meiner Überraschung bereits in der Küche und vertiefte sich in meine Probeklausur.

«Was tust du da?» Ich wuschelte durch sein Haar. «Das ist nur eine Übung. Ich bin noch gar nicht dazu gekommen, sie zu korrigieren.»

«Du hast den Bezug zwischen Sachverhalt und Tatbestand nicht klar definiert.»

«Und das erkennst du durch ein schnelles Querlesen? Sag nicht, dass du den Text bis zum Schluss durchgesehen hast. Komm, gib her.»

Er wandte sich mit dem Text in der Hand ab. «Die Begriffsdefinition fehlt.»

«Mensch, Tomasz, wie kannst du nur so streng sein mit mir?» Ich setzte mich zu ihm an den Tisch.

«Du hast ganz vergessen, dass du dich bei der Begründung einer Lösung immer auf das Gesetz stützen musst», fuhr er fort. «Ich weiss um deine blühende Phantasie.» Er tippte mit dem Finger auf das Geschriebene. «Darum sind das hier bloss allgemeine Ausführungen ohne Bezug zum Sachverhalt.»

«Du wiederholst dich.»

«Du solltest dich auf die fallrelevanten Probleme konzentrieren.»

«Tue ich das nicht?» Ich zog die Beine an. «Zudem habe ich heute keine Lust, darüber zu diskutieren. Mein Kopf ist voll. Und die Klausur haben wir erst in einem Monat. Du siehst, mir bleibt noch ein wenig Zeit zum Üben.»

Tomasz sah mich an. «Nochmals ins Bett?»

«Nein, duschen und anziehen.»

Den Vormittag benötigten wir für den Einkauf von Lebensmitteln und das Auffüllen des Kühlschranks. Mam kurierte ihr Schlafmanko aus. Ich hatte ihr zwei Valium verabreicht. Als Tomasz und ich die Wohnung verliessen, befand sie sich noch immer in einem narkoseähnlichen Tiefschlaf.

Bis zum Mittag blieb uns noch ein wenig Zeit, den Schweizerhofquai entlangzuflanieren.

Die Temperaturen kletterten in den zweistelligen Bereich. Auf der Terrasse des Hotels Schweizerhof hatte man Tische und Stühle hinausgestellt, die um elf Uhr bereits alle belegt waren. Kellner trugen Tabletts voll erfrischender Getränke. Tomasz hatte sich zum Eingang begeben und studierte nun die Speisekarte. «Lust auf einen Lunch?»

«Du kennst mich doch.»

«Langsam mache ich mir Sorgen.»

«Seit wir uns *richtig* kennen», ich malte Gänsefüsschen in die

Luft, «kann ich kaum etwas essen, bin auf hundertachtzig und könnte nächtelang durchmachen.» Ich drehte mich vor Tomasz einmal um mich herum. «Ich habe Flugzeuge im Bauch.»

«Es ist das typische Hochgefühl, wenn Dopamin ausgeschüttet wird.»

«Habe ich mir doch gedacht, dass du dafür eine neurobiologische Erklärung hast.» Ich stellte mich auf die Zehenspitzen und küsste Tomasz auf den Mund. «Ein Gläschen Sekt würde ich vertragen.»

«Ich mag dich, wenn du so unbeschwert bist.» Er legte mir die Arme um die Taille.

Ich überlegte mir, ob sich diese Unbeschwertheit in den letzten Tagen zulasten meiner Anspannung verflüchtigt hatte. Ob ich mich Tomasz gegenüber mehr hätte öffnen müssen. Ob er mehr erwartete? Ich war verliebt, beinahe überdreht. Doch meine Ratio warnte mich immer wieder vor dem allerletzten Schritt. Vielleicht liess ich diese Liebe nicht wirklich zu, was mir Marisa de Boni auf den Kopf zugesagt hatte.

Tomasz ertappte mich. «Du wirkst auf einmal wieder so nachdenklich.»

Ich lächelte ihn an. «Komm, lass uns auf die Terrasse sitzen. Dort drüben hat es gerade zwei freie Plätze gegeben.»

Kaum hatten wir uns hingesetzt, surrte mein iPhone. Dario meldete sich. Ich grüsste ihn beim Namen. Während ich mich abwandte, spürte ich Tomasz' bohrenden Blick auf meinem Rücken. Ein wenig freute es mich, weil er endlich auch einmal mit der Eifersucht konfrontiert wurde. Sollte er ein bisschen leiden.

«Ich habe Neuigkeiten», sagte Dario. «Ich weiss, wo sich Gustl Haider aufhält. Können wir uns treffen?»

«Hör zu, ich bin im Moment nicht in Davos.» Ich verschwieg, dass ich mein Gesicht gerade der Sonne entgegenstreckte und mich von einem Paar zärtlicher Hände im Nacken massieren liess. «Aber ich werde morgen zurückkehren.» Als ich es ausgesprochen hatte, wusste ich, dass ich es in die Tat umsetzen würde. «Verrätst du mir, wo er wohnt?»

«Nein, das kann ich nicht. Wir haben es hier nicht mit einem Zierfisch zu tun.» Dario stiess hörbar Luft aus.

«Wie soll ich das verstehen?»

«Morgen um siebzehn Uhr vor dem Posten? Ich kann früher Feierabend machen.» Dann war er weg.

Ich starrte zuerst auf das iPhone, dann Tomasz an. «Es scheint, als gäbe es doch eine Spur.»

«Allegra, mach dich nicht verrückt. Deine Mutter braucht dich jetzt … und ich auch.» Der Druck seiner Finger wurde stärker. «Ich kann jetzt nicht wieder mit dir nach Davos fahren. Ich muss mich endlich um die mündlichen Prüfungen kümmern. Ich habe mir ein Ziel gesetzt.»

«Kein Problem.» Ich liess mir meine Enttäuschung nicht anmerken. Es hätte keiner Diskussion bedurft, wenn es nur um Tomasz oder meine Mam gegangen wäre. Aber es ging um meinen Vater, um das Geheimnis seines Todes. Ich durfte die Ungewissheit nicht einfach im Raum stehen lassen. Obwohl Tomasz mir seine Hilfe angeboten hatte, war er jetzt etwas baff.

Er hatte in der Zwischenzeit zwei Gläser Sekt bestellt. Als die Bedienung an unseren Tisch kam, war er daran, mich mit aller Vehemenz von meinem Vorhaben abzubringen. «Ich habe dir zwar einmal versprochen, dass du auf meine uneingeschränkte Unterstützung zählen kannst. Aber ich habe den Verdacht, dass deine Phantasie mit dir durchgeht.»

Ungeachtet dessen berichtete ich ihm von diesem österreichischen Namen, der in Vaters Unterlagen aufgetaucht war, und dass ich erfahren wollte, wem er gehörte. «Vielleicht ist er das Bindeglied, das ich suche.»

«Langsam begibst du dich aber auf gefährliche Pfade.» Tomasz nahm meine Hände in seine. «So wie du mir deinen Vater beschrieben hast, wird er vielleicht sogar mit zwielichtigen Leuten Kontakt gepflegt haben. In der Immobilienbranche tummeln sich manchmal merkwürdige Gestalten.»

«Das ist durchaus möglich. Vor dem Gericht hat mal ein ganz Verrückter mit einer Pistole auf ihn gezielt. Er hatte monatelang die Miete nicht bezahlt. Vater beschritt den Rechtsweg. Vor dem Friedensrichter ist er durchgedreht. Aber ehrlich gesagt habe ich von Vaters Geschäften keine grosse Ahnung. Er hielt sich immer sehr bedeckt, machte aus allem ein Geheimnis.»

Wir begannen uns über unsere Ausbildung auszutauschen und darüber, wie wir unsere Zukunft als Anwälte sahen. Tomasz hatte schon klare Vorstellungen.

«Du bist schon sehr nahe dran», stellte ich fest.

Ich dagegen fühlte mich im Moment wie ein steuerloses Schiff auf offener See. Nach zwei Gläsern Sekt hatte sich bei mir vor allem die Zunge gelöst. «Ich weiss zum heutigen Zeitpunkt nicht, ob ich jemals den Master schaffen werde. Vielleicht fange ich ganz unten an und bewerbe mich bei der Kriminalpolizei. Ich habe gehört, dass der hiesige Chef für Leib und Leben eine Ergänzung in seinem Team sucht.»

★★★

Mam war nicht allein, als wir am späten Nachmittag zurück in ihrer Wohnung waren.

In der Küche standen zwei Männer, während Mam am Tisch sass und offensichtlich um Haltung rang.

«Was ist denn hier los?», fragte ich.

Die beiden wandten sich mir und Tomasz zu. Einer von ihnen zückte eine Dienstmarke und hielt sie uns vor die Augen.

«Von der Polizei?», fragte ich.

«Urs Schellenbaum», stellte er sich vor. Er war von korpulentem Wuchs, mit einem Stierennacken und hellem Bürstenschnitt. Er deutete auf den zweiten Mann, der ihn um Kopflänge überragte, dunkles Haar und winzige Ohren hatte und halb so alt war. «Das ist Max Seifert.»

Der junge Polizist machte den Eindruck, als hätte er erst kürzlich die Polizeischule absolviert und versuchte nun, mit seiner aufrechten und steifen Haltung seine Unsicherheit zu kompensieren.

«Und wer sind Sie?»

«Das ist gut, ich wohne hier.» Ich warf kurz einen Blick auf die Marke.

«Die Herren sind von der Kripo.» Mam richtete sich auf. «Entschuldige, ich habe vergessen, es dir mitzuteilen, dass sie heute vorbeikommen würden.»

169

Ich verspürte ein grosses Bedürfnis, meine Mam zu beschützen. Sie kam mir klein und zerbrechlich vor. Ich stellte mich zwischen den Tisch und die beiden Polizisten. «Darf ich wissen, in welcher Angelegenheit Sie hier sind?»

«Lass sein, Allegra. Sie sind hier, weil sie noch Fragen haben.»

«Was für Fragen?»

«Die Fragen stellen wir», erwiderte Seifert. Beide waren sie in Zivil. Ich registrierte, wie Schellenbaum ihm einen sanften Seitenhieb verpasste.

«Ich nehme an, dass Sie über den Fall Fredy Zumbühl Bescheid wissen.»

«Ja, der ist mir bekannt. Hat meine Mutter nicht schon alles gesagt, was sie weiss?»

«Ah, dann sind Sie …?»

«Die Tochter. Allegra Cadisch, und das ist mein Freund Tomasz Kandinsky.» Tomasz hatte bis jetzt kein Wort gesprochen. Ich ahnte, dass er ein Spiel daraus machte, die Polizisten im Hintergrund zu beobachten und zu charakterisieren. Später würde er mir beschreiben können, was er in ihrer Psyche entdeckt hatte. Er war ein begnadeter Menschenkenner.

«Ihre Mutter konnte uns leider nicht genau sagen, wann sie ihren Lebenspartner zuletzt gesehen hat», sagte Schellenbaum.

«Das ist auch schon eine ganze Weile her. Bald zehn Jahre, wenn ich mich nicht irre.»

«Erinnern Sie sich an den Mann? Können Sie uns beschreiben, wie er war?»

«Welcher Mann?» Ich gab mich bewusst naiv.

«Fredy Zumbühl.»

Ich stiess Luft aus. «Damals war ich gerade mal vierzehn Jahre alt. Ich erinnere mich nicht einmal mehr an sein Gesicht.»

«Haben Sie sich gut mit ihm vertragen?»

«So wie sich eine Heranwachsende mit dem Freund ihrer Mutter verträgt», wich ich aus. «Fredy war okay.»

«Mögen Sie sich an etwas erinnern?»

Mir fiel auf, dass ich in den Mittelpunkt der Fragen gerückt war. Mams Erinnerungen waren wohl erschöpft. Ich ging davon aus, dass sie nicht Tagebuch über ihre Beziehung zu Fredy geführt hatte. Vielleicht war sie im Besitz von ein paar Fotos, die sie auf ihren wenigen gemeinsamen Reisen oder in den Ferien gemacht hatte. Doch ich war mir nicht einmal sicher, ob sie diese Bilder noch besass. Sie war eine radikale Frau, die vorwärtsblickte. Die Vergangenheit lasse sich nicht ändern, war ihre Meinung. Man solle in der Gegenwart leben, damit sie nicht an uns vorbeiziehe, ohne dass wir sie ausgekostet hätten. Die Zukunft entwickle sich aus der Gegenwart. Ich hatte oft mit ihr darüber diskutiert, dass Gegenwart und Zukunft auch Teile aus der Vergangenheit mit sich trügen.

Trotzdem bleibe das, was vorbei sei, unveränderbar, hatte sie gesagt.

«Meine Mutter gab nach dem Verschwinden ihres Freundes eine Vermisstenmeldung auf», sagte ich. «Hat man Fredy Zumbühl damals gesucht?»

Seifert setzte zum Sprechen an. Ich sah, wie Schellenbaum ihn wieder in seine Schranken verwies.

«Man ging nicht davon aus, dass er einem Verbrechen zum Opfer gefallen war», wich Schellenbaum aus. «Ein Unfall konnte zu dem Zeitpunkt ausgeschlossen werden, es bestand weder Suizidgefahr, noch hatte der Vermisste psychische Probleme oder war krank.»

«Das heisst, Sie haben ihn nie zur Fahndung ausgeschrieben?» In Tomasz, der bis anhin geschwiegen hatte, kam Bewegung.

«Unser Polizeikorps hat damals davon abgesehen, sofort eine Öffentlichkeitsfahndung durchzuführen.» Schellenbaum räusperte sich. «Die Vermisstenmeldung ging erst wenige Wochen nach seinem Verschwinden schweizweit an die Medien. Damals deutete alles darauf hin, dass sich Herr Zumbühl ins Ausland abgesetzt hatte.» Er wandte sich an Mam. «Sie haben ausgesagt, dass Fredy Zumbühl Ihre gemeinsame Wohnung mit einer Reisetasche verlassen habe.»

«Mit einer Tasche, die er immer mit sich trug, wenn er mit seinen Skizzen und dem Laptop bei Kunden vorbeigehen musste», sagte Mam. «Ich erinnere mich nicht, dass ich Reisetasche gesagt habe.»

Schellenbaum ignorierte es. Er musste davon ausgehen, dass

meine Mam etwas von der Rolle war. «Sie wissen gar nicht, wie viele Menschen jährlich wie vom Erdboden verschluckt werden. Doch viele kommen nach einiger Zeit wieder zum Vorschein.»

«Als verweste Leiche?», provozierte ich.

Schellenbaum ging nicht darauf ein. «Niemand hat uns für Nachforschungen beauftragt.»

«Aber Sie hatten die Vermisstenmeldung meiner Mutter und die von Fredy Zumbühls Eltern.»

«Wie gesagt, gingen wir damals nicht von einem Verbrechen aus.»

«Und heute?», wunderte ich mich. «Hat man etwas gefunden, das definitiv auf einen Mord hinweist?»

«Ja, ein stumpfes Bleigeschoss. Daraus lässt sich schliessen, dass Zumbühl mit einer alten Smith & Wesson umgebracht wurde.»

Ich lehnte an die Balkonbrüstung und beobachtete Mam, die es sich auf ihrem Stuhl bequem gemacht hatte. Sie sah hinaus auf den See, was sie oft tat, wenn ihr nicht nach Reden zumute war. Dann verlor sich ihr Blick in der Weite. Eigentlich ruhte er viel mehr in ihr selbst. In ihrem gefüllten seelischen Gefäss. Oder in ihrer Leere. Tomasz sass daneben und hatte eine Flasche Bier in der Hand. Zwischen den beiden wollte keine richtige Konversation aufkommen. Mam war verschlossen wie immer, wenn sie mit ihren eigenen Gedanken haderte, und Tomasz schwieg neben einem Stakkato belangloser Sätze. Das verstand ich. Was hätte er denn sagen sollen? Er passte nicht in diese Atmosphäre, schon gar nicht auf Mams Balkon, und kam sich wohl etwas deplatziert vor. Ich sah in sein Gesicht, das Unsicherheit ausdrückte.

Die Ermittler hatten unbefriedigt die Wohnung verlassen, nachdem ich ihnen erklärt hatte, dass es hier wohl nichts mehr zu erfahren gab.

Ich wandte mich an Mam. «Was ist damals eigentlich genau vorgefallen?»

«Ich habe Fredy aus meinem Leben gestrichen.» Mams Miene blieb unbeweglich.

«Damals ja, als du davon ausgingst, dass er dich einfach so

verlassen hatte. Aber jetzt weisst du, dass er einem Gewaltverbrechen zum Opfer gefallen ist. Da dürfte es doch nicht mehr egal sein.»

«Er wird dadurch nicht wieder lebendig.»

«Am Telefon hat das aber ganz anders geklungen.»

«Ich war ein bisschen durcheinander. Das hat sich aber in der Zwischenzeit gelegt. Ich meine, es war natürlich ein Schock für mich. Aber ich empfinde keinen Schmerz. Es ist, als hätte man einen Fremden gefunden.»

«Erinnerst du dich, was unmittelbar vor seinem Verschwinden damals vorgefallen war?» Ich konnte nicht lockerlassen.

«Allegra, ich will und kann nicht darüber sprechen.»

«Ist das dein letztes Wort?»

«Es ist mein letztes Wort.»

Es war hoffnungslos. Ich warf Tomasz einen Blick zu, den er mit hochgezogenen Brauen erwiderte. Ich hätte gern erfahren, was er über Mam dachte. Er hatte sie unvoreingenommen kennengelernt, hatte sich unparteiisch seine eigene Meinung über sie bilden können. Er wandte sich ab und sah wieder auf den See. Ich tat es ihm gleich. Zusammen beobachteten wir ein Motorschiff, das in den heimatlichen Hafen fuhr. Bald würden wieder die Raddampfer kreuzen, die über den Winter bei der Werft vor Anker lagen.

«Ich fahre zurück nach Davos.» Ich legte Tomasz die Hand auf die Schulter. «Ich wäre aber froh, wenn du hier übernachten und Mam ein wenig Gesellschaft leisten könntest. Ich muss das Gefühl haben, dass sie nicht allein auf sich gestellt ist. Auch wenn du arbeitest, wäre es mir lieber, dich in ihrer Nähe zu wissen.»

Tomasz zögerte. «Ich weiss nicht, aber ... gut, wenn ... Morena nichts dagegen hat.» Er sah zu Mam hinüber.

Sie nickte nur. Was hätte sie dem auch entgegensetzen wollen? Sie wusste, wie stur ich war.

Tomasz trank sein Bier aus, und ich ging in mein Zimmer. Es lag linksseitig. Eine knorrige Eiche verdeckte die Sicht auf den See. Wenn ich aus dem Fenster sah, konnte ich in Nachbars Garten blicken. Er hatte dort einen Holzofengrill, wo er bei schönem Wetter Fleisch brutzelte. Manchmal roch es bis zu meinem Zimmer danach.

Ich legte meine Siebensachen, nachdem ich meinen Schrank – ein Überbleibsel aus Davos – fast leer geräumt hatte, aufs Bett. Viel besass ich nicht. Dafür war die Wand gegenüber dem Bett mit Büchern vollgestopft, die darauf warteten, von mir gelesen zu werden.

Tomasz stellte sich unter den Türrahmen. «Ich werde Sehnsucht nach dir haben.» Er beobachtete mich, während ich meine Reisetasche mit frischer Wäsche füllte.

«Bist du sicher, dass du es durchziehen willst?»

«Ich bin hartnäckig.»

«Das weiss ich. Ich wünschte, du wärst im Küssen genauso …»

Ich hatte ihn bereits erreicht, warf mich an seinen Hals und küsste ihn inbrünstig. «Ich liebe dich, Tomasz Kandinsky.»

«Schön, dies aus deinem süssen Mund zu hören», sagte er, als wir zwischendurch nach Luft schnappten. Seine Hände fuhren über meinen Rücken und lösten einen Schauer in mir aus. Wenn ich seinem Drängen nachgab, würde ich Davos heute Nacht nicht mehr erreichen, ging es mir durch den Kopf, und gleichzeitig würde ich mein Gelöbnis brechen.

Tomasz liess mich los, als hätte er meine Gedanken gelesen. «Pass auf dich auf!»

Ich druckste herum.

«Was ist?»

«Könntest du mir eventuell deinen Wagen leihen?» Tomasz hing sehr an ihm.

Es erstaunte mich, dass er sofort zusagte. Er drückte mir den Schlüssel in die Hand. «Keine Spässe», drohte er lachend. «Ich will keine Ordnungsbusse wegen zu schnellen Fahrens bezahlen.»

ZWÖLF

Ich fand mich wieder im Hotel Casa Anna ein. Neben einem alternden Schriftsteller war ich der einzige Gast. Die Rentner waren ab- und weitergereist. Jasmin sagte mir, dass sie nur noch das Frühstück anbieten würde. Das Nachtessen müsste ich mir ausserhalb besorgen. Es lohne sich nicht, nur für zwei Nasen zu kochen. Der Schriftsteller esse eh nur belegte Brote. Und die Bar sei ja zu jeder Zeit zugänglich. Und bei mir sei sie auch nicht sicher, ob mich ein Happen Fleisch beglücken könne. Wenn ich Hunger hätte, könne ich mich aus dem Kühlschrank in der Küche selbst bedienen. Ich bemerkte, wie müde sie war und das Saisonende herbeisehnte. Im Grunde war ihr alles egal. Man hätte das Hotel abfackeln können. Sie wäre vielleicht danebengestanden und hätte dem Prasseln des Feuers gelauscht.

Ich bekam dasselbe Zimmer. Man hatte es gereinigt, das Bett frisch bezogen. Die Pinnwand stand noch an ihrem gewohnten Platz. Ich war froh darum. Ich heftete die Kärtchen mit den Namen wieder an – diesmal etwas geordneter. Ich ergänzte die Kärtchen mit «Gustl Haider», obwohl ich noch nicht wusste, welche Rolle er auf der Suche nach der Wahrheit spielte.

Später rief ich Tomasz an und informierte ihn über meine Ankunft. Ich war es ihm schuldig, nachdem er sich bereit erklärt hatte, auf Mam aufzupassen.

Es war nach Mitternacht, als ich todmüde ins Bett fiel.

★★★

Die Sonne hatte am nächsten Tag Dauerpräsenz, was eher ungewöhnlich war in dieser Jahreszeit. Im Frühling blies üblicherweise ein kühler Wind aus dem Nordosten, was den ganzen Sommer über anhielt. Heute schien die Luft in der vormittäglichen Hitze zu stehen.

Ich hatte mir vorgenommen, mich mit Letícia zu verabreden. Bis anhin hatte ich sie ausser Acht gelassen. Manchmal hatte ich Mühe, sie zu verstehen, wenn sie sich mit der deutschen Sprache abmühte. Ich hatte mich bei ihr angemeldet. Sie hatte vorgeschlagen, uns bei ihr zu treffen.

Die Duplexwohnung, die Vater mit seinen Exfrauen und mit Letícia geteilt hatte, lag zuoberst in einem älteren Komplex, in dem Appartementwohnungen untergebracht waren. Vater hatte das Penthouse «Vogelnest» genannt. Es trug seine Handschrift.

Nach meinem Klingeln öffnete Letícia. Sie hatte sich dieselbe verwaschene Jeans angezogen wie neulich und ihre Haare zu einem Knoten zurückgebunden. Ich hatte sie noch nie zuvor so natürlich erlebt.

Das Erste, was mir auffiel, als ich ins Wohnzimmer trat, waren die Vorhänge. Sie hatten an den Fenstern gehangen, bis meine Mam und ich Davos verlassen hatten. Danach hatte man sie entfernt.

«Sie sein hubsch, nicht?» Letícia war meinem Blick gefolgt. «Bartholomäus Vorhange hassen.»

Und du hast nach seiner Pfeife getanzt, dachte ich, während ich die gesamte Wohnung in Augenschein nahm. Auch die Bilder waren bis auf zwei verbliebene weggeräumt. Ich betrat den Korridor, der in die Zimmer führte. Hier schien etwas Anheimelndes zurückgekehrt zu sein. Auch in den ehemaligen Kinderzimmern hingen die Vorhänge wieder, die Mam damals von einem Dekorationsgeschäft hatte schneidern lassen. Die Betten waren frisch bezogen mit hellen neutralen Überzügen, was den Bonbonteppich markanter, die allgemeine Atmosphäre jedoch ruhiger erscheinen liess. Nur das Büro sah noch genau gleich aus wie nach Valerios und meinem letzten Besuch.

Letícia tischte ungefragt Tee auf.

«Weisst du um den Verbleib einer Testamentskopie?», fragte ich. «Hast du diese an dich genommen?»

Sie dementierte heftig.

«Was gedenkst du jetzt zu tun, da Vater gestorben ist?»

Letícia strich sich eine lose Strähne aus ihrem Vollmondgesicht. «Ich haben sprechen mit *Doutor* Polcan. Ich wollen zuruck in Heimat.»

«Und was hat er darauf erwidert?»

«Ich sollen warten, bis wissen, ich bekommen das.»

«Aha. Rechnest du damit, dass du etwas bekommst? Soviel ich weiss, hast du auf ein Erbe verzichtet.»

«Ich wurden notigen», sagte Letícia. «An Hochzeitstag ich unterzeichnen Verzicht.»

«An deinem Hochzeitstag?»

«Ich haben freuen mich so auf diese Tag. Bevor wir auf das … wie heissen das?»

«Standesamt?»

«Ja, bevor dort gehen, ich und deine Vater sein bei Anwalt.» Letícia goss sich Tee nach. «Ich haben wohnen hier mit Bartholomäus, deshalb jetzt Recht auf Wohnung. Ich nicht dastehen mit ganze leere Hand. Ich meinen, konnen vermieten Wohnung.»

«Da haben die Cadisch-Kinder aber auch noch ein Wörtchen mitzureden.»

«*Du* konnen mieten.» Letícia lächelte schwach.

Ich ging nicht darauf ein.

«Hast du einen Geliebten?»

Keine Regung in ihrem Gesicht. Ich erwartete ein Nein von ihr, eine Ausrede, ein Ausweichen auf meine Frage. Sie sagte: «Ja.»

Ich verschwendete einen Gedanken auf Valerios Behauptung. «Guilherme?»

«Ja.»

«Wie lange schon?»

«Drei Jahren.»

«Und er lebt in Rio?»

«Nein, in Zurich.»

Den Stich unter meiner Brust nahm ich nur am Rande wahr. War ich soeben auf ein weiteres Indiz gestossen? Vielleicht hatte Guilherme darauf bestanden, dass Letícia sich von meinem Vater scheiden liess. Oder aber sie hatten gemeinsame Sache gemacht und Vater umgebracht, um an einen Teil seines Vermögens zu gelangen. Nur, da ging die Rechnung nicht auf: Letícia hatte keinen Anspruch darauf. Hätte sie ihr Verhältnis mit Guilherme verraten, wenn sie Vater etwas angetan hatte?

Der Blick durchs Küchenfenster fiel auf die Hänge des Ja-kobshorns. Der Schnee hatte sich in den letzten Tagen weiter in die Höhe zurückgezogen. Ich liess mich kurz davon ablenken, dachte an Paul – ein schneller Reflex.

«Wirst du mit Guilherme zurückkehren?»

Letícia schaute mich mit hochgezogenen Brauen an. «Guil-herme nicht können weg von Zurich. Er sein verheiraten.»

Allmählich schien mir alles über den Kopf zu wachsen. Das Konstrukt unserer Familie war so kompliziert, dass es mir den klaren Blick vernebelte. Was alles würde entlarvt werden, wenn ich weitergrub? War am Ende alles Lug und Betrug? Auf dem undurchsichtigen Fundament meines Vaters aufgebaut? War es die Wirkung auf eine Ursache, die während Vaters Lebzeiten gereift war? Wer schaffte es, hier den Überblick zu wahren? Ich trank den Rest des Tees, während ich Letícia ansah. Sie erschien mir fremder denn je.

«Weshalb hast du meinen Vater geheiratet?»

«Leben retten Massnahme vielleicht?»

«Als lebensrettende Massnahme? Aber du warst doch Luzis Freundin.»

«Dort, wo ich kommen her, wir kennen nicht Luxus.»

«Das ist nicht die Antwort auf meine Frage.»

«Luzi sein Mittel zu Zweck», gab Letícia zu. «Ich finden meine Gluck bei Bartholomäus.»

«Hast du meinen Vater denn geliebt?»

Sie sah mich mit ihren Rehaugen ungläubig an. Erst jetzt bemerkte ich den schwarzen Wimpernkranz, der kaum je Kajal berührt hatte. «Wollen wissen Wahrheit? Nein, ich nicht lieben. Er bieten viele Luxus, mehr als Luzi.» Lag nicht so etwas wie Gerissenheit in ihrem Blick? «Allegra, ich haben aushalten deine Vater. Er sein altes Mann. Mehr von vierzig Jahren …»

«Mehr als vierzig Jahre älter als du», half ich nach.

«Ja. Ich nicht schamen für das, ich bekommen und neh-men. Bartholomäus sein krank, ich pflegen. Er haben Tob-sucht, ich beruhigen. Er haben Hunger, ich kochen, sogar in Nacht … manchmal morgen zwei Uhre. Von das nicht wissen seine Kinder.» Mir schien, als müsste sich Letícia sammeln, bevor

178

sie weitersprach. «Ich lernen kennen Guilherme, ich wissen von reale Liebe. Er geben Kraft für Aushalten das.»

«Du hättest dich von meinem Vater trennen können.»

«Nein, ich wollen Lohn für achtjahrig … wie sagen?»

«Wolltest du Martyrium sagen?»

«… nicht lassen entgehen. Ich nicht sein fertig.»

«Aber jetzt bist du fertig mit ihm.» Ich schluckte ein paarmal leer. «Hast du mit Vaters Tod etwas zu tun?» Jetzt war es raus.

Letícia sah mich an wie eine Kuh auf dem Feld, der ein Wanderer begegnet.

«Du nicht glauben –»

«Es ist egal, was ich glaube. Du bist zwei- bis dreimal im Jahr in deine Heimat gereist. War Guilherme auch dabei?»

«Ich reisen nur einmal in Jahre nach Rio. Ich treffen Guilherme in Gstaad. Er haben eine Ferienwohnung.»

«Und seine Frau hat nie Verdacht geschöpft?»

«Nein.»

Es kam mir vor, als hätte sie die Einfalt gepachtet. «Und Vater? Hat er etwas gemerkt?»

«Nein. Er bezahlen immer Flugticket. Ich denken, er wissen ich fliegen Übersee. Ich stornieren Fluge vor meine Abreise.»

«Das hätte ich dir gar nicht zugetraut.» Obwohl es nichts zu lachen gab, konnte ich mir ein Schmunzeln nicht verkneifen. «Vater hat dich nie zum Flughafen begleitet?»

«Nein. Er nicht haben Zeit. Ich fahren immer mit Bahn.»

«Ist dir der Name Gustl Haider bekannt?»

«Das sein ein …?»

«Kreuzverhör? Nein.» Ich musste lächeln. «Ist er dir bekannt?»

«Nein, wer sollen sein?»

«Ach, niemand.» Ich erhob mich. «Darf ich mich in der Wohnung ein wenig umsehen?»

«Du nicht finden Dinge von Vater. Ich packen alles in Schachteln. Ich bringen in Keller. Kleider sein auf Weg nach Rio.»

Ich hatte hier nichts mehr zu suchen. Ich verzichtete auf mein Vorhaben, verabschiedete mich von Letícia und verliess die Wohnung.

Vater gab es nicht mehr. Allmählich verwischten die Spuren

seiner Präsenz. Letícia hatte radikal dafür gesorgt, und ich verübelte es ihr nicht einmal.

★★★

Nachdenklich schlug ich den Weg Richtung Bahnhof ein. Es war erst Mittag. Ich hielt es nicht aus, jetzt noch fünf Stunden zu warten. Ich beschloss daher, Dario beim Stützpunkt abzufangen, bevor er in die Mittagspause ging. Ich hatte Glück und traf ihn, zusammen mit ein paar anderen Polizisten, als er vor Ort den Arbeitsplatz verliess.

Dario erkannte mich und kam auf mich zu. «Hey Allegra.» Er strahlte wie ein Honigkuchenpferd. «Ich dachte, dass du erst heute Abend vorbeikommst.»

«Ich kann es mir nicht leisten, so lange zu warten.» Ich brachte Haider gleich zur Sprache. «Was ist mit diesem Österreicher?»

«Wir könnten etwas essen gehen. Zum Chinesen?» Er berührte meinen Arm und zufällig auch meine Hüfte.

Verflixt. Ich hätte ihm eine scheuern sollen. «Meinetwegen.»

Wir gingen ins selbe Restaurant, wo ich mich mit Marisa de Boni getroffen hatte.

Es gab kaum Gäste, dafür vier Serviceangestellte, die wirkten, als wären sie bestellt und nicht abgeholt worden. Wir setzten uns an einen Tisch beim Fenster. Dario orderte Süss-Saures. Ich begnügte mich mit einer Frühlingsrolle.

«Nun erzähl», drängte ich. «Wer ist dieser Haider?»

«Kein Unbekannter.»

«Mach es nicht spannend. Ich bin nicht hier, um Rätsel zu lösen.» Ich wurde ungeduldig.

Dario bemerkte es und liess noch einige Zeit verstreichen. Er wartete, bis die Bedienung uns die Getränke an den Tisch gebracht hatte. Dann kam er auf das Wetter zu sprechen.

Ich klopfte auf den Tisch, was er nicht erwartet hatte. «Jetzt mach schon. Ich bin nicht zum Vergnügen hier.»

Dario errötete. «Schade, ich dachte, wir hätten ein schönes Paar abgegeben.» Ich sah ihm nicht an, ob er es ernst meinte. Aber dass er um mich balzte, konnte er nicht mehr verbergen.

Wenn er mich ansah, dann sah er mich zu intensiv und zu lange an. Sein Blick verriet mir seine Begierde.

«Ich höre!»

«Gustl Haider ist, wie du vermutet hast, Österreicher und lebt seit ungefähr dreissig Jahren in der Schweiz. Mit neun Jahren ist er zusammen mit seinen Eltern hierhergezogen. Sein Vater arbeitete auf dem Bau, bis er nach einer Verletzung zum Invaliden wurde. Seither leben sie von der Rente.»

«Seine Eltern interessieren mich nicht. Ich will wissen, wer Gustl ist.»

«Er ist in zwei Fällen vorbestraft wegen schwerer Körperverletzung und versuchten Totschlags. Von 2004 bis 2007 sass er zudem im Knast.»

«Eingliederungsmassnahmen?»

Dario blinzelte mich an.

«Hat man ihn danach begleitet?»

«Weisst du, was den Staat das kostet? Nein. Er ist untergetaucht. Bis etwa vor zwei Jahren. Heute betreibt er in Zürich einen Erotik-Club.»

«Eine steile Karriere», bemerkte ich. «Ist er sauber?»

«Er hat sich nichts mehr zuschulden kommen lassen. Zumindest weiss ich von nichts. Aber solche Typen finden immer eine Möglichkeit, die Justitia zu umschiffen. Mittlerweile ist er um die vierzig.»

Ich lehnte mich zurück. «Er hatte sicher ein Startkapital, wenn ich an Vaters Zahlung denke.» Ich dachte nach. «Meinst du, mein Vater hatte da seine Finger mit drin?»

«Eine wagemutige Überlegung.» Dario stürzte sich gleich auf das Pouletgeschnetzelte, nachdem die Bedienung es an den Tisch gebracht hatte. Er nahm die Essstäbchen zur Hand und bediente sie so geschickt, dass ich davon ausgehen musste, dass er dies nicht zum ersten Mal tat. Er bemerkte mein Erstaunen. «Ein Stäbchen wird in die Daumen-Zeigefinger-Beuge gelegt und mit dem Daumen und Ringfinger festgeklammert. Das andere Stäbchen wird von den Spitzen des Daumens, des Zeigefingers und des Mittelfingers festgehalten und von Zeige- und Mittelfinger auf und ab bewegt.»

Ich liess die Frühlingsrolle unangerührt.

«Du isst ja nichts.»

«Mir ist nicht danach. Zudem schaffe ich es nicht, das Ding mit den Stäbchen zu essen. Das ist hohe Kunst.»

«Dann iss es von Hand.»

«Ich habe keinen Appetit.»

«Was geht dir durch den Kopf?», fragte er mit vollem Mund.

«Wir könnten heute Abend einen Ausflug nach Zürich machen.»

Er liess die Stäbchen, die er zwischen die Zähne hatte führen wollen, in der Luft stehen. «Das ist nicht dein Ernst.»

«Was spricht dagegen? Warst du schon mal in einem Bordell?»

«Ich?» Er bekam einen Hustenanfall. Das Pouletfleisch fiel auf den Teller zurück. «Nein, niemals.»

«Dann wird es höchste Zeit.»

DREIZEHN

Mit einem Ausländeranteil von vierzig Prozent gehört die Langstrasse zu den multikulturellsten Gegenden in Zürich. Früher hatte sie ausschliesslich dem Rotlichtmilieu gegolten. Seit ein paar Jahren zählt sie zu den Trendorten zum Ausgehen.

Tagsüber mochte ich dieses Quartier, das ein wenig an die verruchten spanischen Ferienmeilen erinnerte. Und vor allem mochte ich die verschiedenen Restaurants, in denen man von chinesischen über indische bis hin zu südamerikanischen Gerichten alles bestellen konnte, sowie die Verkaufsläden mit hipper Mode. Hier stiessen nicht nur Mentalitäten zusammen, sondern auch Bouquets von verschiedenen Gerüchen und Klängen.

Wenn es dunkel wurde, pulsierte das Leben weiter und kam während der ganzen Nacht nicht zur Ruhe.

Vor den Eingängen zu den Etablissements leuchteten scharlachrote Reklametafeln mit fluoreszierenden Schildern um die Wette. Schattengestalten hielten sich in den Winkeln auf, in die das Licht nicht reichte, und warteten auf Drogendealer. Auf den Trottoirs flanierten die Prostituierten in viel zu kurzen Röcken und skandalös roten Lippen. Dunkle Wagen fuhren im Schritttempo vorbei. Manchmal hielten sie an. Drogen und Geld wechselten die Hände. Oder ein Mädchen stieg ein.

«Hier muss es sein.» Dario verglich die Hausnummer mit der Nummer auf dem Zettel.

Das «Boudoir des Différences» hatte eine rote Fassade mit einem schwarzen Graffito über dem Eingang, das – mit wenig Phantasie – ein weibliches Geschlecht darstellte, dessen Konturen mit Niedervoltlämpchen gezeichnet waren. Die Treppe führte zu einer geöffneten Tür. Wir mussten einen roten Tüllvorhang zur Seite schieben. Drinnen tauchten wir in einen schummrigen Raum ein. Hinter dem Rezeptionstresen sass eine geschminkte, nicht mehr ganz junge Dame. Ihr Lidstrich reichte bis zu den Ohren. Ein Clown musste Pate gestanden haben, als sie sich für ihren Auftritt bereit gemacht hatte. Sie beugte sich über die Tischplatte und präsentierte uns ihre üppige Oberweite, die sie in ein zwei Nummern zu kleines Mieder gepresst hatte. «Willkommen im Garten der Luscht. Mein Name ischt Aurelia. Und wie ischt Ihr Name?» Ich fand nicht heraus, ob ihr Sprachfehler angeboren oder anerzogen war. «Wann schind Schie angemeldet?»

Ich kam Dario zuvor. «Wir möchten gern mit Gustl Haider sprechen. Ihm gehört doch der Laden da.»

«Der Laden da ischt tschufällig ein edlesch Etablischement, aber ja, esch gehört ihm.» Die Brüste bewegten sich in ihre ursprüngliche Form zurück. «Ich weisch nicht, ob er schich im Hausch befindet.»

«Dann schauen Sie doch mal nach», enervierte sich Dario und scharrte ungeduldig mit dem Fuss, während er Aurelia vom Kinn her abwärts anstarrte.

Aurelia griff nach dem Telefon. Sie wählte und liess es einige Zeit klingeln. Jemand meldete sich, denn sie tauschte ein paar Worte in einer Sprache, die ich nicht verstand.

Ich sah mich um und fand nicht heraus, in welche Kategorie ich den Empfang einordnen sollte. Er war etwas zwischen anrüchig und gezwungen gepflegt, weder einladend noch abstossend. Wahrscheinlich für die Klientel gedacht, die hier ein und aus ging. Rot war die dominierende Farbe, gesprenkelt mit goldfarbenen Ornamenten. Ausser dem Tresen gab es hier keine Möbel. Dafür zwei unechte Palmen, deren Fächer die Hälfte des Raumes einnahmen. Guter Geschmack sah anders aus.

«Schie können hier auf ihn warten.» Aurelias Aufmerksamkeit galt nicht mehr uns. Hinter mir hatte sich ein gut gekleideter Herr mit Brille durch ein Räuspern bemerkbar gemacht. Aurelia begrüsste ihn in einer übertrieben vulgären Art. «Willkommen im Garten der Luscht. Mein Name ischt Aurelia. Und wie ischt Ihr Name?» Sie klang, als hätte sie einen CD-Player mit Wiederholtaste verschluckt.

Der Gast nannte seinen Namen.

Aurelia blätterte in einer Agenda, stiess auf das Gesuchte und drückte ihren Daumen darauf. «Ah, ja, da haben wir ihn ja.» Sie überreichte ihm einen Zimmerschlüssel.

Er sah auf die Nummer, gab dann den Schlüssel zurück. «Ich habe mich aber bei Abayomi angemeldet. Heute ist die afrikanische Nacht an der Reihe.»

Dario und ich starrten uns nur an.

«Abayomi ischt im Moment beschetschtt», informierte Aurelia leicht genervt und so, dass es nicht zu überhören war. «Wenn Schie eine Schtunde Geduld haben … Bisch dahin können Schie schich in unscherer Schaunalandschaft entspannen. Anschonschten kann ich Ihnen Cleopatra anbieten.»

Der Kunde entschied sich für Cleopatra, als wollte er nicht so lange warten, während ich ihm ungeniert auf die Hose starrte, in der sich wirklich etwas bewegte. Worauf hatten wir uns hier nur eingelassen?

Ich ging auf die rote Wand und die Vitrine zu, in der verschiedene Zimmertypen und die dazugehörenden Mädchen abgebildet waren – ein Zirkus denkwürdiger Angebote. Offensichtlich stellten sie hier kein Tabu dar.

«Unscher Hausch tscheichnet schich dadurch ausch, dasch wir für jedesch Guschto etwasch haben.» Ich musste mich darauf konzentrieren, Aurelia zu verstehen. «Bei unsch fühlen Schie schich wie in den Ferien. Cleopatra tschum Beischpiel bietet ihre Dienschte im ägyptischen Tschimmer an. Tschiehen Schie eine Almhütte vor, erwartet Schie unschere Heidi im Dirndl. Oder wenn Schie die Karibik lieber mögen, verwöhnt Schie unschere heischblütige Onari im weischen Schand unter Palmen. Wir haben auch ein tollesch Angebot für Paare.»

Hielt sie uns etwa für Laufkundschaft?

Dario zog mich von der Wand weg. «Das ist ja schräg. Und du glaubst, da kommen Typen vorbei und lassen sich auf so was ein?»

«Offenbar schon. Ich denke gerade, dass wir ziemlich hinter dem Mond sind. Auf der Strasse draussen soll es von abartigen Kerlen nur so wimmeln. Hier drin sind die Mädchen zumindest in Sicherheit. Hast du den Brocken vor der Tür gesehen? Er sorgt dafür, dass den Mädchen nichts geschieht.»

Hinter dem Tresen ging eine Tür auf, die ich vorher nicht bemerkt hatte. Sie war geschickt in die getäferte Wand eingelassen. Ein Mann mit aalglattem Gesicht trat auf die Bühne und unterhielt sich darauf mit Aurelia. Er hatte einen fremdartigen Einschlag mit flacher Stirn und hochstehenden Wangenknochen, was ihm etwas Grimmiges verlieh. Er trug einen grauen Anzug und ein rotes Hemd, das bis fast zum Bauchnabel offen stand. Über der Brust baumelte eine grobgliedrige Goldkette. Er sah aus wie der Zuhälter im TV-Krimi.

«Sie wollten Haider sprechen?»

In mir sträubte sich etwas. Von dem Mann ging eine Gefahr aus, die ich fast körperlich spürte.

«Ich bin Haider.» Es klang wie eine Drohung.

Dario kam mir zuvor, während ich noch immer abwog, ob ich mich nicht einfach umdrehen und abhauen sollte. Nicht zum ersten Mal an diesem Abend hatte ich das Gefühl, dass alles, was hier begann, nicht gut enden würde.

«Mein Name ist Dario Ambühl, das ist ...»

Ich versetzte Dario einen sanften Seitenhieb. «Ich heisse Allegra.»

«Soso.» Haider kratzte sich im Haar, das gefärbt zu sein schien, denn die braune Farbe setzte sich am Rande des Haaransatzes schattig auf der Stirn fort. «Allegra, und wie weiter?»

Wenn ich meinen Nachnamen verriet, wusste er, warum ich da war. Trotzdem nannte ich ihn. «Aber wenn es Ihnen heute nicht passt, können wir auch an einem anderen Tag vorbeikommen.» Eine erneute Beklemmung hatte meinen Körper erfasst.

Haider zuckte mit keiner Wimper. «Im Normalfall meldet man sich an, wenn man mich sehen will. Zeit ist Geld, doch Zeit habe ich nicht genug. Ich glaube kaum, dass Sie sich bei mir um eine Stelle bewerben. Andererseits, wenn ich Sie mir so ansehe ...» Er leckte ungeniert über seine Lippen, die für einen Mann zu rosa schimmerten. «Kommen Sie in mein Büro. Sie haben Glück. Um diese Zeit bin ich sonst beim Fischen.» Er lachte mit verkniffenem Mund. Ich ging nicht davon aus, dass er je mit einer Fischerrute am Zürichsee stand.

186

Ich sah Aurelia an, was sie augenrollend erwiderte. «Na, gehen Schie schon.»

Ich folgte Dario nur zögernd. Ich wurde das Gefühl nicht los, dass wir in eine Falle tappten. Ich hätte die Flucht noch ergreifen können. Nachher würde es zu spät sein.

Das Zimmer, das Haider sein *Büro* nannte, war nur spärlich erhellt. Das rote Licht stammte aus einer Quelle unterhalb der Decke und war in eine Art Stuckabschluss eingelassen. Auf dem Tisch, der an einen Altar erinnerte, jedoch kaum als Opferstätte diente, standen Rechner, Laptop, ein Telefon und ein Aschenbecher. Ringsherum verstreut lagen diverse Aktenmappen, ein Stapel grüner Pässe. Es roch nach kaltem Rauch. Haider liess sich auf dem pompösen Ohrensessel nieder, während er uns auf zwei weniger bequeme Sessel neben einem Aquarium verwies. Ich sah hinter das Glas und entdeckte zwei dicke orange-gelbe Fische, die sich träge zwischen Tang und Seegras bewegten. Inmitten des künstlichen Miniozeans glaubte ich, zwei Augen zu sehen, die mich anstarrten. Ich konnte mich auch täuschen. Ich wandte mich ab und Dario zu, der nach meiner Hand griff.

«Also, worum geht es?», fragte Haider. Sein Blick schweifte zum Aquarium. Aber es waren fürwahr nicht die Fische, die seine Aufmerksamkeit auf sich zogen. Etwas ging vor sich, das Dario und ich nicht kalkulieren konnten.

Ich wog ab, ob ich Haider zuerst in ein banales Gespräch verwickeln sollte, bevor ich auf den Grund unseres Besuchs zu sprechen kam. Doch ich ging nicht davon aus, dass er sich mit mir über das Wetter unterhalten würde. So, wie ich ihn einschätzte, war er ein Mann der Tat. Und mit unseresgleichen gab man sich in seiner Stellung nicht ab oder nur so lange, wie es vonnöten war. Ich nahm allen Mut zusammen und griff nach der Tasche.

Haider sprang auf und nach vorn. Seine Haltung signalisierte Abwehr. «Keine Mätzchen», sagte er, während ich Kopien der Quittungen langsam auf den Tisch legte.

Leicht irritiert beugte er sich über das Papier. «Das sind Quittungen.» Wieder blinzelte er zum Aquarium. Ich hätte gern gewusst, was er dort sah.

«Für eine Gefälligkeit, die Sie meinem Vater vor ungefähr zehn Jahren gemacht haben.» Ich warf Dario kurz einen Blick zu. «Da mein Vater gestorben ist, möchte ich gern erfahren, wofür er Ihnen so viel Geld bezahlt hat.»

«Wir müssen das wissen, weil die Steuerbehörde uns im Nacken sitzt», sagte Dario nonchalant. «Leider können wir die beiden Beträge nirgends finden.»

Ich musste mich zusammenreissen, um nicht zu kichern. «Das ist doch Ihre Unterschrift, oder?»

«Soso.» Haider erhob sich. «Meine Unterschrift.» Er schritt zur Tür, öffnete diese und sah hinaus. Ich hörte ihn mit der Empfangsdame sprechen.

Ich hatte ein mulmiges Gefühl. Ich berührte Darios Arm, weil ich im Moment nichts anderes brauchte, als mich an etwas festzuhalten. Er nahm meine Hand in seine. Eine kurze, nonverbale Verständigung, dass alles gut war.

Haider kam zurück und setzte sich wieder. Er betrachtete die Quittungen von Neuem. «August vor zehn Jahren. War da nicht dieser Hitzesommer? Die Erde war trocken, bis der grosse Regen kam.» Er lehnte sich zurück und faltete seine Hände über dem Hosenbund. Es schien, als wartete er. Die Minuten verstrichen ins Endlose. Die dicken Fische klebten jetzt an der seitlichen Scheibe und suchten dort vergebens nach Nahrung.

Dann ging alles sehr schnell.

Die Tür wurde heftig aufgestossen. Zwei Männer traten ein und stellten sich mit verschränkten Armen vor uns auf. Sie waren mindestens zwei Meter gross und sicher über hundert Kilo schwer. Sie kamen mir wie Maschinen vor, die auf Knopfdruck funktionierten. Auf ihren Pokerfaces regte sich kein Härchen.

«Ja, Leute. Das war's dann.» Haider beugte sich wieder nach vorn. «Ich mag es nicht, wenn man hier herumschnüffelt.» Er deutete auf Dario. «Bringt ihn weg.»

In die beiden Männer kam Bewegung. Der Grössere der beiden packte Dario. Der andere drehte meinen Arm nach hinten. Mich aus dem eisernen Griff zu winden war chancenlos. Ihn mit einem Tritt zwischen seine Beine vorübergehend abzuschiessen, ebenso. Es war ein Kampf zwischen David und Goliath.

Dario wehrte sich dennoch. Er versuchte, seinen Angreifer mit einem Karatetrick ausser Gefecht zu setzen, was ihm halbwegs gelang. Erstes Semester an der Polizeischule. Gegen die Kraft des Hünen hatte er jedoch nicht die geringste Chance.

Ich schrie auf. Meine Arme schmerzten. «Was haben wir Ihnen denn getan? Sehen Sie mich an, Herr Haider. Verdammt noch mal, sehen Sie mich an. Was läuft hier ab? Ich habe eine Frage gestellt. Sie hätten Sie mir beantworten können. Haben Sie etwas mit dem Tod meines Vaters zu tun?»

«Allegra, bitte, sei still», ermahnte Dario mich. Dann wurde er weggezerrt. Die Tür fiel zu.

Mein Peiniger liess mich los, nachdem Haider ihm ein Zeichen gegeben hatte, und stiess mich in die Zimmermitte. Hinter dem Glas des Aquariums suhlten sich die Fische im trüben Wasser.

«Du kannst sie mir überlassen.» Haider griff grinsend unter den Tisch. Er sah es als ein Spiel, ansonsten wäre er mit gröberem Geschütz aufgefahren, vermutete ich.

Er öffnete eine Schublade und entnahm ihr einen Karton. Mein Herzschlag setzte fast aus.

Eine Pistole?

Haider öffnete den Karton und zog eine Zigarre heraus. «Lass uns allein.»

Während sein Bodyguard das Zimmer verliess, kerbte Haider mit einem Cutter das noch geschlossene Mundstück ein. Er liess mich dabei nicht aus den Augen. Er entzündete ein Gasfeuerzeug und hielt die Zigarrenspitze knapp über die Flamme. Er saugte an der Zigarre und brachte sie zum Glimmen. «Für meinen Club habe ich lange gespart», sagte er mit gesenkten Augenlidern. «Nur die schönsten, besten und heissesten Frauen arbeiten hier. Er gehört zu den Edeletablissements in Zürich. Wer hier eintritt, kann sich beruhigt vergnügen. Kondome sind bei uns Pflicht. Wenn ein Freier sich weigert, wird er rausgeschmissen. Wöchentliche Gesundheitschecks sind ein Muss. Wer sich nicht daran hält, fliegt ebenso raus.» Haider sog genüsslich an seiner

Zigarre. Den Rauch blies er mir ins Gesicht. Er genoss es offenbar, mich einzuschüchtern. «Dein werter Herr Vater hat mich vor zehn Jahren beauftragt, einen Job zu erledigen. Den habe ich ausgeführt. Aber zehn Jahre sind eine lange Zeit, in der man sich ändert und Dinge vergisst.»

«Und trotzdem erinnern Sie sich an ihn?», wagte ich zu fragen. «Was war das für ein Job?» Der Zigarrenqualm löste in mir Übelkeit aus.

«Nicht geeignet für kleine Mädchen wie dich.» Er duzte mich lachend, während er mir ein erstaunlich kleines Gebiss präsentierte.

Ich schluckte leer und sah auf seine Beisserchen. «Hat mein Vater Sie zu einer kriminellen Handlung angestiftet?»

«Du fragst zu viel.» Mein Gegenüber streifte die Asche der Zigarre mit dem Finger ab. «Fragen sind gefährlich. Aber ich will es dir erklären: Dort, wo ich herkomme, ist ein Menschenleben nichts wert. Man kann es aber durch Geld aufwerten. Das hat auch dein Vater gewusst. Er war einer, der sich mit seinem Geld alles kaufen konnte.»

«Frauen?» Meine Stimme zitterte. «Hat er Frauen gekauft?»

«Das hättest du ihm wohl zugetraut, nicht wahr? Junge, unverbrauchte Frauen, die sein Ego einbalsamierten.»

Haider setzte ein böses Lächeln auf, doch mass ich dem keine grosse Bedeutung zu. Er wollte mir bloss Angst einjagen. In der Zwischenzeit war mein Verstand wieder klar. Ich machte einen Schritt zurück und schätzte die Entfernung zur Tür. Haider hatte die Beine von sich gestreckt und fühlte sich seiner Überlegenheit sicher. In meinem Kopf überschlugen sich die Gedanken. Wenn ich hier unbeschadet rauswollte, musste es mir gelingen, Haider zu überlisten. Zwischen meinem Widersacher und mir gab es nur diesen Altar. Der Weg zur Tür war von Haiders Stuhl aus kürzer als von da aus, wo ich stand. Blieb mir nichts anderes übrig, als mich auf meine Schnelligkeit zu verlassen. Aber, was war mit den Augen hinter dem Aquarium, die ich noch immer auf mir spürte? Beobachtete mich jemand aus einem anderen Raum? Diente das Aquarium nur der Tarnung?

Es war ein Katz-und-Maus-Spiel, das Haider mit mir trieb. Während er an seiner Zigarre paffte, musterte er mich lüstern. Ich versuchte, seinem Blick standzuhalten. Das Schweigen zwischen uns half mir, meinen Scharfsinn zu sensibilisieren. Mir zu überlegen, wie ich unversehrt aus diesem Zimmer gelangen würde. Seiner Wortwahl nach zu urteilen, war sein Intellekt nicht sehr ausgeprägt. Vielleicht meine Chance.

Was hatte ich gelernt?

Die Flucht nach vorn, wie das kleine Kind, das wider alle Vernunft auf die Gefahr zuläuft, anstatt sich von ihr abzuwenden. Ein Überraschungsmoment produzieren, den Gegner irritieren. Während ich auf meine richtige Intuition hoffte, schnurrte das Telefon.

Haider griff nach dem Hörer. Einen Moment war er abgelenkt.

Ich spurtete zur Tür, riss sie auf und rannte am Tresen vorbei. Aurelia war gerade mit einem neuen Kunden beschäftigt. Sie beugte sich so tief über den Tresen, dass ich befürchtete, ihre Brüste würden demnächst aus dem engen Mieder hüpfen. «Willkommen im Garten der Luscht. Mein Name ischt Aurelia. Und wie ischt Ihr Name?»

Die Sinneseindrücke liefen cineastisch in mir ab. Ein Déjà-vu von erschreckender Klarheit.

Nach einem kurzen Zögern schlug ich den Weg Richtung Treppe ins Obergeschoss ein. Dies schien im Moment die einzige Fluchtmöglichkeit. Vor dem Eingang wäre ich mit dem Türsteher kollidiert oder mit jenem, dem die geheimnisvollen Augen hinter dem Aquarium gehörten.

Ausser Atem fand ich mich in einem schwach illuminierten Korridor wieder. Zu beiden Seiten gingen Türen weg, vor der in mannigfaltiger Art Dekorationen angebracht waren. Unechte Zweige, Masken und verschlungene Tücher. Dazwischen ebenholzschwarze Leuchtständer mit elektrischen Kerzen, die kaum die Kraft besassen, den Flur zu erhellen. Ich erreichte die Attrappe einer halbhohen Saloontür. Keine Zeit zum Nachdenken. Ich stiess die Tür dahinter auf, denn sie war unverschlossen. Ich schrak zurück. Das Licht blendete mich, bevor ich realisierte, was ich hier zu sehen und zu hören bekam.

Ein wolkenloser Himmel spannte sich über die sandfarbene Steppe. Kakteen mittendrin. Linksseitig die Andeutung einer Westernstadt, zwei unechte Pferde an den Lattenzaun gebunden. Der Geruch erinnerte mich an Pferdedung und Alkohol. Die Frau davor war echt. Nebst braunen Stiefeln trug sie eine Weste, die knapp ihre Brüste bedeckte, Hotpants und einen Cowboyhut. In der einen Hand schwang sie ein Lasso, in der anderen die Peitsche. Der Mann unter ihr kroch auf allen vieren. Gesicht und Kopf waren durch eine Pferdemaske verdeckt, sonst war er nackt. Im Hintergrund ertönte dezent die Titelmelodie aus dem Film «Bonanza».

«Ich glaube, du hast dich in der Tür geirrt», raunte mir das Cowgirl zu, ohne ihr Spiel zu unterbrechen. «Zieh Leine, sonst zwicke ich dir eine.» Sie schwang das Lasso in meine Richtung. Der Mann unter ihr wieherte und erweckte den Anschein, als würde er demnächst ausschlagen. Ich war zweifelsohne in eine sonderbare Situation geraten.

«Verzeihung.» Ich kehrte zurück in den Korridor, peilte die nächste Tür an, während ich alles um mich herum im Visier hielt. Nach dem grellen Licht sog mich der Flur in einen dunklen Schlund zurück.

Zwei Säulen und das Bild des Tutenchamun. Ich prallte dagegen, fand mich in einem Palast wieder. Eine pompöse Kulisse, die das alte Ägypten darstellte. In der Mitte eine Wanne auf vergoldeten Füssen. Ich erkannte den Herrn mit Brille wieder, der sich mit seiner Gespielin – einem blassgesichtigen Mädchen mit schwarzem Pagenschnitt – im Milchbad räkelte.

«Was wollen denn *Sie* hier?» Er erinnerte sich an mich. «Sind Sie nicht die junge Frau von vorhin? Gehören Sie zum Programm?»

«Sie müssen mir helfen», keuchte ich. «Man ist hinter mir her.»

«Oh, man ist hinter Ihnen her? Ist das Teil des Spiels?» Der Mann lachte, während er bis zum Hals in Milch getaucht war. Was darunter geschah, entzog sich meinem Blick. «In diesem

Haus weiss man nie, worauf man sich einlässt. Es ist voller Überraschungen.»

Mir blieb keine Zeit für Unterhaltung. Unter dem vergeistigten Blick der Akteure durchquerte ich das Zimmer und sprang auf den goldfarbenen Vorhang zu, hinter dem ich ein Fenster vermutete. Ich riss den Stoff auseinander, stiess auf einen Riegel und zog ihn nach unten. Ich öffnete den Fensterflügel und schaute auf einen Hinterhof, der mir dunkel und unheimlich entgegengähnte. Links von mir entdeckte ich den Griff zu einer Feuerleiter. Ich hängte meine Tasche um den Hals, stieg über den Sims und kletterte hinunter. Ich landete auf einem halb offenen Container, aus dem mir eine feuchtwarme Wolke modriger Gerüche entgegenströmte. Meine Augen gewöhnten sich allmählich an die Dunkelheit. Rund um mich düstere Fassaden. Kaum ein Fenster. Hinter zugezogenen Vorhängen schimmerte es rot. Ab und zu hörte ich ein Stöhnen. Ein weit entferntes Kichern. Ich tastete weiter an einer feuchten Mauer entlang, bis ich auf einen anderen Türverschluss stiess. Er gab nicht nach. Ich hielt inne, um zu lauschen, ob mich jemand verfolgte. Doch da war niemand. Irgendwo bellte ein Hund.

Weitergehen. Mein Herz schlug bis zum Hals. Nein! Das hier hatte ich zuletzt gesucht. Ich drückte meinen Rücken an die Wand. Ich befand mich irgendwo in einem Hinterhof. Über mir sah ich ein Stück des Himmels, durchtränkt vom hellen Schein der Strassen, die sich jenseits der Dächer befanden. Ich roch den Schmutz. Er schien aus den Wänden zu kriechen. Ich ertastete Unebenheiten und hätte mir an einem Nagel beinahe die Hand verletzt.

Wieder ein Riegel. Wieder verschlossen. Hier war wohl alles verschlossen. Ich ging weiter, fand die Falle einer Tür. Ich drückte sie hinunter und stiess die Tür auf. Ein eigenartig säuerlicher Geruch hielt mich vorerst vom Eintreten ab. Doch ein Zurück gab es nicht für mich. Ich musste da durch, um mich irgendwie in Sicherheit zu bringen, wenn es denn in diesen von menschlichen Abgründen verseuchten Winkeln Sicherheit für mich gab. Ich hielt mir die Nase zu, trat beherzt ein. Von irgendwoher vernahm ich lautes Liebesgestöhn, bis ich bemerkte, dass es aus der Nische vor mir kam. Ich trat auf etwas Klebriges, und mir graute vor dem Weitergehen. Schemenhaft erkannte ich zwei Körper auf der Pritsche in erotische Abgründe galoppieren. Die Umrisse einer Frau, unter ihr die eines Kolosses. Ich hielt den Atem an, schlich an ihnen vorbei. Sie waren so sehr mit sich selbst beschäftigt, dass sie mich nicht beachteten. Bis zur nächsten Tür waren es noch ein paar Schritte. Ich vernahm Stimmen auf der Strasse. Irgendwo musste ein Durchgang sein.

Diese Tür war nur angelehnt. Ich stolperte über eine Schwelle, ein Tüllvorhang streifte mein Gesicht. Mir grauste erneut. Nepalgelb eine schmale Bar, die mich in ihren Rauch sog. Drei Männer hingen über die Theke, vor sich Bier und Gröberes. Blutunterlaufene Augen glotzten mich an. Ich lief an ihnen vorbei. Dürre Arme grapschten nach mir. Der Ekel kam und mit ihm ein Lachen aus der Ecke, in der ein Junkie lag. Auf der Bank neben ihm ein Mädchen mit Joint und gespreizten Beinen. Beide schienen ins Nirwana abgetaucht zu sein.

Endlich war ich draussen.

In der Ferne schimmerte die scharlachrote Reklame des «Boudoir des Différences». Ich mischte mich unter das Fussvolk und liess mich im Strom treiben. Hier war ich sicher. Ich versuchte, meinen Puls zu beruhigen, mich so zu benehmen, als sei ich eine von ihnen. Von den Menschen hier, die Teil von etwas waren, von dem ich mir bis anhin nicht das Geringste hatte vorstellen können. Bis ich beim Parkplatz war, musste ich mich einiger Gestalten erwehren, die mir Drogen verkaufen wollten. Einmal hielt ein Wagen neben mir an. Eine Scheibe wurde hinuntergekurbelt, Männeraugen begutachteten mich.

«Machst du's mit oder ohne Gummi?», fragte der Kerl. Während ich mein Schritttempo erhöhte, fuhr er eine Weile neben mir. «Oder kann ich auch zusehen?» Als ich ihm nicht antwortete, nannte er mich «blöde Fotze».

Ich zweigte in eine Seitenstrasse ab, blieb erschöpft stehen, bis sich der Wagen entfernt hatte. Ich legte mein Gesicht an ein Wellblech. Es roch nach Pisse und kühlte meine glühenden Wangen.

Plötzlich packte mich jemand von hinten.

In meinem Leben hatte ich erst einmal hyperventiliert. Das war während des Deutschunterrichts am Gymnasium gewesen, als ich einen Vortrag halten musste. Ich hatte mich zu wenig gut vorbereitet und war folglich nach den ersten Sätzen nervös wie nie zuvor. Da hatte ich vor der Klasse gestanden, während mich ein Blackout heimsuchte. Ich hatte nach Luft geschnappt, aber vergessen auszuatmen. Die Lehrerin, einstmals im Rettungswesen angestellt, hatte gut reagiert und mir eine Papiertüte vor Nase und Mund gehalten. Das Inhalieren des Kohlenmonoxids hatte eine blamable Ohnmacht verhindert.

Instinktiv hielt ich jetzt die Hände vor mein Gesicht und erstarrte, während Bilder durch mein geistiges Chaos schossen. Er hatte mich gefunden. Haiders Bluthunde hatten mir aufgelauert und würden mich nun verspeisen. Ich vernahm deren hechelnden Atem, spürte ihre Zähne sich in mein Fleisch bohren. Einen Moment lang glaubte ich, meine Lebensbilder würden an mir vorbeiziehen. Doch diese blieben aus.

«Allegra? Dem Himmel sei Dank.»

Ich wandte mich um. «Dario!»

Auf seinem erhitzten Gesicht zeichnete sich Erleichterung ab. «Haiders Typ hat mich einfach auf die Strasse geworfen.» Er schüttelte angewidert den Kopf. «Ich solle mich nie wieder blicken lassen, drohte er mir. Und ich Schlappschwanz ging auf die Knie vor ihm. Wenn ich wenigstens meine Uniform getragen hätte … dann hätte ich Eindruck schinden können. So aber kam ich mir wie ein unbekleidetes Würstchen vor.» Er umarmte mich. «Ich hatte solche Angst um dich.» Er küsste mich ins Haar, als hätte er darauf gewartet, es endlich tun zu können.

Der hämmernde Herzschlag schmerzte in der Kehle. Ich löste mich aus Darios Umklammerung. «Ist ja nichts geschehen. Ich konnte lediglich meine Fitness unter Beweis stellen», bluffte ich, um mir meine Angst nicht anmerken zu lassen. «Ich habe eine gute Grundkondition, die sich nun als nützlich erwiesen hat.»

Ich erzählte von meiner Flucht, dem Besuch in den beiden kuriosen Räumen und vom Hinterhof, in dem ich das nackte Prostituiertengrauen kennengelernt hatte.

«Mich hält hier nichts mehr. Vielleicht sollten wir den Job den Profis übergeben. Solchen, die wissen, wie man mit diesen Leuten hier umgeht. Der Sittenpolizei zum Beispiel. Die sollten hier Dauerpräsenz haben. Wenn es Nacht wird, hüte dich davor, dich hier allein aufzuhalten. Am Tag sieht es hier anders aus. Dann herrscht ein kunterbuntes Durcheinander von Menschen. Und kaum jemand ahnt, was sich hinter den Fassaden abspielt.»

Wir gingen zurück zum Parkplatz, wo wir Darios Wagen abgestellt hatten. Er stand noch da. Unversehrt. Ich atmete auf. Ich hatte alles erwartet, nach dem, was geschehen war.

★★★

Wir fuhren zurück nach Davos, jeder mit seinen eigenen Gedanken beschäftigt. Mir sass der Schreck noch in den Gliedern, während ich versuchte, mich mit banaler Musik im Radio abzulenken. Mit Nachtberieselung von Radio Grischa. Zwischendurch die Floskeln eines Moderators, der sich selbst gern sprechen hörte. Ich hatte es versäumt, Tomasz anzurufen. Ich sah auf dem Display des iPhones, dass er schon mehrmals versucht hatte, mich zu erreichen. Doch jetzt war nicht der passende Moment, Liebesschwüre und Sehnsuchtsbezeugungen entgegenzunehmen. Vor allem nicht in Darios Anwesenheit. Es hätte die Stimmung noch mehr aufgeheizt.

«Wie geht's nun weiter?» Ich zog die Knie an und betrachtete ein Steinbockmaskottchen, das schemengleich vom Mittelspiegel baumelte. Ich erinnerte mich, dass Valerio auch mal so eines gehabt hatte.

Anders als erwartet, raste Dario mit hundert Stundenkilometern das Prättigau hinauf. Er genoss es, mir ab und zu einen Blick zuzuwerfen. Ob der Dunkelheit im Wageninnern konnte ich sein Gesicht jedoch nicht klar erkennen. Doch ich spürte seine schwarzen Augen auf mir. «Mal sehen.»

Ich bemerkte, dass er keine Lust hatte, über das zu reden, was in Zürich geschehen war.

Auch die Fahrbahn lag im Dunkeln. Nur die Reflektoren an den schwarz-weissen Pflöcken am Strassenrand wiesen die Richtung über Land und der helle unterbrochene Mittelstreifen, der in regelmässigem Auftauchen aus dem Nichts zu kommen schien. Ich beugte mich über die Fahrerseite und deutete auf den Tacho. «Keine Angst, dass dich deine Kollegen aus dem Verkehr ziehen?»

«Man muss wissen, wo die Radarkästen aufgestellt sind.»

«Du fährst hundertzwanzig in der Achtzigerzone», beschwerte ich mich.

«Klar, achtzig ist eine Aufforderung, niemals darunterzugehen. Und schau, die Strasse gehört nur uns allein.»

«Ihr Bündner seid doch alle gleich.»

Dario lachte laut heraus. «Ich kenne die Strecke, ich könnte sie blind fahren.» Er legte seine rechte Hand auf mein Knie. «Ich bin heute fast gestorben.»

Ich stiess seine Hand weg. «Ich auch.»

«Verdammt, wenn ich nur in der Polizeimontur dort gewesen wäre.»

«Dann hätten wir davon ausgehen können, dass Haider uns nicht reingelassen hätte.»

«Du hast dich tapfer gehalten.»

«Mir blieb nichts anderes übrig.»

Wieder spürte ich seine Hand. Diesmal mit festerem Druck. Ich durfte mir nicht ausmalen, wo sie hingelangte, setzte sie den eingeschlagenen Weg fort.

«Ich mag starke Frauen.»

«Die gibt es in Davos zu Hunderten.» Ich bugsierte seine Hand auf die Fahrerseite.

«Aber die sehen nicht so gut aus wie du. Ich liebe deine grünen Augen.»

«Zwei Prozent der Weltbevölkerung hat grüne Augen.»

«Da haben wir's: Du bist eine Rarität.»

«Aber nicht innerhalb meiner Familie.»

«Ich mag, wie du dich kleidest. Etwas zwischen unaufdringlich klassisch und bewusst schlaksig. Jeans und Veston stehen dir besonders gut. Und wenn du wie jetzt darunter dieses weisse Shirt trägst … Du siehst einfach umwerfend darin aus.»

«Mach dir keine Hoffnungen.»

«Schade.» Er unterliess weitere Avancen.

Die Dörfer waren auch zu fortgeschrittener Stunde beleuchtet. Doch kein Mensch war zu sehen. Wir fuhren über die Hängebrücke und tauchten ein in den Tunnel, um Klosters zu umfahren. Vor der Einfahrt zur Autoverladestation Vereina lag die Strecke durch den Wald vor uns. Wir passierten Laret und erreichten den Wolfgangpass.

Ausgestorben auch die Einfahrt Davos Dorf.

«Soll ich dich vor dem Hotel ausladen?» Dario fuhr nun gemächlich über die Promenade.

Was hatte er denn erwartet?

«Gern, ich bin hundemüde.» Das war zwar gelogen, doch ich verspürte kein Bedürfnis, irgendwo in einer Bar, die noch geöffnet hatte, mich zusammen mit Dario zu betrinken. Ich wollte ihm auch keine Gelegenheit geben, sich in mich zu verlieben. Das war mir zu riskant. Solche Abenteuer, wie wir es in Zürich erlebt hatten, animierten manchmal zu den absonderlichsten Gefühlen – vor allem bei jungen Männern wie Dario.

Er hatte sicher etwas anderes von mir erwartet, als er wortkarg vor der Casa Anna stoppte.

«Also keine günstige Gelegenheit?», fragte er mit belegter Stimme. Er gab wohl nie auf.

«Nein, ich bin vergeben, und das weisst du.» Ich lehnte mich auf seine Seite und drückte ihm einen Kuss auf die Wange. «Danke.» Dann öffnete ich den Wagenschlag und schlüpfte in die Nacht hinaus.

Dario sah mir nach, als ich meinen Schlüssel aus der Tasche kramte, aufschloss und hinter der Tür verschwand.

Dann hörte ich ihn mit aufheulendem Motor davonbrausen, als hätte er all sein überschüssiges Testosteron via Fuss ins Gaspedal geschüttet.

Im Zimmer angekommen, stellte ich Tomasz' Nummer auf der Festnetzstation ein und musste gerade mal einen Klingelton abwarten, bis er sich meldete.

«Wo treibst du dich denn herum?»

Ich konnte nicht abwägen, ob er es ironisch oder ernst meinte. «Ich folge einer neuen Spur», sagte ich, ohne den Ausflug nach Zürich zu erwähnen, und erwartete eine Frage. An ihrer Stelle erzählte er von Mam und dass sie ihm eine Massage verpasst habe. «Du weisst doch um meinen steifen Nacken. Deine Mutter hat magische Hände. Danach haben wir uns lange unterhalten. Sie ist eine aussergewöhnliche Frau.»

Das hatte ich nicht hören wollen. Wieder beschlich mich dieses sonderbare Gefühl, wenn es um Tomasz ging. Mir war es nicht recht, dass ausgerechnet meine Mam ihn berührte, auch wenn es um eine medizinische Massage ging.

«Bist du noch dran?»

«Ja, Liebster, ich gehe bald zu Bett. Ich hatte einen langen Tag.» Ich küsste ihn durch die Leitung.

«Warum hast du ihr nichts von deinem Unfall erzählt?»

«Ich dachte, dass du es ihr mitteilst. Du hast es offensichtlich getan.»

«Ich brauchte meine ganzen Überzeugungskünste, um ihr plausibel zu machen, dass du ihr nicht mit Absicht nichts davon erzählt hast, dass du ihr einfach keinen Anlass hast geben wollen, sich Sorgen zu machen.» Tomasz gähnte.

«Ich liebe dich.»

«Ich liebe dich auch.» Dann war Funkstille.

Ich blickte auf die Uhr. Mitternacht war vorbei. Ich hatte ihn wohl aufgeweckt. Ich ging ins Badezimmer und wusch mir Körper und Haare. Ich musste die Eindrücke des Abends aus den Poren spülen. Doch selbst die wohlriechende Lotion, die ich mir im Nachhinein einrieb, schaffte es nicht, den ekelhaften Geruch aus meiner Nase zu vertreiben.

Ich hatte mit Dario vereinbart, übermorgen auf dem Polizeiposten vorbeizugehen. Wir würden unser weiteres Vorgehen im Fall Haider besprechen. Das sei ein anderes Kaliber, hatte Dario gesagt, hier gehe es nicht bloss um ein kleines Delikt.

Vielleicht befanden wir uns wirklich auf einer Spur, die am Ende alles andere zutage fördern würde als die Eventualität eines Mordes an meinem Vater.

Ich heftete das Kärtchen mit Haiders Name unmittelbar neben den meines Vaters um. Ich war mir sicher, dass ich die Verbindung gefunden hatte.

Lange blickte ich auf «Marisa de Boni». Was hatte diese Frau mit alldem zu tun? Die Frau von der Insel sei zurückgekehrt. Warum musste ich immer wieder an diesen Satz denken? War die Frau eine Prostituierte? Hatte sie wie Haider Geld gefordert? Aber warum?

VIERZEHN

April und Mai sind die Monate, die Davos mit Tristesse erfüllen. Bei schlechtem Wetter hängen regenschwere Wolken über die Berggipfel und reichen bis hinunter ins Dorf. Wer in Davos lebt, flüchtet entweder nach Chur, in die Südschweiz oder, wer es sich leisten kann, in die Tropen.

Die Unbeständigkeit des Wetters, die nach dem Winter oft anzutreffen ist, hatte sich zurückgemeldet. Trotzdem hatte ich mir vorgenommen, eine Runde joggen zu gehen. Vor allem, um meinen Kopf zu lüften und mich nicht noch mehr von den schrecklichen Ereignissen herunterziehen zu lassen. Das Abenteuer in Zürich machte mir noch immer schwer zu schaffen. Die Bilder drangen in mein Gedächtnis. Dieses mysteriöse Haus mit den Edelhuren. Ich überlegte mir, was für ein Typ Frau man sein muss, um in eine beliebige Rolle zu schlüpfen und die männliche Kundschaft zu befriedigen. Luxushuren wurden sie genannt. Schöne, junge, gut gebaute Frauen – meistens aus dem Osten. Ihnen ging es vielleicht gut. Sie wohnten in einer saubereren Unterkunft, hatten genug Geld, um sich ein angenehmes Privatleben zu leisten. Sie würden es besser haben als dort, wo sie herkamen.

Aber wie erging es den Frauen, die in einer schmutzigen Ecke im Hinterhof ihr Sexgeschäft verrichteten? Vielleicht stündlich aufs Neue, ohne vorher die Möglichkeit für eine Dusche zu haben. Die sich anstecken liessen von Syphilis, Herpes oder gar Aids. Vor allem stellte sich mir die Frage, ob Vater etwas damit zu tun gehabt hatte.

Ich fuhr bis nach Davos Dorf und parkte meinen Wagen dort, wo die Strasse Richtung Flüelapass einmündete. Ich stieg aus. Ein Blick zum Himmel. Er sah aus, als hätte ein Maler wahllos dunkle Striemen auf eine farblose Leinwand gemalt. Trostlos auch der See, dessen Spiegel tief lag. Bis zum 10. Juni musste das Wasser an der Marke stehen. Bis dahin musste der See aufgefüllt sein. So schrieb es das Gesetz der Landschaft vor. Doch jetzt fiel die Uferböschung unwirtlich ins Endlose. Ich schnürte die Laufschuhe, zog die Regenjacke an und hüpfte an Ort, um meine Glieder zu wärmen. Kein Mensch war zu sehen.

Ab und an mochte ich diese Einsamkeit, in der ich mir selbst am nächsten stand. Es waren die Momente meines jungen Lebens, in denen ich meine Sehnsüchte aufbrechen spürte, um sie beliebig auszukosten. Die Welt gehörte dann mir – nur mir. Ich war mit mir selbst im Reinen. Ich schöpfte Kraft, indem ich bewusst einatmete, bewusst ausatmete, zusammen mit den Gedanken an Tomasz.

Bis zum Strandbad lief ich mich ein. Noch waren das Häuschen unbewohnt, die Tür verschlossen, die Läden zu. Noch zwei Monate, dann würden hier die Segler und Surfer landen, die ganz Mutigen in Badehosen und bauchfreien Tops sich wie bunte Schmetterlinge entfalten. Und vor dem Häuschen würde Musik klingen und gekühlter Tee serviert werden. Die Bad Boys von Davos würden ihre trainierten Bizeps präsentieren, die Girls ihre neuen Klamotten.

Jetzt war es still. Nur ein feiner Luftzug strich über das Holz und bewegte die vergessene Flagge des letzten Sommers.

Ich erhöhte das Tempo durch den Wald. Der Nebel vor mir schien mich verschlucken zu wollen. Die Luft war kalt. Trotzdem schwitzte ich. Meine Lungen schmerzten bereits nach einem halben Kilometer. Doch mit jeder Schweissperle tropfte ein wenig mehr vom Elend aus mir heraus. In der Stille hörte ich mein eigenes Keuchen, unter meinen Füssen die Steine sich drehen. Es war, als liefe ich in einer Welt, die nicht meine war.

Plötzlich ein Gefühl, als befände ich mich nicht mehr allein auf dem Weg. Neben mir flatterten Vögel aus dem Gebüsch, als hätte sie ein Alb aufgeschreckt, den es nur in meinen Träumen gab. Noch während des Laufens drehte ich mich um. Doch da war niemand.

Ein paar Meter weiter vorne wieder ein Geräusch, das sich anhörte, als würde jemand Zweige knicken. Ich lief schneller, bildete mir einen Verfolger ein, dem ich zu entkommen versuchte. Eine Übung, um herauszufinden, wie weit ich würde gehen können. Ob ich imstande war, die Grenzen auszumerzen, meinen inneren Schweinehund zu überwinden. Es schien, als atmete der Wald aus tausend Lungen. In meinen Ohren brauste ein Ozean von Sinneseindrücken, und ich musste an die Muschel denken, die Mam mir – als ich ein kleines Mädchen gewesen war – ans Ohr gehalten hatte, damit ich das Rauschen des Meeres vernahm.

Ansonsten wieder trügerisches Nichts.

Erst später zerschnitt der Ton eines herannahenden Zuges die Ruhe, als er quietschend über die Schienen rollte, verborgen im Wald weiter oben. Nicht sichtbar, dennoch ein Luftzug, der mich streifte, der Geruch nach Rost.

Eine Feuerstelle am Seeufer fiel mir auf. Im Sommer hatten wir oft am See gegrillt. Mam hatte uns von der Schule abgeholt. Vollgepackt mit Picknickkorb und Spielzeug waren wir hierhergefahren und hatten den Mittag auf dem Platz hier verbracht. Wir hatten Speerspitzen geschnitzt, Cervelats über das Feuer gehalten und zugesehen, wie sie sich zu angesengten Krebsen verformten.

Ich erreichte die ersten Häuser beim Höhwald. Ich fühlte mich leichter und freier.

Ich gehörte nicht zu den Schnellsten. Laufen war eine Ausweichmöglichkeit, wenn ich meinen Bewegungsdrang nicht mit anderen Sportarten kompensieren konnte. Während des Studiums in der Stadt gab es nur diese Möglichkeit. Manchmal rannte ich durch die langen Häuserschluchten und begegnete Gleichgesinnten, die wie ich die Einsamkeit in der Menge suchten.

Beim Höhwaldhof reinigte ein Mann die von Unrat verschmutzte Terrasse. Ich grüsste ihn. Er sah mich an, als wäre ich ein Gespenst. Ich drosselte die Geschwindigkeit. Die Häuser zu meiner Rechten wirkten unbewohnt. Geschlossene Läden, leere Parkplätze. Ein Geisterdorf, in dem nichts als die verloren gegangene Idylle belebter Winter- und Sommertage zurückgeblieben war. Weiter oben die hell getünchten Villen reicher Unterländer, die zweimal pro Jahr zwei Wochen hier verbrachten. Häuser, die leer vor sich hin dösten und vergebens auf die Kinderseelen warteten, für die man sie gebaut hatte.

Anstelle des direkten Weges um den See schlug ich den Weg zur Prättigauer Strasse ein, der ein Stück weit den Waldrand entlangführte.

Auf einmal nahm ich im rechten Augenwinkel eine Bewegung wahr, ein Schatten, ein Schemen, etwas, das nicht hierherpasste. Ich drehte den Kopf, während ich wieder zügiger lief. Vom Waldweg her bog ein Mann in dunklem Anorak auf die Nebenstrasse ein. Aus einem Instinkt heraus erhöhte ich meine Geschwindigkeit. Ich hätte davon ausgehen können, dass er ein Läufer war wie ich. Doch etwas hielt mich davon ab, es zu glauben. Warum trug er diese schlabbernden Hosen und Militärschuhe? Dann war mir, als hinkte er.

Ich geriet ausser Atem. Mein Zwerchfell schmerzte. Ich zwang mich weiterzulaufen. Immer wieder warf ich einen Blick zurück. Nebel kroch über den Boden. Die Distanz zwischen dem Fremden und mir verringerte sich. Es kam mir vor, als trete ich an Ort.

Ich schaffte es nicht mehr. Bis zur Hauptstrasse lagen noch etwa zweihundert Meter vor mir. Ich hielt abrupt an. Der Fremde tat es mir gleich. Fünfzig Meter hinter mir. Er starrte in meine Richtung. Er hielt etwas in der Hand, was ich aus dieser Entfernung nicht erkennen konnte.

Was sollte das? Panik ergriff mich.

Ich nestelte an meiner Jackentasche und suchte nach dem iPhone. Ich erinnerte mich, dass ich es im Wagen hatte liegen lassen. Wie fahrlässig von mir. Wie dumm überhaupt, dass ich mich dermassen erschrecken liess. Selbst schuld. Warum musste ich ausgerechnet heute bei diesem Wetter um den See laufen?

Ich setzte zum Weiterrennen an. Um mich herum jetzt nur noch Wiesen. Als silbergrüne Flächen im Nebelgewand. Gräser, die sich durch den letzten Frost gekämpft hatten. Schmutzige Schneereste und weiter unten der Weg, auf dem ich eigentlich hätte gehen sollen.

Der Fremde hatte sich ebenfalls wieder in Bewegung gesetzt.

Er verfolgt mich, ging es mir durch den Kopf. War er einer von Haiders Männern? Aber wie hatte er mich gefunden?

Ich setzte zum Spurt an. Nur noch ein paar Meter bis zur

Hauptstrasse. Der Abstand zum Verfolger vergrösserte sich wieder. Ein Motorengeräusch liess mich hoffen. Ein Traktor ratterte von hinten auf mich zu. Neben mir tauchte das Rad mit dem groben Profil auf. Schmutz und Strohhalme klebten zwischen den Reliefen. Ich sah zur Kabine hoch und erkannte den Mann vom Höhwaldhof. Ich winkte ihm zu. Er fuhr weiter, ohne mich zu beachten.

Ich schrie jetzt, hatte jedoch keine Chance, dass er mich hörte. Er trug einen Ohrenschutz und schien die Welt um sich herum zu vergessen. Der Traktor entfernte sich. Ich sah es als ein abgekartetes Spiel zwischen den beiden Männern an, als kannten sie sich und würden mich austricksen. Ich holte alle Kraftreserven aus mir heraus. Rannte nun hinter dem landwirtschaftlichen Gefährt her. Bis zur Strasse. Auf meiner Zunge schmeckte ich Blut.

Auch hier schien alles wie ausgestorben. Es graute mir davor zurückzusehen. Tat es trotzdem.

Der Fremde war verschwunden. Ich setzte mich zitternd auf die Bordsteinkante, prustete die Luft aus, spuckte Blut, spürte mein Herz bis zum Hals schlagen. Bildete ich mir alles nur ein? Ich war doch sonst nicht so zartbesaitet.

Den Weg bis zum Parkplatz ging ich über den Velostreifen. Möglichst kein Risiko mehr eingehen, redete ich mir ein. Ausser wenigen Autos begegnete mir kaum jemand. Ein Lastwagen tuckerte an mir vorbei. Ich sah das bärtige Männergesicht hinter dem Fensterglas, spürte wieder diesen Stich in meiner Brust.

Zurück beim Wagen, setzte ich mich hinter das Lenkrad. Ich schloss die Augen und fühlte meinen Pulsschlag allmählich zur Ruhe kommen.

Unmöglich, dass Haider einen seiner Männer nach Davos gesandt hatte. Er wusste nicht, wo ich logierte, ausser er hätte mich klammheimlich verfolgt. Wenn er mich bespitzeln wollte, hätte er sich jedoch zuerst an Vaters Privatadresse gewandt. Ich hatte die Quittungskopien auf seinem Tisch liegen gelassen. Er musste davon ausgehen, dass ich die Originale vergessen hatte.

Er hätte keinen Grund gehabt, mir zu folgen. Dadurch hätte er sich bloss verraten.

Ich öffnete meine Augen wieder und wäre vor Schreck fast gestorben.

Da stand er, der Fremde, und beugte sich über die Frontscheibe. Arme und Hände hielt er auf Augenhöhe wie vorhin im Wald. Nun erkannte ich deutlich, was er in den Händen hielt.

Nein, keine Pistole.

Eine Kamera!

Er fotografierte mich.

«Was zum Teufel!» Ich hatte mich schnell gefasst, fand es nur noch unverschämt. Ich stiess die Tür auf und sprang vom Sitz. Die gesamte angestaute Spannung wich von mir. «Was erlauben Sie sich!»

Ich sah in ein verdattertes Gesicht, das einem jungen Mann gehörte. Sein Anorak war ihm eine Nummer zu gross, die Schlabberhose über dem Knie zerrissen. Dem einen Schuh fehlte der Bändel. Das war keiner von Haiders Gefolge.

Über sein von Pickeln übersätes Gesicht huschte ein Schatten.

«Will man Fotos auf die Schnelle, ist der Nori grad zur Stelle.» Zuerst zögernd, dann voller Enthusiasmus zeigte er mir seine digitale Kamera neueren Modells.

«Und dabei erschrecken Sie die Leute?»

Er lachte nur.

«Geben Sie mal her.» Ich griff nach der Kamera. Er hielt sie wie ein störrisches Kind fest.

«Weg da! Weg da! Das ist *meine* Kamera!»

«Ja, ja, Sie bekommen sie schon wieder. Was sagten Sie, wie Sie heissen?»

«Ich bin der Nori Camastrahl aus dem schönen Dischmatal.» Er liess die Kamera los und verzog seinen Mund zu einem Grinsen. «Wie ist der Name der geehrten Dame?»

Ein Witzbold!

Ich nannte meinen Namen, setzte das Gerät in Betrieb und schaltete auf Menü, wo ich die Fotos abrief. Ich hatte schon längst bemerkt, dass Nori etwas Einzigartiges war. Seine spastischen Bewegungen erklärten wortlos seine Behinderung.

Möglicherweise Autismus oder eine Form davon. Ich wusste zu wenig über dieses angeborene Defizit. Aber ich hatte schon gehört, dass solche Menschen in ihrer eingeschränkten Welt ihre eigene Genialität entwickelten.

«Du hast ganz viele Bilder gemacht. Fast zweitausend. Wann hast du die Kamera denn bekommen?»

Nori strahlte. «Mein Geburtstag war's an einem Morgen. Bis dahin plagten mich kaum Sorgen.»

«Was denn für Sorgen?» Ich konnte mir ein Lächeln nicht verkneifen. «Und wann hast du Geburtstag?»

«Nein, das war ein Scherz. Am 28. März.»

Oft war auf den Bildern kaum etwas zu erkennen. Verschwommene Konturen von etwas, was ich selbst mit viel Phantasie nicht erraten konnte. Ich scrollte zurück bis zum Todestag meines Vaters. Nori hatte den See aus verschiedenen Blickwinkeln abgelichtet. Manchmal gab es von der einen zur anderen Aufnahme kaum einen Unterschied. Ein avantgardistischer Kunstversierter hätte sie vielleicht als neue Ausdrucksform betrachtet. Ich ging noch weiter zurück. Auf jedem Bild waren das Datum und eine auf die Sekunde genaue Zeitangabe vermerkt.

Nachtaufnahmen. Etliche Bilder in Schwarz und Dunkelgrau. Schemenartige Konturen. Zwischendurch fluoreszierende Gestalten. «Was ist denn das?»

Nori näherte sich meinem Gesicht und blickte zeitgleich mit mir auf das Bild. «Das sind Theaterproben, den Turnverein zu loben. Übt für das grosse Fest schon lange. Mit Wehleiden, Weltenschmerz und Bange. Eine moderne Form der Nibelungen. Die Proben sind echt gut gelungen.» Er rezitierte: «Und sind aus alten Mären Wunder viel gesagt, von Helden reich an Ehren, von Kühnheit unverzagt –»

Ich unterbrach ihn und sah mir die Uhrzeit an. «Und die üben so früh am Morgen?»

Nori lachte nur.

Ich wollte schon aufgeben, als mich ein Bild in seinen Bann zog. Ich spürte meine Hände schweissnass werden. «Wann hast du dieses Foto gemacht?»

Nori sah sich das Datum an. «Und wenn zu Nacht, wird nie gelacht …»

Ich holte mein iPhone aus dem Wagen, stellte es auf Kamera ein und fotografierte das Bild. Mein Herz klopfte wie wild.

Nein, das durfte nicht sein. Das war eine Täuschung. Ein Zufall. Eine Verwechslung.

★★★

Es war zu viel gewesen.

Im Zimmer warf ich mich mit allem, was ich trug, aufs Bett. Die Bilder, die ich mir am liebsten aus dem Gedächtnis weggedacht hätte, blieben vor meinem geistigen Auge wie Kletten haften. Was alles hatte sich seit Vaters Tod geändert? Hatte ich mit meiner Rastlosigkeit und Neugier etwas heraufbeschworen, das man besser im Verborgenen gelassen hätte?

Ich setzte mich auf und studierte die Pinnwand. Was hatte Vater mit dem Österreicher tatsächlich zu tun gehabt? Er, der sich oft sehr negativ über die Leute aus dem Nachbarland geäussert hatte. Warum dieser Gesinnungswandel? Steckte etwa doch eine Frau dahinter? Hatte Vater gehofft, auf diesem Weg zu einer Frau zu gelangen? Oststaatenfrauen, so sagte man, kämen in die Schweiz, um sich einen gut situierten Mann zu angeln. Man konnte sie aus billigen Katalogen bestellen wie Kleider von einem Versandhandel.

War Vater der Köder gewesen?

Hatte er unter Umständen eine Frau bestellt und war nicht zufriedenstellend bedient worden? Aber warum zweimal ein solch exorbitanter Betrag?

Nein und nochmals nein! Das traute ich meinem Vater nicht zu.

Aber was traute ich ihm überhaupt zu?

Er war ein Männlichkeitsfanatiker gewesen, der an alten Traditionen festhielt. Frauen, war seine Meinung gewesen, seien dazu da, sich dem Haushalt und den Kindern zu widmen und den Mann zu verwöhnen. Er hatte sie dementsprechend behandelt. Meinen beruflichen Zielen hatte er nicht entsprochen.

Für eine Frau gehöre es sich nicht, wenn sie die Karriereleiter emporsteige, hatte er gesagt. Ich solle mir einen Beruf aussuchen, der für meinesgleichen geeignet sei. Er hätte mich lieber als Bankangestellte gesehen. Doch sein Problem war ein anderes gewesen. Er hatte es kaum verkraftet, wenn eine Frau in der Hierarchie über ihm stand. So hatte er stets nur mit Männern im beruflichen Leben zu tun gehabt. Von erfolgreichen Frauen hatte er sich ganz distanziert. Den Rat einer Frau zu befolgen hatte bei ihm ausser Diskussion gestanden.

FÜNFZEHN

Ein dröhnendes Geräusch weckte mich aus dem Schlaf. Ich versuchte, mich zu orientieren, nachdem mich ein Traum in Schweiss gebadet hatte. Doch ich erinnerte mich nicht genau daran, in welchen Abgründen ich gewesen, in welchen Sumpf ich getreten war oder welche Maschine gerattert und mich beinahe gehäckselt hatte. Das monotone Heulen eines Staubsaugers drang in mein Bewusstsein. Auf dem Korridor wurde rabiat gesaugt. Ab und an knallte die Rotationsbürste gegen die Zimmertür.

Fertig mit Schlafen.

Durch die Rollläden fiel wider Erwarten Sonnenlicht und malte Muster auf die Bettdecke. Es liess mich den düsteren Vortag vergessen, an dem ich mich mit ebenso schwarzen Gedanken gequält hatte, über die ich allerdings eingeschlafen war.

Das Verlangen nach Tomasz' Berührungen traf mich mit aller Härte. Ich vermisste ihn. Nach dem letzten kurzen Gespräch mehr als je zuvor. Ich sehnte mich nach seiner Anwesenheit. Nach dem Druck seines Körpers auf meinem. Einen Augenblick lang liess ich das schmerzliche Gefühl in meiner Brust zu. So viel Schönes lag noch vor mir. «Tomasz. Tomasz. Die Liebe ist ein seltsames Gefüge. Sie hat kein Morgen, und sie hat kein Gestern.» Ich ertappte mich bei Selbstgesprächen.

Was den Tod meines Vaters betraf, billigte er die fatalen Auswüchse nicht mehr, weil sich meine Gedanken nur noch darum drehten. Hätte ich ihm vom Fiasko in Zürich erzählt oder von dem, was sich am Davosersee zugetragen hatte – er hätte mich eigenmächtig von Davos weggeholt.

Nicht nur das. Langsam entglitten mir meine beruflichen Pläne. Ich liebte mein Studium. Aber heute empfand ich jeden Gedanken daran als Qual und jede Aufgabe als Last. Im Grunde war ich nicht so ehrgeizig wie mein Freund. Anstelle der kopflastigen Arbeit an der Universität hätte ich mir einen einfacheren Job vorstellen können. Ich musste über meine Bücher gehen.

Denn wie es jetzt aussah, würde ich den Master verschieben müssen.

★★★

Um zehn hatte ich mich mit Dario verabredet.

Im Gegensatz zum Vortag war der Morgen traumhaft schön. Makellos ein Alabasterhimmel, als hätte die Nacht den Tag aus der Wolkendecke geschält. Doch ein zügiger Wind aus Nordost hatte eingesetzt. Die Temperaturen wirkten fühlbar kühler, als sie in Wirklichkeit waren.

Die Turmglocken der evangelisch reformierten Kirche schlugen zehnmal, als ich beim Stützpunkt eintraf. Man hätte nach mir die Uhr richten können.

Dario stand unter der Tür. Er hatte auf mich gewartet, denn er torpedierte mich mit Fragen, noch ehe ich sein Büro betreten hatte. Er wollte wissen, wie es mir ging und ob ich nach dem Schrecken des vorletzten Abends eine ruhige Nacht gehabt hatte. «Hast du dich gestern erholt?» Er himmelte mich an.

Ich verlor kein Wort über Nori und sagte nicht, dass ich nach dem Laufen den Nachmittag verschlafen hatte.

«Ich habe Leutnant Müller bereits informiert. Er wird gleich zu uns kommen. Möchtest du einen Kaffee?»

«Ein Glas Wasser wäre mir lieber.»

«Gut siehst du aus.» Er konnte seine Augen nicht von mir lassen. Es war mir unangenehm. Ich war für ihn mehr geworden als eine ehemalige Schulkollegin, die in der Klasse hinter ihm gesessen hatte. Er würde nicht aufgeben, bis er mich seiner gewiss war. Er war ein Bündner Bursche. Und die sind stur.

Während ich mich ans Pult setzte, stellte Dario eine Flasche Mineral und drei Gläser hin. «Bitte, bediene dich.» Nach ein paar Belanglosigkeiten wechselte er das Thema. «Auch wenn ich Müller manchmal verwünsche, muss ich neidlos zugestehen, dass er ein verdammt guter Polizist ist. Er hat mir heute in der Früh sämtliche Dokumente über den Fall Haider aufs Pult gelegt.»

«Wie kommt er dazu?»

«Er ist in der glücklichen Lage, bei der Zürcher Kripo einen

Freund zu haben.» Dario zeigte auf das Paket, das neben seinem Rechner lag. «Das Faxgerät lief heute Morgen heiss. Hast du die Quittungen dabei?»

«Weitere Kopien davon. Die Originale sind im Hotel.»

«Kann ich die nochmals sehen?»

Ich kramte die Scheine aus der Tasche und legte sie auf den Tisch. «Was haben die Quittungen mit Haiders Akte zu tun?»

«Als du mir auf der Fahrt nach Zürich über das Verschwinden deines Stiefvaters erzählt hast, liess es mir keine Ruhe.»

«Untersteh dich. Er war nicht mein Stiefvater.»

«Aber ein guter Freund?»

«Er war Mams Freund.»

«Mir fiel auf, dass er beinahe in der gleichen Zeitspanne verschwand, in dem dein Vater Gustl Haider die beiden Summen bezahlt hat.»

Ich streckte meinen Rücken durch. «Das ist Zufall.»

«Ich sehe es nicht so.»

«Dario! Was kleisterst du denn da zusammen? Das eine hat mit dem anderen nichts zu tun.» Ich spürte eine eigentümliche Hitze über meinen Körper kriechen.

Was war, wenn es stimmte?

«Wir sollten dies zuerst näher ansehen, bevor wir uns von dieser Möglichkeit distanzieren.»

«Das ist reine Zeitverschwendung.»

Jemand klopfte.

Die Tür ging auf, und Josias Müller trat in den Raum. Er begrüsste mich knapp. Er wirkte alles andere als gut gelaunt. Aber das sind Polizisten wohl nie. Ihre Arbeit erfordert Ernsthaftigkeit und Neutralität. Es war, als trüge Müller eine Maske, die sein wahres Gesicht bedeckte. Die Brille seine Augen.

«Ihre Aktion vorgestern», sagte er, «war wohl ein Schuss in die falsche Richtung. Was haben Sie sich dabei gedacht? Sie haben Ihr Leben aufs Spiel gesetzt.» Er wandte sich an Dario, während er auf seinem Pult Akten sondierte. «Ich wiederhole, was ich dir heute früh schon gesagt habe. Sollte es noch einmal vorkommen, dass du so was unterstützt, wird es ein Disziplinarverfahren gegen dich geben. Auch wenn es nach Dienstschluss ist.»

Ich sah Dario erröten, während ich Müller in Verdacht hatte, dass er genau das wollte: Dario vor mir blossstellen.

«Das war allein meine Schuld. Wir konnten ja nicht ahnen, dass dieser Haider uns auf die Pelle rückt.»

Müller nahm die Faxblätter an sich und blätterte sie durch. «Er ist ein Krimineller, der nicht lange fackelt. Er hat eine Frau vergewaltigt und ihren Mann angeschossen. Sie sind zum Glück mit einem blauen Auge davongekommen. Nicht auszudenken, was hätte geschehen können.»

Ich grub meine Zähne in die Unterlippe. Zürich war Vergangenheit. Hätte ich ihm vom Vorfall am Davosersee berichten sollen? Ich war mir jedoch nicht sicher, wie ernst ich diese Sache nehmen sollte. Nori galt als einer meiner Trümpfe. Und diesen konnte ich hier aus verschiedenen Gründen nicht ausspielen. Der Ausflug in die Stadt an der Limmat hatte nicht viel Neues zutage gebracht. Es war noch immer ein Rätsel, weshalb Vater diese hohen Summen bezahlt hatte. Wenn ich Müller einweihen würde, wären mir die Hände für weitere Aktionen gebunden. Allein, dachte ich mir, würde ich bestimmt ein Schlupfloch finden, um das Geheimnis zu lüften.

Müller zog zwei Papierbogen aus den Unterlagen und legte sie vor mich hin. «Dario hat mich gebeten, das Verschwinden Ihres Stiefvaters näher anzusehen.»

«Wie bitte?» Ich warf Dario einen verärgerten Blick zu. Wollte er sich damit an mir rächen, weil ich ihn zurückgewiesen hatte?

«Es geht nun nicht mehr nur um ein Verschwinden», fuhr Müller fort, «sondern es geht um Mord. Mittlerweile hat die Zürcher Kripo ihre Ermittlungen nach Davos ausgedehnt. Ich muss Sie nun etwas fragen, Allegra, und ich erwarte von Ihnen eine klare Antwort.» Er blickte mich mit gekrauster Stirn an. «Kann es sein, dass Ihr Vater wusste, dass Ihre Mutter eine neue Beziehung eingegangen war?»

«Ich verstehe Ihre Frage nicht.» Ich sah Dario an, der seine Augenlider gesenkt hatte.

«Ich glaube, ich habe mich unmissverständlich ausgedrückt.» Müller lauerte auf meine Antwort.

«Warum hätte ich es ihm verschweigen sollen?»

«Haben Sie Ihrem Vater von Mutters neuer Bekanntschaft berichtet? Ja oder nein!»

«Wenn ich bei ihm war, wollte er immer wissen, wie es mir in Luzern geht. Das scheint mir normal zu sein. Selbstverständlich kam bei dieser Gelegenheit auch Fredy Zumbühl zur Sprache. Mein Vater hat nach der Trennung von meiner Mutter mit Frauenbekanntschaften auch nicht gegeizt. Er hatte viele Affären. Warum sollte meine Mutter nicht die gleichen Rechte haben?»

«Hat Ihr Vater hinsichtlich des neuen Freundes eine Bemerkung fallen lassen, die Sie irritiert hat?»

Ich stiess Luft aus. «Herr Müller, ich war gerade mal dreizehn Jahre alt, als meine Mutter Fredy Zumbühl kennenlernte. Er verschwand ein Jahr später. Ich mag mich um alles in der Welt nicht mehr daran erinnern, was zwischen mir und Vater damals gesprochen wurde. Ich weiss auch nicht, ob er sich je einmal negativ über Fredy Zumbühl geäussert hat.»

«Es könnte doch sein, dass Ihr Vater es nicht duldete, dass seine einzige Tochter unter dem gleichen Dach lebt wie der Liebhaber ihrer Mutter. Erinnern Sie sich daran?»

«Ich bin nicht mehr die einzige Tochter», stellte ich mit verbitterter Stimme klar. Dann erzählte ich von Murielle und ihrem plötzlichen Auftauchen. Ich hatte das Bedürfnis, über das zu sprechen, was ich in den letzten Tagen verdrängt hatte, und vor allem wollte ich von einem unbequemen Thema ablenken. «Mit Vaters Tod haben sich eine Menge geheimnisvoller Türen aufgetan, hinter die ich zu sehen gezwungen werde, ob ich es will oder nicht», endete ich.

Dario, der bis anhin geschwiegen hatte, legte mir die Hand auf die Schultern. Es war nicht bloss eine kameradschaftlich beruhigende Geste. Seine Finger drängten bis zu meinem Ohr vor. Mich schauderte. Ob er mich verstanden hatte, bezweifelte ich.

«Die Zürcher Kripo ist in einer Sache schon viel weitergekommen. Die Waffe, aus der auf Fredy Zumbühl geschossen wurde, ist Haiders Waffe. Die Ballistiker haben die Daten ausgewertet. Das Projektil ist von demselben Typ wie dasjenige, das im Zusammenhang mit dem Vorfall von Haiders versuchter

Tötung gefunden wurde. Damals hatte er einen Schuss gegen den Ehemann seiner Geliebten abgefeuert.»

«Wann war das?» Ich bewegte mich aus seinem Berührungswinkel.

«2004. Daraufhin wurde er verhaftet und die Pistole sichergestellt.»

«Was heisst das?»

«Die Quittungen deines Vaters und das gleichzeitige Verschwinden von Fredy Zumbühl lassen den Verdacht zu, dass ...» Dario lehnte sich jetzt an die Wand.

«Was?»

Müller kam ihm zuvor. «Wir gehen davon aus, dass Ihr Vater möglicherweise Haider den Mord an Fredy Zumbühl in Auftrag gegeben hat.»

Ich fuhr herum. «Das ist nicht wahr. Mein Vater hätte niemals ... Was wollen Sie ihm denn andichten? Ich bin hier, weil ich befürchte, dass man meinen Vater getötet hat, und jetzt soll er plötzlich selbst Täter gewesen sein?»

«Die Indizien sprechen eine eigene Sprache. Wir werden auch Ihren Bruder vorladen. Soviel wir wissen, hat Valerio während seines Besuches im Gymnasium bei Ihrem Vater gelebt.»

«Das wusste ganz Davos. Mein Vater war ja kein Unbekannter. Und hier in diesem Hochtal blickt jeder auf die Unzulänglichkeiten anderer, um nicht selbst in den Fokus seiner eigenen zu geraten.» Ich räusperte mich. «Sie gehen davon aus, dass mein Bruder etwas mitbekommen hat?» Ich brachte das Gefühl nicht los, dass Müller mich verunsichern wollte. Was wusste er? Und wie weit würde er gehen?

«Wir müssen jedem Verdachtsmoment nachgehen», meinte er.

«Das ist doch alles nur ein blöder Zufall.» Meine Stimme klang nicht mehr sehr gefestigt. Ich verwünschte meine Neugier. Ich hätte nicht in Vaters Unterlagen schnüffeln sollen. Ich hatte etwas in Bewegung gesetzt, das nun ausartete.

Was hatte Mam gesagt? Ich solle keinen schlafenden Hund wecken?

Hatte ich ihn bereits geweckt?

«Allegra!» Müller riss mich aus meinen Gedanken, als hätte

er geahnt, wohin sie mit mir gingen. «Ich verbiete Ihnen, auf eigene Faust zu recherchieren. Hier geht es nicht mehr nur um eine Vermutung, die man beliebig weiterspinnen kann. Der Mord am Freund Ihrer Mutter ist Fakt und muss aufgeklärt werden. Doch dazu kann ich Ihre Hirngespinste nicht brauchen, weder Rundumschläge noch Aktionen, die Sie in Lebensgefahr bringen. Das ist jetzt alleinige Sache der Kriminalpolizei. Habe ich mich klar ausgedrückt?» Er kratzte sich den Haarboden. «Noch etwas: Sie müssen mir die Quittungen aushändigen.»

«Welche Quittungen?» Ich warf Dario einen schnellen Blick zu. Dario hob die Schultern. «Ach, so ist das.» Ich sah meinen ersten und einzigen Trumpf gegen Haider bachab gehen. Andererseits war er jetzt Bestandteil der polizeilichen Ermittlungen und durfte von mir nicht zurückbehalten werden. Ich öffnete meine Handtasche, entnahm ihr die Quittungen, die ich erst noch verräumt hatte, und legte sie auf den Tisch.

«Sind das die Originale?»

«Kopien.»

«Sie müssen uns die Originale aushändigen.»

«Ich werde sie nachliefern.» Ich griff nach der Mineralflasche, schraubte den Deckel auf und goss Wasser in das bereitgestellte Glas. Einen Moment lang verlor sich mein Blick in den aufsteigenden Bläschen. «Was also soll ich tun?»

«Am besten nichts.» Dario stiess sich von der Wand ab. «Sofern es angebracht ist und uns nicht in den Ermittlungen behindert, werden wir dich selbstverständlich informieren.» Jetzt kam der Polizist durch. Seine Gesichtszüge verhärteten sich. «Wir müssen dich jetzt bitten zu gehen.»

Das war unmissverständlich. Ich trank das Glas leer. «Gut.» Doch nichts war gut.

Eine Verstrickung von Begebenheiten und Zeitüberschneidungen, die, wenn man sie eindimensional betrachtete, diese Schlussfolgerung mit sich bringen musste: Vater hatte einen Mord in Auftrag gegeben.

★★★

Meine Brust bebte. Meine Kehle schnürte sich zu. Von der Lebendigkeit des Tages nahm ich kaum etwas wahr. Menschen huschten an mir vorbei. Es hätten auch Geister sein können, eingebildete Schatten. Ich ging wie in Trance zurück zum Hotel. Einmal rempelte mich jemand an, weil ich ihn gestossen hatte. Das Gehupe eines Autos hielt mich davon ab, achtlos eine Strasse zu überqueren. Ich trug Scheuklappen, hatte den berühmten Tunnelblick. An dessen Ende sah ich Vater, wie ich ihn in Erinnerung hatte. Ein rüstiger Alter mit Marotten, über die man gelächelt hatte. Ein Zeitgenosse, der sich ans Leben klammerte und alles dafür tat, um der Endgültigkeit ein Schnäppchen zu schlagen. Der Tod hatte für ihn nicht existiert. Sein Leben war auf der Überholspur gewesen. Erst noch hatte er sich einen neuen Sportboliden gekauft, war mit offenem Dach und Rastamütze durch die Gegend geflitzt. Den Stereosound aufs Maximum gestellt. Er war denn auch der Einzige gewesen, der alpenländische Musik in dieser Lautstärke hörte. Auffallen um jeden Preis.

Warum hätte er dieses Leben mit einem Auftragsmord aufs Spiel setzen sollen?

Was war vor zehn Jahren gewesen? Was geschehen?

Damals hatte ich mit meinem Vater weniger als üblich Kontakt gepflegt. Unsere Treffen beruhten darauf, dass er mir über sich und seine neuen Projekte berichtete. Vor seiner Pensionierung hatte er im Prättigau ein grosses Grundstück gekauft und darauf Häusermanns Kuben bauen lassen. Der Bau hatte ihn über mehrere Jahre hinweg beschäftigt. Zwischendurch war er auf Reisen gewesen oder hatte wochenlang im Ferienhaus in der Toskana verbracht. Es stellte sich mir die Frage, ob Vater genügend Energie gehabt hatte, nebst alldem das Leben meiner Mam zu beobachten und ihren Partner aufgrund einer krankhaften Eifersucht zu eliminieren.

Vater war zweifelsohne ein leidenschaftlicher Mensch mit einem cholerischen Temperament gewesen. Er hatte Charisma ausgestrahlt. Zugegeben, nicht immer ein gutes. Aber mutete ich ihm einen Mord zu?

Im Zimmer angekommen, betrachtete ich die Pinnwand. Leider fand ich weder auf den Fotos der Frauen noch auf den Namenskärtchen eine Antwort. Doch eines war gewiss: Ich würde zwei neue Namen einfügen müssen. Meine Mam und Fredy. Nach allem, was ich in der Zwischenzeit erfahren hatte, durfte ich dies nicht einfach ignorieren. Ich heftete die Kärtchen hin und zog eine Verbindungslinie zwischen ihnen und dem Kärtchen mit dem Namen «Bartholomäus».

Fredy Zumbühl.

Ich hatte kaum Erinnerungen an ihn. Ich war ihm ausgewichen, wo ich konnte. War er zu Hause gewesen, schloss ich mich in mein Zimmer ein. Er hatte in einer Parallelwelt gelebt. Ich hatte ihn akzeptiert, weil Mam glücklich mit ihm war. Das hiess aber noch lange nicht, dass ich es auch hätte sein müssen. Fredy war okay gewesen. Aber war er der Grund für Vaters Tod? *Der* Grund?

Meine Mam.

Wie sollte ich den Menschen beschreiben, der mir seit jeher am nächsten stand? Sie war eine aufopfernde, manchmal geradezu übertrieben aufopfernde Frau. Die Nöte und Sorgen anderer vermochten sie mehr zu beschäftigen als ihre eigenen. Von sich selbst sprach sie kaum. Vielleicht war ich zu wenig sensibel, um in ihre Seele zu blicken. Die hielt sie selbst vor mir verschlossen, als müsste sie mit allem, was ihr zustiess, selbst fertigwerden. Aus ihrem Leben erzählte sie kaum etwas, ausser ich bohrte mit Fragen, denen sie nicht auszuweichen imstande war. Von der Beziehung mit meinem Vater kannte ich bloss Fragmente, die ich selbst zu einem Gesamtbild zusammensetzen musste. Was in ihrer Ehe wirklich geschehen war, blieb für mich ein Rätsel. Kinder spüren wohl Veränderungen. Aber sie zuzuordnen oder zu begreifen – dazu fehlt ihnen der Verstand. Ich war zu jung gewesen, um etwas in die Richtung wahrzunehmen. Einzig Luzis Übergriff hatte Mam mir detailgetreu geschildert, nachdem ich sie auf ihre Narbe am linken Oberarm angesprochen hatte.

Die Situation erwies sich als sehr verworren. Ich hatte es aufgegeben, von jemandem Hilfe zu erwarten. Meine beiden

Halbbrüder waren mit ihrer Arbeit und Luzi vor allem mit der Familie beschäftigt. Sie sahen eh nur schwarz-weiss. Warteten vielleicht darauf, bis der Notar zur Testamentsvollstreckung einlud. Für sie würde das Leben weitergehen, wie es bisher gewesen war – mit dem einzigen Unterschied, dass ihr Kontostand anwuchs. Valerio tat so, als würde ihn das alles nichts angehen. In ein paar Tagen würde er wieder nach Schätzen untergegangener Kulturen graben. Und Murielle hatte kaum etwas anderes als ihre Reisen rund um den Erdball im Kopf.

Murielle. Vielleicht lauerte sie ebenso auf eine fette Beute.

Ein Griff nach dem Telefon. Ich wollte gerade Tomasz' Nummer wählen, als ich ein Knistern vernahm.

«Hallo?»

«Auch hallo», kam es zurück.

«Tomasz, gerade eben wollte ich dich anrufen.»

«Dasselbe hatte ich vor.» Er lachte. «Wem wird das Gespräch jetzt verrechnet?»

«Das ist Gedankenübertragung. Ich übernehme die Kosten.» Ich atmete auf.

«Ich spüre, dass es dir nicht gut geht.»

«So in die Richtung. Das Blatt hat sich gewendet. Fredy Zumbühls Tod hat eine Eigendynamik entfaltet. Die Ermittlungen reichen bis nach Davos. Mein Vater wird verdächtigt, etwas damit zu tun gehabt zu haben.» Pausenlos sprudelte es aus mir heraus. Ich berichtete Tomasz über alles, was mir in den letzten Tagen zugestossen war. Auch die Geschehnisse in Zürich liess ich nicht ausser Betracht. Tomasz unterbrach mich kein einziges Mal. Er kannte mich mittlerweile so gut, dass er sich keine Bemerkungen mehr erlaubte. Er wusste um meine Hartnäckigkeit.

«Du bist die geborene Ermittlerin», meinte er nur. «Du solltest dir überlegen, ob du dein Studium beenden willst oder in einen Beruf einsteigst, um später die Polizeischule zu absolvieren. Ich meine, gemeinsam könnten wir doch …»

«Schon wieder eine Liebeserklärung?» Schade, dass Tomasz mich nicht sah. Ich musste so schmunzeln, dass es mir die Mundwinkel fast bis zu den Ohren zog. Und mein Herz machte einen so grossen Hüpfer, dass ich am liebsten das Telefon umarmt hätte.

«Wie willst du weitermachen?»

«Aha, du gehst also davon aus, dass ich weitermache?»

«War das jetzt eine ernsthafte Frage?»

«Hm … ich halte zwar nichts vom Hokuspokus einer Handleserin. Aber ich habe mir überlegt, ob mir Marisa de Boni trotzdem eine Richtung weisen könnte. Vielleicht sieht sie anhand meiner Lebenslinien gewisse Bilder, die mir behilflich sein könnten.»

«Das ist hinausgeworfenes Geld.» Ich hörte Tomasz durchs Telefon schniefen. «Sie betreibt das Cold Reading.»

«Das habe ich ihr auch gesagt. Nur vermute ich, dass sie mehr über meinen Vater weiss, als sie mir letzthin verraten hat.»

«Was soll ich sagen? Mach, was du für richtig hältst.»

«Wie geht es übrigens Mam?»

«Ich sehe sie kaum, da sie ganztags arbeitet. Abends schläft sie dann vor dem Fernseher ein.»

«Ich werde nach dem Besuch bei Marisa de Boni nach Luzern zurückkehren. Ich muss mit Mam reden. Ich befürchte, dass sie mir eine Menge verschweigt, was für meine weiteren Ermittlungen relevant sein dürfte.»

«Gib mir Bescheid. Ciao, amore. Ich liebe dich.» Tomasz brach die Verbindung ab.

Mir blieb nichts als der Piepton. Ja, so war Tomasz. In Herzensdingen gab er mir meistens keine Gelegenheit, etwas zu erwidern. Vielleicht aus Angst, ich könnte den Moment mit meiner Pragmatik zunichtemachen. Oder er dachte, dass seine Worte in mir länger nachwirken würden, wenn ich nicht dazu kam, sie zu kommentieren.

Er liebte mich. Und genau das trieb mich voran.

SECHZEHN

Bitte im Kreisverkehr leicht links. Nehmen Sie die dritte Ausfahrt.
Dem Strassenverlauf dreihundert Meter folgen.
Demnächst erreichen Sie einen Kreisverkehr.
Bitte im Kreisverkehr geradeaus. Nehmen Sie die zweite Ausfahrt.
In fünfzig Metern erreichen Sie das Ziel. Es liegt auf der linken Strassenseite.
Sie haben das Ziel erreicht.

Ich sah das «Haus zu den drei Birken», wie Valerio es mir beschrieben hatte, hinter einem offenen Gittertor in einem Park stehen. Ich suchte nach einer Möglichkeit, vor Ort zu parken. Ich fuhr eine Häuserzeile weiter und entdeckte einen Block aus den siebziger Jahren, der die beste Zeit hinter sich hatte. Schmale Balkone und Fenster, hinter denen Pflanzentöpfe standen und vergilbte Vorhänge darauf warteten, bis sie ganz auseinanderfielen. Zwischen einem Hydranten und einem umgeknickten Pfahl dann ein leeres Parkfeld.

Wenn möglich bitte wenden.

Hinter mir hupte ein Automobilist, der sein Temperament nicht zu zügeln vermochte. Offensichtlich war er sauer auf mich, weil ich das Linksabbiegen anzeigte und er die Geschwindigkeit verringern musste. Er überholte mich rechts und zeigte mir den Vogel. Ich winkte ihm zu, während er mir etwas zukeifte, was ich nicht verstand. Eine Luzernerin mit Bündner Wurzeln hatte es in Zürich nicht leicht.

Wenn möglich bitte wenden.

Ich riss das Lenkrad herum und schnitt einem entgegenkommenden Wagen den Weg ab. Noch einmal musste ich mich einem Hupkonzert aussetzen, bis ich merkte, dass das Abbiegen verboten war. Egal: Ich parkte ein.

Die Route wird neu berechnet.

«Vermaledeite Technik!» Ich stellte den Motor ab, packte meine Handtasche und stieg aus. Heute war nicht mein Tag.

Ich ging bis zum Gittertor und sah am Ende der Allee zum Haus, einem etwas heruntergekommenen herrschaftlichen Anwesen. Davor in einem leichten Flaum aufbrechender Blattknospen wuchtig drei Birken.

Daher der Name.

Eine Beschriftung war nicht angebracht. Die hellgelbe Fassade jedoch stach schon von Weitem ins Auge. Darauf war eine offene Hand hingemalt, auf der zwei Engel sich umarmten. Raffael hätte seine helle Freude daran gehabt. Links und rechts gab es Fensterfronten, die sich beidseitig um die Ecke fortsetzten. Sie waren mit blickdichtem blauem Stoff behangen, vereinzelt Sterne aufgenäht. Auf den niedergesetzten Simsen hinter dem Glas wimmelte es von Engeln und Glöckchen. Früher musste es hier wohl ein Hallenbad oder eine Halle für Familienfeste gegeben haben. Der bogenförmige Eingang war mit Brettern verschlossen und zugenagelt, liess jedoch die Blüte einer vornehmen Epoche erahnen.

Ich ging seitlich eine geschwungene Treppe hoch, die zum Hochparterre führte. Eine Tür stand einladend offen. Schon beim Eintreten schlug mir der penetrante Geruch von Räucherstäbchen entgegen, der längst vergessene Bilder assoziierte. Ich erinnerte mich daran, wie ich mit meinem Bruder den ersten Joint geraucht hatte. Hinter den Mauern bei der Englischen Kirche war es gewesen, unmittelbar nach Valerios Maturafeier. Da hatte er mir Gras angeboten. Ich war erstaunt gewesen, wie wirkungslos das Rauchen nach drei Zügen war. Ich hatte mehr erwartet. Doch der Rausch war Schlag auf Schlag gekommen und hatte mir einen Horrortrip beschert. Monster hatten mich in die Hölle gezogen und mich in eine immer tiefer reichende Spirale trudeln lassen. Ich hatte die Kontrolle über mein Tun verloren. Ich war mir abhandengekommen und hatte erfahren, wie es sich anfühlt, wenn seelische Abgründe sich öffnen und ihre dunkle Seite entlarvt wird.

Ein Klingeln kündete meine Ankunft an. Ich fand mich in einem grosszügigen Entrée wieder, das etwas verstaubt wirkte. Schwere Draperien vor den beidseitig angebrachten Fenstern liessen kaum Tageslicht herein. Ein schwarzer Lüster hing von der Decke und vermochte den Raum nicht wirklich zu erhellen. Auf dem Tisch in der Mitte thronte eine Figur, die ich keiner Kultur zuordnen konnte. Sie stellte eine Kreatur mit einer Fischflosse und einem Widderkopf dar. Zur Linken stand eine Chaiselongue, mit rotweinfarbenen Kissen üppig dekoriert, zur Rechten ein Tischchen und zwei Ohrensessel.

Ich kam mir wie ein Kind vor, das sich in einen Märchenwald begibt. In jeder Ecke warteten Überraschungen darauf, von mir entdeckt zu werden. Die dunkelgrüne Tapete mit dem Paisleymuster. Die Kommode mit den verschnörkelten Griffen. Der in Gold gefasste Spiegel, der den Raum optisch vergrösserte, das Windspiel, dem der Luftzug helle Klänge entlockte, und die schwarzen Kerzen, die aus einem überdimensionierten Ständer zu wachsen schienen.

Marisa de Boni tauchte wie aus dem Nebel durch einen Kettenvorhang auf, der bei der leisesten Bewegung klimperte. Es kam mir wie eine Inszenierung vor. Sie trug ein bodenlanges schwarzes Leinenkleid und unzählige Ketten um den Hals, als müsste sie allein durch ihre Kleidung den Anschein erwecken, wie besonders sie war. Heute hatte sie eine Aura, die unheimlich auf mich wirkte.

«Allegra, was für eine Überraschung.»

«Störe ich?»

«Aber nein. Mein letzter Kunde ist gegangen. Bis um halb vier habe ich frei.»

«Ein grosses Haus, das Sie haben.» Ich blieb vor der Fisch-Widder-Figur stehen. «Wohnen Sie allein?»

«Nicht ganz. Das dritte Geschoss wurde einem Ensemble von der Musikakademie vermietet.»

«Dem Konservatorium Zürich?»

Marisa lächelte. «Ja natürlich. Die Räume unter dem Dach dienen als Probelokal für Violinisten und Cellisten. Auch ein Piano gibt's dort oben.» Sie gestikulierte so, als würde sie auf einer unsichtbaren Klaviatur spielen. «Aber das wird selten gebraucht.»

«Ich bin von Haus aus sehr neugierig», sagte ich. «Haben Sie das Anwesen gekauft?»

«Sagen wir es so: Ich habe es vor dem Ruin gerettet. In den siebziger Jahren wurde die Villa von Randständigen besetzt, nachdem die Behörde sie hatte abreissen wollen. Ich wehrte mich damals und stellte ihnen Konzepte vor, wie man das Haus nützen könnte. Man organisierte dann verschiedene Anlässe und Kunstausstellungen. Aber die Künstler und Musiker haben von der Stadt mittlerweile ein eigenes modernes Haus bekommen. Irgendwann verdiente ich selbst so viel, dass ich die Villa der Stadt abkaufen und renovieren konnte. Das Haus wurde unter Denkmalschutz gestellt. Die Stadt kaufte es zurück. Seither geniesse ich Wohnrecht, muss einen bescheidenen Beitrag leisten und dafür sorgen, dass es nicht vergammelt.»

«Aha.»

«Ich weiss, die Fassade. Sie erweckt noch keinen sehr einladenden Eindruck. Eine sanfte Renovation ist vorgesehen. Aber das ist Sache der Stadt. Und das kann länger dauern.»

«Und was ist mit dem Erdgeschoss? Die Tür ist verbarrikadiert.»

«In den zwanziger Jahren diente es der Zürcher Noblesse als Tanzlokal. Für mich dient es lediglich als Lager meiner tausend Sachen. Ich bin eine Sammlerin, müssen Sie wissen. Vielleicht werde ich die Tür mal öffnen und mein Sammelsurium für jedermann zugänglich machen.»

«Und wo befindet sich der Laden? Valerio hat mir davon erzählt.»

«Ach, der ist nicht der Rede wert. Er ist oben. Im Moment habe ich ihn geschlossen. Muss zuerst wieder ein paar Sachen besorgen, die fehlen.»

Marisas Umarmung hatte ich mir nicht gewünscht. Trotzdem liess ich sie zu. Ihre Finger waren voll beladen mit Ringen, was ich so nicht in Erinnerung hatte.

«Haben Sie das Rätsel lösen können?» Ihre schwarzen Augen fixierten mich so eindringlich, dass es mich fröstelte.

«Deswegen bin ich hier.» Ich entschuldigte mich für das Versäumnis, mich bei ihr nicht angemeldet zu haben.

«Sie sind ein spontaner Mensch, ich weiss.» Marisa wies mich zu dem runden Tischchen. «Setzen wir uns doch, und Sie sagen mir, was Sie von mir wissen möchten. Ich berechne Ihnen jedoch zweihundert Franken pro Stunde.»

Zögernd liess ich mich auf dem Plüschsessel nieder, der mir ein wenig schmuddelig erschien. Ich sank denn auch viel zu tief in ihm ein. «Ich habe nicht vor, so lange zu bleiben. Aber ja, das ist okay. Nur weiss ich nicht, wo ich beginnen soll.»

«Die Frau von der Insel beschäftigt Sie noch immer», nahm mir Marisa den Einstieg ab.

«Ich habe die Frau nicht gefunden.»

«Sie ist nicht greifbar in dem Sinne …» Marisa beugte sich über den Tisch und griff nach meinen Händen, was mir unangenehm war. Wollte sie mir ungefragt aus der Hand lesen? Doch sie kam auf etwas ganz anderes zu sprechen. «Ich glaube, es ist an der Zeit, Ihnen eine Geschichte zu erzählen.»

Ich zog meine Hände zurück. So viel Nähe vertrug ich nicht.

«Vor ungefähr dreissig Jahren kam Ihr Vater zu mir nach Zürich. Seine Frau Franca hatte ihn gerade verlassen. Er war am Boden zerstört, weil er seinen Sohn Andrin nach Bernadettes und Luzis Wegzug in ihre Obhut gegeben hatte. Sie war ihm wie eine Mutter gewesen. Er spielte mit dem Gedanken, Franca mit viel Geld zu ködern, dass sie wieder zu ihm zurückkehren möge. Doch sie hatte sich entschlossen, in ein Kloster zu gehen.» Marisa schlug die Hände zusammen. «Mein Medium riet davon ab. Ihr Vater aber wollte sich nicht damit zufriedengeben. Ich war gezwungen, meine Fragen ins Universum zu schicken und auf eine Antwort zu warten, welche Bartholomäus' Lage den Schrecken nahm.»

Mir schwindelte plötzlich. Marisas Welt schien mir finsterer als je zuvor. Tief durchatmen. Locker bleiben. An ein Eis am Stiel denken, an einen Zuber mit kaltem Wasser, in den ich meine Füsse tauchte.

Ich fühlte mich eingeengt. Die von Räucherstäbchen geschwängerte Luft nahm mir den Atem.

Marisa hatte einen Vogel.

Marisa hatte wirklich einen Vogel.

Hinter dem Kettenvorhang nahm ich die Umrisse eines Käfigs wahr. Ein Schatten hüpfte von einer Stange zur anderen.

Manchmal rasselte ein Kettchen, wenn das Gefiedertier daran stiess.

Marisa folgte meinem Blick. «Das ist Carlita, ein Wellensittichweibchen. Es spricht mit mir.»

Die Luft im Raum wurde fühlbar stickiger. Der Stoff, auf dem ich sass, klebte an meinen Kleidern. Ich zwang mich zum Durchhalten. Wenn ich das erfahren wollte, was ich mir vorgenommen hatte, musste ich gute Miene zum bösen Spiel machen.

Zwischen Himmel und Erde, hörte ich Mam sagen, existiere mehr, als man glaubt. Es gebe Menschen, die hätten die Fähigkeit, Dinge zu hören oder zu sehen, was für uns Normalsterbliche nicht vorstellbar sei.

Marisa funkelte mich an. «Ich ging in mich. Da sah ich eine Insel inmitten eines blauen Meeres.» Sie bewegte ihre Arme wellenförmig, fast hypnotisch. Zwischen Bewegung und Sprechen liess sie ein eindrückliches *Tahu Diri Dong* anschwellen, ein hypnotischer Singsang unbekannter Herkunft. Ich fürchtete um den Verlust ihres Verstandes. «Palmen und wilde Sträucher. Und am Fusse des weissen Sandstrands stand eine junge Frau mit wallendem dunklem Haar. Und neben ihr ein Mann. Ich sagte zu Ihrem Vater, dass ich ihn mit einer Frau auf einer Insel sehe.» Ihre Stimme klang monoton, als spreche eine andere an ihrer Stelle.

«Und er glaubte an diesen …» Ich suchte nach dem richtigen Wort, «diesen … diese Erscheinung?»

«Er äusserte sich nicht dazu. Vielleicht lachte er darüber. Früher hatte er oft Mühe mit meinen medialen Ratschlägen.»

«Aber das war kein Ratschlag … Sie haben die Frau gesehen?»

«Natürlich. Ich sah die junge Frau auf der Insel. Ein halbes Jahr später kam Ihr Vater zu mir und erzählte mir, dass er sich auf Puerto Rico in eine junge Schweizerin verliebt habe, die dort ihre Ferien verbrachte. Später hat er sie geheiratet.»

«Hat er Puerto Rico gesagt?» Mein Herz schlug heftig. Ich spürte das Pochen bis zum Hals. «Meine Mam hat Vater in San Juan kennengelernt. Sie besuchte dort ihre Grosseltern. Ich erinnere mich, dass sie mir davon erzählt hat. Puerto Rico ist eine Insel im Karibischen Meer.» Ich sah Marisa ungläubig an.

«Aber das kann trotzdem nicht sein. Meine Mam hat sich nach der Scheidung nie mehr mit meinem Vater eingelassen.»

Ich bemühte mich vergebens, dem viel zu weichen Sessel zu entkommen. «Marisa, Sie verschweigen mir doch etwas.»

«Nein, ich habe Ihnen alles gesagt, was ich weiss, das heisst, was ich fühle. Ich sehe keine konkreten Bilder, nur, dass diese Frau von der Insel zurückgekehrt ist. Es liegt etwas in ihrem Wesen, das ich nicht erkennen kann. Dazu müsste sie zu mir kommen. Ich sehe nur das, was mit Ihrem Vater im Zusammenhang stand.»

Mam!

Es ging um Mam.

Diese Erkenntnis wollte in meinem Hirn zuerst keinen Platz finden. Ich erinnerte mich an Sidonias Andeutung, dass sie Mam in Davos gesehen hatte. Aber so genau hatte sie es nicht gewusst. Aber auch Jasmin hatte Vater mit einer fünfzigjährigen Frau zusammen gesehen.

Meine Mam war zweiundfünfzig.

Warum hatte ich sie nie unter Verdacht gehabt? War es überhaupt möglich? Die kleine, zarte Frau, die ich nie anders als die Liebende erlebt hatte. Doch trotz allem hatte ich manchmal das Gefühl bei ihr, ich sähe nur die Spitze des Eisberges. Unter ihrer Oberfläche existierte weit mehr.

Mir schwindelte. Doch diesmal nicht wegen der Räucherstäbchen. Welchen Grund hätte Mam gehabt, Vater zu treffen? Sie, die sich vehement dagegen gesträubt hatte, nach ihrem Reissaus das Landwassertal jemals wieder zu betreten. Sie hatte damals alles aufgegeben, sogar ihre wenigen Freunde. Sie hatte nicht ermessen können, was sie dabei verlor. Immerhin hatte sie zwanzig Jahre in Davos gelebt. Fast ein halbes Leben. Ich hatte bis anhin nie wirklich nach der Ursache ihrer Radikalität geforscht. Es mussten schlimme Dinge geschehen sein, dass sie mit dieser Vergangenheit dermassen abgeschlossen hatte. Die Frage nach dem Warum hatte ich mir nie richtig gestellt. Es gibt tausend Gründe, weshalb eine Frau mit zwei Kindern ihren Mann verlässt. In der heutigen Zeit ist das keine Seltenheit und schon gar nichts Besonderes. Doch so, wie ich Mam einschätzte, hatte sie nicht einfach kampflos aufgegeben. Was aber war wirklich vorgefallen, dass sie Vater so abrupt verliess?

«Sie sehen ganz blass aus», stellte Marisa fest und schickte sich an, wieder nach meinen Händen zu greifen. Diesmal liess ich es geschehen. Es fiel mir zwar noch immer schwer, ihr zu vertrauen.

«Ich versuche gerade, einen Einblick in die gescheiterte Ehe meiner Eltern zu bekommen.»

«Das sollten Sie nicht tun. Was zwischen Ihren Eltern war, ist nicht Ihre Geschichte. Wer gräbt, darf sich nicht wundern, wenn er auf Granit stösst. Ich an Ihrer Stelle würde es lassen. Das ist Vergangenheit.»

«Aber, wenn ich die Vergangenheit kennen würde, verstünde ich die Gegenwart besser.»

«Sie sollten sich überlegen, mit Ihrer Mutter zu sprechen, wenn es Sie dermassen beschäftigt.»

«Sie glauben, dass sie meinen Vater getroffen hat? Aber was könnte es gewesen sein, dass sie nach so vielen Jahren nach Davos zurückkehrte?» Ich stellte die Frage vor allem mir selbst.

Marisas Druck auf meine Hände nahm zu. Dann öffnete sie meine linke Hand. «Das Ganze hat nichts mit Ihnen zu tun. Ich sehe nichts.» Sie hob den Kopf und fixierte mich. «Aber Sie sollten sich endlich für einen Menschen öffnen, der Ihnen sehr nahesteht. Es könnte sonst zu spät sein …»

Ich zog meine Hände zurück. Ich hatte mich schon einmal in dieser Situation befunden. Ich hasste Wiederholungen, wenn es um meine Befindlichkeit ging.

Marisa erhob sich unter Kettenrasseln. «Reden Sie mit Ihrer Mutter. Ich bin mir sicher, Sie wird Ihnen auf dem Weg der Wahrheitsfindung helfen.» Somit schien für sie das Thema erledigt.

★★★

Ich wählte die Strasse durch den Sihlwald, obwohl es ein Umweg war. Die Temperaturen erlaubten mir, mit offenem Dach zu fahren. Der Wind kühlte mein erhitztes Gemüt. Über den

Wald, entlang der Sihl, hatte man früher Schauermärchen erzählt. Kinder seien in ihm verschwunden, schwarze Gestalten hätten sich darin herumgetrieben, Hexensabbat und dergleichen sei dort praktiziert worden. Mit Fredys Tod war der Schrecken wieder zurückgekehrt.

Ich stellte das Radio ein, suchte nach einem Musiksender und bemerkte die CD, die Tomasz bei seiner letzten Fahrt ins Gerät geschoben hatte. Das Londoner Symphonie-Orchester spielte die Paganini-Rhapsodie Opus 43 von Rachmaninow. Im Gegensatz zu mir mochte Tomasz klassische Musik. Er kannte die Komponisten von Bach bis Wolf. Sein Wissen war unbegrenzt, was oftmals unheimlich auf mich wirkte. Woher hatte er all diese Quellen? Er sei belesen, hatte er mir verraten.

Seit es die Autobahn hinter dem Hügel gab, war die Strasse hier wenig befahren. Ich genoss es, mit dem Roadster die Pferdestärken auszuloten, die ansonsten in ihren Zügeln bleiben mussten. Ich schraubte die Musik lauter. Rachmaninow. Tomasz. Ich.

Für eine Weile vergass ich den Grund, weshalb ich auf dem Weg nach Luzern war. Der Fahrtwind streifte mein Gesicht, verfing sich im Haar. Ich hätte jauchzen können, denn die schönste Zeit im Jahr stand vor mir.

Wenn da nur diese Auswegslosigkeit nicht gewesen wäre. Dieses Gefühl der Ohnmacht.

Seit Vaters Tod waren mehr als zwei Wochen vergangen. Tage, an denen ich Dinge herausgefunden hatte, die ich mir in meinen schlimmsten Träumen nicht vorstellen konnte. Unbewusst war ich zur Ermittlerin geworden.

Ging ich meinen Fall richtig an?

Ich hätte den Bezug zwischen Sachverhalt und Tatbestand nicht klar definiert. Was hatte Tomasz damit gemeint? Ich versuchte mir, die Probeklausur ins Gedächtnis zu rufen. An ihrer Stelle formierten sich die Puzzleteile, die ich mir selbst zurechtgelegt hatte. Noch sah ich kein ganzheitliches Bild.

Ein Sachverhalt bezeichne eine Lage, in der sich Gegenstände eines beliebigen Interesses mutmasslich zueinander befinden, hatte ich gelernt. Ich hatte alles gesammelt, was im Zusammenhang mit Vaters Tod hätte stehen können. Wie sah es aus mit dem Bezug zum Tatbestand? Hatte ich es versäumt, für mich eine Bestandsaufnahme zu machen? War es das, was Tomasz gemeint hatte? Irrte ich ziellos in meiner Mikrogalaxie umher? Welches fallrelevante Problem musste ich eigentlich angehen?

Sachverhalt Nummer eins:

Mein Vater starb, obwohl er gesund gewesen war. Eine Bestätigung lag vor. Krankheit oder Gewalteinwirkung konnten ausgeschlossen werden. Doch für mich existierte eine dritte Dimension. Den Beweis dafür hatte mir Marisa geliefert. Ich musste ihr glauben, ob ich wollte oder nicht.

Sachverhalt Nummer zwei:

Meine Brüder litten unter Geldsorgen und Habgier. Dies war das älteste Motiv in der Rechtsprechung. Das hatte ich bereits im ersten Semester gelernt. Trotzdem setzte ich ein Fragezeichen, weil ich diese Möglichkeit bereits gestrichen hatte.

Sachverhalt Nummer drei:

Letícia hatte ihr jahrelanges Martyrium beenden wollen. Sie hatte einen Geliebten, der aber verheiratet war. Sie hatte ihrer Aussage zufolge Vater nicht geliebt. Wo aber steckte die kriminelle Energie?

Sachverhalt Nummer vier:

Gustl Haider hatte von Vater Geld für eine Gefälligkeit genommen. Die Polizei ging davon aus, dass Vater Fredys Ermordung in Auftrag gegeben hatte. Das aber waren bloss Indizien. Oder würde die Beweislage ausreichen? War es sicher, dass Haider aus seiner Waffe geschossen hatte? Einzig die Quittungen würden Aufschluss geben. Bestand die Möglichkeit, dass Vater Haider gedroht hatte, alles auffliegen zu lassen? Falls er Fredy wirklich hatte eliminieren lassen – hatte ihn sein schlechtes Gewissen gequält?

Dunkel und unheimlich wirkte der Wald. Die Bäume standen so eng beieinander, dass sie kaum ein Geheimnis preisgaben, ausser man würde sie durchforsten oder durch das Dickicht wandern, wie es der Rentner mit dem Hund getan hatte. Er musste wohl vom Weg abgekommen sein, sonst hätte man Fredy nie gefunden.

Ich machte einen Überlegungsfehler, denn es gab einen fünften Sachverhalt, der mit den vier anderen nichts gemeinsam hatte. Mam hatte aus irgendeinem Grund Vater getroffen. Wider ihren Vorsätzen, Davos niemals mehr zu besuchen.

Wo aber lag der wirkliche Tatbestand? Gab es keinen? Waren es bloss meine Hirngespinste, wie Müller hatte verlauten lassen?

Die Fallrelevanz hatte sich verschoben. Ich musste davon ausgehen, dass es am Ende um etwas grundlegend anderes ging.

«Ha!» Ich boxte mit der rechten Hand aufs Lenkrad. «So löst man Fälle.» Ich fühlte mich stolz, obwohl ich ahnte, dass in nächster Zeit viel Arbeit auf mich zukommen würde.

Mam war der wunde Punkt.

Wenn ich die vielen Rätsel lösen wollte, musste ich mir Mam vorknöpfen.

★★★

In die Wohnung stürzen und von da aus auf den Balkon, wo Mam um diese Zeit meistens sass, ihr auf die Schultern und sie aus der Reserve klopfen – das hätte meinem diplomatischen Geschick widersprochen. Es hätte Mam noch mehr in ihr Gefühlsschneckenhaus zurückbefördert, aus dem sie ihren Kopf ohnehin nur hinausstreckte, wenn sie sich unangreifbar fühlte.

Tomasz war noch ausser Haus, als ich Mam in der Küche antraf. Sie hatte sich einen Gin Tonic zubereitet und war daran, sich mit dem Getränk auf den Balkon zu begeben.

«Ich leiste dir Gesellschaft», begrüsste ich sie. «Du weisst, wie sehr ich solche Nachmittage, zusammen mit dir, gemocht habe. Aber ich werde auf den Gin verzichten.»

Als hätte sie geahnt, dass demnächst viel Unangenehmes auf sie zukommen würde, stiess sie mich durch das Wohnzimmer auf den Balkon und sagte: «Ich rede nicht.»

Über den Pilatus fächerte im Blau des Himmels Wolkenstaub. Ein Flugzeug zerschnitt ihn stumm und hinterliess ein auseinanderfledderndes weisses Band.

Wir setzten uns auf die Stühle und schwiegen vorerst vor uns hin.

Mam hatte für mich immer eine Vorbildfunktion gehabt. Ich bewunderte sie, wie sie ihr Leben meisterte. Sie vermittelte gegen aussen die Ruhe selbst. War in Dingen überlegen, mit denen andere in der gleichen Lebenslage haderten. Ihre Vorwärtsstrategien liessen kein Nachtragen zu, enttabuisierten jedoch auch das Vergessen.

Sie nun plötzlich als direkte Widersacherin meines Vaters zu sehen entsprach nicht den Gefühlen, die ich sonst für sie empfand. Ich fragte mich, was sich in ihrem Leben kumuliert hatte, um in einem tragischen Drama zu enden. Ob es überhaupt ein Drama gab, das sie mir bis anhin verschwiegen hatte. Zum Schutz ihrer Kinder, wie ich vermutete.

Das Surren meines iPhones lenkte mich von meinem Vorhaben ab, Mam jetzt gleich auf Vater anzusprechen.

Letícia meldete sich aufgeregt. «Sein ankommen Brief heute. Name Bartholomäus Cadisch. Ich nicht wissen offnen.»

«Was, du weisst nicht, wie öffnen?» Doch dann begriff ich, was sie gemeint hatte. «Das wird in den nächsten Tagen noch öfter der Fall sein, bis alle wissen, dass er nicht mehr lebt.»

«Ich haben Angst offnen. Es sein medizinische Labor.»

«Glaubst du, Vater ist doch krank gewesen? Hat er den medizinischen Befund bekommen?», äusserte ich meine Befürchtungen laut. «Aber der wäre doch an seinen Hausarzt gelangt. Das ist sehr sonderbar.» Ich schlug Letícia vor, das Kuvert zu öffnen.

«Nein. Das nicht sein gutes Omen. Ich sein lassen Tote in Friede.»

«Aber wenn es eine Rechnung ist?»

«Du kommen nach Davos bald?», fragte Letícia anstelle einer Antwort.

Ich blickte Mam an, die ihre Arme über die Balkonbrüstung gelegt hatte. «Ja, das werde ich.»

«Was war *das* denn?» Mam wandte sich an mich.

«Die Frau deines Exmannes ist ein bisschen überfordert. Ich muss ihr zur Seite stehen.» Ich beobachtete ihre Reaktion.

Sie verriet sich, indem sie sagte: «Ich könnte ihre Mutter sein.» Es war das erste Mal, dass sie auf Letícia zu sprechen kam.

«Hast du dir das wirklich überlegt?» Ich versuchte, daran

anzuknöpfen. «Was war das eigentlich für ein Gefühl für dich, als Vater eine um so viele Jahre Jüngere heiratete?»

«Ich nehme an, dass ist eine rein hypothetische Frage.» Mam liess ihren Blick auf dem See ruhen. «Ausser Bernadette waren seine Frauen stets um einiges jünger als er. Das soll nichts heissen. Ich kenne Ehepaare, da funktioniert das recht gut. Es gibt auch Frauen, die um Jahre jüngere Männer haben. Heute ist das doch kein Problem mehr. Man hat mit den Klischees aufgeräumt. Was man früher nicht für möglich gehalten hat, ist heute normal.»

«Mam?» Ich startete einen weiteren Versuch. «Ich möchte, dass wir gemeinsam nach Davos fahren.»

Jetzt drehte sie sich abrupt nach mir um. Auf ihrem Gesicht zeichnete sich Entsetzen ab. «Weshalb sollte ich ausgerechnet jetzt mein Gelübde brechen?» Ein schnelles Lachen, wie gekünstelt.

«Das hast du doch schon längst gebrochen.»

Stille.

Ich fragte mich, ob Mam es schaffte, mich anzulügen. Sie entzog sich meinem Blick.

Ich holte mein iPhone hervor. Vor Mams Augen tippte ich das App an, auf dem ich meine Fotos abgespeichert hatte, und dann das eine Bild, das ich von Noris Kamera abgelichtet hatte.

Mam starrte wie hypnotisiert auf das Gerät in meiner Hand. «Was ist denn das? Wo hast du das her?»

«Erstaunlich, wie Kreise sich immer wieder schliessen.» Ich berichtete von der Begegnung mit Nori, während ich Mams Gesichtsfarbe in dunkles Rot verwandeln sah. «Erkennst du dich wieder?»

«Der Blitz aus heiterem Himmel», entfuhr es ihr.

«Du hast wohl nicht damit gerechnet, dass du morgens um halb fünf fotografiert wirst.» Ich zog den Stuhl näher an ihren. «Mam, was hast du in Davos gemacht? Um die Uhrzeit?»

Ich sah ihr an, dass sie nicht darüber sprechen wollte. Ich liess Zeit verstreichen. Ich ging in die Küche und holte uns beiden frisches Wasser. Als ich zurückkam, hatte sich Mam noch nicht von der Stelle gerührt.

«Mam, es ist wichtig. Ich muss erfahren, was du dort oben gesucht hast.»

«Es hat nichts mir dir zu tun.»

«Mit wem dann? Hast du jemanden getroffen?»

«Allegra!» Mam wurde laut. «Es gibt Dinge, die gehen dich nichts an.»

So erlebte ich sie selten, nur dann, wenn sie daran war, ihre Nerven zu verlieren. Ich schwieg.

Mam erhob sich. Sie packte meine Arme und zog mich an sich. «Allegra, dich will ich zuallerletzt in etwas hineinziehen, was …» Hier brach ihre Stimme. Anstatt zu weinen, verschloss sie sich. Sie ging zurück in die Wohnung.

Ich sah hinaus auf den Vierwaldstättersee. Zwei Schiffe kreuzten sich. Vor und neben ihnen bewegten sich Segelboote im trägen Wind. Was sollte ich nur tun? Würde mit Vaters Tod meine bis anhin unzerrüttete Beziehung und tiefe Liebe zu Mam auf die Probe gestellt? Oder musste ich ihr einfach vertrauen? Ich spürte, wie sehr sie litt. Ich ging zu ihr. «Mam, wir müssen reden. Wenn du willst, kannst du es auf dem Weg nach Davos tun. Aber ich denke, dass ich ein Anrecht darauf habe, die Wahrheit zu erfahren.»

«Die Wahrheit ergibt sich aus der Perspektive», sagte sie.

«Mam, bitte.»

Ich hörte die Wohnungstür aufgehen. Tomasz stand plötzlich mitten im Geschehen. Seine Augäpfel bewegten sich zwischen Mam und mir hin und her. Er sagte kein Wort. Er hatte die Situation abgeschätzt, bevor er mitbekam, was vor sich ging.

Ich schritt auf ihn zu, zog ihn am Arm in mein Zimmer und schloss hinter uns die Tür. Ich warf mich ihm um den Hals, drückte und küsste ihn, als müsste sich mein Gefühlsstau der letzten Stunden entladen.

«Wow, wow, wow, nur nicht so stürmisch.» Tomasz strich mir liebevoll über die Wange. «Was hat denn diesen Gefühlssturm ausgelöst?»

Zwischen Küssen und Einander-Ausziehen brachte ich es endlich fertig, mit Tomasz über meine Sorgen zu sprechen. Ich erzählte von meiner Begegnung mit Nori und vom Bild, das er auf dem Parkplatz vor dem Davosersee von meiner Mam gemacht hatte. «Langsam wird es unheimlich. Wäre mir dieses Bild nicht in die Hände gefallen, hätte ich an Mams Besuch in Davos weiterhin gezweifelt, auch nachdem Sidonia diese Bemerkung hat fallen lassen. Aber bei Sidonia weiss man nie genau, ob sie phantasiert oder die Situation wirklich checkt.»

Tomasz streichelte mich. «Vielleicht könntest du einfach mal abschalten und diese Dinge aussen vor lassen.»

Ich konnte nicht abschätzen, wie er es meinte.

«Du bist eine hyperaktive Frau. Du kommst mir wie eine Ameise vor, dir ständig irgendwohin krabbeln muss.» Jetzt lächelte er.

«Ich verspreche dir, dass ich mit dir überall hinkomme, wenn ich …»

Tomasz legte mir den Finger auf den Mund. «… wenn du deinen Fall gelöst hast. Ich weiss.»

SIEBZEHN

Ich hatte Mams Versprechen bekommen, dass sie mit mir nach Davos fahren würde. Wir hatten uns auf den Sonntagmittag geeinigt, weil sie am Samstag ausserplanmässig noch drei Patienten therapieren musste. Es war nicht möglich gewesen, die Termine zu verschieben, zumal sie allein in der Praxis war.

Ich hätte am Montag in der Uni sein müssen. Kurzerhand hatte ich eine Kollegin angerufen und ihr mitgeteilt, dass ich an einer Grippe erkrankt sei. Ich hatte darüber gestaunt, wie leicht mir das Lügen fiel.

Den Wolfgangpass umhüllte kurz ein dichter Nebel, als hätte sich nur gerade in diesem Gebiet eine undurchsichtige Glastropfenwand gebildet. Mam fuhr und versuchte, alles aus ihrem kleinen Fiat herauszuholen. Sie hatte sich immer mit kleinen Wagen begnügt, während Vater mit den teuersten Statussymbolen aufkreuzte. Zuletzt mit einem Ferrari. Mam war bescheiden geblieben. Das lag in ihrem Naturell. Möglichst kein Aufsehen.

Ich sah auf ihr Profil. Sie war noch immer sehr schön. Aber auch sie war älter geworden. Zwischen Nase und Mund verlief eine tiefe Furche, die sie schon in jungen Jahren gehabt hatte und die nun mit zunehmendem Alter markanter wurde.

Der Davosersee ruhte tief und grau. Vereinzelt waren noch immer Schneereste an dessen moderat abfallendem Ufer zu sehen. Nordwestlich davon schoss der Totalpbach in tobender Gischt ein.

«Dienstag nach Ostern», eröffnete ich das Gespräch, welches zu delikat erschien, es bereits in Luzern zur Sprache gebracht zu haben. «Erinnerst du dich?»

«Warum fragst du, wenn du das Datum kennst?» Mam würdigte mich keines Blickes. Sie tat so, als müsste sie sich höchst konzentriert der Strasse widmen, die nach einer Geraden in die Galerie verschwand.

«Mam, was ist vorgefallen, dass du über deinen eigenen Schatten gesprungen bist? Das passt nicht zu dir.»

«Stimmt. Das passt wirklich nicht. Aber es ist auch nicht der Rede wert.»

Mir entwich ein tiefer Seufzer. «Was hast du am Davosersee gesucht? In dieser frühen Morgenstunde?»

«Ich fahre gern nachts. Nach Mitternacht kommt einem zudem niemand in die Quere. Ich machte dann lediglich einen Zwischenstopp. Dann waren da diese Leute. Ich liess mir sagen, dass sie für eine Aufführung übten. So früh am Morgen – das kann auch nur diesem Davoser Turnverein einfallen, als gäbe es untertags keine Gelegenheit, ihre Theateraufführungen einzustudieren.» Sie räusperte sich. «Ich wollte Valerio besuchen und fand es zu früh, um ihn einfach zu überfallen.»

Ich nahm es ihr nicht ab. «Aber Valerio war doch in Mexiko.»

«Das habe ich dann auch erfahren. Er hatte mir nie etwas davon erzählt. Manchmal war ich für ihn einfach Luft. Das tut weh.»

Es war Vaters Verschulden gewesen. Er hatte Valerio unter seine Fittiche genommen wie damals Andrin. Doch bei Andrin hatte er aufgrund dessen Neigung früh das Interesse verloren, hatte nur noch auf Schadensbegrenzung geachtet und ihn so manipuliert, dass zumindest seine eigene Weste weiss blieb.

«Du weisst, ich stehe auf deiner Seite. Aber du machst es mir nicht leicht.»

«Weil es Dinge gibt, die nichts mit dir zu tun haben.»

«Mam, das hatten wir doch schon.»

Die Galerie lag jetzt hinter uns, und wir erreichten den Bahnhof von Davos Dorf. Gerade hatte ein Bus angehalten. Ein einziger Fahrgast stieg aus.

«Hat es mit Vater zu tun?»

Keine Antwort. Mam konzentrierte sich auf die Kurve. Vor uns tauchte das Hotel Seeburg auf, das früher einmal einem betuchten Postbeamten gehört, in der Zwischenzeit jedoch etliche Male den Besitzer gewechselt hatte. Jetzt war es infolge Zwischensaison geschlossen.

«Dann würde es mich auch etwas angehen.»

Mam liess ein paar Bemerkungen über das Vier-Sterne-Haus fallen und erzählte dann: «Früher kehrte hier die gesamte Davoser Schickeria ein. Am 1. Januar feierten wir hier die erste Brotzeit mit Kaviar, Blinis und Wodka.»

«Du gehörtest auch dazu?» Ich konnte ein Lächeln nicht zurückhalten. «Ich meine, zu den Obergestopften?»

Mam ignorierte es. «Ich erinnere mich, wie Klothilde, Jochen Walders Frau, auftrumpfte – du kanntest sie auch –, jedes Mal mit einem anderen Liebhaber an ihrer Seite. Meistens irgendeiner aus der Davoser Hockeymannschaft, die die Walders in erster Linie mittels Sponsoring unterstützten. Es war kein Geheimnis, dass Klothilde sich ihre Favoriten unter ihnen aussuchte und mit ihnen ins Bett ging. Und Jochi, wie sie ihren Ehemann nannte, sah dem gelassen zu. Während seine geladenen Gäste feierten und sich betranken, sass er neben dem Cheminée und rauchte seine Havanna. Sie hatten vier Töchter und wohnten in einem für die damalige Zeit ultramodernen Einfamilienhaus mitten im Wald, unweit der Bahnstation des Wolfgangpasses. Als sich Klothilde mit dem inzwischen verstorbenen Landammann von Davos einliess, hatte der gehörnte Mann jedoch genug. Er verkaufte seine Fabrik und seine Villa und wanderte nach Südostasien aus. Klothilde ging zurück in ihre Heimatstadt München. Dein Vater hatte übrigens auch mal ein kurzes Techtelmechtel mit ihr. Aber das war vor meiner Zeit.»

«Warum erzählst du mir das?»

«Weil die älteste Tochter heute Erfolge in Hollywood feiert. Sie ist eine gefragte Schauspielerin geworden. Ihr Debüt hatte sie im Film ‹Not Enough› von Billy Turner oder so ähnlich.»

Sie schwieg wieder, bis ihr in den Sinn kam, über das Wetter zu lästern. Sie richtete den Finger gegen die Frontscheibe. «Sieh es dir an: dieses langweilige Dorf. Und dahin wolltest du mit mir.»

«Ich dachte, es wäre leichter für dich, dein Schweigen zu brechen, wenn wir vor Ort sind.»

Mam sah mich endlich an. «Wir sollten uns eine Bleibe für die Nacht suchen.»

«Ich habe uns zwei Zimmer in der Casa Anna reserviert. Ich habe in den letzten Tagen schon dort logiert. Ist es okay für dich?»

Wieder Schweigen. Ich sah ihr an, wie viel Überwindung es sie kostete, ihren Fiat über die Promenade zu lenken und sich daran zu erinnern, wie oft sie die Strasse mit Valerio und mir auf und ab gegangen war, als wir Kleinkinder waren. Als sie nach Abwechslung gesucht hatte, um im Winter nicht dauernd an den Schneehängen am Bolgen oder im Sommer auf den Kinderspielplätzen verbringen zu müssen. An Davos habe man sich irgendwann mal sattgesehen, hatte sie mal die Bemerkung fallen lassen. Die Berge würden sie einengen und ihr die Luft zum Atmen rauben. Sie hatte sich an der Engstirnigkeit der Bevölkerung hier gestossen und gesagt, dass diese Charaktereigenschaft von den Bergen komme, der Horizont sei zu nahe, der Blick in die Ferne fehle weitgehend. Umso lieber hatte sie die Sommer mit uns in der Toskana verbracht. Da war sie über sich hinausgewachsen, hatte Familienfeste organisiert und war oft tagelang mit uns durch die Pinienwälder gestreift oder hatte mit uns am Meeresstrand Muscheln und Kieselsteine gesammelt. Ihr südländisches Naturell war dabei in den Vordergrund getreten. Im Gegenzug dazu hatte ich sie in Davos oft sehr traurig erlebt, als ob sie ihre Lebensfreude verloren hätte.

«Ich habe gedacht, dass wir vorgängig ins Spital fahren und Paul Heller besuchen. Ich habe dir von ihm erzählt. Ich glaube, du kennst ihn von früher.»

«Du hast recht, ich kenne ihn. Wie geht es ihm?» Mam war mir dankbar, dass ich das Thema wechselte.

«Er hat ein Gipsbein, aber das weisst du ja.»

«Du hast ihm das Leben gerettet», fand Mam anerkennend.

«Es wäre nie so weit gekommen, wenn du von Anfang an mit offenen Karten gespielt hättest.»

«Bin ich schuld, wenn du in eine Lawine gerätst?» Mam bremste ab, als müsste sie ihr Gesagtes mit ihrer Fussbewegung unterstreichen. «Entschuldigung!»

In meinem rechten Gesichtsfeld tauchten zwei Frauen auf, die sich kopfschüttelnd nach uns umsahen. Mam winkte ihnen zu.

«Kennst du die?»

«Die Geschwister ... ach, ich habe ihren Namen vergessen. Aber sie waren schon früher die Tratschtanten von Davos.»

Es wollte kein richtiges Gespräch aufkommen. Wir hatten Davos Dorf hinter uns gelassen und fuhren nun gemächlich durch Davos Platz. Tote Kulissen auch hier. Mancherorts waren die Läden aufgrund Betriebsferien geschlossen – nicht bloss weil Sonntag war. Ich schaute einer Mutter nach, die ihrem Sprössling hinterherlief. Ich entdeckte einen Mann, den ich von früher kannte. Er steuerte mit einer Zeitung unter dem Arm auf eine Gaststätte zu. Er ging gebeugter. Er war alt geworden. Alles hier war alt geworden. Die wenigen neuen Gebäude wirkten wie Kleckse auf einer antiken Leinwand.

Auf dem ehemaligen Postplatz stoppte ein Bus und spuckte Leute aus. Mam hielt vor dem Zebrastreifen an. Ihr Blick war geradeaus gerichtet, als sie den Wagen wieder in Bewegung setzte.

«Ich mochte den Sommer in Davos.» Es erstaunte mich, dies aus Mams Mund zu hören. «Den Winter hasste ich wie die Pest. Ich kann mir nicht vorstellen, weshalb ich es hier zwanzig Jahre ausgehalten hatte. Aber den Bergfrühling im Sertigtal oder in Monstein liebte ich. Die sprudelnden Bäche, die satten Wiesen mit dem gelben Klee, den Duft der Bergkräuter.» Mam verlor sich in Erinnerungen. Wenn ich sie erwiderte, befürchtete ich, den Zauber des Moments zu zerstören.

«Ich war oft auf der Alp bei einem Freund. Er besass im Sertigtal ein Maiensäss.» Entdeckte ich nicht einen verdächtigen Schimmer in ihren Augen? «Da waren dein Bruder und du noch nicht geboren.»

«Du taust ja richtig auf», bemerkte ich.

«Wenn ich das Rad der Zeit zurückdrehen könnte, würde ich es zweiunddreissig Jahre zurückdrehen. Zurück zum Sommer, wo ich als Physiotherapeutin im Spital meine erste Stelle angetreten hatte, die erste nach meiner Ausbildung. Heute wäre dies nicht mehr möglich. Da braucht es die Matura. Aber», sie seufzte, «da war die Welt noch in Ordnung.»

«Sie war auch später in Ordnung», insistierte ich. «Du hast Valerio und mich bekommen.»

Mam schüttelte den Kopf. «Natürlich, was erzähle ich denn da? Ihr wart mein Ein und Alles. Aber mit euch hätte ich auch anderswo glücklich sein können.»

Es war schön, es aus ihrem Mund zu hören, und die Gewissheit, dass sie sehr wohl vermochte, in die Vergangenheit zurückzukehren und sich an Bildern längst Vergessenem zu erfreuen. Es war mir, als würde ich etwas von der Fröhlichkeit auf ihrem Gesicht wiedererkennen, die sie in den letzten Jahren verloren hatte.

Bei der Einfahrt zum Spital kam uns die Ambulanz entgegen. Mam parkte den Wagen. Beim Aussteigen blickte sie stirnrunzelnd an die neue Fassade. Offensichtlich fielen ihr die baulichen Veränderungen auf. «Früher war hier die Einfahrt zur Notfallstation», sagte sie.

Der Eingangsbereich war breiter und heller geworden. Die Cafeteria hatte mehr Tische und Stühle bekommen. Wir fragten bei der Auskunft nach Pauls Zimmernummer. Mam warf einen Blick hinter die Glastür in den langen Flur. «In einem dieser Zimmer dort habe ich das Wochenbett verbracht.»

Es schien, als kehrte ihre Vergangenheit bruchstückhaft zurück.

«Mit Valerio behielten sie mich fast zehn Tage hier. Nach deiner Geburt nur noch fünf. Da war ich ja schon eine erfahrene Mutter.» Sie lächelte, während sie den Liftknopf betätigte. «Es riecht noch genauso wie vor siebenundzwanzig Jahren. Es waren die wenigen Tage in meinem Leben in Davos, in denen ich mich wirklich erholen konnte.»

«Im Spital?» Ich starrte sie überrascht an.

«Ja, stell dir vor: im Spital. Die Leute hier haben sich liebevoll um mich gekümmert. Anders als dein …» Hier endete sie abrupt.

«Du wolltest Vater sagen?»

Mam schwieg.

Ein Patient mit dem Infusionsständer hätte uns beinahe umgefahren. Er grüsste und peilte die Cafeteria an, wo er von seiner Frau erwartet wurde.

Paul befand sich in einem Viererzimmer, zusammen mit einem anderen Beinbruchpatienten, in der Nähe des Fensters. Der Blick nach draussen blieb trostlos. Düster und stumm lagen die Bäume am Hang, Nebelschwaden wie Netze einer Riesenspinne über der Landschaft.

Pauls rechtes Bein war eingeschalt, hochgestellt und an einer Konstruktion, die an einen Hebekran erinnerte, fixiert. Als Paul mich erkannte, strahlte er über das ganze Gesicht. Kein Anzeichen von Groll mir gegenüber. «Hier werde ich wie in einem Hotel verwöhnt.» Er zog sich am Triangel hoch und musterte Mam. «Wenn ich gewusst hätte, wie komfortabel so ein Spitalaufenthalt ist, hätte ich mir schon früher etwas gebrochen.»

«Ihr kennt euch sicher», sagte ich etwas beschämt.

Paul streckte die Hand aus. «Hallo Morena. Sicher kennen wir uns.» Er wandte sich an mich. «Deine Mutter war eine der einzigen Personen, die uns früher betreut haben, als die anderen einen grossen Bogen um uns machten. Es war nicht leicht, sich zu den Aussenseitern zählen zu müssen.»

Mam hielt Pauls Hand etwas zu lange fest. «Wenn wir wüssten, wo uns das Leben hinführt, würden wir es besser planen, nicht wahr?» Sie lächelte. «Wie ich gehört habe, hast du es geschafft. Wie geht es Frau und Tochter?»

«Nun, geschafft würde ich es nicht nennen. Ich wurstle mich nach wie vor durchs Leben, mit dem Rucksack, den ich mir selbst mit Steinen gefüllt hatte. Es war mein Fehler, dass ich mich damals, als man unsere Musik noch hören wollte, nicht weiterentwickelte. Dabei hatte unsere Band die besten Voraussetzungen. Da war der Konkurrenzkampf, wie wir ihn heute unter Musikern erleben, noch nicht so gross.» Paul sank gespielt resigniert ins Kissen. «Der Ruhm stieg uns damals sehr zu Kopf. Dann kamen die Frauen, später die Drogen. Der Schritt zum Abgrund stand unmittelbar bevor. Jetzt liege ich mit einem gebrochenen Oberschenkel hier und habe viel Zeit zum Nachdenken.» Er seufzte. «Lukrezia absolviert eine Lehre im Detailhandel. Sie macht es besser als ihre Eltern. Wie geht es *dir*?»

«Ich schlage mich auch durchs Leben.»

Ich war etwas irritiert, dies aus Mams Mund zu hören. Ich ging davon aus, dass sie sich der Situation und Paul anpassen wollte. Wie sie das schon früher fabriziert hatte, sich anpassen und klein beigeben. Nur nicht auffallen oder jemandem Grund geben, über sie zu schwatzen.

«Weisst du», sagte Paul, «ich habe es nie verstanden, wie du neben Bartholomäus glücklich sein konntest. Ihr wart so grundverschieden.»

Ich sah den Schatten über Mams Gesicht huschen, bevor sie den Mund aufmachte. «Wenn du den Altersunterschied meinst, muss ich dir recht geben.»

«Sorry, das war jetzt etwas undiplomatisch von mir. Es geht mich natürlich nichts an.»

Mam lächelte, und ich war mir sicher, dass sie ihre Vergangenheit soeben wieder begraben hatte. «Ich hole uns einen Kaffee», lenkte sie ab.

«Ich komme mit», sagte ich, weil ich vermeiden wollte, allein mit Paul zu sein. «Ich sollte bei Letícia vorbeigehen. Bis dahin könntest du dich im Hotel einrichten. Was meinst du?»

«Eine gute Idee.» Mam schüttelte Paul die Hand. «Es kommt immer, wie es kommen muss», sagte sie lapidar.

Im Flur stiessen wir auf Dr. Klees.

Im nächsten Moment spielte sich etwas vor meinen Augen ab, was ich zuerst nicht richtig realisierte. Ich hätte diese Szene später gern zurückgedreht, um das festzuhalten, was man einen sechsten Sinn nennt.

«Morena, was für eine Überraschung!»

«Maximilian, was tust *du* denn hier?»

«Moment, ihr kennt euch?» Ich sah beiden an, dass sie diese Begegnung zuallerletzt erwartet hatten.

«Ich dachte, du bist in Bern?»

«Bin ich auch. Ich arbeite am Institut für Rechtsmedizin.»

«Ja, und jetzt besetzt er hier eine Stelle, weil ein Kollege infolge eines Unfalls ausgefallen ist.» Ich musste mich einmischen, um Mams Unsicherheit zu beseitigen. Ich spürte ihr inneres Beben.

Ich spürte noch mehr.

Wie sie ihn anschaute.

Wie er sie anschaute.

Wie sie errötete.

Wie er verlegen wurde.

Es war jetzt so still, dass ich hinter dem geöffneten Fenster das Rauschen des Windes hörte, das leise Bimmeln der Abendglocke, das weit entfernte Geräusch eines aufheulenden Motors.

Sie schluckten synchron. Sie suchten nach Worten.

Klees räusperte sich in die Stille hinein. «Bleibst du länger hier?»

«Wahrscheinlich bis morgen.» Mam hatte sich wieder unter Kontrolle.

«Dann lade ich euch zum Nachtessen ein.» Klees' Spontaneität gefiel mir.

«Ich glaube, das ist keine so gute Idee.»

«Warum nicht?», fragte ich. «Wir haben heute Abend eh nichts vor.»

«Ich dachte, wir wollten reden.»

«Das können wir später noch. Ein bisschen Abwechslung tut dir gut, Mam.» Ich strahlte sie an. «Soll ich mich anderweitig verpflegen?»

«Nein, nein. Das möchte ich unter keinen Umständen. Wir sind gemeinsam hier. Aber ich weiss trotzdem nicht so recht ...»

Etwas zwischen den beiden prickelte. Ich war sonst nicht so empfänglich für solche Energiestösse, wie Tomasz sie genannt hätte. Aber hier schien etwas offensichtlich abzulaufen. Etwas, das schon einmal gewesen war und sich nun neu entfaltete.

«Kann ich dich anrufen?» Klees schien nur Augen für meine Mam zu haben.

Ich griff vor und reichte ihm meine Karte mit der Handynummer. «Sie können *mich* anrufen.»

Klees zwinkerte mir einvernehmlich zu. Wir verstanden uns. Dann wandte er sich brüsk um.

Mit wehendem Arztkittel sah ich ihn davongehen. Mam blieb stehen, als begriffe sie erst jetzt, was vorgefallen war.

«Ich weiss, du willst nicht darüber sprechen», sagte ich.

«Nein, nicht jetzt. Ich fahre dich zu Letícia, und ich fahre zum Hotel.»

★★★

«Deine Frisur ist anders.»

«Ja, ich endlich konnen tragen, wie ich wollen.» Letícia setzte mir Tee vor. Sie setzte immer Tee vor, wenn bei ihr jemand zu Besuch war.

«Der Pony steht dir gut.»

«Ja, Strahnen nicht fallen in Gesicht.» Sie lächelte. «Bartholomäus nicht lieben Fransen.»

Mein Vater hatte vieles nicht gemocht. Wenn er dies kundtat, hatte er nie ein Blatt vor den Mund genommen. Es war vorgekommen, dass er einen vor fremden Leuten blossstellte, wenn ihm etwas nicht passte. Ich erinnerte mich an eine Diskussion am Postschalter, als Mam sagte, sie würde eine Kosmetikerin aufsuchen, um ihre müden Gesichtszüge zu glätten, weil am Abend eine Veranstaltung stattfand. Vater hatte vor den anwesenden Leuten gezetert, dass Mam solches nicht nötig habe. Das sei hinausgeworfenes Geld.

Ich kam auf den Brief zu sprechen. «Hast du ihn in der Zwischenzeit schon geöffnet?»

«Ja, meine Wunder sein gross.» Letícia hob schuldbewusst die Schultern.

«Deine Neugier», korrigierte ich. «Und was steht drin? Ist es eine Rechnung?»

«Nein, nicht Rechnung.» Letícia überreichte mir den Brief. «Zahlen und Buchstaben.»

«Eine Auswertung? Wozu?» Ich erinnerte mich nicht, jemals ein solches Formular gesehen zu haben. «Das sieht nach einem Testergebnis aus. Eine verschlüsselte Botschaft oder etwas Ähnliches.» Ich resignierte. «Keine Ahnung. Wenn es etwas Medizinisches ist, könnte ein Arzt Aufschluss darüber geben. Darf ich den Wisch mitnehmen?»

«Ich nicht konnen anfangen das.» Letícia griff nach dem Teeglas.

«Zumindest können wir davon ausgehen, dass Vater nicht krank war.» Ich las den Text unter den Zahlen. «Hier steht, dass eine Übereinstimmung zu neunundneunzig Prozent ausgeschlossen werden könne. Was für eine Übereinstimmung?»

Plötzlich fiel es mir wie Schuppen von den Augen.

★★★

Das Restaurant Rustico lag etwas ausserhalb von Davos Richtung Frauenkirch und gehörte zum Hotel Grischuna, das bereits geschlossen hatte. Holz war hier das dominierende Material und verlieh dem Raum ein rustikales, warmes Ambiente. Die Wände zierten antike Skier und Schlitten. In einem Cheminée loderte ein Feuer. Es roch nach verbranntem Harz.

«Der letzte Tag vor der Frühlingspause», entschuldigte sich der Kellner, der uns an einen Tisch beim Fenster brachte. «Ich hoffe, es stört Sie nicht, wenn Sie vielleicht die einzigen Gäste bleiben.» Er scharwenzelte vor uns herum und wusste nicht, wohin mit seinen Händen. Der Akademikertitel unseres Begleiters musste ihn tief beeindrucken, oder er hoffte bereits jetzt auf ein angemessenes Trinkgeld, wenn er sich vor uns zum Affen machte.

«Wenn es der Speisekarte keinen Abbruch tut», sagte Klees lächelnd und half Mam aus dem Mantel. Offensichtlich war er nicht zum ersten Mal hier.

«Sie kennen uns, Herr Dr. Klees. Wir werden Sie auch diesmal zu Ihrer vollen Zufriedenheit bedienen.» Der Kellner bestätigte damit meine Vermutung. «Heute nicht mit Ihrer Frau Gemahlin da?»

Klees war es nicht recht, dass der Kellner ihn darauf ansprach. «Sie ist verhindert», sagte er.

Über das Gesicht des Kellners huschte ein wissendes Lächeln, während er zuerst Mam, dann mich musterte. Welche abartigen Gedanken auch immer er gerade spann, ich fand es peinlich.

Zudem kam ich mir wie das fünfte Rad am Wagen vor. Vielleicht war es keine gute Idee gewesen, Mam und Klees hierherzubegleiten. Ich wollte alles andere als den Eindruck erwecken, dass ich sie kontrollierte. Vielleicht hätten sie die Zeit gebraucht, über sich zu reden, über früher – über ganz früher.

Wie erwartet, hatte ich nichts aus Mam herausgebracht. Als ich sie im Hotel angetroffen hatte, hatte sie sich bereits zurechtgemacht, sogar ihre Lippen geschminkt und Eyeliner aufgetragen. Sie trug ein schwarzes schlichtes Kleid, das sie vielleicht zufällig eingepackt hatte. Ein sogenanntes Kofferkleid, wie sie mir später verriet. Für alle Fälle immer zur Stelle. Ich hatte mir überlegt, dass ich in Klees' Anwesenheit von ihrem Geheimnis erfahren würde, was es offenkundig war. Sie würde es nicht wagen, mir auszuweichen.

Der runde Tisch war trotz der rustikalen Einrichtung festlich gedeckt. Zartrosa Servietten ergänzten das Stofftischtuch von gleicher Farbe. Die brennenden Kerzen verbreiteten eine angenehme Atmosphäre. Aus der Vase mit dem ersten Schnitt von Frühlingsblumen ging ein dezenter Duft aus.

Während unser Gastgeber den Wein aussuchte, hefteten Mam und ich den Blick auf die Speisekarte. Doch erwartungsgemäss beriet Klees uns, was wir unbedingt essen sollten. «Wenn ich hier bin, nehme ich meistens das Crépinette vom Davoser Lamm mit Kaninchen und Basilikum auf Safranrisotto. Und wer eine Vorspeise möchte, dem empfehle ich die gelbe Paprikasuppe.»

«Das klingt verlockend», meinte Mam, «aber ist das nicht zu viel des Guten?»

«Lass dich heute kulinarisch verwöhnen.» Klees' Augen leuchteten. «Wir sollten in Zukunft das nachholen, was wir früher versäumt haben.»

Mam bohrte ihre Blicke weiterhin in die Speisekarte. Sie tat so scheu wie ein ertappter Backfisch nach dem ersten Kuss.

«Nun erzählt mal», legte ich los, nachdem Klees mir das Du angeboten und ich meine diplomatischen Grundsätze gestrichen hatte. «Ihr feiert doch ein Wiedersehen.» Ich sah Mam an. «Wie war das vor zweiunddreissig Jahren?»

Auf ihrem Gesicht erschien ein Allerweltslächeln, während sie Maximilian ansah.

«Keine Chance, dich jetzt noch herauszureden», sagte ich.

Auch Maximilian forderte sie auf, von früher zu erzählen.

Er lauerte geradezu auf ihre Ausführungen, als sehnte er sich selbst in die Zeit zurück, die ihm abhandengekommen war und nur noch als verblasste Erinnerung hinter seinen Augen zerstieb.

Mam sass kerzengerade. Sie hatte ihre Hände in den Schoss gelegt. Über dem Ausschnitt des schwarzen Kleides schimmerten Goldpartikel. Sie hatte sich das Parfum aufgetragen, das ich ihr zum Geburtstag geschenkt hatte – eine zarte Note von Rosen und Vanille.

«Ich war gerade mal zwanzig», begann sie, «als ich die Stelle im Davoser Spital bekam. Sie hatten eine ausgebildete Physiotherapeutin gesucht. Ich war überglücklich, nachdem ich in der Stadt, wo ich zuerst hinwollte, keine Arbeit fand. Es war Sommer, und die Gegend gefiel mir. Ich hatte mir vorgenommen, mich vorerst für ein Jahr zu verpflichten. Doch aus dem einen sind insgesamt vier geworden.» Sie warf ihrem Gegenüber einen einvernehmlichen Blick zu.

«Ach so ist das.» Ich schmunzelte. «Da habt ihr euch kennengelernt.» Ich legte meine Hand auf Mams Arm. «Keine Widerrede. Maximilian hat mir bereits erzählt, dass er vor dreissig Jahren im Spital gearbeitet hat. Mir entgeht nichts.»

«Ja, da haben wir uns ineinander verliebt», gestand Maximilian. «Morena kam, sah mich an und eroberte mein Herz.»

«Und warum seid ihr nicht zusammengeblieben?»

«Wir waren noch jung», sagte Mam ausweichend.

«Wofür zu jung?»

«Maximilian hatte berufliche Ambitionen. Ich wollte ihm nicht im Weg stehen.»

«Das war der Grund?» Ich hielt inne, weil der Kellner die Vorspeisen an den Tisch brachte. Der Geruch der Paprikasuppe stieg mir in die Nase. Diese Überlegung hatte ich mir noch nie gemacht. Falls Tomasz sich beruflich weiterbilden wollte, würde ich selbstverständlich an seiner Seite bleiben.

Ich sah Mam an, dass ich auf heikles Terrain gestossen war.

«Es fiel Morena schwer, sich von Davos zu trennen», sagte Maximilian.

Mam versuchte, sich zu rechtfertigen. «Ich hatte mich hier

gut eingelebt, hatte einen tollen Job, liebe Freunde. Anderswo hätte meine ganze Suche wieder von vorne begonnen.»

«Gut, ich kann dies zwar nicht ganz nachvollziehen. Aber ich bin froh, dass du dich dafür entschieden hast, in Davos zu bleiben. Sonst gäbe es Valerio und mich nicht.»

Maximilians Lächeln misslang. Schweigend tauchte er den Löffel in die Suppe.

Eine Weile assen wir, ohne ein Wort zu sprechen. Der Klang der Löffel, wenn sie an den Tellerrand stiessen, erfüllte den Raum.

«Und, habt ihr euch danach wieder getroffen?»

«Zweimal», sagte Maximilian und hätte sich beinahe verschluckt.

«Einmal», sagte Mam.

«Aber da war Morena bereits verlobt.»

Ich sah Mam an, dass es ihr nicht recht war, viel Aufhebens darum zu machen. «Du hattest zu der Zeit auch eine neue Freundin», sagte sie nur. In ihren Augen lag etwas, das ich nicht deuten konnte.

«Wenn wir zu dieser Zeit gewusst hätten, wo unsere Wege hinführen, hätten wir es uns überlegt.» Maximilian griff nach Mams Hand. «Aber es ist nie zu spät.»

«Ich bitte dich.» Mam legte den Löffel neben den Teller. «Ich werde dreiundfünfzig.»

«Das schönste Alter», schwärmte Maximilian. Er bemühte sich um eine lockere Konversation, was ihm mit der Zeit auch gelang.

Der Kellner räumte indessen die leeren Suppenteller ab, schenkte Wein und Wasser nach und hatte allem Anschein nach nur Maximilian im Visier.

Als uns die Hauptspeise aufgetragen wurde, drehte sich alles ums Reisen, um exotische Traumstrände, Länder und Städte, die man unbedingt noch sehen wollte. Es war die Konversation zweier Menschen in der Lebensmitte, die gerade feststellten, dass sie so vieles noch nicht unternommen hatten, und denen es plötzlich eilte, weil sie sich bewusst wurden, dass nicht mehr so viel Zeit blieb, wie sie bis anhin gehabt hatten.

Alle paar Minuten kam nun der Kellner an unseren Tisch und erkundigte sich, ob alles in Ordnung sei. Wie froh war ich, dass irgendwann einmal die Tür zum Lokal aufging und sich eine Touristengruppe in den Raum schob. Ihrer Bekleidung nach zu urteilen, waren sie gerade von einem Ausflug zurückgekommen. Die Männer trugen Rucksäcke, die Frauen Wanderstöcke. Sie fanden am Stammtisch Platz und bestellten Käse, Salsiz und Rotwein aus der Bündner Herrschaft.

Uns gelang kaum mehr ein ungestörtes Plaudern. Die Wandergruppe übertönte mit ihren Erzählungen jedes normale Gespräch. Der Kellner entschuldigte sich deswegen mehrmals bei Maximilian, der dem Lärm jedoch kaum Beachtung zumass.

Vor dem Dessert kramte ich Vaters Brief aus der Tasche. Ich legte ihn auf den Tisch, wo Maximilian ihn in Augenschein nahm.

«Was ist denn das?» Mams Augenbrauen zogen sich zusammen.

«Das ist ein Bluttest», sagte Maximilian, nachdem er ihn überflogen hatte. «Blutgruppe 0, Rhesusfaktor positiv versus Blutgruppe A positiv. Hier stehen die Untergruppen. Sieht für den Laien aus wie ein Zahlenrätsel.» Seine Augen verengten sich plötzlich. «Er hätte auch eine Haarprobe für eine DNS machen lassen können.»

Ich sah Mam blass werden. «Er?»

«Aber dieses Verfahren ist aufwendiger.» Maximilian sah Mam ausdruckslos an. «Er? Ach ja, Bartholomäus Cadisch, oder? Steht ja auf dem Briefpapier.»

Ich bemerkte, dass die Harmonie zwischen den beiden allmählich abflachte.

Ich räusperte mich. «Kann man herausfinden, mit welchem Blut man seines verglichen hat? Es steht nirgends.»

«Es besteht die Möglichkeit, es in die Datenbank einzugeben. Wenn der Name registriert ist, werde ich es herausfinden.» Maximilians Blicke blieben nachdenklich auf dem Briefpapier hängen. «Darf ich das mitnehmen?»

Ich zögerte. Mir erschien es ein wenig suspekt, dass er auf einmal ein solch grosses Interesse an dem Test zeigte. Ich schaute

Mam an, die noch immer aussah, als hätte man ihr ein helles Laken über das Gesicht gezogen.

«Es muss nichts von Bedeutung sein», sagte ich. «Aber seit heute habe ich ein seltsames Gefühl in mir. Seit Letícia mir dieses Schreiben in die Hand gedrückt hat.» Meine Augen blieben an Mam haften. «Möchtest du mir etwas sagen?»

«Ich glaube, das gehört nicht hierhin.» Sie blieb ruhig, doch sah ich ihr an, dass ihr Inneres tobte. Sie legte die Serviette vor sich hin und erhob sich. «Ihr entschuldigt mich. Ich bin gleich wieder zurück.»

Ich traf sie bei den Toiletten wieder. Das Rustikale von oben setzte sich in diesen Räumen fort. Es roch nach einer frischen Essenz. Es konnte Fichtennadel sein.

Mam stand beim Waschtrog und wischte sich vor dem Spiegel den Rest ihres Lippenstifts weg. «Ich komme mir so billig vor. Wir hätten niemals hierherkommen dürfen. Bis heute war alles in geordneten Bahnen. Jetzt fühle ich mich neben dem Gleis.»

«Ich glaube, das fing schon früher an.» Ich legte meine Arme um sie und sah auf dem Spiegel in ihr Gesicht. «Du solltest mir jetzt sagen, was der Grund war, weshalb du am Dienstag nach Ostern nach Davos gefahren bist. Ich will dir ja nur helfen. Hat es am Ende etwas mit Vaters Test zu tun?»

Mam senkte den Blick.

Ich spürte, wie sich meine Geduld allmählich erschöpfte. «Mam, habe ich einen …?» Ich atmete tief durch. Jetzt nur keine Tränen weinen. Den Kloss hinunterschlucken. Mir nicht den schlimmsten Fall ausmalen. Und vor allem nicht falsch reagieren, falls er eintreffen würde. Ich hatte gelernt, in problematischen Situationen einen kühlen Kopf zu bewahren und mich zu beherrschen.

Es änderte sich, wenn es mich selbst betraf.

«Habe ich einen anderen Vater?» Ich liess Mam los und warf meinem Spiegelbild einen kritischen Blick zu. Ich strich meine Haare hinter die Ohren. «Obwohl … ich habe Vaters Ohrenläppchen und seine Augenfarbe … das kann nicht sein.»

«Ist es auch nicht.» Mam trocknete sich die Hände. «Ich habe keine Ahnung, um welches Kind es diesmal geht.» Ihre erst noch kräftige Stimme veränderte sich in ein Wispern. «Es würde mich nichts mehr wundern. Was weiss ich, mit wie vielen Frauen er geschlafen und wie viele Kinder er gezeugt hat? Vielleicht gibt es rund um den Erdball eine Menge kleiner Cadischs mit grünen Augen.»

«Ich möchte das nicht wissen.» Ich fand Mams Aussage mir gegenüber nicht sehr diplomatisch. Tief in ihrer Seele war etwas, das noch nicht aufgearbeitet zu sein schien. Oder wollte sie mich ihre sarkastischen Gedanken wissen lassen?

«Wir sollten zu Maximilian zurückkehren», sagte sie. «Was wird er von uns denken, wenn wir so lange wegbleiben?»

«Vielleicht solltest du an dich selbst denken», warf ich Mam an den Kopf. Ihre Antwort hatte mich nicht befriedigt. Etwas stand zwischen uns, das beseitigt werden musste. Ansonsten würde es uns beide in ein Loch ziehen.

«Was einmal gewesen ist, kann man nicht ändern, auch wenn man möchte. Beginnt man zu graben, wird oftmals vieles dadurch nur noch schlimmer.» Mam griff mit den Händen auf ihr Gesicht und fuhr mit den Zeigefingern unter ihren Augen durch. «Nun ist es so, obwohl ich es nicht wollte. Zuallerletzt deinetwegen. Ich weiss nicht, was ich tun soll. Es ist etwas, das mich bis an mein Lebensende verfolgen wird.»

«Was denn? Was?» Ich hielt Mam zurück, als sie an mir vorbei zur Tür gehen wollte. Dann straffte ich meinen Rücken. «Langsam habe ich deine Geheimniskrämerei satt. Mam, verdammt, sieh mich an! Du sagst mir jetzt auf der Stelle, was los ist. Dein Selbstmitleid ist mir zuwider. Ich kehre nicht wieder nach Luzern zurück, bis ich weiss, was du getan hast.»

Mam stiess meinen Arm weg. «Gut, wie du willst. Ich werde es dir morgen erzählen.»

«Warum erst morgen?»

«Weil ich noch ein Telefongespräch erledigen muss.»

Maximilian hatte die Rechnung bereits beglichen und schäkerte jetzt mit dem Kellner, der gerade eine rote Note im Portemonnaie verschwinden liess.

Als er uns erblickte, liess er aus der Garderobe unsere Sachen holen.

«Alles klar?» Maximilian half Mam in den Mantel, während er ihr etwas ins Ohr flüsterte, was ich nicht verstand. Mams verdriessliches Gesicht warnte mich davor, den Mund aufzumachen.

Ich zog meine Jacke an und beobachtete Maximilian von der Seite. Er hatte fein geschnittene Gesichtszüge und einen sensiblen Mund. Und wenn er lächelte, erkannte ich etwas an ihm, was mir sehr vertraut war.

«Allegra? Kommst du?» Mam winkte mich zu sich. «Maximilian bringt uns zum Hotel.»

Ich spürte die Eiseskälte, die von Mam ausging. Ich hätte Maximilian am liebsten umarmt. Diese Zurückweisung hatte er nicht verdient.

ACHTZEHN

Ein unregelmässiges Klopfen an die Fensterläden weckte mich.

Hinter den Jalousien flimmerte es grau. Draussen herrschte Düsternis. Halb acht auf meiner Uhr. Windböen peitschten Schneeregen gegen die Fenster. Durch die undichten Ritzen pfiff es.

Ich stand auf, um die Fensterläden zu öffnen. Nässe und Kälte schlugen mir entgegen. Ich hatte die Läden kaum seitlich zur Wand zurückgedreht und arretiert, war ich klitschnass. Ich schloss rasch das Fenster.

Unter der Dusche wärmte ich mich mit einem heissen Schauer auf und beendete die Prozedur mit einem eiskalten Strahl. Das sei gut gegen Erkältung, hatte Mam gesagt. Ich suchte nach Jeans und Pullover, zog mich an. Ein Blick in den Spiegel: Mein Gesicht sah wider Erwarten entspannt und frisch aus. Ich band meine langen Haare zu einem Pferdeschwanz zusammen und ahnte schon im Vornherein, dass sich bald wieder ein paar Strähnen lösen würden. Ich hatte einmal die ulkige Idee gehabt, Fransen zu schneiden. Jetzt mussten sie zuerst nachwachsen.

Mam hatte es sich bereits im Frühstücksraum bequem gemacht, vor sich einen Teller voll Früchte. Sie trug einen Rollkragenpullover wie im tiefsten Winter. Am Tisch nebenan sass der Schriftsteller, ein schrulliger Alter mit einer Haarpracht wie Einstein. Bei unserem kurzen Gespräch letzthin hatte er mir verraten, dass er über den ganzen Sommer in Davos bleiben würde. Er sei auf den Spuren von Thomas Mann. Er winkte mir zu. Ich grüsste. Er sagte: «Heute fahre ich wieder auf die Schatzalp. Ich war gestern schon dort. Ich habe mir den Zauberberg angesehen. Es ist noch ein echtes Jugendstilhotel. Schön, wenn solche Gebäude erhalten bleiben.» Über sein Gesicht breitete sich ein Lachen aus, welches jede Falte zum Hüpfen brachte. «Ich bin der geborene Nostalgiker. Gestern ging ich übrigens ein Stück weit auf dem Thomas-Mann-Weg. Er beginnt bei der Englischen Kirche …»

Es war nicht bewiesen, dass sich der Zauberberg auf Schatzalp befunden hatte. Nicht das Hotel, das Mann in seinem Roman beschrieb. Doch brachte ich es nicht fertig, den Schriftsteller darauf hinzuweisen. Ich bestellte bei Jasmin einen Kaffee und setzte mich. «Guten Morgen, Mam. Gut geschlafen?»

Unter ihren Augen lagen Schatten wie Halbmonde. «Das Essen lag mir auf dem Magen. Ich bin mir nicht mehr gewohnt, am Abend so viel zu essen. Ich hätte auf die Suppe verzichten und nur die Hälfte des Hauptgerichts nehmen sollen.»

«Wir könnten heute zügig um den See marschieren und etwas für unsere Gesundheit tun.» Kurz blitzten in mir die Bilder meiner Erlebnisse von letzthin auf.

Mam war nicht sehr erpicht darauf. «Bei dem Wetter? Lieber setze ich mich ins Café Schneider.»

«Hast du das Telefongespräch getätigt?», versuchte ich, an den Vorabend anzuknöpfen.

«Welches Telefongespräch?»

«Du sagtest gestern —»

«… das hat sich erledigt.»

Ich zweifelte, ob ich mit ihr je würde reden können. «Du weisst hoffentlich, was du mir gestern versprochen hast. Ich bin mir nicht sicher, ob wir uns im Café Schneider über diese Dinge unterhalten können.»

«Ich habe mich dort mit Valerio verabredet. Er wird auch dabei sein.»

«Ach so.» Ich verkniff mir eine Bemerkung.

Jasmin brachte uns Kaffee und Tee. «Gestern wurden unterhalb des Jakobshorns Lawinen gesprengt», sagte sie und deutete mit dem Kopf Richtung Fenster auf den Berg, den man infolge Nebelschlieren nicht sah.

«Und weshalb?»

«Ich nehme an, dass man Pauls Pistenfahrzeug zurückfahren musste. Vielleicht wird man dir den ganzen Umtrieb in Rechnung stellen», sagte Jasmin. «Heutzutage gibt es nichts mehr umsonst.»

«Damit habe ich gerechnet. Aber ich bin heilfroh, wenn die ganze Sache letztendlich glimpflich abgelaufen ist.»

«Im Frühling sind die Berge besonders gefährlich», meinte der Schriftsteller, der seine Ohren offensichtlich in unsere Richtung verlängert hatte. «Im Dezember hat es eine Unmenge Schnee auf einmal gegeben. Die Unterlage fehlte. Da nützen auch Schneekanonen wenig. Ich habe das Skifahren schon längst aufgegeben. Das ist nichts mehr für mich. In meinem Alter ziehe ich das Langlaufen vor. Ich bin jetzt einundsiebzig.»

Offenbar erwartete er von uns eine Erwiderung hinsichtlich seines Alters und dass wir ihm nicht glauben würden, dass er die siebzig bereits überschritten hatte. Was hätten wir ihm denn sagen sollen? Er sah ja aus wie achtzig.

«Es hat wunderbare Loipen entlang des Landwassers …», gab er klein bei. «Über siebzig Kilometer.»

Jasmin verdrehte die Augen. «Das geht die ganze Zeit schon so», sagte sie so leise, dass der Schriftsteller es nicht hörte. «Er quatscht mich voll damit. Man könnte ein Buch über *ihn* schreiben.»

«Worüber schreibt er denn eigentlich?», fragte ich tonlos.

«Keine Ahnung. Ich habe ihn noch nie richtig schreiben gesehen, ausser ein paar Notizen. Vielleicht ist er ein Hochstapler.» Jasmin kicherte. «Jeder, der irgendwann mal einen Text geschrieben hat, nennt sich heutzutage Schriftsteller.»

Ich brachte keinen Bissen hinunter, obwohl die Brötchen ofenfrisch waren und der Saft von richtigen Orangen stammte. Ich begnügte mich mit dem Kaffee. «Vielleicht werden wir länger als einen Tag in Davos bleiben.»

«Ohne mich», sagte Mam.

«Das kommt ganz auf dich an.»

«Du kannst mich nicht zwingen.»

«Das will ich nicht. Ich möchte dir nur helfen, die Gründe der Dinge Revue passieren zu lassen, die sich zugetragen haben.»

«Welche Gründe?»

«Weshalb du nach Davos gefahren bist.»

Ich hatte kaum meinen Kaffee angerührt und Mam ihren Tee getrunken, als sich der Schriftsteller an unseren Tisch setzte. Der Geruch nach Mottenvertilgungsmittel streifte meine Nase.

«Ich bin so frei und lade mich selbst ein.» Er legte ein dünnes Buch vor sich hin, schlug es auf und legte seinen Daumen zwischen die Seiten. «Sehen Sie», sagte er, «Tomi Ungerer hat Waschtröge und Treppengeländer gezeichnet. Ich habe alles gesehen. Es ist noch genauso wie zu Manns Zeiten. Den Zauberberg gibt es wirklich.»

Während ich auf die aufgeschlagenen Buchseiten starrte und nichts als ein paar Skizzen erkannte, reagierte Mam mit dem Scharfsinn der Belästigten. Sie sah auf die Armbanduhr. «Was? Schon zehn? Allegra, wir sollten gehen.»

Ich warf einen Blick auf mein iPhone. Valerio hatte mich gesucht. Ich erhob mich. «Na dann, viel Spass mit Thomas.»

«Ein komischer Kauz», liess sich Mam beim Treppensteigen über den Schriftsteller aus. «Wie kann man sich auf die Spuren eines bereits Verstorbenen begeben? Warum hält man an der Vergangenheit fest?»

«Nicht schon wieder dieses Thema.» Ich schloss die Zimmertür auf. «Ich werde Valerio anrufen. Wir können in meinem Zimmer auf ihn warten.»

Mam verschwand in meinem Badezimmer. Während ich sie dort hantieren hörte, stellte ich Valerios Nummer auf der Festnetzstation ein.

Nach dreimal Klingeln nahm er ab. «Ich weiss, Mam ist da.» Sehr erfreut war er allerdings nicht. «Ich muss in drei Tagen zurück nach Cancún. Ich sollte noch ein paar Sachen erledigen und einkaufen, du weisst schon.»

«Einkaufen nehme ich dir nicht ab.» Ich sah aus dem Fenster. Der Blick in die Berge war mir aufgrund der tief hängenden Wolken noch immer verwehrt. «Es wäre schön, wenn du zur Casa Anna kommen könntest. Ich weiss nicht, ob Mam dir schon erzählt hat, weshalb sie dich treffen möchte. Aber es hat Priorität.»

«Das habe ich mir gedacht. Mam meldet sich ja so selten. Und wenn sie es tut, muss es sehr wichtig sein, was sie mir zu sagen hat.»

Hörte ich nicht einen leichten Sarkasmus aus seiner Stimme? «Also, komm hierher und nicht wie abgemacht ins Café Schneider.»

«Kann ich nicht. Deshalb habe ich dich angerufen. Leutnant Müller will mich sehen. Du weisst, mir ist das sehr unangenehm. Ich meine, ich habe nichts damit zu tun.»

«Womit?»

«Dein Verfolgungswahn ist ausser Kontrolle geraten. Jetzt will man Vater einen Mord anhängen.» Valerio schniefte durchs Telefon. Ich sah ihn nach einem Papiertaschentuch greifen und sich die Nase schnäuzen. «Mit deiner Besessenheit hast du etwas in Bewegung gesetzt, das wir alle nicht wollten.» Er hielt inne. «Ich nehme an, du begleitest mich.»

«Habe ich eine andere Wahl?»

«Nein, hast du nicht. Wenn sich jemand rechtfertigen muss, bist du das.» Er klemmte das Gespräch ab.

Ich betrachtete den Telefonhörer, als könnte er mir noch etwas mitteilen.

«Was hat er gesagt?» Mam sass jetzt auf dem Sessel beim Fenster und zählte die Regentropfen. Zumindest sah es so aus, denn sie blickte konzentriert an die Scheibe. Draussen tobte noch immer der Wind und trug Gestöber vor sich her.

«Sorry, Mam, ich muss noch einmal weg. Ich bitte dich aber, hier auf mich zu warten. Ich werde mit Valerio zurückkommen.» Um sicherzugehen, dass Mam nicht nach Hause fuhr, bat ich sie, ihren Wagen nehmen zu dürfen.

«Meinetwegen.» Sie griff nach dem TV-Kästchen, drückte den Startknopf und zappte durch das Morgenprogramm. «Meinetwegen. Ich mache mich in der Zwischenzeit ein wenig schlau.» Ihr Blick verriet mir ihre Müdigkeit.

★★★

Ich fuhr zum Bahnhof Davos Platz und parkte vor dem Polizeistützpunkt. Ich stieg aus und musste mich gegen den Wind stemmen. Der Schneeregen fühlte sich an, als wollte er mir das Gesicht zerschneiden. Wie kleine scharfe Nägel bohrte er sich in meine Haut.

Ich rannte zum Eingang, stellte mich unter das schützende Vordach und ordnete meine Haare. Ein Mann in Uniform und transparentem Regenschutz kam direkt aus dem gelben Hotel gegenüber auf mich zu. Unter dem Vordach schüttelte er seine Pelerine aus. «Sauwetter», fluchte er und hielt mir die Tür auf. Er liess mich an ihm vorbeigehen. «Noch eine Woche, dann können mich hier alle mal. Auch das Wetter. Ich fliege nach Miami.»

Ich stieg die Treppe hoch zum Obergeschoss.

Nach Miami.

Vielleicht sollte ich versuchen, Ambrosi Padrutt zu erreichen. Er war einmal Vaters Jugendfreund und Anwalt gewesen. Vielleicht wusste er um Vaters Geheimnisse.

Ich traf vor Valerio ein.

Dario nahm mich in Empfang. Ich roch sein dezentes Rasierwasser. Ein weiteres Indiz dafür, dass er mir imponieren wollte.

«Danke, dass du vorbeigekommen bist.» Er führte mich in Müllers Büro, von dessen Fenster aus man auf die Schienen sah und den roten Zug, der sich in Bewegung setzte. Durch den Graupelschleier wirkte er grau.

Immer wieder eine zarte Berührung. Mir behagte das nicht.

«Gibt es etwas Neues?» Ich nahm Platz.

«Die Kripo Zürich hat Haider verhaftet.»

«Das ging aber schnell.»

«Die Quittungen waren Beweis genug. Er wurde in seinem Club festgenommen. Widerstandslos liess er sich abführen. Aber er beteuerte natürlich seine Unschuld.»

«Keine Kunst. Denn übermorgen wird er wieder freigelassen», stichelte ich. Ich wusste, wie die Mühlen der Justiz drehten. Nicht mehr als achtundvierzig Stunden durfte man jemanden in Untersuchungshaft bewahren. Diese zwei Tage dienten der Abklärung, ob ein Antrag auf Verhaftung gestellt werden sollte und ob genügend Beweise vorhanden waren. Ich ging davon aus, dass Haider seine eigenen Anwälte hatte und er – sollte ihm der Vollzug drohen – auf Kaution wieder freikam.

Die Tür ging auf. Valerio und Müller traten ein, gefolgt von Urs Schellenbaum und dem jungen Polizisten, den ich in Mams Wohnung angetroffen hatte. Max Seiler? Seiner? Etwas in die Richtung.

«Dieses Mal wird es nicht so einfach für ihn», knüpfte Müller am Gespräch an. Über dem hellgrauen Hemd trug er einen dicken Pullover mit Zopfmuster, den wohl seine Frau gestrickt haben musste. «Mord verjährt nie.» Er schob Valerio vor sich her. «Bitte setzen Sie sich.»

Valerio warf mir einen verärgerten Blick zu, als er neben mir auf den Stuhl plumpste. «Unser Vater soll einen Mord begangen haben? Sind die jetzt alle bekloppt?»

Mir stiess es sauer auf. Auch für mich war es unmöglich, mir dieses Szenario vorzustellen.

Vater ein Mörder!

Nein! Niemals!

Ich griff nach Valerios linker Hand. Er zog sie sofort weg. Ich empfand seine Geste als Anklage mir gegenüber. Ich drehte mich frontal zu ihm. «Ich möchte hier mal etwas klarstellen. Ich muss auch einiges verdauen, was sich in letzter Zeit zugetragen hat. Und glaube mir, auch wenn er unser Vater war, dürfen wir den schlimmsten Fall, wenn er denn eintrifft, nicht einfach verdrängen.»

Ich wandte mich an Müller. «Wie weit sind Sie denn mit den Ermittlungen gekommen?»

An Müllers Stelle setzte sich Schellenbaum ans Pult. Müller blieb mir die Antwort schuldig. Die anderen drei Polizisten blieben in moderatem Abstand stehen und verschränkten ihre Arme auf dem Rücken. Sie erinnerten mich an Bleisoldaten. Ich hätte gern die Fenster aufgerissen.

«Frau Cadisch, Sie haben schon Vorarbeit geleistet.» Schellenbaum kam auf Zürich und meinen Besuch in Haiders Erotikclub zu sprechen. Ich vermutete, dass er mich auf die Schippe nehmen wollte. «Uns wäre es lieber gewesen, Sie hätten sich mit den Quittungen direkt an die Kripo Zürich gewandt. Ich muss Ihnen als angehende Kriminologin nicht sagen, dass Sie Beweismaterial unterschlagen haben.»

Da war er schon: der subtile Seitenhieb, weil ich mich in seinen Augen etwas zu weit aus dem Fenster gelehnt hatte.

«Das habe ich nicht. Zumindest nicht bewusst. Zu dem Zeitpunkt wusste ich nicht, dass diese Quittungen im Zusammenhang mit einem Mord stehen.»

Schellenbaums Augen blieben auf meinem Gesicht haften. Erst jetzt fiel mir auf, wie dicht seine Brauen waren und dass sie über der Nase aneinanderwuchsen. «Das nehme ich Ihnen nicht ab. Die Konfrontation mit Haider schliesst den Vorsatz nicht aus. Als Sie zu ihm gingen, statteten Sie ihm wohl nicht aus Freundschaft einen Besuch ab. Sie waren als Ermittlerin unterwegs. Allein die Tatsache, dass Herr Ambühl Sie begleitet hat, bezeugt diese Absicht.»

Ich streckte meinen Rücken durch. «Ich wusste selbstverständlich nicht, in welches Wespennest ich treten würde. Sie haben recht: Ich habe ermittelt, wenn dieses Wort angebracht ist. Ich ging davon aus, dass man meinen Vater umgebracht hat. Bei meinen Recherchen bin ich auf diese Quittungen gestossen.»

«Jetzt haben wir es mit einem Kriminalfall zu tun, und die Quittungen gehören zu den Beweismitteln.» Schellenbaum sah Müller kurz an, wandte seinen Blick wieder mir zu. «Die Wohnung Ihres Vaters wurde konfisziert. Wir mussten Frau Cadisch bitten, sich anderweitig eine Unterkunft zu suchen, bis wir die Spuren gesichert haben.»

«Wir gehen davon aus, dass wir in den Unterlagen Ihres Vaters etwas finden, das die Verbindung zu Haider bestätigt», teilte Müller ergänzend mit.

«Sie haben Letícia vertrieben?» In Gedanken ging ich Vaters Büro durch. Die Filme, die Fotos, die Scheidungsunterlagen, Zeichnungen von uns Kindern, private Dokumente – all das würde man finden und anschauen. Die jahrelang in der Familie unter Verschluss gehaltenen Dinge würden ganz plötzlich aufgedeckt und einem breiten Publikum zugänglich gemacht werden. Sie wären nicht mehr nur einem ausgewählten Anwalt vorbehalten, der als Einziger die Befugnis hatte, seine Nase in Vaters Angelegenheiten zu stecken. Schamlos würde man in den Unterlagen graben und sie als einen Teil meines Vaters wiedererkennen. Seine ganze Familie würde entblösst, jedes Geheimnis um sie nach aussen gestülpt, bis wir alle dastünden im kalten Wintergrab unserer gewählten Heimat. Und an den Stammtischen würde man sich erfundene Geschichten erzählen von den Cadischs, die einst aus dem Bündner Oberland herkommend nach Davos eingewandert waren. Man würde sich darauf einigen, dass es besser gewesen wäre, sie wären dort geblieben, wo sie herkamen.

«Sie hat sehr viel Verständnis gezeigt», sagte Dario, der sich bis anhin ruhig verhalten hatte.

Schellenbaum wandte sich an Valerio. «Eine erste Zahlung an Haider ist mit dem 4. August 2003 datiert. Die zweite Zahlung erfolgte am 8. August. Wir müssen davon ausgehen, dass das Opfer Fredy Zumbühl am 6. August umgebracht worden ist. Die Vermisstenanzeige ging am 8. August ein. Ihre Mutter hat ausgesagt, dass Fredy Zumbühl zu einem Treffen nach Zürich eingeladen gewesen sei. Das war zwei Tage vorher.»

«Und was wollen Sie mich fragen?» Valerio hatte sich schon ein paarmal am Hinterkopf gekratzt – seine Geste bewies, wie verunsichert er war und dass er diese Befragung möglichst schnell hinter sich bringen wollte.

«Erinnern Sie sich an die Tage Anfang August 2003?»

«Die schönste Zeit im Jahr.» Über Valerios Gesicht huschte ein Lächeln, als würde er im wortlosen Moment zwischen Frage und Antwort von unserem Haus am Mittelmeer träumen, am Rande unendlicher Pinienwälder, von den glühenden Tagen, in denen der Sand wie eine Fata Morgana flimmerte, von den milden Abenden unter der Gartenlaube, unter der wir bis spät in die Nacht hinein gesessen und geplaudert hatten. Von den Sternen durchwobenen Nächten. «Ich verbrachte meine Ferien, zusammen mit Andrin, in der Toskana. Mein Vater hat dort ein Ferienhaus.»

«Das wissen wir.» Müller hob sein Kinn. Ich musste davon ausgehen, dass er noch viel mehr über Vater wusste. Vielleicht hatte er sogar Fichen über ihn angelegt.

«War Ihr Vater zu dieser Zeit auch in der Toskana?», fragte Schellenbaum.

«Er kam und er ging, wie jedes Jahr. Ich kann aber mit dem besten Willen nicht sagen, wann genau er da war, und wann er wieder wegging. Vielleicht kann mein Bruder Andrin Auskunft geben. Er führte früher Tagebuch. Vielleicht hat er auch dieses Ereignis eingetragen.»

«Welches Ereignis?» Müller runzelte die Stirn.

«Ob Vater an besagtem Datum im Ferienhaus war.»

Schellenbaum machte Notizen. «Damals waren Sie gerade mal siebzehn Jahre alt», fuhr er fort. «Erinnern Sie sich an seltsame Begebenheiten? An Aussagen, die Ihr Vater im Zusammenhang mit dem neuen Lebenspartner Ihrer Mutter gemacht hat?»

Valerio rutschte auf dem Stuhl hin und her, als müsste er den Hosenboden scheuern. Ich sah ihm an, dass es ihm nicht wohl dabei war. Normalerweise nahm er bei solch delikaten Angelegenheiten reissaus.

«Ich höre.» Schellenbaum legte eine bemerkenswerte Ruhe an den Tag. «Fällt Ihnen etwas dazu ein?»

«Meine Mutter hat uns verlassen, als ich fünfzehn war. Von einem Tag auf den andern war ich ohne Mutter und ohne Schwester. Versetzen Sie sich mal in meine Lage. Sie hat unsere Familie auseinandergerissen.»

«Valerio», flüsterte ich und strich ihm über den Arm. «Das gehört hier nicht zur Debatte.»

«Nein, wohl nicht. Aber vielleicht kann ich das Chaos beschreiben, das damals herrschte. Vater lief beinahe Amok, zerschlug Geschirr, schrie mich an, zeterte über die Mutter, verfluchte den Rechtsstaat. Er griff vermehrt zu Alkohol, trank nebst Bier und Wein auch Härteres. Er wurde zum Tier ...»

«Valerio, bitte ...» Ich drückte seinen Arm. Er wand sich hektisch aus meinem Griff.

«Ich will damit sagen, dass ich allein aufgrund dieser Attacken ein psychisches Wrack hätte werden müssen. Später kam Vater zur Vernunft. Das Erste, was er mir nach Mutters Auszug schenkte, war ein neues teures Velo mit hydraulischer Felgenbremse. Aber das tröstete mich nicht darüber hinweg, dass ich meine Mutter und meine Schwester verloren hatte.» Valerio presste den Mund zusammen. Nach einer Weile sagte er: «Nun zu Ihrer Frage: Als Vater erfahren hatte, dass Mutter einen Lover hat, brannten bei ihm die Sicherungen durch. Ja, daran erinnere ich mich noch, als wäre es gestern gewesen. Er hatte wieder getrunken. Er warf eine halb volle Flasche Single Malt nach mir. Wenn ich mich nicht gebückt hätte, hätte ich etwas abbekommen. So aber ging der Spiegel im Wohnzimmer in Bruch. Ab dieser Zeit verbot Vater mir ganz, mit Mutter in Kontakt zu treten. Ich hatte keine andere Wahl und versuchte, Vater zu begreifen. Ich dachte, dass es einen Grund gab, weshalb er sich so aufführte.»

«Darüber hast du mir nie berichtet», flüsterte ich.

Wieder kniff er den Mund zu und verharrte in dieser Stellung, während Schellenbaum weiter versuchte, ihm Wörter zu entlocken.

Mein Bauch fühlte sich flau an. Ich erinnerte mich an Mam, wie sehr sie sich Sorgen darüber gemacht hatte, weil Valerio sie nicht mehr anrief, geschweige denn sie besuchte. Im Gegensatz zu ihr hatte ich mit meinem Bruder immer Kontakt gepflegt und war jedes zweite Wochenende nach Davos gereist. Den Sommer hatte ich oft in der Toskana verbracht. Vater war mir nie fremd geworden. Manchmal hatte ich ihn auch ausserhalb der vereinbarten Besuchszeiten getroffen. Mit meiner Volljährigkeit waren auch die letzten Schranken gewichen. Ich hatte Vater gesehen, wenn mir danach war. Valerio allerdings hatte Mam aus seinem Leben gestrichen. Für ihn existierte sie nur noch als seine biologische Mutter. Meine Mam litt sehr darunter. Doch gegen aussen zeigte sie es nie. Valerio komme wieder, wenn die Zeit dazu reif sei, hatte sie oft lapidar gesagt.

Schellenbaum riss mich aus meinen Gedanken.

«Könnten Sie sich vorstellen, dass Ihr Vater den Lebenspartner Ihrer Mutter hat umbringen lassen, Herr Cadisch?»

Harte Worte. Ich sah Valerio an, wie sehr er sich in der Klemme fühlte. Es schien, als brodelte es unter seinem Haaransatz. Er zog tief Luft ein, als rüstete er sich in diesem Moment mit seiner letzten Kraft, das auszuspucken, was seine verletzte Seele über die Jahre hinweg verschlossen gehalten hatte.

«Mein Vater hatte ein cholerisches Temperament. Wer nicht nach seiner Pfeife tanzte, wurde bestraft. Ich erinnere mich, dass er meine Mutter mehrmals geschlagen hatte, als sie noch bei uns war. Einmal schlug er sie so zusammen, dass sie ins Spital musste. Vater sagte zu seiner Verteidigung, sie habe einen Anfall erlitten und sei die Treppe hinuntergestürzt.»

«Die Treppe in der Wohnung?», unterbrach Müller, um sich wohl ein Bild zu machen.

«Ja, die Treppe in Vaters Penthouse. Oben liegt das Schlafzimmer. Ich habe Mutter auf die Beine geholfen. Der Teppich hatte ihren Sturz ein wenig abgefedert. Dennoch hatte sie die Schulter gebrochen. Dann war da noch der Angriff mit der Zigarre. Vater hatte die Zigarre auf ihrem Arm ausgedrückt … Ich habe es mit eigenen Augen gesehen. Aber das war nach der Sache mit der Schulter.»

«Erlauben Sie mir die Zwischenbemerkung», sagte Schellenbaum. «Trotzdem haben Sie Ihre Mutter verurteilt, als sie ging?»

«Sie hatte mich verlassen und mir das Herz aus der Brust gerissen. Sie hätte zumindest in Davos bleiben können, damit ich sie hätte besuchen können.»

«Sie hätten mit ihr gehen können», sagte Müller, dem das Ganze nicht mehr geheuer zu sein schien.

«Nein, konnte ich nicht. Ich besuchte das Gymnasium und hatte meine Freunde hier.»

«Sie zogen Ihre Freunde der Mutter vor?» Müller war unfair.

Valerio verzog seinen Mund. «Fakt ist, dass sie mich verlassen hat.»

«Sie hat um dich gekämpft», intervenierte ich leise. Ich konnte diese Anschuldigung nicht einfach so stehen lassen. «Sie hat um dich gekämpft, und sie hätte beinahe ihr letztes Geld verloren.» Die Bilder, wenn Mam am Küchentisch gesessen und die Münzen aus ihrem Portemonnaie geschüttelt hatte, hatten sich mir eingeprägt. Sie hatte die Geldstücke gezählt und mir vorgerechnet, dass sie dafür ein Brot kaufen könne. Brot, das auf ihrer Liste der Grundnahrungsmittel gestanden hatte. Allein von Wasser und Brot könne man leben, hatte sie sich verteidigt, wenn ich mich darüber ausliess, dass es bei Vater wenigstens etwas Vernünftiges zu essen gab, wenn ich ihn besuchte. Im ersten Jahr nach dem Wegzug von Davos und Ende des Monats hatte es in unserm Haushalt nie sehr erbaulich ausgesehen. Mam hatte gespart, wo sie konnte. Es hatte dennoch nie gereicht. Die Scheidung und der fast ausweglose Kampf um ihre Kinder hatten sie am Boden zerstört.

Vater hatte die Alimente nicht oder erst nach aufwendigen Gerichtsverfahren bezahlt. Er hatte sie ausbluten lassen wie ein verwundetes Tier. Trotzdem hatte sie es sich nicht anmerken lassen.

Es war mir klar, dass ich Valerio damit nicht würde trösten können. Er würde noch vieles aufarbeiten müssen.

«Gut.» Schellenbaum drückte die Mine seines Schreibstifts in die Versenkung. «Wir wollen hier abbrechen. «Es existieren Indizien, dass Bartholomäus Cadisch den Mord an Fredy Zumbühl in Auftrag gegeben hat. Die Auswertungen der Ballistiker und die Quittungen von diesem Haider erhärten die Beweislage. Und ein Motiv besteht auch. So, wie Sie mir Ihren Vater beschrieben haben, brauchte es nie viel, bis er ausrastete. Es werden noch Zeugen gesucht. Im Zweifelsfalle gilt aber die Unschuldsvermutung. Wir werden Sie auf jeden Fall darüber informieren, wenn wir die Wohnung untersucht haben.» Er richtete sich an Valerio. «Hatte Ihr Vater einen Computer?»

«Ja, hatte er.» Valerio erhob sich, froh, dem Stuhl zu entkommen. «Er hat sich erst noch einen neuen angeschafft. Ich weiss jedoch nicht, ob er viel damit gearbeitet hat. Er war ein Mann, der es vorzog, von Hand zu schreiben und im Kopf zu rechnen.»

Schellenbaum brach hier ab. «Es wird noch eine Menge Arbeit auf uns zukommen.» Er erhob sich ebenfalls. «Meine Dame, meine Herren. Ich danke Ihnen.»

★★★

«Willst du mit mir fahren? Ich habe Mams Fiat da.»

Valerio winkte ab. «Nein, ich fahre selbst hin.»

«Aber kein Ausweichmanöver», mahnte ich.

«Nein, ich werde mich auch dieser Herausforderung stellen. Dann habe ich es hinter mir.» Er schlenderte etwas schlaksig zu seinem Wagen, der auf dem Parkplatz des gelben Hotels stand.

Ich fuhr zur Casa Anna. Vor dem Gebäude parkte ich und

traf die Jungs an, die ich neulich gesehen hatte. Sie winkten und rannten auf mich zu. «Wo ist denn der geile Flitzer?» Sie gebärdeten sich wie ausser Rand und Band geraten.

Ich lächelte und betrat den Eingangsbereich, während meine Gedanken um Tomasz kreisten. Ich hatte ihn seit Stunden nicht mehr gehört. Mein Herz zog sich krampfhaft zusammen. Ich hatte solche Sehnsucht nach ihm.

Ich hatte ihn in der Mensa der Universität in Luzern kennengelernt. Er war im letzten Jahr vor dem Masterabschluss gewesen, als ich als Küken mit dem Studium begonnen hatte. Wir hatten die gleiche Idee gehabt, uns auf denselben Stuhl zu setzen. Beide mit voll beladenen Tabletts. Er hatte sich zuerst hingesetzt und mich nicht gesehen, während ich Sekunden später auf seinem Schoss landete. Eine Freundin hatte mich abgelenkt. Wäre dieser Zwischenfall nicht geschehen, hätten wir uns vielleicht nie kennengelernt.

«Ich heisse Allegra», hatte ich mich vorgestellt und wäre vor Scham am liebsten im Boden versunken. «Ich bin eins siebenundsechzig gross, ich studiere, treibe mässig Sport, esse fürs Leben gern Schokolade und verabscheue Machos.» Ich redete um des Redens willen und weil ich sehr verlegen war. «Und du bist …?»

«Tomasz.»

«… bist eins neunzig gross, du studierst im …»

«… Master, und ich liebe selbstbewusste Frauen.» Offensichtlich hatte er mir meine Verunsicherung nicht angemerkt, oder er hatte mich vor all den andern nicht blossstellen wollen.

Wir waren Freunde geworden, später platonisch Verliebte, wie uns die Mitstudenten nannten. Vielleicht hatte Tomasz zu der Zeit andere Freundinnen gehabt, mit denen er das Bett teilte oder seine Stehpartys verbrachte. Mir war es egal gewesen, solange ich nicht intim mit ihm war. Doch unsere Freundschaft war über das Normale hinausgewachsen. In jeder freien Minute, an jedem freien Wochenende hatten wir uns getroffen, um zu philosophieren und zu diskutieren, über Gott und die Welt und vor allem über unsere Ambitionen und die Träume, in denen wir uns auch tagsüber bewegten. Ich hatte Tomasz nicht ein einziges Mal nach Hause gebracht, weil ich mir den Kitzel des Geheimnisvollen, ja des Verbotenen behalten wollte. Und ich war mir nie sicher gewesen, ob es Mam recht sein würde, wenn ich mit einem Mann daherkam.

Wenn ich an Tomasz dachte, so dachte ich an seine feingliedrigen Hände, seine immer gleiche Geste, wenn er sein Haar aus der Stirn strich. An seine Art, wie er sich bewegte, wie er sich den Pullover über den Kopf zog. Wie ihm die Haare danach zu Berge standen, wie er sie wieder zurückkämmte mit dem Kamm, den er mit sich trug, dem roten mit den zwei Schafsköpfen am Rand, und mich fragte, ob er wieder salonfähig sei. Ich dachte an seine aufrechte Haltung, wenn er auf einem Stuhl sass und hätte anlehnen können. Wie er es vermied anzulehnen, was ihm etwas Aristokratisches verlieh. Seinen ungebrochenen Stolz, wenn er von seinen Wurzeln sprach, von Warschau, wo sein Grossvater herkam. Von seinen Erzählungen aus Büchern, die niemand sonst las. Von der Musik, deren Ursprung er ergründete, obwohl er selbst nie ein Instrument spielte, weil er der Denker war, von deutschen und polnischen Komponisten und dem Wunsch, einmal im Leben die Oper in Sydney zu besuchen – zusammen mit mir. Und er malte sich dann unseren Hochzeitstag aus in einem Schlossgarten und Millionen von weissen Rosenblüten und wie wir gemeinsame Kinderchen hätten, mit der Schönheit und Intelligenz der Mutter und dem Sanften und Philosophischen des Vaters – unsere Kinder.

Dabei hatten wir noch nicht mal dafür geübt.

Auf dem Weg ins erste Geschoss begegnete ich Jasmin. Sie hatte den Reinigungswagen vor die Zimmertür des Schriftstellers geschoben und suchte nach Ersatzseife und frischem Waschlappen. «Das Zimmermädchen hatte gestern den letzten Arbeitstag», stöhnte sie, als ich ihr über die Schultern blickte. «Bis zum Schliessen des Hotels muss ich nun auch diesen Job übernehmen, obwohl ich wenig Ahnung davon habe und ehrlich gesagt nicht gern putze.» Sie lächelte mich an. «Du bist ja ganz ausser Atem. Was ist denn geschehen?»

«Das kommt vom Treppensteigen», schummelte ich.

Jasmin schickte mir eine Kusshand zu. «Das kenne ich. Treppensteigen.» Als sie hinter der Tür zum Zimmer des Schriftstellers verschwand, hörte ich sie laut lachen.

NEUNZEHN

Der Fernseher war ausgeschaltet, das Bett frisch bezogen. Auf dem Kopfkissen glänzte goldfarbenes Aluminiumpapier. Ein Schokotaler als kleines Dankeschön für das Logieren in diesem Haus oder als Entschuldigung dafür, dass der volle Service nicht mehr gewährleistet werden konnte. Über allem lag der dezente Geruch von Rosenwasser, der sich im Badezimmer fortsetzte. Ich hatte Jasmin in Verdacht, zu viel Raumspray verwendet zu haben.

Keine Spur von Mam.

Unschlüssig ging ich auf den Korridor zurück, wo der Reinigungswagen stand. Ich klopfte an Mams Zimmertür, drückte die Falle. Die Tür war verschlossen. Jasmin hatte das Zimmer des Schriftstellers aufgeräumt und gereinigt. Sie kehrte daraus zurück zum Wagen und sah mich belustigt an. «Ameisen im Bauch?», fragte sie, um etwas zu sagen.

Ich ging nicht darauf ein. «Hast du meine Mutter gesehen? In meinem Zimmer ist sie nicht.»

«Schauen wir doch mal nach, ob sie sich auf dem Balkon aufhält.» Jasmin griff unbekümmert nach dem Universalschlüssel, steckte ihn ins Schloss und machte auf. Wie bereits in meinem Zimmer wehte mir Rosenwasserduft entgegen. Ich schnüffelte.

Jasmin lachte. «Ich weiss, zu viel des Guten. Ein Zimmermädchen lernt die Dosierung in der Ausbildung – über Jahre.»

«Das war ein Scherz.»

«Reingefallen.»

Das Zimmer war aufgeräumt, Mams Reisetasche stand neben der Garderobe. Beruhigt nahm ich dies zur Kenntnis. Sie war also nicht abgereist. Doch ihre Freizeitschuhe und die Winterjacke fehlten.

«Sie wird wohl einen Spaziergang durch Davos machen», mutmasste Jasmin.

«Bei dem Wetter.» Ich gebrauchte Mams Ausrede als Argument und vermutete, dass sie trotz meines Abratens ins Café Schneider gegangen sein könnte.

Ich kehrte in mein Zimmer zurück, wählte Valerios Handynummer und wartete auf seine Antwort, während tausend Gedanken durch meinen Kopf schossen. Ich machte mir grosse Vorwürfe, dass ich Mam allein im Hotel gelassen hatte. Ich wusste nicht, wie sie sich fühlte und ob der Aufenthalt in Davos all das Vergangene zum Vorschein brachte, das ihr nicht guttat. Unter diesen Gegebenheiten hätte ich sie niemals allein lassen dürfen.

Valerio meldete sich. «Ja, Schwesterchen, was gibt's?»

«Bist du schon auf dem Weg in die Casa Anna?»

«Nein. Ich musste nochmals in die Wohnung zurück. Habe da etwas vergessen. Aber ich beeile mich, versprochen.»

«Musst du nicht. Mam ist verschwunden.» Ich fühlte einen heftigen Stich in meiner Brust. «Ich mache mir Sorgen.»

Valerio dagegen tangierte es nicht. «Die wird einkaufen gegangen sein. Vielleicht war es ihr zu langweilig im Hotel. Mach dich doch nicht immer verrückt.»

«Sie hat mir versprochen, auf uns zu warten. Sie hat ein Telefon, und sie hat ein Handy. Sie hat mich nicht angerufen. Hat sie sich bei dir gemeldet?»

«Nein, warum sollte sie sich ausgerechnet bei mir melden?»

«Weil du ihr Sohn bist.»

«Auf dem Papier vielleicht.» Valerio machte auf stur.

«Das hat sie nicht verdient.»

«Ich habe auch vieles nicht verdient.»

Unbefriedigt beendete ich unser Gespräch, nachdem ich mir sein zusammenhangloses Geschwafel angehört hatte.

Ich stellte Mams Nummer ein. Doch ausser der Stimme des Anrufbeantworters vernahm ich nichts. Ich unterliess es, eine Nachricht auf Band zu sprechen. Ich suchte nach einer Notiz, nach Maximilians Nummer, und erinnerte mich, dass ich sie in meinem Zimmer in Luzern hatte liegen lassen. Um diese Zeit musste er im Spital sein. Ich wählte die Nummer des Davoser Spitals. Am Empfang wurde ich mit einer Stationsschwester verbunden. Sie richtete mir aus, dass Dr. Klees gerade operiere.

Ich zog mir wärmere Kleidung an, verliess das Zimmer und rannte über die Treppe nach draussen. Es schneite jetzt dicke Flocken. Einen Moment lang blieb ich stehen und streckte meine Arme aus. Ich sah zu, wie die Eiskristalle auf meinen Händen schmolzen, während ich mich beherrschte, sie, wie in meinen Kindertagen, nicht abzulecken. Schnee hatte immer einen ganz eigentümlichen Geschmack gehabt.

Ich setzte mich in den Fiat, liess den Motor an und fuhr auf die Promenade. Die Flaggen beim Kongresszentrum zu meiner Linken waren verschwunden, die Bushaltestelle hinterliess den Eindruck, dass hier in den nächsten Tagen wohl niemand mehr einsteigen würde. Ausgestorbene Trottoirs, geschlossene Hotels die Strasse entlang. Ab und zu in orangen Anzügen gekleidete Strassenarbeiter, die mit einer stoischen Ruhe den Winterdreck entfernten.

In der Nähe des ehemaligen Postplatzes schien das Dorf im diffusen Licht des frühen Nachmittags zu erwachen. Bunte Regenschirme drehten sich im Passantenstrom, der sich Richtung Einkaufszentrum bewegte. Unter dem Vordach kreischten Kinder. Ein Erwachsener versuchte, sie in ihre Schranken zu weisen, was ihm nur halbwegs gelang. Vor dem Hydranten bellte ein Hund an der Leine, weil man ihm den Zutritt ins Ladeninnere verwehrte.

Ich parkte in der Nähe der Kirche. Ich warf eine Münze in die Parkuhr und vernahm im Park neben dem Pfarrhaus das Glockenspiel, welches alle Viertelstunde bimmelte. Noch genauso bimmelte wie vor etlichen Jahren, als Mam mit Valerio und mir dort gespielt oder uns Geschichten erzählt hatte. Die Glocke sei einst ein Geschenk eines Holländers gewesen, der in Davos seine Tuberkulose erfolgreich auskuriert hatte.

Ich stülpte mir die Kapuze über, überquerte die Promenade und schlenderte die Auslagen einer Konditorei entlang, aus der es nach frisch gebackenen Brötchen roch. Ich ging an einem Souvenirladen vorbei, wo früher Musikinstrumente ausgestellt gewesen waren, und an einem Sportgeschäft. Ich winkte einem ehemaligen Schulkameraden zu, der jedoch wenig mit meinem Erscheinungsbild anzufangen wusste.

Beim chinesischen Restaurant blieb ich stehen. Ich sah auf die andere Seite zur zurückversetzten Blumenboutique. Das Logo auf der Tafel kam mir bekannt vor. Ich überquerte die Strasse und peilte das Geschäft an. Eine mittelalte Frau mit grüner Schürze platzierte einen Steller, auf dem für Aktionen geworben wurde: drei Pflanzentröge zum Preis von zwei.

«Guten Tag.» Ich folgte der Frau und betrat den Laden. Es roch nach frisch geschnittenen Pflanzen und feuchtem Gras, und ein leichter Hauch von Verwesung lag darüber, der aber nur meiner eigenen Nase zuströmte. Ein Geruch, wie man ihn auf Friedhöfen in der Nähe von verwelkten Pflanzen roch.

«Guten Tag.» Die Frau mit der grünen Schürze stellte sich hinter den Tresen, auf dem schön arrangierte Blumensträusse und Glasvasen standen und ein frühlingshaftes Fluidum verbreiteten. Auf einer alten, handbetriebenen Registrierkasse sassen in Reih und Glied sechs rosarote Elfen, als warteten sie darauf, von einem Geschoss getroffen zu werden. Wer stellte denn so etwas auf?

«Dieses Hudelwetter ist zum Davonlaufen.» Die Frau wies mit dem Kopf nach draussen. «Jeden Frühling von Neuem tun wir uns das an. Der Winter kommt stets wie im Bilderbuch daher. Dafür büssen wir nach Saisonschluss. Darf ich Ihnen etwas zeigen?» Ihre von Natur aus roten Wangen begannen zu leuchten. Sie strich sich mit ihren kräftigen Händen über die Schürze, die ihre runden Hüften kaum versteckte. Sie trug braune Cordhosen und schwere Schuhe. Ich wusste nicht, weshalb ich gerade jetzt an einen Gartenzwerg denken musste.

«Ich bin Allegra Cadisch und hätte eine Frage.»

Über das Gesicht der Frau huschte ein Schatten, als ahnte sie, worauf ich zu sprechen kommen würde.

«Sie sind bestimmt Frau Planta, der dieser schöne Blumenladen gehört.»

«Ja, die bin ich.» Ihr Gesicht wirkte auf einmal abweisend, ihre gesamte Körperhaltung ebenso. Ihre Vorfreude, ich könnte bei ihr einen Blumenstrauss kaufen, hatte sich in Enttäuschung umgewandelt.

«Bartholomäus Cadisch … sagt Ihnen der Name etwas?»

Frau Planta wich einen Schritt zurück. «Ich nehme an, Sie sind seine Tochter.»

«Richtig. Seine Beerdigung liegt zwei Wochen zurück. Doch die Kränze und Blumengebinde befinden sich noch immer auf dem Grab. Wirklich sehr schön.»

Sie schluckte schwer, sagte jedoch nichts.

«Mein Vater hat Ihnen im letzten November einen ziemlich grossen Auftrag erteilt, den Sie rechtzeitig zu seinem Begräbnis ausgeführt haben. Was haben Sie sich dabei gedacht?»

Wieder wich Frau Planta einen Schritt nach hinten, als könnte sie vor meiner verbalen Attacke im Hinterzimmer des Geschäfts Schutz suchen, sich in Gedanken vielleicht bereits einen Fluchtweg zurechtlegen, um meinen unangenehmen Fragen zu entkommen.

«Ich will Ihnen nichts ankreiden. Es interessiert mich bloss, ob Vater bei der Bestellung etwas verlauten liess, das mit einem Suizid zu tun gehabt haben könnte.»

«Um Gottes willen.» Frau Planta bewegte sich mit zwei Schritten nach vorn. Sie hatte die Chance gerochen, mit der sie sich in meinen Augen würde wichtigmachen können. «Er hat die Bestellung telefonisch aufgegeben. Ich habe mich sehr darüber gewundert. Aber ein solcher Auftrag ist für mich wie ein Sechser im Lotto. Ich habe mir nichts dabei gedacht.» Sie taute richtig auf. «Aber von Selbstmord war nie die Rede. Ich führe diesen Laden bereits seit zehn Jahren. Ich bin damals von Chur hierhergezogen. Ich habe mich hier gut eingelebt und die Davoser kennengelernt. Auch Ihren Vater. Er hat oftmals Blumen gekauft, für seine Frau Letícia. Ich durfte auch schon grössere Aufträge entgegennehmen. Einmal habe ich das Alpenblüemli dekoriert im Auftrag von Ladina Frei. Aber Ihr Vater hat dort eine Generalversammlung abgehalten mit anschliessendem Nachtessen. *Er* hat natürlich die Rechnung bezahlt.»

«Abzüglich drei Prozent Einheimischenrabatt und zwei Prozent Skonto bei Bezahlung innerhalb zehn Tagen?» Ich sah in ein verdutztes Gesicht. Ich griff nach einer der rosaroten Elfen auf der Kasse. «Die würde ich gern mitnehmen.» Weil sie vor Hässlichkeit beinahe wieder hübsch war.

Frau Planta schenkte mir endlich ein schiefes Lächeln. «Es tut mir sehr leid, was da geschehen ist. Aber die Rechnung für die

Kränze und Gebinde war bezahlt. Ich konnte es mit meinem Gewissen nicht vereinbaren, sie nicht wunschgemäss zu liefern.» Plötzlich stand sie wie reglos neben der Kasse. «Wie sind Sie denn auf mich gekommen?»

«Vater hatte die Angewohnheit, Quittungen zu sammeln. Ihre ist zwar noch nicht so alt. Aber da gibt es welche von 1960.»

★★★

Ich irrte ziellos durch Davos. Meine Schuhe waren mit Nässe vollgesogen, meine Füsse klamm vor Kälte. Ich nahm mir vor, im Kleidergeschäft von Sidonias Eltern vorbeizugehen, in der Annahme, meine Mam könnte sich dort eingenistet haben. Sie kannte die Familie von früher und hatte dort manchmal eingekauft. Als ich jedoch vor dem Eingang stand, wies mich das Schild auf der Tür zurück: «Betriebsferien bis Mitte Mai».

Ich gelangte zur Bar, in der Valerio früher Stammgast gewesen war. Ich konnte mir nicht vorstellen, dass er es heute noch war. Hier trafen sich nur die ganz jungen Leute, die sich mit Alkohol und Elektrosound zudröhnten. Weiter hinten erreichte ich die Talstation zur Schatzalp. Die Bahn hatte ihren Betrieb noch nicht eingestellt, was ich vom Schriftsteller wusste. Auf dem Aushängeschild waren die Fahrzeiten ersichtlich. Hinter der Kasse sass Pirmin, der seit Urzeiten dort sass. Ich grüsste ihn.

«Hoi Allegra.» Er kannte mich, weil sein Sohn mit mir zur Schule gegangen war und er sich Gesichter gut merken konnte.

«Könnte ich ein Billett lösen, hin und zurück?»

«Ich glaube, heute ist der Tag der Cadisch-Frauen. Was wollt ihr denn auf der Schatzalp, bei diesem Wetter?»

«Wessen Tag?»

«Deine Mutter ist heute Vormittag schon hochgefahren.»

«Allein?»

«Mit Albert Einstein.» Pirmin lachte, während er sich der Person hinter mir zuwandte.

Hinter mich hatte sich eine Frau mit Hund hingestellt. Ich räumte den Platz. Die Frau verlangte ein einfaches Billett. Für den Hund musste sie extra bezahlen.

Ich wartete in der Halle auf die Bahn, die noch unterwegs war. Mam war also auf den Berg gefahren. Und nicht allein. Was suchte sie dort oben? Vielleicht würde ich sie treffen. Ich begab mich zur Treppe vor dem Drehkreuz. Später tauchte die Bahn am Ende des Tunnels auf und schob sich langsam in den dunklen Schlund – eine blaue Bahn mit blau-gelbem Logo, das den Schriftzug und die Konturen eines Berges zeigte. Mit Gequietsche kam sie zum Stehen. Ich wartete, bis die zurückkehrenden Gäste auf den Bahnsteig traten.

«Allegra!»

Die Stimme kam von den zwei Leuten, deren Körper ich gegen die graue Tunnelöffnung als schwarze Schemen wahrnahm.

«Allegra! Was tust *du* denn hier?» Sie erreichte mich über die Treppe.

«Mam! Was für eine Überraschung!» Noch mehr überraschte mich die Person an ihrer Seite. Es war der Schriftsteller.

Vergessen war die Idee mit der Fahrt auf die Schatzalp. Ich gesellte mich zu Mam und kehrte mit ihr und dem Schriftsteller zurück auf die Promenade.

«Heinrich hat mir ein paar wunderbare Ecken gezeigt», schwärmte Mam enthusiastisch. «Ich habe die Schatzalp wiederentdeckt. Erinnerst du dich an die Sommertage, als wir uns auf der Sommerschlittelbahn vergnügten? Und als wir durch den Wald nach Davos wanderten, frassen uns die Eichhörnchen aus der Hand.»

«Ja, und an Ostern suchten wir die Eier am Wegrand», ergänzte ich.

«Manchmal lag der Schnee noch meterhoch.» Jetzt übertrieb sie.

Ich warf dem Schriftsteller einen prüfenden Blick zu. Er bestätigte Mams Geschwätz mit einem heftigen Kopfnicken.

Wovon lenkte sie ab?

Ich kannte Mam viel zu gut, als dass sie innerhalb von vierundzwanzig Stunden einen Gesinnungswandel von hundertachtzig Grad grundlos vollzogen hätte. Entweder versuchte sie, sich gerade selbst zu täuschen, oder sie wollte mich vor weiteren delikaten Fragen, was Vater betraf, abhalten. Und warum sollte sie sich in die Gesellschaft eines alternden Schriftstellers begeben, den sie vor einem halben Tag verwünscht hatte? Sie hatte ihm das Du angeboten. Das allein machte sie verdächtig.

«Ich habe mir Sorgen um dich gemacht.» Ich zog Mam am Arm, weg vom Schriftsteller. Ich würde ihn mit Sicherheit nicht Heinrich nennen. «Ich habe versucht, dich auf dem Handy zu erreichen. Soviel ich mich erinnere, haben wir uns im Hotel verabredet. Valerio wollte auch vorbeikommen.»

«Tut mir leid.» Mam heischte um Mitleid. «Mir fiel die Decke auf den Kopf. Das Schneeregenwetter machte mich ganz schusselig. Da traf ich Heinrich auf dem Flur. Er fragte mich, ob ich ihn auf die Schatzalp begleiten wolle. Ich sagte spontan zu.»

«Wenn du im Beantworten meiner Fragen auch so spontan wärst», provozierte ich.

«Ich gehe dann mal zurück ins Hotel», sagte der Schriftsteller und hob andeutungsweise seine rechte Hand. «Man sieht sich. Ciao, Morena, es hat mich gefreut, dich kennengelernt zu haben.»

Ich rechnete ihm sein Feingefühl hoch an. Ich sah, wie er zwischen einer Gruppe von Schulkindern und zwei Müttern mit Kinderwagen verschwand.

«Es liegt jetzt an dir, Valerio anzurufen und ihm einen neuen Termin für ein Gespräch vorzuschlagen.»

«Bist du mir böse?»

«Nein, Mam. Ich verstehe nur nicht, weshalb du mir andauernd ausweichst.»

«Ich fahre mit dem Bus zurück», sagte sie und unterband jegliches weitere Gespräch.

«Gut, wie du willst. Dein Wagen steht vor dem Rätia-Center. Ich werde mich im Hotel ein wenig frisch machen und dann in dein Zimmer kommen.»

Mam presste ihre Lippen aufeinander und nickte stumm.

Auf dem Weg zum Parkplatz kam ich am Appartementhaus vorbei, in dem Vaters Wohnung lag. Es liess mir keine Ruhe, zu erfahren, ob sich der Technische Dienst der Kripo bereits auf Spurensuche gemacht hatte. Ich betrat den Eingang, der ein wenig nach Moder roch. Ich drückte den obersten Knopf beim Lift und wartete, bis er mit einem sirrenden Geräusch eintraf. Der Lift war schon über vierzig Jahre alt; man hatte ihn nie überholt. Ich fuhr nach ganz oben. Der Raum zwischen Lift und Wohnungstür glich einem einladenden Entrée, das mit einem senfgelben Teppich ausstaffiert war. An der einen Wand hing ein Bild von Picasso aus der Zeit, als er gegenständlich gemalt hatte. Gegenüber stand ein antiker Schrank, in dem im Winter die Sommerkleider und im Sommer die Winterkleider untergebracht waren. Letícia hatte eine saisonale Ordnung gehalten. An der Tür war kein Siegel angebracht, was mir bestätigte, dass man die Wohnung noch nicht inspiziert hatte. Als ich jedoch meinen Schlüssel ins Schloss stecken und öffnen wollte, gab die Tür nach. Noch bevor ich im Flur stand, kam ein Mann in Jeans und kariertem Hemd auf mich zu.

Ich stellte mich mit meinem Namen vor, um Missverständnisse gleich aus dem Weg zu räumen. «Ich bin die Tochter des Verstorbenen und wollte mich vergewissern, ob Sie mit Ihrer Arbeit begonnen haben. Ich studiere im dritten Semester …» Weiter kam ich nicht.

«Ich bin nicht unglücklich, dass ich Sie treffe», unterbrach mich der Mann. «Wir haben ein Problem mit dem Computer. Können Sie gleich mit ins Büro kommen? Frank Accola», stellte er sich vor. Er trug eine Brille mit kleinen runden Gläsern, was ihm das Aussehen eines Professors verlieh, wären da nicht die blonden Haare gewesen, die wie die Stacheln eines Igels von seinem Kopf abstanden.

«Aber Vater hat den Computer fast nie benützt», sagte ich.

«Das tut nichts zur Sache. Allenfalls können wir den Rechner auch mitnehmen, damit ihn unser IT-Spezialist prüfen kann.»

Im Wohnzimmer waren rot-weisse Plastikbänder gespannt mit der Aufschrift «Polizei». An den Wänden noch zwei Bilder. Nur der Kachelofen neben der Küchentür war der alte, aber das auch nur, weil er eine mit viel Aufwand produzierte Extraanfertigung für Vater war. Ein Kunstmaler, der Kopien anfertigte, hatte Gustav Klimts Kuss auf die Emaillekacheln gemalt.

«Ist das jetzt ein Tatort?» Ich folgte Accola durch den Korridor. «Und warum diese Bänder?»

«Die Wohnung bleibt so lange von uns in Beschlag, bis alle Beweismittel restlos sichergestellt sind.»

Im Büro sass sein Kollege, der sich mir als Pius Caviezel vorstellte und vergebens versuchte, das richtige Passwort einzugeben. Ein leises Dong, das sich anhörte, als würde jemand einen Stein gegen einen Hohlkörper werfen, zeigte den Fehlcode an.

«Ich bin keine Hackerin», stellte ich klar, worauf Accola mich auf den Stuhl wies.

«Kennen Sie ein Passwort, das Ihr Vater benötigt haben könnte? Gibt es irgendeinen Namen oder eine Zahlenkombination, die Sie kennen?»

«Ich weiss nicht.» Ich liess mich auf den Bürostuhl fallen und sah gleichzeitig, dass die Techniker bereits die Schublade mit den ominösen Filmen gekappt hatten. Sie lagen ausgebreitet auf der Ablage neben dem Bücherregal. Auch die Ordner und Aktenmappen waren ausgeräumt und in Kunststoffbehältern verpackt. Ich befürchtete, dass diese Aktion womöglich für uns Hinterbliebene Konsequenzen haben würde. Was würde geschehen, wenn die Polizei auf die Dokumente stiess, die belegten, dass Vater mit dem Fiskus auf Kriegsfuss gestanden hatte? Würden wir dafür zur Rechenschaft gezogen?

«Und, fällt Ihnen etwas ein?»

Ich versuchte, mich in Vater zu versetzen und mir seine einstweilen einfachen Überlegungen zu verinnerlichen, wenn es darum ging, sich ins Computerprogramm einzuloggen. In letzter Zeit war es ihm schwergefallen, sich Dinge zu merken. Im Gegensatz zu den Geschichten von früher, die er eins zu eins hatte wiedergeben können und die wir mittlerweile auswendig kannten, war sein Kurzzeitgedächtnis nicht mehr sehr intakt gewesen. Trotzdem konnte man nicht davon ausgehen, dass sich eine Demenz anbahnte. Viele Dinge waren für Vater einfach nicht mehr so wichtig gewesen – allem voran Zugriffcodes. Einfach und leicht abrufbar mussten sie sein, um lange Überlegungen zu umgehen.

Die Geburtstage seiner Kinder hatten ihm viel bedeutet, mehr

als Weihnachten und Ostern zusammen. Er hatte zu diesen An-
lässen Gäste in die Toskana eingeladen und uns damit überrascht,
obwohl sie zu nichts anderem als zu seiner Eigeninszenierung
gedient hatten. Als hätte er sagen wollen: «Seht her, wie grosszügig ich zu meinen Kindern bin.»

«Zwei, null, drei, zwei, null, eins, eins, vier, sieben, drei, eins»,
sagte ich, nicht aus einer Eingebung heraus, sondern weil ich
sicher war, dass er die Geburtstage seiner vier Kinder in chrono-
logischer Reihenfolge als Passwort gewählt hatte. Ausschliesslich
Murielles. Denn dann hätte ich ein Problem gehabt.

Caviezel tippte die Zahlen ein. Offenbar stimmten sie, und
ich rühmte mich meiner auf Vater zugeschnittenen logischen
Überlegungen. Caviezel wartete auf das Benutzerprofil, das sich
mit Verzögerung öffnete. Auf der Oberfläche hatte ich nichts
anderes erwartet als dieses Chaos, das sich uns bot. Hier hatte jemand mit Daten, Ordnern und Dokumenten herumgewurstelt,
wie es nicht einmal von Kinderhand möglich gewesen wäre. Sie
alle zu ordnen würde einen halben Tag verschlingen. Caviezel
kannte jedoch die erforderlichen Handgriffe, um sich einen
ersten Überblick zu verschaffen. Er hielt sich an ein System,
das Vater allem Anschein nach auch angewandt hatte. Er suchte
nach den nötigen Einträgen, nachdem er die Dokumente an-
klickte und dann den August 2003 eingab – den Monat und
das Jahr, in dem Vater Haider die beiden Beträge bezahlt und
man wahrscheinlich Fredy umgebracht hatte. Ein unendlicher
Zeilenwurm tat sich auf. Caviezel scrollte ihn von oben nach
unten auf. Er gab den Namen «Zumbühl» ein. Sein geübter
Blick beförderte schnell die Informationen zur Ansicht, die er
gesucht hatte.

Was ich zuerst als reine Spielerei eines im Ego verletzten Man-
nes ansah, entpuppte sich als Geflecht einer akribisch erforschten
Intim- und Arbeitssphäre des Fredy Zumbühl. Es schien, als
hätte Vater jeden Schritt, jeden Atemzug seines angeblichen
Widersachers kontrolliert und dokumentiert. Es stellte sich
heraus, dass er dafür einen Detektiv angeheuert hatte, der ihn
wöchentlich über jede Bewegung von Fredy informierte. Ich
las den Namen und brannte ihn fest in mein Gedächtnis ein.

«Ist er das?» Caviezel hatte einen Ordner mit Fotos aktiviert. Ich sah Fredy, wie nicht einmal ich ihn zu sehen bekommen hatte. Fredy vor der einen Firma, für die er arbeitete. Fredy beim Aufschliessen des Zahlenschlosses an seinem Velo. Fredy beim Besuch im McDonald's und wie er mit einem Big Mac vor der Tür stand. Fredy vor dem Kino mit zwei Billetten in der Hand, in der Bahnhofunterführung, im Blumenladen und im Lebensmittelgeschäft. Fredy mit Mam in der Museggstrasse, wo wir anfänglich gewohnt hatten. Sie öffneten den Briefkasten gemeinsam. Fredy auf unserem Balkon mit einer Flasche Bier am Mund. Unter jedem Bild stand eine Bemerkung, die mir das Blut in den Adern gefrieren liessen.

«Er muss arbeitslos sein.»

«Er hat kein Auto.»

«Er ernährt sich ungesund.»

«Er schaut sich Schmuddelfilme an.»

«Er trifft sich mit Dealern.»

«Er hat ein schlechtes Gewissen.»

«Er muss wieder mal einkaufen.»

«Er umgeht den Mietzins.»

«Er ist Alkoholiker.»

Ich schaffte es nicht mehr, auf die Bilderflut zu blicken.

«Ist Ihnen nicht gut?» Accola berührte meinen Arm. «Wenn es Sie überfordert, bitte ich Sie, wieder zu gehen. Unsere Kollegen werden sich bei Ihnen melden, wenn die Daten ausgewertet sind.»

Accolas Aufforderung löste mich aus meiner Verkrampfung. Ich verabschiedete mich dennoch wie paralysiert.

Als mich der Lift zurück in die normale Welt beförderte, war mein erster Gedanke, dass ich das eben Gesehene niemals meiner Mam erzählen durfte. Am Kiosk beim Bahnhof holte ich mir eine Tafel Schokolade und verdrückte sie auf dem Weg zum Hotel.

Was hatte Vater da getan?

Er, dem Lappalien zeitlebens ein Gräuel gewesen waren. Der sich darüber aufregte, mit welchen Kinkerlitzchen sich die Leute aufhielten. Wie aus Mücken Elefanten gemacht wurden. Wie sehr hatte er das Kleinkarierte gehasst, wie sehr sich darüber ausgelassen, dass man über Dinge diskutieren konnte, die einen im Leben nicht vorantrieben.

Und nun das! Er, der Geschäftsmann, hatte sich auf das Niveau eines Fredy Zumbühl heruntergelassen und ihn beschatten lassen. Aus verletztem Stolz und Eifersucht, wie ich annehmen musste.

Ich kehrte zum Hotel zurück. Voller abstruser Gedanken, die mir den klaren Blick auf die Wirklichkeit trübten.

ZWANZIG

Mam sass auf ihrem Bett und sah sich eine Talkshow auf einem Privatsender an. Eine übergewichtige Dame verteidigte auf dem Podium ihre Fressattacken, während der Moderator sie verbal unanständig angriff. Das Publikum benahm sich wie Schimpansen in einem Zoo.

Ich stellte mich vor das Fernsehgerät. «Hast du Vater nach Ostern getroffen?» Eine konkrete Frage erforderte eine konkrete Antwort, dachte ich.

Es kam nichts. Mam drückte den Aus-Knopf. Immerhin ein Zeichen dafür, dass sie für ein Gespräch bereit war.

«Mam, ich habe dir eine Frage gestellt.»

Sie wandte sich vom Bildschirm ab. Ich sah, wie sie mit sich selbst focht. «Ja, ich habe mich mit deinem Vater getroffen.»

Obwohl ich diese Antwort erwartet hatte, war ich einen Moment lang baff.

Nach der Scheidung hatte sie geschworen, nie mehr etwas mit Vater zu tun haben zu wollen. Sie habe einen dicken Strich unter diese tragische Geschichte gezogen. Von welcher Tragik die Rede gewesen war, davon hatte ich in der Zwischenzeit Kenntnis. Vater hatte sie mehrmals geschlagen. Einmal sogar spitalreif. Und dass Vater nicht fähig war zu lieben, wusste ich nicht nur von Mam.

Hatten sie sich versöhnt? Unvorstellbar.

«Weshalb, Mam?»

Sie haftete ihren Blick an das Fenster. «Ende Februar war's, als mich Urs Schellenbaum von der Kripo Zürich vorlud. Sie hatten Fredys Leiche gefunden. Da wusste ich, dass dein Vater dahintersteckt.»

«Weisst du, was du soeben gesagt hast?», fragte ich, obwohl ich diesen Verdacht nicht zum ersten Mal hörte. Doch aus Mams Mund hatte er etwas Endgültiges. Es fühlte sich so an, als würde sie den Deckel auf das kochende Wasser setzen, welches die Polizei vor Kurzem zum Sieden gebracht hatte. «Das ist eine massive Anschuldigung. Wie kommst du darauf?»

«Fredy hat mir am Tag vor seinem Verschwinden erzählt, dass er jemanden in Zürich treffen wolle, der ihm wahrscheinlich einen grossen Auftrag zuspielen könne.»

«Und warum hast du das der Polizei nicht gesagt?»

«Was hätte ich denen denn sagen sollen? Ich hatte nicht damit gerechnet, dass ihm in Zürich so etwas zustossen könnte.»

«Du widersprichst dir.»

«Ich hatte mir selbst eingeredet, dass Fredy mich verlassen hat, obwohl ich schon damals ahnte, dass etwas Schreckliches geschehen sein musste. Nachdem ich Fredy kennengelernt hatte und er bei mir eingezogen war, rief mich dein Vater oft an. Er drohte mir, er würde dich mir wegnehmen, wenn ich nicht sofort meinen Freund wegschicken würde. Er wolle nicht, dass ein Kinderschänder unter dem gleichen Dach wohne wie seine Tochter.»

«Er hat ‹Kinderschänder› gesagt? Das ist Rufmord.» Ich versuchte, meine aufkommende Wut zu zügeln, während ich Fredy in meine Erinnerungen holte. Was hatte ich denn von ihm gewusst? Was hatte Mam von ihm gewusst, nachdem sie ihn in einer Bar kennengelernt hatte? Mir war er nie zu nahe getreten, war immer sehr respektvoll gewesen, obwohl ich ihm das Leben nicht einfach gemacht hatte. Er hatte meine Mam geliebt. Deswegen waren sie auch zusammen gewesen.

«Hat er dich je einmal angefasst?», fragte Mam, «oder anzügliche Bemerkungen gemacht?»

«Nein, niemals. Wie kommst du darauf?» Und als sie nichts erwiderte. «Du hättest das der Polizei melden sollen.»

«Du weisst wohl selbst gut genug, dass diese Aussage wenig Gehalt gehabt hätte. Vater hätte alles abgestritten.»

«Richtig. Dann wäre Aussage gegen Aussage gestanden. Selbst wenn du Tonbandaufnahmen gemacht hättest, wäre dies vor Gericht nicht zugelassen worden. Aber man hätte seine Wohnung durchsuchen, seinen Computer beschlagnahmen können.» Ich dachte an die Bilder und die Eintragungen, und mir rann es kalt über den Rücken. «Warum hast du mir nie etwas davon erzählt?»

«Du warst erst vierzehn.» Mam sah mich mit Tränen in den

Augen an. «Dein Vater hat es so weit auf die Spitze getrieben, dass er mir am Telefon damit drohte, meinen Freund so zuzurichten, dass er sich von allein von mir und dir fernhalte. Als Fredy nach dem Treffen in Zürich nicht mehr nach Hause kam, wusste ich, dass er es wahr gemacht hatte.»

«Ich verstehe dich ehrlich gesagt nicht. Mam, was hast du dir bloss dabei gedacht?»

«Ja, was habe ich mir dabei gedacht? Er war dein Vater. Er hatte überall seine Eckpfeiler aufgestellt, damit sein Kartenhaus nicht in sich zusammenfiel. Stell dir vor, ich hätte nur den leisesten Verdacht geäussert. Er hätte alle um sich herum mobilisiert. Er hätte mich für unzurechnungsfähig hingestellt und dich mir weggenommen. Nein, das hätte ich nicht verkraftet, nachdem ich schon Valerio an ihn verloren hatte.»

Wir schwiegen eine Weile. Was war Vater nur für ein Mensch gewesen?

«Dennoch hast du dich mit ihm getroffen. Nach all den Jahren.»

«Irgendwann gelangt man an einen Punkt, wo man weiss, dass man nichts mehr zu verlieren hat. Mit dem Auffinden von Fredy sah ich, dass meine Zeit gekommen war.»

«Du wolltest dich an Vater rächen.» Ich spürte, wie ich zitterte. «Und hast ihn … umgebracht?»

«Nein, ich habe ihn nicht umgebracht.»

Es klopfte an die Tür.

Valerio trat unaufgefordert ein. «Hübsches Frauenzimmer, diese Jasmin. Ist sie noch zu haben?»

«Untersteh dich. Hast du nur Frauen im Kopf?»

Als Mam ihn umarmen wollte, blieb er stocksteif stehen.

«Du wolltest mich sprechen?»

Ich zog ihn zum Bett und stiess ihn auf die Matratze. «Wann hast du Mam zum letzten Mal gesehen, he? Komm, los, sag schon.»

Valerio hatte nicht mit meinem Angriff gerechnet. «Vor einem Jahr? Ich weiss es nicht mehr genau.»

«Begrüsst man so eine Mutter, wenn man sie so lange nicht mehr gesehen hat?» Ich war wütend. Es war mir bewusst, dass meine Wut auf Vater eine Projektion auf meinen Bruder war. «Und jetzt? Was sagst du zu deiner Verteidigung?»

«Allegra, lass sein. Es ist gut.» Mams Stimme klang gefestigt.

«Ich wüsste nicht, was dabei gut sein sollte.»

«Allegra, lass mich reden. Vielleicht hilft das.»

Ich setzte mich. Ich verhielt mich ruhig, während es aus Mam sprudelte wie ein Wasserfall. Sie berichtete über das, was ich mit ihr gesprochen hatte. Sie blieb ruhig, überlegen und völlig emotionslos.

Valerio verzog keine Miene. Es schien, als tangierte ihn von alldem nichts. Er nahm Abstand, weil es ihn nicht unmittelbar betraf. Er hatte Vater immer in Schutz genommen. Mam war in seinen Augen die Schuldige gewesen, die ihn beim Vater zurückgelassen hatte. Vater hatte es ihm täglich eingeimpft. Er hatte ihm verboten, sich mit Mam zu treffen. Valerio hatte nicht die geringste Chance gehabt, sich seine eigene Meinung über sie zu bilden.

Ich wandte mich an Mam. «Du hast Vater am Abend des 2. April getroffen. Man hat dich zusammen mit ihm gesehen.»

«Ja, das ist richtig. Ich war mit ihm am Bolgen. Dort haben wir geredet.»

«Und am nächsten Morgen habt ihr euch auf dem Jakobshorn verabredet?»

«Nein! Ich fuhr am selben Abend zurück nach Luzern. Ich musste anderntags ja wieder zur Arbeit.»

«Vater ist gestorben», stellte ich nüchtern klar. «Kannst du dir erklären, warum?»

«Vielleicht. Ja vielleicht.» Mam rang mit sich selbst. «Aber dazu müsste ich euch eine Geschichte erzählen.»

Valerio gähnte. «Mam, ich bin nicht hierhergekommen, um mir Geschichten anzuhören. Als ich dich brauchte, warst du auch nicht da, um mir Geschichten zu erzählen.»

Ich erschrak über seine versteinerte Miene.

Mam schluckte leer.

Ich sah ihr an, wie schwer es ihr fiel, weiterzureden. Ihr Blick trübte sich. «Ich lernte vor vielen Jahren einen lieben Mann kennen.»

«Was hat das mit unserer Familie zu tun?»

«Valerio, bitte, lass Mam ausreden.»

«Wir verliebten uns ineinander und malten uns unsere Zukunft aus. Doch mein Freund wollte noch etwas erleben und eröffnete mir eines Tages, dass er mich verlassen werde. Für mich ging eine Welt unter. Damals wusste ich nicht, dass Bartholomäus Cadisch, der ein Auge auf mich geworfen hatte, meinem Freund erzählte, dass ich nichts mehr von ihm wissen wolle.»

«Du warst damals in San Juan, oder?»

«Wie oft habe ich dir das schon erzählt? Euer Vater schrieb mir daraufhin glühende Liebesbriefe. Das hat mich zuerst tief beeindruckt. Mein Freund musste irgendwie davon erfahren haben. Er verliess mich sang- und klang-, aber nicht spurlos. In meiner tiefen Trauer sagte ich Ja, als Bartholomäus mir einen Heiratsantrag machte. Erst zwei Jahre später sah ich meinen Freund wieder. Er erzählte mir, wie es sich zugetragen hatte. Er war in der Zwischenzeit auch verheiratet.»

«Ja, schön und gut», stöhnte Valerio. «So etwas soll's geben. Vater hat dich gewollt. Er hat dich bekommen. Der Schnellere ist der Flinkere.»

Ich hätte ihm am liebsten eine gescheuert. Ich fragte mich, was in ihn gefahren war, dass er sich dermassen kolossal daneben aufführte.

Mam wirkte abwesend, als sie mechanisch fortfuhr. «Bartholomäus hat immer seinen Willen durchgesetzt. Für ihn war ein Menschenleben gerade so viel wert, als dass man es verbiegen und manipulieren konnte. Er brauchte die Menschen um sich herum, um mit ihnen seinen Pfad zu konstruieren, auf dem er erhobenen Hauptes voranschritt. Er hatte mir schon einmal einen lieben Freund entfremdet, er tat es in den Jahren danach öfter. Ich hatte keine eigenen Freunde mehr. Ich musste mit seinen alternden vorliebnehmen, musste mich in ihre Welt hineindenken und ihre Sprache sprechen. Ich musste sie bedienen und ihnen das Gefühl geben, dass sie etwas Besonderes seien, wenn sie mit Bartholomäus zusammen sein konnten. Meine Anwesenheit war erwünscht wie die Anwesenheit einer Gouvernante, die darum besorgt ist, dass es den Gästen an nichts fehlt. Ich musste mir ihre schlüpfrigen Witze anhören, wenn Bartholomäus zur fortgeschrittenen Stunde und mit Wein, Bier und Schnäpsen intus im Kreise seiner Senioren über die Frauen herzog, und ebenso den Klaps auf meinen Hintern in Kauf nehmen, wenn er dachte, mich vor aller Welt lächerlich machen zu dürfen.»

«Mam, bist du fertig?», fragte Valerio. Immerhin hatte er sie *Mam* genannt. «Was soll ich damit anfangen? Ich weiss selbst, wie Vater getickt hat. Jetzt ist er tot, und wir können ihn nicht mehr ändern. Das hättest du dir früher überlegen müssen. Aber hast du nur einmal in Anwesenheit des Vaters deinen Mund geöffnet und sein Gehabe kritisiert? Nein, hast du nicht. Vielleicht hast du dir in dieser Rolle selbst gefallen. Als Märtyrerin.»

«Valerio!» Ich widersprach ihm. «Mam hat für uns gekämpft, das weisst du genauso gut wie ich.»

«Nein, das weiss ich nicht. Vielleicht hat sie gekämpft, als sie Davos den Rücken bereits zugekehrt hatte. Früher war das nicht der Fall. Ich habe nichts davon mitbekommen.»

Wieder kam in mir das Bedürfnis auf, Mam zu beschützen. «Sie hat es im Stillen getan. Ihr Kampf war die Liebe, mit der sie uns täglich begegnete.»

«In zwei Tagen bin ich weg», sagte Valerio so emotionslos, als hätte er die letzte Seite eines Buches zugeschlagen und die Geschichte beendet.

Ich stiess Luft aus. «In zwei Tagen kannst du wieder nach den Dingen graben, die dir fremd sind. Du kannst dich mit Gegenständen antiker Völker auseinandersetzen, um die Auseinandersetzung mit deiner eigenen Familie weiter zu verdrängen.»

«Ja und? Das ist meine Sache. Aber das hier», und er klopfte mit der Faust auf den Tisch vor ihm, «möchte ich ein und für alle Mal vergessen.»

Dass er sich erhob, sich umwandte und wortlos das Zimmer verliess, war die Bilanz unseres Gesprächs. Ich sah Mam an, dass es sie sehr mitgenommen hatte. Sie hatte wohl mehr erwartet.

★★★

Jasmin war damit einverstanden, dass wir noch einen weiteren Tag anhängten. Sie müsse den Betrieb so oder so bis Mitte Mai aufrechterhalten. Auf Sparflamme. Aber sie sei froh, müsste sie nicht ganz allein im Hotel wohnen, in der Attika, die ihr der Chef in der Zeit seiner Abwesenheit überlassen habe. «Wenn Licht da oben brenne, vertreibe es die Einbrecher, hat er gesagt. Ich fürchte mich eher vor einem Pyromanen, der das Haus in Brand steckt. Es würde wie Zunder brennen.» Mittlerweile kannte ich Jasmins Sprüche.

Ich liess Mam schlafen, als ich mich auf den Weg zur Promenade machte, dorthin, wo der Empfang auf meinem iPhone ungestört war.

Nachdem ich am Abend zuvor Vorarbeit geleistet hatte, war ich auf zwei Namen gestossen, die ich mit Vaters Schnüffler in Verbindung brachte. Einer hiess Theodor Mendel, der andere Benjamin Mendel. Unabhängig voneinander betrieben sie Detektivbüros im Raum Zürich. Da ich von Vaters Computer nur den Namen Mendel in Erinnerung hatte, nahm ich mir vor, beide anzurufen und mir Klarheit zu verschaffen. Ich hätte durchwegs den Festnetzanschluss des Hotels benützen können, doch schien mir dieses Vorhaben etwas zu riskant. Ich war in geheimer Mission unterwegs und wollte niemandem die Gelegenheit bieten, meinen Anruf zurückzuverfolgen, weil ich vorerst anonym, zumindest was meinen Aufenthaltsort betraf, bleiben wollte. Mir war bewusst, dass ich einen gravierenden Fehler beging, weil ich mich in laufende Ermittlungen einbrachte. Die Kripo würde auf die gleiche Idee kommen wie ich. Doch ich wollte ihr einen Schritt voraus sein, um kein blaues Wunder zu erleben, wenn ich mit der Auflösung des Falles konfrontiert wurde.

Es war *mein* Fall.

Hätte ich nicht an Vaters Tod gezweifelt, wäre er nie aufgerollt worden.

Ich ging Richtung Kongresszentrum und weiter bis zum Kunstmuseum, das wie ein Monolith aus Milchglasfenstern und von blätterlosen Sträuchern umgeben dastand. Es war nach dem Maler Ernst Ludwig Kirchner benannt, der von 1918 bis zu seinem Tod 1938 in Davos gelebt hatte. Immerhin hatte er es von einem Wurstbrot zu einem eigenen Museum geschafft. Ich lehnte an einen der Handläufe im Eingangsbereich und kramte mein iPhone und die Nummern der beiden Detekteien aus meiner Tasche.

Bei Theodor Mendel schaltete sich gleich der Anrufbeantworter ein. Es wäre zu schön gewesen, hätte es auf Anhieb funktioniert. Aber vielleicht war er nicht der Richtige. Trotzdem bat ich ihn, mich zurückzurufen. Ich wählte Benjamin Mendels Nummer. Er meldete sich.

«Hier spricht Allegra Cadisch. Guten Tag.»

«Was kann ich für Sie tun?» Seine Stimme klang nicht sehr freundlich.

«Tut mir leid.» Ich zögerte nicht, gleich auf den Punkt zu kommen. «Ich rufe Sie an in der Angelegenheit Fredy Zumbühl.»

«Der Name sagt mir nichts.»

«Bartholomäus Cadisch? Sie haben im August 2003 für ihn gearbeitet.»

«Sorry, aber ich habe mein Büro erst seit zwei Jahren. Sie müssen sich in der Adresse geirrt haben. Mein Namensvetter Theodor Mendel hat eine andere Nummer.» Er hängte ohne weiteren Kommentar auf.

Ich ging davon aus, dass ich nicht die Einzige war, die nicht ihn, sondern seinen Berufskollegen sprechen wollte, und dass es ihn allmählich nervte, mit seiner Konkurrenz verwechselt zu werden.

Ich wählte noch einmal Theodor Mendels Nummer, als ich auf dem gegenüberliegenden Trottoir Chasper Häusermann entdeckte. Er sah aus, als wäre er soeben dem Solarium entstiegen. Er erinnerte mich immer ein wenig an Louis de Funès. Häusermann war ein kleiner, flinker Mann, der mal mit und mal ohne Toupet unterwegs war. Heute trug er keines. Sein Kahlkopf war ebenso gebräunt wie der Rest der Haut, den ich zu sehen bekam. Er erblickte mich, winkte mir zu und überquerte die Strasse. «Hey Allegra. Was tust *du* denn hier?»

Ich steckte mein iPhone weg. «Chasper, dasselbe könnte ich dich fragen.»

«Bin gestern spät aus den Ferien zurückgekommen. Ich war fast drei Wochen auf den Bahamas.» Über sein Gesicht zog sich ein Schatten. «Das ist ja furchtbar, was mit deinem Vater geschehen ist. Ich habe die Nachricht erst heute Morgen erhalten. Ich wollte ihn anrufen. Sein Anschluss war zu Dr. Polcan umgeleitet. Er erzählte mir, dass dein Vater auf dem Jakobshorn gestorben sei.»

Jetzt begriff ich, warum Häusermann nicht auf der Beerdigung gewesen war.

«Weisst du, wie es jetzt weitergehen soll?» Offenbar war es ihm sehr wichtig. Vielleicht befürchtete er, alle seine Geschäfte verloren zu haben. «Wir wollten ein Grossprojekt in Angriff nehmen. Die Pläne dazu hatte ich vor den Ferien fertiggestellt.»

Hatte ich es mir doch gedacht: Häusermann sah seine Felle davonschwimmen.

«Das tut mir leid, aber davon habe ich keine Kenntnis.» Ich dachte an Frau Stiffler und ihre Aussage, dass Vater das Haus, in dem sie und ihr Sohn lebten, gekauft habe.

«Wann hast du Vater zum letzten Mal gesprochen?», wollte ich wissen.

«Gesprochen?» Er kratzte sich am Kahlkopf. «Vor meinen Ferien.»

«Und worüber habt ihr gesprochen?»

«Über Geschäftliches, wie immer. Aber er hat mich gesucht, als ich bereits im Flugzeug nach Miami unterwegs war. Habe seinen erfolglosen Anruf dann erst in Nassau entdeckt. Aber wir hatten uns mal darüber unterhalten, dass wir uns in den Ferien nicht stören wollen. Deshalb habe ich es unterlassen, ihn zurückzurufen.»

«Wann war das?»

«Am 2. April. Wie gesagt sass ich da schon im Flieger.» Chasper grapschte nach seinem Mobiltelefon, das er in der Jackeninnentasche mit sich trug. Er tippte auf das Display und suchte dort nach Vaters Nummer. «Wenn du es genau wissen willst, war es abends um sieben.»

«Du und Vater, ihr hattet doch eine Beziehung zueinander, die über die Grenzen des Geschäftlichen hinausging. Hat er irgendwann mal angedeutet, dass er einen Vaterschaftstest machen lasse?»

Häusermann blickte mich an, als wäre ich nicht ganz dicht, doch er schwieg.

«Hat er oder hat er nicht?»

«Einen Vaterschaftstest? Nein. Er hat nie eine Andeutung gemacht.»

«Aber?»

«Ich weiss nicht, ob das wichtig ist.»

«Sag schon!»

«Er hat mir eine SMS geschrieben, die auf den ersten Blick sehr konfus wirkte.»

«In Bezug auf einen Test? Und, hast du diese SMS noch?»

«Leider nein, ich habe sie aus Versehen gelöscht.» Chasper runzelte die Stirn. «Ich sehe da keine Verbindung zu einem Test.»

«Erinnerst du dich an den Inhalt? Und wann du sie erhalten hast?»

«Kurz nach seinem Anruf. Wenn es etwas Wichtiges gewesen wäre, hätte er bestimmt auf die Combox gesprochen. Er hat mir etwas später geschrieben. Tut mir leid, aber ich erinnere mich nicht genau an die Sätze. Auf jeden Fall glaubte ich an einen Scherz, den er mir mit auf den Weg in die Ferien geben wollte.»

«Ein Scherz?»

«Du hast ihn ja gekannt. Manchmal übertrieb er masslos. Und manchmal war es schwierig, abzuwägen, ob er etwas ernst meinte oder nicht.»

«Überlege es dir, bitte. Es könnte sehr wichtig sein für mich.»

Chasper runzelte wieder die Stirn. «Würdest du mich über die Masse unseres Projektes fragen, wüsste ich sie auswendig.» Er setzte ein erzwungenes Lächeln auf. «Aber Moment mal, ich glaube, er hat etwas von einem Kuckuck geschrieben. Ja, jetzt fällt es mir wieder ein. Er hat geschrieben, dass er einen Kuckuck hat schreien hören … oder so ähnlich.»

«Kann ein Kuckuck schreien?» Ich verkniff mir ein Lachen. «Ich dachte, die rufen *gu-kuh, gu-kuh*. Aber was hat ein Kuckuck mit einem Vaterschaftstest zu tun?»

Chasper schüttelte den Kopf. «Ich sagte ja schon, es war

eine sonderbare SMS.» Er stützte sich auf den Handlauf. «An wen kann ich mich nun wenden?» Er schien tatsächlich sehr verzweifelt zu sein. «Ich muss doch irgendwie zu meinem Geld kommen.»

Ich verkniff mir eine despektierliche Frage, hob nur die Schultern. Das war nun wirklich nicht mein Problem.

«Na gut, dann werde ich mich auf den Weg machen. Ich kann ja nicht tatenlos herumsitzen.» Chasper drückte mir die Schultern so fest, dass ich auf meiner Jacke eine Delle ausmachte. «Mein herzliches Beileid. Ich denke, die Geburtstagsfeier von nächstem Samstag fällt definitiv ins Wasser.»

«Die habe ich kurz nach Vaters Tod annulliert.» Ich konnte gerade noch einen Würgereflex verhindern.

Ich sah Chasper nach, wie er Richtung Hotel Belvedere schritt. Es dünkte mich, als wären seine Beine wie Gummi, die ihn schwer über den Asphalt schleppten.

Erneut griff ich nach dem iPhone. Theodor Mendel hatte mich zurückgerufen. Ich drückte auf Wahlwiederholung und wartete.

«Mendel Detektei. Hier Mendel.» Seine Stimme krächzte, als hätte sie den klaren Klang infolge einer Erkältung verloren, nahm ich an.

«Guten Tag Herr Mendel, hier spricht Allegra Cadisch. Ich danke Ihnen für den Rückruf.»

«Cadisch, Cadisch? Das klingelt bei mir etwas.»

«Vielleicht Bartholomäus Cadisch?», half ich nach.

Funkstille.

«Vor zehn Jahren ungefähr hat Ihnen mein Vater Bartholomäus Cadisch eine Observierung in Auftrag gegeben.»

Mendel räusperte sich. «Ich mag mich vage daran erinnern. Worum ging es schon wieder?»

«Um Fredy Zumbühl.»

Funkstille.

«Herr Mendel, sind Sie noch da?»

«Ehm, ja ... ich glaube aber nicht, dass ich Ihnen am Telefon Auskunft geben kann.»

«Ich habe eine einzige Frage», bluffte ich und rechnete damit, dass es mehrere sein würden.

«Hören Sie, es ist sehr ungünstig. Die Polizei war gerade aus demselben Grund bei mir.»

«Und? Was hat sie Ihnen gesagt?»

«Ich nehme an das, was Sie auch bereits wissen. Ich habe Fredy Zumbühl bespitzelt. Und dieser Fredy Zumbühl ist jetzt tot. Aber damit habe ich nichts zu tun. Ihr Vater hat mir die Lizenz im August 2003 entzogen, nachdem ich die Zielperson mehr als ein Jahr observiert hatte.»

Ich war nicht zufrieden mit seinen Ausführungen. «Können wir uns treffen? Ich komme nach Zürich, wenn Ihnen das recht ist.»

Funkstille.

«Es ist sehr wichtig. Ich muss mehr erfahren», bettelte ich.

Wieder ein Räuspern. «Wo sind Sie jetzt?»

«In Davos. Ich kann aber heute noch nach Zürich fahren.»

Mendel überlegte. Ich glaubte, sein Hirn durch das Telefon rauchen zu hören. «Ich werde nach Davos kommen. Muss noch etwas erledigen, was schon lange ansteht. Ich könnte diese beiden Dinge miteinander verbinden. Wo und wann treffen wir uns?»

«Kennen Sie das Café Schneider?»

«Ja, kenne ich.»

«Sechzehn Uhr?»

«Werde dort sein.»

Ich drückte den Aus-Knopf. Dann machte ich mich auf den Weg zurück zum Hotel Casa Anna.

★★★

Mam sass allein im Speisesaal. Sie trank Kaffee und ass von dem Kuchen, den Jasmin schon vor zwei Tagen im Angebot gehabt hatte. Mittlerweile dürfte er etwas trocken geworden sein.

«Hallo Mam. Gut geschlafen?»

«Nicht gut genug.» Sie liess ein grosses Stück Kuchen im Mund verschwinden.

«Hast du von Valerio noch etwas gehört?»

«Ja, stell dir vor, er hat mich angerufen, um mir mitzuteilen, dass er morgen definitiv nach Mexiko zurückkehrt. Ich soll dir schöne Grüsse ausrichten. Und du sollst dich bei ihm melden, wenn du Näheres vom Notariat weisst.»

Ich vermied es, mir darüber Gedanken zu machen. Ich glaubte nicht, dass ich Valerio jemals würde ändern können. «Er ist sehr eigenwillig.»

«Ja, du hast recht.» Mam rührte in der Tasse. «Ich lasse ihm alle Zeit der Welt. Ich glaube fest daran, dass er zu mir zurückfindet.»

«Ich habe heute Nachmittag noch einen wichtigen Termin», versuchte ich eine handfeste Konversation. «Ich treffe mich mit ...» Ich überlegte mir, ob ich Mam einweihen sollte. Liess es dann aber sein.

«Mit wem willst du dich treffen?»

«Mit Paul. Ich gehe ihn noch einmal besuchen.» Dass ich soeben gelogen hatte – dafür schämte ich mich, hielt es jedoch für den Moment am klügsten.

«Ich werde noch einmal auf die Schatzalp fahren», sagte Mam. Sie hatte es nicht gemerkt.

«Mit dem Schriftsteller?»

«Nein, ohne den Schriftsteller.» Mam lächelte. «Er ist übrigens ein sehr unterhaltsamer Mann. Er kennt Davos besser als ich, obwohl ich zwei Fünftel meines Lebens hier verbracht habe.»

«Wir können heute Abend nochmals zum Essen ausgehen.»

Mam hob ihre Augenbrauen. «Das entscheiden wir dann spontan, okay? Irgendwann müssen wir wieder nach Luzern zurück. Auch deinetwegen.»

★★★

Dass es ein teurer Anruf werden würde, war mir bewusst. Ich hatte mir bei Dr. Polcan Ambrosi Padrutts Telefonnummer in Florida geben lassen. Jetzt wartete ich darauf, bis sich auf der andern Seite der Leitung jemand meldete. Ich schaute durch die Fensterscheiben. Davos zeigte sich im winterlichen Gewand.

An Ambrosi Padrutt erinnerte ich mich vage. Es lag eine Ewigkeit zurück, als er mit seiner Frau nach Tallahassee ausgewandert war. Mittlerweile war er achtzig. Vater hatte ihn auf dem Gymnasium kennengelernt. Er hatte damals zu den Jüngsten gezählt, Ambrosi bereits die Maturaklasse erreicht. Er stammte aus einer Churer Anwaltsfamilie.

«*Yes, hello, who's speaking?*» Padrutts Stimme. Ich atmete beruhigt auf. Für lange Erklärungen war ich nicht bereit.

Ich nannte meinen Namen.

«Allegra, was für eine Überraschung!» Er war hörbar erfreut. Doch dann wurde er ernst. «Leider hat mich die Nachricht vom Hinschied deines Vaters zu spät erreicht. Zudem kann ich hier nicht einfach weg. Hanny ist pflegebedürftig.»

«Deshalb rufe ich nicht an.» Ich erklärte ihm meinen Verdacht bezüglich Vaters Tod und kam nicht darum herum, auch über Fredys Tod zu sprechen.

Ambrosi lauschte angespannt. Ab und zu vernahm ich sein tiefes Schnaufen. Dass er schon immer ein guter Zuhörer gewesen war, wusste ich auch von Mam.

Als ich den letzten Satz beendet hatte, fragte er mich: «Was sagt dir denn dein Bauchgefühl? Glaubst du, dass dein Vater einen Killer angeheuert hat?»

«Mein Verstand sagt, dass er es nicht tat. Warum hätte er einen Menschen töten lassen sollen? Er hätte damit rechnen müssen, dass es früher oder später rauskommen würde. Aber mein Bauchgefühl flüstert mir etwas anderes zu.»

«Dein Vater glaubte, er sei unanfechtbar. Als sein Anwalt war ich durchwegs nicht immer in der Lage, sein Ansinnen zu steuern. Zudem war ich oft nicht einverstanden mit ihm.»

«Du hättest ihm die Mandate verweigern können.»

Ich hörte Ambrosi sich räuspern. «Nun ja, ich war mehr als sein Anwalt. Im Grunde war ich sein Mentor, sein Gewissen im Hintergrund.»

«Hatte Vater denn ein Gewissen?»

«Deshalb gab es mich. Es war nicht immer leicht, deinen Vater vom Gegenteil zu überzeugen. Zwischendurch musste ich auch mal auf den Tisch klopfen. Aber das geschah nie an der Öffentlichkeit. Ein guter Anwalt dreht und wendet die Dinge so, dass der Klient den Eindruck gewinnt, die Ideen kämen von ihm.»

«Ich will es mir merken.»

Ambrosi fuhr fort: «Dann gibt es Begebenheiten, die binden ein Leben lang aneinander.»

Pech und Schwefel.

«Als wir noch zur Schule gingen, hat mich dein Vater vor einem Sturz bewahrt. Wir waren damals unterwegs in der Zügenschlucht. Es war Frühling. An den schattigen Stellen lag noch viel Schnee. Wir kamen vom Weg ab, kraxelten über die Gesteinsbrocken und gelangten bis zum Wildwasser. In der Nähe des Bärentritts rutschte ich aus. Dein kräftiger Vater rettete mich im letzten Augenblick vor dem sicheren Tod.»

Mir lief es eiskalt über den Rücken. «Bist du sicher, dass er dich nicht gestossen hat?»

Hätte Ambrosi mir die Geschichte zu einem früheren Zeitpunkt erzählt, hätte ich geglaubt, dass es sich so zugetragen hatte. Jetzt wurde ich das Gefühl nicht los, dass mein Vater schon damals alles versucht hatte, sich in den Mittelpunkt zu rücken. Vielleicht hatte er Ambrosi dort hinuntergestossen und ihn im letzten Moment festgehalten, um ihn ein Leben lang an sich zu binden. Vater hatte so ziemlich alles auf diese Weise bewerkstelligt. Zuerst war sein innerer Teufel zum Zug gekommen, bevor er den Schutzengel mimte. Zwei ähnliche Geschichten kannte ich nämlich von Umberto Kindschi und Chasper Häusermann. Sie waren unabhängig voneinander mit Vater auf einer Wanderung von Pischa nach Davos Dorf unterwegs gewesen, als die beiden ausrutschten und ohne Vaters rettende Massnahmen in die Tiefe geschlittert wären. Er war sprichwörtlich über Leichen gegangen.

«Glaubst du, er war kriminell?»

«Ich war sein Anwalt. Und die Verschwiegenheit reicht über den Tod hinaus.»

«Das heisst, er war es. Du hast dich soeben einfach gut aus der Situation geredet.» Ich wusste, welche Allianz mein Vater mit Ambrosi eingegangen war. Mam hatte mir davon erzählt. Kurz und bündig, um nicht weiter darauf eingehen zu müssen. Ansonsten war die Verbindung zwischen Vater und Ambrosi nie ein Thema gewesen. Doch aus ihren Ausführungen hatte ich herausgelesen, dass die beiden Männer mehr verbunden hatte als rein Geschäftliches.

«Man könnte vielleicht von einer kriminellen Ader sprechen. Aber wer hat die nicht? Bei den einen zeigt sie sich, bei den andern bleibt sie im Verborgenen», sagte Ambrosi.

«Du hast es schon immer gewusst.»

«Schlafende Hunde sollte man nicht wecken.»

«Komisch, das hat schon Mam gesagt.» Ich überlegte. «Wann hast du meinen Vater zum letzten Mal gesprochen?»

«Anfang Februar. Er hatte mich angefragt, ob er uns mit seiner Frau im Mai besuchen könne. Aber ich musste ihm einen Korb erteilen, weil ich seit Hannys Krankheit keine Gäste mehr beherbergen kann. Ich sagte ihm, dass ich für ihn gern ein Hotel in unserer Nähe suchen würde. Aber das wollte er nicht.»

«Dann hat er auch nie einen Vaterschaftstest erwähnt?»

«Nein, nicht dass ich wüsste.»

Ich erzählte ihm von dem sonderbaren Laborbericht.

«Mir sind bis dato nur fünf Kinder bekannt.»

«Dann hast du von Anfang an gewusst, wer Murielle ist?»

«Ich war der beste Freund deines Vaters. Er hat mir davon erzählt, bevor es sein Vater wusste.»

«Aber, wenn du sein bester Freund warst, hätte er auch seine jüngsten Probleme mit dir besprochen.»

«Nach meiner Pensionierung hat dein Vater das Interesse an mir verloren. Ich brachte ihm nichts mehr ein. Er mied mich, als hätte ich eine ansteckende Krankheit. Ich war nur gut genug, wenn er in Florida seine Ferien verbringen und gratis logieren wollte.»

Viel klüger war ich nicht nach diesem Anruf. Ambrosi hatte sich nicht nur physisch, sondern vor allem auch psychisch von Davos verabschiedet. Und die Freundschaft zu meinem Vater musste er schon seit geraumer Zeit gekündigt haben.

EINUNDZWANZIG

Das Café Schneider war auch in der Zwischensaison geöffnet. Früher war es das In-Lokal für Hausfrauen und Touristen gewesen. Ob es heute noch so war, entzog sich meinem Wissen. Schon beim Eintreten umhüllten mich süsse Dämpfe, die von Kaffee, Tee und all den zuckerhaltigen Sünden herrührten. Von den Kuchen und Patisserien, die in der Auslage mit wohlklingenden Namen auf die Käuferschaft warteten. Ich hatte mich verspätet, weil meine Uhr plötzlich stehen geblieben war. Im Raum neben dem Verkaufsladen sassen ein paar wenige graue Eminenzen und unterhielten sich leise. Vorne, wo Tische die Fenster entlang standen, erblickte ich einen Herrn mit dunklem Trenchcoat und schwarzem Hut. Instinktiv schritt ich auf den Tisch zu, an dem er vor einer Tasse Kaffee und mit einer Zeitung sass. Neben sich hatte er eine Mappe auf den Stuhl gestellt.

Er blickte auf, legte die Zeitung aus der Hand und erhob sich. «Sie müssen Allegra Cadisch sein.» Er hob seinen Hut zum Gruss und legte ihn in der Folge neben die Mappe.

«Ja, die bin ich. Und Sie sind Theodor Mendel.» Ich verkniff es, ihm zu sagen, dass ich ihn mir nicht so vorgestellt hatte. Er zählte nicht mehr zu den Jüngsten. Seine grauen Haare waren raspelkurz, und sein ovales Gesicht wirkte eingefallen und müde. Nur seine Augen waren wach und von einem intensiven Blau. Sie passten nicht zum Übrigen. Alles an ihm schien lang und dünn und erweckte den Eindruck, dass er nicht genau wusste, wohin mit den Armen und Beinen.

«Ich danke Ihnen, dass Sie sich die Zeit nehmen konnten, mich zu treffen.»

«Das ist doch selbstverständlich. Es gibt ja auch so viel, das ich unbedingt loswerden möchte. Und bevor ich der Polizei etwas erzähle, möchte ich es Ihnen zuerst mitteilen. Sie können mir dann sagen, ob es klug ist, wenn ich mich dazu äussere.»

Ich hielt mich zurück, obwohl die Neugier in mir brannte. Ich bestellte mir eine heisse Schokolade mit Schlagrahm, die ich früher immer getrunken hatte, wenn Mam mit uns hierherkam. Ein aus feinster Schokolade und Milch aufgekochtes Getränk, das Gaumen und Herz erwärmte. Und ein Nusstörtchen sollte es noch sein. Mendel bestellte sich eines mit Erdbeeren.

«Ich leiste Ihnen Gesellschaft. Ist zwar nicht gut für die Linie.» Er zeigte auf seinen Bauch, wo es absolut keine Fettpolster zu sehen gab. Durch den Feingarnstrick seines grauen Pullovers erkannte ich einen hageren Körper. «Aber Sie würden gleich zwei vertragen mit Ihrer Figur.»

Mich mit ihm über Kalorien zu unterhalten gefiel mir nicht. Es reichte schon, wenn ich mir die Diskussionen darüber von meiner Mam und ihren Altersgenossinnen anhören musste.

«Ihre Arbeit wäre unter Verschluss geblieben, wenn die Polizei Vaters Computer nicht sichergestellt hätte», sagte ich, nachdem die Bedienung uns das Getränk und die Törtchen an den Tisch gebracht hatte. «Solche Aufträge sind ganz schön lukrativ, nicht wahr? Was hat er Ihnen für diesen Auftrag denn bezahlt?»

«Ich arbeitete für eine Pauschale. Aber ich bin mit der Bezahlung sehr zufrieden gewesen. Noch ein paar solcher Aufträge, und ich könnte den Rest des Jahres in Mittelamerika verbringen. Waren Sie schon einmal in Belize? Belize City? Ich habe mir ihren Wahlspruch eingeprägt: *Sub Umbra Floreo*. Ich blühe im Schatten.» Wenn Mendel lachte, glich er einem Greifvogel. Kinn und Nase standen derart von seinem übrigen Gesicht ab, dass es mich schauderte.

«Nein.» Mir war nicht klar, weshalb Vater für eine solche Dienstleistung so viel hingeblättert hatte, er, den es oft gereut hatte, sein Geld auszugeben. Er hatte lieber eingenommen oder dann in Bilder und Skulpturen namhafter Künstler investiert. Aber für eine Observierung?

«Sie müssen Fredy Zumbühl gut gekannt haben, nachdem Sie ihm ein Jahr lang hinterhergeschnüffelt haben. Wann genau hat mein Vater Ihnen mitgeteilt, dass er Ihre Dienste nicht mehr in Anspruch nehmen möchte?»

«Ich habe alles hier.» Mendel griff nach seiner Mappe. Er schob die Kaffeetasse und den leer gegessenen Dessertteller zur Seite und wuchtete die Mappe auf den Tisch. Mir war nicht entgangen, dass er das Erdbeertörtchen fast unanständig schnell verschlungen hatte.

Er entnahm der Mappe ein schwarzes Lederfutteral, nestelte die Bändel auf und holte einen Stapel Fotos daraus hervor. Er fächerte sie auf dem Tisch auf.

«Um auf Ihre Frage zurückzukommen: Ihr Vater hat mir am 5. August 2003 per Mail den Auftrag entzogen. Ich sah die Mail jedoch erst am 7. August, weil ich in den Tagen zuvor unterwegs war.»

«Was wollen Sie damit andeuten?»

Mir war, als striche Mendel nervös über die Bilder. «Ich weiss, dass es gefährlich ist, darüber zu sprechen. Ich meine, ich will mir nicht mein eigenes Grab schaufeln.»

«Wie bitte?»

«Ich glaube, dass ich Zeuge in einem Mordfall wurde.»

«Was!» Ich spürte, wie eine Hitzewelle meinen Körper erfasste.

Die zwei Gäste, die direkt uns gegenüber an einem Vierertisch sassen, sahen zu uns herüber. Darauf steckten sie die Köpfe zusammen und tuschelten etwas, das nicht für meine Ohren bestimmt war. Ich stellte mir jedoch vor, dass es am nächsten Tag schon halb Davos wissen würde.

«Aber damit hätten Sie doch zur Polizei gehen müssen», flüsterte ich. «Warum haben Sie es nicht getan?»

«Ich war mir nicht ganz sicher.» Mendel zog ein Foto aus dem Fächer. Ich erkannte auf ihm einen grauen Geländewagen. Selbst das Nummernschild war nicht zu übersehen.

«Eine Zürcher Nummer?»

«Ich verfolgte den Wagen bis zum Sihlwald. In sicherem Abstand fuhr ich hinter ihm her.»

«Wann war das?»

«Am 6. August 2003. Zu diesem Zeitpunkt wusste ich noch nicht, dass Ihr Vater mir den Auftrag abberufen hatte. Ich observierte also diesen Fredy Zumbühl weiter. Zwei Männer passten ihn auf dem Parkplatz vor dem Hauptbahnhof ab. Ich hatte Zumbühls Fährte bereits in Luzern aufgenommen. Er fuhr mit einem Taxi nach Zürich. Ich wunderte mich sehr, da eine solche

Fahrt ein Vermögen kostet. Doch ich konnte ihn also ohne Aufsehen verfolgen.»

«Was haben Sie dann gesehen?»

«Zumbühl stieg bereitwillig in den Geländewagen. Ich weiss nicht, was die zwei Typen mit ihm gesprochen hatten. Auf jeden Fall schien er weder verängstigt noch misstrauisch.»

«Dann haben Sie den Wagen verfolgt?»

«Das war ja mein Job. Ich wusste –»

«Sie fuhren ihm also in den Sihlwald nach. Dachten Sie denn nie daran, dass da etwas nicht mit rechten Dingen zugeht?»

Mendel lehnte sich über den Tisch. «Klar doch. Mein Schnüfflerinstinkt sagte mir, dass ich den Wagen auf gar keinen Fall aus den Augen verlieren durfte. Vielleicht hätte ich Zumbühl auf frischer Tat ertappt, wie er Drogen oder Waffen entgegennahm. Das wäre ein gefundenes Fressen gewesen. Ich hätte Ihrem Vater endlich einen echten Beweis liefern können, dass der Typ kriminell war.»

«Was heisst das?»

«Während meiner gesamten Observierung hatte ich nie einen Grund gefunden, dass Zumbühl nicht sauber war. Ihr Vater hätte es sicher gern gesehen, aber ich konnte ihm nicht dienen. Bis zu diesem Tag im Wald –»

«Okay, dann kamen Sie im Sihlwald an. Was haben Sie dort genau beobachtet?»

«Der Wagen hielt in einer Lichtung. Ich versteckte meinen eigenen Wagen dann in einer angemessenen Entfernung hinter einem Dickicht und ging zu Fuss weiter. Leider vergass ich mein Fernglas. Aber ich glaube, die beiden Typen rissen Zumbühl aus dem Auto. Sie hatten ihm vermutlich einen Sack über den Kopf gestülpt. So genau sah ich es nicht. Ich erkannte auch nicht genau, ob es Zumbühl war oder einer der Männer.»

«Und dann?» Meine Hände waren in der Zwischenzeit ganz feucht geworden.

«Dann fotografierte ich. Mit dem Zoom sah ich aus dieser Distanz wieder schärfer.» Mendel legte ein Bild vor mich hin, das mich an eine Exekution erinnerte.

Der Mann mit der Tüte über dem Kopf war eindeutig Fredy.

Ich erkannte ihn an seinem Shirt. Nur Fredy hatte solche Shirts getragen. Einer der Männer hielt ihn fest, ein anderer drückte ihm etwas gegen die Brust. Offenbar eine Pistole oder einen Revolver. Ich sah es nicht genau, weil der Mann neben Fredy die Hälfte seines Körpers verdeckte. «Die haben ihn vor Ihren Augen erschossen?»

Die beiden Gäste am Tisch gegenüber glotzten schon wieder. Ich war mir sicher, die würden keine ruhige Minute mehr haben, bis sie wussten, was an unserem Tisch vor sich ging.

«Das weiss ich nicht. Ich hörte nichts, was wie ein Schuss klang.»

«Vielleicht benutzten sie einen Schalldämpfer», mutmasste ich. «Wann sind Sie denn zurückgekehrt?»

«Eigentlich subito. Ich dachte, dass ich hier auf die Fährte der Mafia geraten war, und damit wollte ich nichts zu tun haben.»

«Und deshalb haben Sie es der Polizei nicht gemeldet?»

Mendel druckste herum.

«Aber warum erzählen Sie mir das? Es sind zehn Jahre vergangen.»

«Ich hatte vor ein paar Tagen eine Meldung in der Zeitung gelesen, dass man im Sihlwald eine verweste Leiche gefunden habe. Da kamen die Bilder wieder hoch. Und als Sie mich anriefen und auf den Anrufbeantworter sprachen, dachte ich, das kann kein Zufall sein. Ich meine, Ihr Name Cadisch … da läuteten bei mir die Glocken.»

Mendels Erklärung kam mir halbseiden vor. «Sahen Sie denn zwischen dem Ermordeten und dem Namen Cadisch irgendwelche Zusammenhänge?»

Er schob sein spitzes Kinn nach vorn, blieb mir aber eine Antwort schuldig. An ihrer Stelle fragte er mich, ob er mir vertrauen könne.

Das war offensichtlich eine Fangfrage, die, wenn ich sie mit Ja beantwortete, mich in Teufels Küche brachte. Ich war mir jetzt ganz sicher, dass Mendel etwas verheimlichte.

«Es ist besser, wenn Sie mit offenen Karten spielen.»

«Ja, diese Überlegungen habe ich mir auch schon gemacht.» Mendel winkte der Servierdame zu und bestellte noch einen Kaffee. «Möchten Sie auch?»

Ich verneinte. «Es ist nicht zu spät. Sie können noch immer zur Polizei gehen.»

«Ich habe Scheisse gebaut.» Dieses Wort aus seinem Mund zu hören irritierte mich ein wenig. Trotz seines gewöhnungsbedürftigen Äusseren verwendete er ansonsten eine sehr gepflegte Sprache.

Ich liess ihm Zeit. Wir schwiegen, bis der Kaffee vor ihm stand und die leeren Teller abgeräumt waren.

«Ich dachte, mit den Bildern mein Geschäft des Lebens zu machen. Ich kannte die Ziffern auf dem Verkehrsschild. Ich musste nur den Index durchackern, um den Namen des Fahrzeuglenkers zu erfahren. Leider aber war die Nummer nirgends registriert. Das heisst, dass die Nummer extra dafür hergestellt wurde, um sie bei einem kriminellen Einsatz zu verwenden. Glauben Sie mir, so agiert die Mafia. Da war Vorsicht geboten. Und Vorsicht ist die Mutter der Porzellankiste.»

«Sie dachten wohl, die Männer mit den Fotos erpressen zu können?»

«Ehrlich gesagt ja.» Mendel riss den Zuckerbeutel auf und verschüttete die Hälfte auf das Tischtuch. «Aber ich merkte bald, dass das eine Nummer zu gross für mich ist. Hat man zudem erst einmal mit Lügen begonnen, kommt man nicht mehr aus diesem Kreis heraus. Man verstrickt sich zusehends.»

Ich musste ihm recht geben. «Darum ist es besser, man ist von Anfang an ehrlich – vor allem auch mit sich selbst. Sagen Sie mal, ist Ihnen nie der Verdacht gekommen, mein Vater könnte hinter diesem Mord stecken?»

Mendel verschluckte sich beinahe. «Nein. Herr Cadisch war immer äusserst zuvorkommend.»

Das war er immer gewesen, wenn er etwas haben wollte, überlegte ich mir.

«Zudem sah ich ja die Kündigung des Auftrags, als ich nach Hause kam. Ich musste davon ausgehen, dass das zwei verschiedene Gleise waren, auf denen ich mich bewegte.» Mendel strich sich resigniert über die Stirn. «Ich werde mich der Polizei stellen. Ich habe meine Pflicht als Zeuge nicht wahrgenommen. Aber jetzt bin ich müde geworden. Bald schon gehe ich in Pension.

Vielleicht werde ich den Rest der Tage in einem Gefängnis verbringen.»

«So schlimm wird es nicht werden. Sie bekommen einen guten Anwalt. Wenn Sie Glück haben, werden Sie nur bedingt verurteilt, wenn überhaupt», schwächte ich ab. «Soll ich Sie begleiten?»

«Nein, das ist nicht nötig.» Mendel trank den Rest des Kaffees aus. «Ich bin froh, dass ich mit Ihnen gesprochen habe. Am Ende kommt doch alles so, wie es kommen muss», fügte er lakonisch hinzu.

«Wo werden Sie hingehen? Zur Davoser Polizei oder zur Kripo Zürich?»

«Ich werde zurückfahren, nachdem ich den Besuch bei einer Bekannten hinter mich gebracht habe. Auch so eine Geschichte, die mir an den Nerven zerrt.» Mendel erhob sich, schob die Fotos ins Futteral und steckte dieses zurück in die Mappe. Er legte eine Zwanzigernote auf den Tisch. «Das Rückgeld können Sie behalten.»

Er griff nach dem Hut, setzte ihn auf und verabschiedete sich von mir.

Ich sah ihm nach, wie er zwischen den Tischen hindurchging. Ein alter, schlaksiger Mann, dem man den Gram anzusehen glaubte.

Ich blieb sitzen. Mir war bewusst, dass ich mit meinem Wissen zur Polizei hätte gehen müssen. Der Kreis hatte sich geschlossen – zumindest dieser. Alles hatte sich zwischen dem 4. und 8. August 2003 abgespielt. Alles zielte darauf hin, dass Vater den Mord an Fredy in Auftrag gegeben hatte. In der Zwischenzeit hatten sich genug Indizien angesammelt. Auch die Beweislage war erdrückend. Die Quittungen, Mendels Fotos, Mams Aussagen: Sie reichten aus, um Vater zu verurteilen. Wenn er noch gelebt hätte.

Trotzdem blieb sein eigener Tod noch immer ein grosses Rätsel.

★★★

Es hatte aufgehört zu schneien. Kalt und klar lag der Nachmittag. Über den Strassen hatte sich ein leichter Flaum gebildet, der an Zuckerwatte erinnerte. An den Hängen klebte der Schnee wie im tiefsten Winter. Die Kälte kroch auf meine Haut, während ich versuchte, zügigen Schrittes Richtung Horlauben zu gehen. Der Weg zum Hotel glich einem Balanceakt.

Auf dem Vorplatz schaufelte Jasmin Schnee. Sie trug eine hellgrüne Skijacke, ihre Füsse steckten in Moonboots. Ich sah ihr an, dass das üblicherweise nicht ihre Arbeit war. Sie stellte sich etwas unbeholfen an.

Sie schaute auf. Froh darum, eine Pause einlegen zu können, wischte sie sich demonstrativ mit dem Handgelenk über die Stirn. «Davos heisst acht Monate Winter und vier Monate kalt. Die wenigen heissen Tage im Sommer sind bloss ein Kitzeln, damit man nicht ganz vergisst, wie sich Hitze anfühlt. Es ist mir völlig schleierhaft, weshalb ich jede Saison von Neuem hierherkomme.» Sie stellte die Schaufel neben den Eingang. «Ich wollte gerade meine Arbeit beenden. Das bringt eh nichts mehr. Ich glaube, ich salze dann mal die Stufen. Habe heute im Wetterbericht gelesen, dass es in der Nacht nochmals richtig kalt werden soll. Das Thermometer soll unter den Gefrierpunkt fallen.»

«Morgen checken wir definitiv aus», sagte ich. «Auch ich habe genug von diesem Winter. In Luzern herrschen frühlingshafte Temperaturen. Ich freue mich, mit dem Velo um den Vierwaldstättersee oder auf den Brünigpass zu fahren. Machst du auch Ferien?»

«Mitte Mai werde ich ins Unterland fahren. Ich werde zu einer Freundin ziehen. Für Ferien reicht es in diesem Jahr nicht. Ich bin schon froh, wenn ich mir das Zimmer hier leisten kann. Ein Job in der Gastronomie ist nicht gerade das Gelbe vom Ei. Auch die Arbeitszeiten sind nicht jedermanns Sache. Aber was soll's? Wenn ich mal genug auf der hohen Kante habe, werde ich nach Australien reisen.» Sie seufzte. «Träumen wird man ja wohl noch dürfen.»

Jemand hupte. Jasmin und ich blickten gleichzeitig zur Promenade, als Tomasz mit seinem Roadster in die Seitenstrasse einmündete. Das Heck rutschte verdächtig zur Seite, während ich den Atem anhielt. Keine zwei Meter vor uns kam er zum Stehen.

Tomasz stieg aus, hemdsärmlig und in leichten Jeans. Bei seinem Anblick fror ich. «Hallo ihr zwei Hübschen.» Er sah dabei nur mich an, was ich beruhigt zur Kenntnis nahm. Er zog mich an sich und drückte mich, dass ich kaum noch atmen konnte. «In Luzern scheint die Sonne.»

Jasmin entfuhr ein Pfiff. «Und deshalb bist du hierhergekommen, um uns dies unter die Nase zu reiben?» Sie merkte dann sehr schnell, dass sie überflüssig war. Sie fasste erneut nach der Schaufel und tat so, als würde sie arbeiten. Aus ihren Augenwinkeln beobachtete sie uns argwöhnisch.

Tomasz packte mich um die Taille und schleppte mich über die Stufen zum Eingang. «So, heute entkommst du mir nicht mehr. Ich habe übrigens den Termin für die mündliche Prüfung erhalten. Anfang Juli wird sich dann zeigen, ob du künftig mit einem Anwalt ins Bett gehst oder nicht.»

«War das eine Anmache?» Ich boxte ihn sanft in die Seite.

Er verschloss mir den Mund mit einem Kuss. Ich wand mich aus seiner Umklammerung.

«Wie weit bist du mit deinen Ermittlungen?»

Meinte ich es nur, oder sah er mich belustigt an? Ich überlegte mir, ob ich ihm davon erzählen sollte, dass man meinen Vater verdächtigte, einen Mord in Auftrag gegeben zu haben. Ich selbst wollte es noch immer nicht wahrhaben. «Es wird sich gewiss bald alles auflösen», sagte ich vorsichtig. Doch dann sprudelte es aus mir heraus. Ich erzählte vom Treffen mit Mendel und seinen Beobachtungen und dass ich mir, ob ich wollte oder nicht, die Dinge zusammenreimen musste. So viele Zufälle konnte es nicht geben.

Erschöpft lehnte ich später an Tomasz' Schulter.

«Wenn du dann ein wenig Distanz hast», motivierte er mich, «dann organisiere ich uns ein schönes Wochenende in einem Fünf-Sterne-Hotel. Ich werde meine Prüfung dann mal in den Schatten stellen und für dich da sein.»

Mam musste uns gehört haben. Sie stand plötzlich unter der Tür.

«Oh, Tomasz, du bist hier? Ich dachte …»

«Was?» Ich wand mich aus Tomasz' Umklammerung. «Was wolltest du uns sagen?»

In ihre dunklen Augen schossen Tränen – ungewöhnlich für sie. «Ich muss mir dir reden, Allegra.»

Wenn sie mich wie jetzt beim Vornamen nannte, war nie heiter Eierkuchen essen. Sie warf Tomasz einen beschämten Blick zu.

«Ich gehe schon mal vor in dein Zimmer», rettete er die verworrene Lage. «Ich warte dort auf dich.»

Ich drückte ihn noch einmal. «Danke.»

Mams Gemach lag in die gleiche Richtung wie meines. Doch ihres verfügte über einen Balkon, auf dem ein Tischchen und zwei Stühle standen. Ich setzte mich in die Nähe der Balkontür und sah hinaus in den milchig grauen Himmel, vor dem sich die Landschaft kalt abzeichnete.

«Willst du dort anknüpfen, wo du letzthin aufgehört hast?»

Sie entnahm der Minibar eine Flasche Mineralwasser und zwei Gläser. «Ich habe lange mit mir gehadert, es dir anzuvertrauen. Aber ich dachte mir, dass geteiltes Leid halbes Leid ist.»

Mam goss Mineralwasser in die Gläser. «Ich muss reinen Tisch machen.»

Es kam mir vor, als wollte sie eine schreckliche Wahrheit noch etwas zurückhalten. Aber ich musste meine Frage loswerden. «Hast du Vater etwas angetan?»

Sie hob das Glas und sah mich hindurch an. Ihre Augen schienen seltsam verzerrt. «Nein, ich habe Vater nichts angetan. Nicht physisch.»

Nicht physisch schloss den psychischen Aspekt nicht aus. Seelische Schmerzen können einstweilen schlimmer sein als körperliche oder verbale.

«Aber …?»

«Ich habe Maximilian wiedergesehen.» Sie startete noch einmal den Versuch, mir auszuweichen.

«Nachdem wir uns mit ihm getroffen haben?»

«Nein, ich meine früher. Ich habe ihn wiedergesehen, nachdem ich mit deinem Vater und er mit seiner Frau verheiratet war.»

«Hast du mir davon nicht erst kürzlich erzählt?»

«Ja, aber nicht so, wie es, wirklich gewesen ist.»

Manchmal befällt einen eine Vorahnung, die man jedoch erst als Vorahnung erkennt, nachdem etwas eingetroffen ist, das man sich nicht einmal im Traum hat vorstellen können. Etwas Unfassbares lag in der Luft. Ich hatte Mam noch nie zuvor mit diesem Gesichtsausdruck gesehen, sie, die ansonsten ihre Gefühle hinter einer Maske verborgen hielt.

Jetzt wirkten sie wie entblättert.

Mam hatte den Kopf abgewandt. Ihr dunkles kräftiges Haar lag auf dem Kragen ihrer Bluse auf. Sie kam mir fremd vor.

«Wir feierten unser Wiedersehen auf unsere Weise. Es war eine unvergessliche Nacht.» Mam drehte sich nach mir um. Sie schloss die Augen, als müsste sie ihre inneren Bilder zuerst abrufen. Ein feines Lächeln spielte um ihre Lippen. «Ich erlebte all das, was ich im Nachhinein nie nur annähernd erlebt habe. Maximilian gab mir das Gefühl, eine vollwertige Frau zu sein. Er war der zärtlichste Mann, den man sich erträumen kann, der einzige Mann, den ich je geliebt habe. In dieser Nacht glaubte ich sterben zu wollen.»

«Mam, du machst mir Angst.»

Sie sah mich mit verklärtem Blick an. «Neun Monate später habe ich meinen Sohn zur Welt gebracht.»

In der Ruhe des Zimmers hätte man eine Fliege husten hören.

«Mam.» Ich spürte Tränen in meine Augen schiessen. «Mam, sag, dass das nicht wahr ist.»

«Eine Frau, die liebt, spürt es, wenn sie ein Kind empfängt. Es ist, als würden sich Himmel und Erde vereinen, das sprichwörtliche Yin und Yang, wie es die Chinesen auszudrücken pflegen.»

Ich bemühte mich um eine Coolness, was mir nicht richtig gelang. «Dann ist Valerio ein … Kuckuckskind?»

Der Kuckuck habe geschrien, erinnerte ich mich an Chaspers Aussage. Vater war zum Zeitpunkt der Nachricht mit der brutalen Wahrheit konfrontiert gewesen. Er hatte jemanden gesucht, um mit ihm darüber zu sprechen. Aber warum hatte er Dr. Polcan nicht in sein Vertrauen gezogen? Und warum diese poetische Aussage? Das hätte ich ihm nie zugetraut. Aber dass man sich in den Menschen, die einem am nächsten stehen, täuschen kann, hatte ich nun am eigenen Leib erfahren.

Mam nickte. «Das macht alles so tragisch.»

«Das kann man wohl sagen. Und dich hat über all die Jahre nie das schlechte Gewissen gequält?»

«Er ist mein Sohn. *Mein* Sohn. Verstehst du? In Liebe gezeugt und in Liebe aufgezogen – zumindest bis zu seinem fünfzehnten Lebensjahr. Meine Liebe hat ihn geprägt. Nur das zählt.»

«Ich weiss nicht, was ich dazu sagen soll.»

Mam tigerte von einer Zimmerecke zur anderen. «Bartholomäus hat ihn mir entfremdet und weggenommen, obwohl er nicht sein Sohn ist.»

«Du hättest es ihm sagen sollen.»

«Dann hätte ich es auch Maximilian gestehen sollen. Er war genauso verheiratet wie ich. Früher war alles ein wenig anders als heute. Komplizierter. Geheimnisse blieben Geheimnisse. Ein ausereheliches Kind – das wäre mein Untergang gewesen.»

«Und deshalb hast du Vater getroffen, um ihm das mitzuteilen.» Jetzt wurde mir alles klar. «Hätte man Fredy nicht gefunden, würde Vater vielleicht noch leben. Muss ich das als Racheakt verstehen?»

Ich verwünschte diese Konstellation, die man eine Kettenreaktion unglücklicher Zusammenhänge nennt.

«Wie hat er reagiert? Es muss ihm das Herz gebrochen haben.»

Mam nickte wieder. «Deinem Vater?» Sie lachte verächtlich. «Es hat ihm das Herz gebrochen. Aber nicht, weil Valerio nicht sein Sohn ist, sondern weil er siebenundzwanzig Jahre lang ein Kind ernährt und finanziert hatte, das nicht sein Eigen war. Er hat dies unmissverständlich so kommentiert.» Mam seufzte. «Ehrlich gesagt hatte ich nichts anderes erwartet.»

«Deshalb wollte er mit Dr. Polcan reden. Es ging letztendlich nicht um die Anpassung des Testaments zugunsten von Fiona oder Letícia. Es ging ihm darum, Valerio zu enterben.» Ich erhob mich, schritt auf Mam zu und packte sie an den Schultern. «Wenn er dich

das wissen liess, hättest du ein Motiv gehabt, ihn umzubringen.»
Ich schämte mich, dieses Wort in den Mund genommen zu haben.
«Hast du's getan? Hast du ihn in den Tod getrieben?»

Mam hob nur ihre Schultern.

«Trotzdem kann ich es fast nicht glauben, dass Vater dein
Geständnis einfach so akzeptiert hat. Der Vaterschaftstest, den
er am Abend vor seinem Tod abgeschickt hat, liess ihn daran
zweifeln.» Ich hielt inne. «Hast du's Valerio erzählt?»

Plötzlich war ich mir nicht mehr sicher, ob mein Verdacht
gerechtfertigt war. Was, wenn Valerio doch auf dem Jakobshorn
gewesen war? Gehörte das Amulett Valerio? Mein inneres Zittern vermochte ich nicht mehr zu verbergen.

Mam sah mich ernst an. «Nein. Ich habe es ihm nicht gesagt.
Er weiss von nichts. Zudem war ich nicht auf dem Jakobshorn.
Ich habe keine Ahnung davon, was Bartholomäus nach meinem
Besuch unternommen hat. Aber gleichzeitig war es auch eine
gewisse Genugtuung für mich, ihm endlich das heimzuzahlen,
was er mir angetan hatte. Ich habe meine Strafe bereits erhalten.
Ich bin Valerio fremd. Nach meinem Wegzug hat er mich nicht
mehr als seine Mutter akzeptiert.»

Allmählich fügten sich die Puzzleteile zu einem ganzheitli-
chen Bild zusammen.

Ich erinnerte mich, dass Vater oft auf den Berg gefahren war,
wenn ihn etwas zu sehr aufregte oder wenn ihm etwas über den
Kopf zu wachsen schien. An den Schneehängen des Jakobshorns
hatte er sich seinen Frust herausgefahren, im Sommer auf Wan-
derungen seinen Kopf von üblen Gedanken befreit. So musste es
an diesem Mittwochmorgen gewesen sein. Er hatte seine Nerven
beruhigen wollen. Aber es war ihm nicht gelungen. Vielleicht
hatte er sich in den Schnee gesetzt und darüber nachgedacht,
was zu tun wäre.

Ein Kuckuckskind!

Wie schrecklich!

Was würden denn die Davoser sagen, wenn sie davon er-
fuhren? Wie würde er in der Geschäftswelt dastehen? – Er, der
zeitlebens alles und jeden unter Kontrolle gehabt, der manipuliert und betrogen hatte.

Jetzt war er selbst der Betrogene.

Er musste sich in Grund und Boden geschämt haben. Es musste ihn so aufgewühlt haben, dass sein Herz stillstand. Ich ging davon aus, dass man aufgrund eines Schocks sterben kann.

Offen blieb der Fund des Medaillons.

Ich erzählte Mam, dass ich es dort gefunden hatte, wo man Vater aus dem Schnee geborgen hatte.

«Weisst du, wem dieses Medaillon gehört?»

«Es gehört Valerio. Ich habe es in all den Jahren wie ein Kleinod gehortet. Ich gab es deinem Vater zurück, als Zeichen dafür, dass ich ihn nicht als Valerios Vater akzeptiere. Eine Geste der Wahrheit. Es war an der Zeit, diese ihm zu offenbaren. Es kann nicht sein, dass böse Menschen unbescholten davonkommen. Und wenn es aus meiner Sicht nur ein kleiner Tropfen auf den heissen Stein war.»

Ich musste dies zuerst verdauen.

«Böse ist auch deine Absicht der Rache», entgegnete ich. «Böses sollte nicht mit Bösem vergolten werden. Vater hat es nicht verdient. Er ist Valerio über die Jahre ein guter Vater gewesen, obwohl es manchmal zu Differenzen gekommen ist.»

«Es sieht so aus, als wolltest du Vater beschützen.» Mam machte eine wegwerfende Geste. «Wie soll ein Vater gut sein, der seinen Kindern einbläut, wie schlimm ihre Mutter ist?»

«Hast du denn Beweise?» Ich wollte sie aus Mams Mund hören.

«Valerios Einstellung mir gegenüber ist Beweis genug», erwiderte sie schleppend.

Ihr Inneres schien erstarrt. Ein Schutzmechanismus, den sie sich angeeignet hatte, damit niemand mehr sie verletzte. Ein Panzer, unter dem ich ihre eigentliche Zerbrechlichkeit wähnte. In all den Jahren hatte sie still gelitten, sich niemals anmerken lassen, wie finster und traurig es in ihr aussah. Und hatte es zugelassen, dass sie zu einem Eisklotz wurde. Nicht mehr fähig für starke Gefühle.

Trotzdem wehrte ich mich gegen diese Einsicht. Ich stand unbestritten in einem Loyalitätskonflikt. Auf der einen Seite verteidigte ich meinen Vater als seine Tochter. Ich ergriff seine

Partei, weil er sich selbst nicht mehr wehren konnte. Es war, als müsste ich ihn rehabilitieren für das, was er meiner Mam und all den Frauen vor ihr angetan hatte.

Doch in mir schlug das Herz für Gerechtigkeit.

«Mam, ich bin für Fairness. Aber deinen Schnellschuss sehe ich als Gegenteil an.»

Sie schwieg. Also kam ich auf etwas anderes zu sprechen, zumal ich bemerkte, wie sehr ich mich in etwas zu verheddern schien, dessen Ausmass ich nicht kannte.

«Der deutsche Arzt, von dem du erzählt hast … Maximilian.»

Mam warf mir einen scheuen Blick zu. «Maximilian Klees.»

«Ist er ganz sicher Valerios Vater?» Ich sah das Gesicht vor mir und wusste nun, an wen er mich erinnerte. Die weichen Züge wie bei Valerio. Die leicht gebogene Nase, die Grübchen unter den Augen.

Mam nickte mit verkniffenem Mund.

«Wirst du es ihm sagen?»

«Maximilian weiss es schon. Er muss es gespürt haben. Daraufhin hat er anhand des Laborberichts in der Datenbank nach Übereinstimmungen gesucht. Gestern hat er mich angerufen. Aber ich glaube, dass er schon früher darauf gekommen ist.»

Ich erinnerte mich. Auf dem Korridor des Spitals war es gewesen. Da hatte Maximilian diesen sonderbaren Blick gehabt, als er Valerio ansah. Als er ihn wahrscheinlich zum ersten Mal in seinem Leben getroffen hatte. In Valerios Gesicht hatte er sich selbst gesehen, hatte sich in der Gestik, in der Bewegung seines Körpers wiedererkannt. Maximilian war ein zu feinfühliger Mann, als dass es ihm nicht aufgefallen wäre.

«Wirst du es Valerio beichten?»

Mam sah mich so an, als hätte Gleichgültigkeit von ihr Besitz ergriffen. «Später vielleicht. Ich weiss nicht, ob sich da noch etwas kitten lässt und ob er stark genug ist, dies zu verkraften.»

«Und Maximilian? Werdet ihr zusammenziehen?»

«Nein, das ist ein anderes Kapitel, das jedoch bereits abgeschlossen ist. Und Altes sollte man nicht wieder aufwärmen.»

Ich warf einen Blick auf mein iPhone und sah, dass Valerio mir eine Nachricht geschrieben hatte. Eine Nachricht, die mir wahrscheinlich bereits nach Luzern geschickt worden war. *Post von Notar erhalten. Datum der Testamentsöffnung: 30. Mai 2013, 09.00 Uhr im Rathaus. Bis dahin bin ich zurück. Lg.*

Vielleicht war es besser, er würde es nie erfahren.

«Was ist?» Mam sah mich stirnrunzelnd an.

«In ein paar Wochen wissen wir, wie es um das Vermögen meines Vaters steht. Und sollte ich die Chance haben, die Skulptur im Wohnzimmer zu erben, werde ich sie dir persönlich übergeben.» Ich verspürte das Bedürfnis, Mam etwas Nettes zu sagen, einen kleinen Trost für das, was sie während und nach der Zeit mit meinem Vater hatte ertragen müssen. Sie tat mir leid, genauso, wie mein Vater mir leidtat.

Was hatte ich da nur in Gang gebracht? Vielleicht wäre es für alle Beteiligten besser gewesen, wenn ich den Hund hätte schlafen lassen.

Mam schüttelte heftig den Kopf. Ihre Haare flatterten um ihr Gesicht. «Die Bronzegöttin!» Sie holte mich in die Wirklichkeit zurück. «Ich habe den Ballast deines Vaters schon vor Jahren abgeworfen. Es soll so bleiben.» Jetzt sah sie mich nachdenklich an. «Woran denkst du?»

«Ich überlege mir gerade, dass keines meiner Geschwister zu hundert Prozent blutsverwandt mit dem anderen ist. So gesehen sind wir alle Kuckuckskinder.»

Ich sank in Tomasz' Arme. Endlich.

Vergessen, mich im Liebesrausch auflösen. Keine Gedanken mehr daran, dass ich den allerbesten Augenblick weiter hinauszögern wollte. Keine Gedanken an das, was sich in Mams Zimmer zugetragen hatte. Irgendeinmal kann man nicht mehr, ist die Klippe erreicht, über die man nicht springen will. Man möchte umdrehen und zurückgehen.

Marisa hatte recht gehabt: Es war nicht meine Geschichte.

Wir küssten uns, weil wir beide es wollten. Vor allem aber wollte ich es. Mich hingeben, fallen und treiben lassen. Seinem drängenden Körper, seinen Forderungen nachgeben, seine Wärme spüren, seine Härte.

Vergessen. Die Zeit auslöschen.

Überall Teelichter. Tomasz musste sie aus Luzern mitgebracht haben. Ihr flackernder Schein spielte Figuren an die Wände wie das Wayang im balinesischen Schattentheater. Eine seltsame Mystik schien das Zimmer zu erfassen. Ich rätselte über die Klänge der klassischen Musik, die mich aus einem verborgenen Radio erreichten.

«Sibelius», flüsterte Tomasz an mein Ohr. «‹Der Schwan von Tuonela›, Opus 22 No. 2.»

Seine Hände lösten einen schmerzlichen Schauer aus. Das Konstrukt meiner Gedanken zerfiel in dem Moment, in dem ich nebst den Händen seinen Mund und seine Zunge spürte. Er schmeckte … ja, nach was? Nein, nicht nach Pfefferminze. Ich zitterte ob seiner Berührungen. Die Erregung hielt mich im Griff, liess meinen Körper willkürlich trudeln. Im Hintergrund Schwermut, von Dur abgelöst. Übergang in ein klangliches Gefühlschaos – eine Inszenierung unserer Leidenschaft.

Er schälte mich aus meinen Kleidern, als würde er eine Frucht von ihren Schalen befreien. Es war, als hätten wir uns noch nie zuvor voreinander entblösst. Jede Berührung entpuppte sich als die erste unter dem staunenden Blick des andern.

Ich drückte ihn. Er streichelte meine Brüste und erreichte mich dort, wo er Tage zuvor gewesen und nicht weitergegangen war.

«Willst du es?» Seine Stimme bebte.

Er lag auf dem Rücken. Wir liessen uns sehr viel Zeit für Zärtlichkeiten.

«Ja, Tomasz Kandinsky, ich will es. Jetzt und hier.»

Meine Hände kraulten über seine helle Brust mit dem dunklen Haar, folgten seiner Fortsetzung, die sich wie ein Fluss entlang des Nabels der Mündung näherte. Der Mündung, die eigentlich Quelle war, an der ich mich gleich laben würde. Ich kam über ihn, legte meine Beine rechts und links an seine Lenden. Tastete nach seinem Phallus und führte ihn dorthin, wo mein Sehnen ein Ende fand.

Ich war wie ein Fluss, losgelöst von der Materie. Ich strömte, überflutete, wand mich mit jeder Faser meines Wesens. Ich spürte mich aufbrechen, mich öffnen für den Mann, den ich liebte.

Ich fühlte ihn tief in mir. So lagen wir – eine Weile stumm. Unsere Münder fanden sich, unsere Zungen.

Erst langsam, dann leicht schneller folgten wir einem Tempo, das die Natur uns vorzugeben schien.

Unsere Körper verschmolzen in unserem ureigenen Rhythmus. Wenn Verschmelzung so aussieht, hatten wir sie erlangt.

Erschöpft fielen wir auf die Kissen zurück, sahen Richtung Fenster, vor das sich die Nacht geschoben hatte. Wolkenlos und blutrot wölbte sich der Sternenhimmel. Wir zeichneten unsere eigenen Bilder, durchdrangen die Finsternis und pulsierten in unsere Galaxie.

Tomasz beugte sich über mich, hauchte immer wieder Küsse auf meine Haut.

Ich wand mich von ihm weg. «Ich weiss, wir sollten den Moment auskosten. Doch wir haben noch unser ganzes Leben vor uns.»

Tomasz lächelte schelmisch. Er kannte mich. Ja, er kannte mich. «Wie geht es weiter?»

«Ich habe den Fall gelöst. Aber ich bin nicht stolz darauf. Vielleicht wäre es besser gewesen, ich hätte Vaters Tod niemals in Frage gestellt. Doch im Nachhinein ist man immer klüger. Es ist ein sonderbares Gefühl, die Tochter eines Kriminellen zu sein.» Ich brachte es nicht fertig, das Wort *Mörder* in den Mund zu nehmen.

«Ein guter Ermittler zeichnet sich dadurch aus, dass er den Ist-Zustand in einen Soll-Zustand überführt. Mit deinem intelligenten Handeln und deinen bewussten Denkprozessen hast du bewiesen, dass du auf dem richtigen Weg bist. Für dich gab es nur diese Möglichkeit. Dass du an Vaters natürlichem Tod gezweifelt hast, hat sehr viel auch mit deiner emotionalen Intelligenz zu tun. Du hast Dinge wahrgenommen, die dich zwar vom eigentlichen Sachverhalt weg-, jedoch zur Problemlösung hingeführt haben.»

Wieder ein zärtliches Küssen und Saugen.

«Manchmal, liebste Allegra, gibt es Dinge zwischen Himmel und Erde, die sich nicht erklären lassen.»

Glossar

Kleines bündnerisches Kulinarium

Bündnerfleisch – gepökeltes und luftgetrocknetes Rindfleisch

Bündner Gerstensuppe – Gerstensuppe mit Gemüse und Salsiz-
stückchen

Capuns – in Mangold gewickelte Päckchen aus Spätzleteig,
angereichert mit Kräutern, Salsiz und/oder Bündnerfleisch;
Capuns werden in Milchwasser gekocht; je nach Rezept
werden sie mit Bergkäse überbacken

Conterser Böcke – hart gekochte Eier in Milch- und Mehlteig,
mehrmals wiederholt gebacken, bis die gewünschte Dicke
erreicht ist; sie werden in einer Rotweinsosse mit Zimt und
Zitrone serviert

Crépinette – in Schweinenetzen abgefülltes flaches Würstchen

Hirschbinden – gepökeltes und luftgetrocknetes Hirschfleisch

Pizokels – Mehlspeise, die man in verschiedenen Varianten zu-
bereiten kann – vergleichbar mit Spätzle

Salsiz – Bündner Wurstspezialität: luftgetrocknete oder geräu-
cherte und fein gewürzte Rohwurst

Sennenrösti – geraffelte, gebratene Kartoffeln mit Käse überbacken

Tatsch – Eierspeise mit Mehl, Salz und Milch zubereitet, wird
meistens zusammen mit Kompott serviert

Geografie

Autoverladestation Vereina/Vereinatunnel – Verbindung zwischen
dem Prättigau und dem Unterengadin

Bolgen – Hang unterhalb der Ischalp und des Jakobshorns

Chur – Hauptort des Kantons Graubünden

Dischmatal – östliches Seitental, das man von Davos aus erreicht

Flüelapass – verbindet Davos mit dem Unterengadin

Flüelatal – östliches Seitental, das man von Davos Dorf aus erreicht

Höhwald – Siedlung am Davosersee

Horlauben – Bushaltestelle in der Nähe des Kongresszentrums

Ischalp – Mittelstation und Restaurant zwischen Davos Platz und Jakobshorn

Jakobshorn – Ski- und Wandergebiet, erreichbar mit den Davos-Klosters-Mountains-Bahnen von Davos Platz aus

Landwasser – Fluss durch Davos, an dessen Verlauf auch die Rhätische Bahn führt

Pischa – Ski- und Wandergebiet, das vom Flüelatal her erreicht werden kann

Schatzalp – autofreies Erholungsgebiet oberhalb von Davos Platz

Sertigtal – östlich gelegenes Seitental, das man von Davos Frauenkirch und Davos Clavadel aus erreicht

Totalpbach – Bach, der von der Weissfluh her in den Davosersee mündet

Usserisch – Schlepplift, der von Davos Platz aus Richtung Jakobshorn führt

Wildboden – naturgegebener Ort ausserhalb von Davos Platz, wo sich der Waldfriedhof befindet

Zügenschlucht – drei Kilometer lange Passage zwischen Wiesen und Monstein in der Landschaft Davos

Weitere Begriffserklärungen

Ätti – Vater

Café Schneider – Traditionshaus an der Promenade in Davos Platz

Cold Reading – von professionellen Zauberkünstlern verwendeter Fachausdruck für verschiedene Techniken, in Gesprächen den Anschein zu erwecken, man wüsste alles über seinen Gesprächspartner

Landammann – Gemeindepräsident

Maiensäss – Haus und Stall oder eine Häusergruppe auf einer Alp, die unterhalb oder auch oberhalb der Baumgrenze liegt

Nani, das – Grossmutter

Neni – Grossvater

Stabelle – Holzstuhl mit Lehne

WEF – World Economic Forum, das im Januar/Februar in Davos stattfindet